GILL THOMPSON

Das Kind von Gleis 1

atb aufbau taschenbuch

GILL THOMPSON studierte Kreatives Schreiben an der Chichester University. Beim Schreiben wird sie oft von wahren Begebenheiten inspiriert, besonders die Schicksale von Kindern während des Zweiten Weltkrieges liegen ihr am Herzen. Thompson lebt mit ihrer Familie in West Sussex und arbeitet dort als Englischdozentin.

Gabriele Weber-Jarić lebt als Autorin und Übersetzerin in Berlin. Sie übertrug u. a. Mary Morris, Mary Basson, Kristin Hannah und Imogen Kealey ins Deutsche.

Prag, 1939: Als die Deutschen in Prag einmarschieren, setzt die junge Pianistin Eva alles daran, ihre Tochter zu beschützen. Als einzigen Ausweg sieht sie schließlich, Miriam fortzuschicken – nach England, wo sie von einer fremden Familie aufgenommen werden soll. Während Eva um ihr eigenes sowie das Überleben ihres Mannes und ihrer Eltern kämpft und sich die Lage in Prag für die jüdische Bevölkerung immer weiter zuspitzt, kümmert sich die britische Quäkerin Pamela um Miriam. Als aber auch England in den Krieg verwickelt wird, muss Pamela um ihren eigenen Sohn fürchten. Schon bald stellt sie sich dieselbe Frage wie Eva: Wie weit können sie gehen, um ihre Kinder zu schützen? Und dann begegnet Eva in dunkelster Stunde einem verloren geglaubten Geheimnis aus ihrer Vergangenheit …

GILL THOMPSON

Das Kind von Gleis 1

ROMAN

Aus dem Amerikanischen
von Gabriele Weber-Jarić

atb aufbau taschenbuch

Die Originalausgabe unter dem Titel
The Child On Platform One
erschien 2019 bei Headline Review, London.

FSC
www.fsc.org
MIX
Papier aus verantwortungsvollen Quellen
FSC® C083411

ISBN 978-3-7466-3786-0

Aufbau Taschenbuch ist eine Marke der
Aufbau Verlage GmbH & Co. KG

1. Auflage 2021

Umschlaggestaltung www.buerosued.de, München
unter Verwendung eines Bildes von
© Tanya Gramatikova / Trevillion Images
Satz LVD GmbH, Berlin
Druck und Binden CPI books GmbH, Leck, Germany
Printed in Germany

www.aufbau-verlag.de

Für Leonie und Corinne
von eurer euch liebenden Grandma

Wenn Verstehen unmöglich ist, dann ist Wissen notwendig, denn was geschehen ist, könnte wieder geschehen.

Primo Levi

Prolog

Prag, 1930

Eva schob ihren Klavierschemel zurück, die Stunde war beendet. Doch als sie die Noten in ihre Mappe stecken wollte, bedeutete Professor Nowotny ihr mit einer Handbewegung, noch zu bleiben.

»Nur eine Minute, meine Liebe. Ich möchte, dass du die Noten eines neuen Stücks mit nach Hause nimmst.« Er durchsuchte den gefährlich schiefen Turm der Notenhefte auf seinem Klavier.

Eva warf einen Blick auf die Wanduhr, die halb fünf zeigte, und hoffte, er würde das Gesuchte bald finden. Im Probenraum wurde es bereits dämmrig, in den Ecken nistete sich Dunkelheit ein. Nervös legte sie die Fingerspitzen auf die vergilbten weißen Tasten des Klaviers. Als sie das vertraute, kühle Elfenbein spürte, wurde sie ruhiger.

»Ah, hier ist es.« Nowotny schnaufte vor Anstrengung. »Hector Berlioz. Eine Villanelle aus *Les Nuits d'Été*. Eines seiner weniger bekannten Werke.« Er schaltete die Deckenlampe ein, die Dunkelheit verflog.

»Eine Villa … nelle?«, fragte Eva. Der Begriff war ihr neu, die Zeitnot schlagartig vergessen.

Nowotny winkte sie von dem Klavierschemel fort. Eva

stellte sich an seine Seite. Sie wollte ihn beim Klavierspiel beobachten.

»Ein italienisches Lied.« Nowotny ließ sich auf dem Schemel nieder. »Es ist eine Ode an den Frühling und eine neue Liebe. Also sehr schön für ein junges Mädchen.« Er setzte die Brille auf, die an einer Kordel um seinen Hals hing, und nahm sie wieder ab. »Im nächsten Jahr findet im Rudolfinum ein Konzert zu Ehren Berlioz' statt. Ich dachte, die Villanelle könnte dein erster Soloauftritt werden.«

Eva öffnete den Mund, um ihn zu korrigieren, und schloss ihn wieder, als er ungeduldig mit der Hand wedelte.

»Die Kinderwettbewerbe zählen nicht.«

Kinderwettbewerbe? Hatte sie nicht jeden von ihnen gewonnen? Sogar der prestigeträchtige Antonín-Dvořák-Preis für junge Künstler war darunter gewesen. Ein Bild blitzte vor ihr auf. Darauf hob sie strahlend ihre Trophäe, einen schweren Notenschlüssel aus Messing, hoch. Im Geist hörte sie den tosenden Beifall.

Nowotny stellte das Notenheft auf. »Ich spiele dir etwas daraus vor. Bitte schlag die Seiten für mich um.« Wieder setzte er die Brille auf.

Eva trat näher an ihn heran und bezwang ihre Ungeduld, doch inwendig flehte sie ihn an, ihr nur einige Takte vorzuspielen.

Nowotny war ein strenger Lehrmeister, aber sie sagte sich immer, dass er das nur war, weil er an ihr Talent glaubte und sie zu Höchstleistungen antreiben wollte. Und sie war auch stets bereit, ihr Bestes zu geben, doch nun zeigte die Uhr bereits zwanzig vor fünf, und ausgerechnet an diesem Tag durfte sie nicht zu spät nach Hause kommen.

»Wenn du darauf achtest, hörst du, wie die Liebenden durch den Wald gehen und wilde Erdbeeren pflücken.«

Bei dem Wort »Liebenden« errötete Eva. Manchmal sprach Nowotny mit ihr, als wäre sie nicht erst sechzehn Jahre alt. Doch als er zu spielen begann, hörte sie tatsächlich leichte Schritte, und ihr war, als spürte sie eine frische Frühlingsbrise.

Sie schaute auf die Noten, dann auf Nowotnys Finger, die die Noten zu einer lebhaften Melodie umwandelten. Fröhlich und neckend.

Für Eva waren Noten von jeher wie Menschen gewesen. Miteinander verbundene Achtelnoten – die kurzen – erschienen ihr wie Jungen, die mit dünnen Beinen und zu groß wirkenden Fußballschuhen über einen Bolzplatz tobten. Oder wie eine Gruppe Männer und Frauen, die eine Lúčnica tanzten, die Arme auf den Rücken miteinander verschränkt. Die Viertelnoten waren Lehrer, die steif und aufrecht vor einer Klasse standen, die langen halben Noten berühmte Generäle, die eine Armee ohne große Worte beherrschten. Wäre sie selbst eine Note, wäre sie eine ganze – vielleicht sogar eine Doppelganze, allein und kraftvoll, umgeben von Stille.

Mit einer schwungvollen Geste beendete Nowotny die

Villanelle und überreichte Eva die Noten. »Das ist deine Hausaufgabe. Fang heute Abend damit an.« Das Frühlingsversprechen wurde von der zunehmenden Dämmerung des Herbsttages verschluckt, gleich würde die Sonne untergehen. Evas Magen verkrampfte sich.

Sie stopfte die Notenblätter in ihre Mappe und streifte ihre Jacke über. »Vielen Dank, Professor Nowotny. Ich werde die Villanelle üben.«

»Darum bitte ich. Ich erwarte, dass du sie mir in der nächsten Stunde fehlerlos vorspielen kannst.«

Eva griff nach dem Türknauf. Noch einmal huschte ihr Blick zur Wanduhr. Kurz vor fünf. Die Villanelle hatte zu lange gedauert. Sie würde wie ein Pfeil nach Hause fliegen müssen.

»Auf Wiedersehen, meine Liebe.«

»Auf Wiedersehen, Professor! Vielen Dank für die Stunde.«

Nowotny deutete eine Verneigung an. Das Licht der Deckenlampe spiegelte sich auf seinem kahlen Schädel. Eva schlüpfte durch die Tür.

Draußen klemmte sie die Notenmappe unter ihren Arm und rannte durch die Straßen, bis sie keuchte und ihre Brust schmerzte. Doch Berlioz' Villanelle ging ihr nicht aus dem Sinn, ihre Schritte nahmen den Takt des Stücks auf. In Gedanken lief sie mit einem Jungen, der ihr Liebster war, durch einen Wald, hinaus aus der Enge der Stadt. Sie hörte den Gesang der Vögel, roch den Duft der Walderdbeeren. Sie spürte den Atem des Jungen auf ihrer

Wange, und als sie stehen blieben, seinen Mund auf ihren Lippen. Die Farbe ihres vom Laufen geröteten Gesichts vertiefte sich, als sie sich vorstellte, wie er sich an sie drängte.

Erst als ihr Kaffeegeruch in die Nase stieg, verflogen ihre Träumereien und sie wusste wieder, wo sie war – am *Café Imperial*, einem der großen, traditionsreichen Kaffeehäuser der Stadt. Aus dem Augenwinkel nahm sie die Gäste hinter den Fenstern wahr, schattenhafte Gestalten, die Tassen an ihre Münder führten, sich gestikulierend unterhielten und rauchten. Wie schön es wäre, dort mit Freunden an einem Tisch zu sitzen und zu plaudern, statt wie gehetzt durch die Straßen zu jagen.

Zwischen den Häusern schienen die letzten blassen Sonnenstrahlen auf. Im Geist sah Eva ihre Mutter. Die Hausarbeit würde beendet sein, die Challa unter dem Spitzendeckchen liegen, ein frisch gebackener Hefezopf mit glänzender Eierlasur. Wahrscheinlich hatte ihre Mutter die Sabbatkerzen in dem silbernen, auf Hochglanz polierten Leuchter schon angezündet.

Ihr Vater, in schwarzem Anzug und Gebetsmantel, würde den Kidduschbecher mit süßem Wein füllen und den Segen für die Töchter vor sich hin murmeln, den er später mit einer Hand auf Evas Kopf sprechen würde.

Der Ewige lasse dich werden wie Sara, Riwka, Rachel und Lea.
Er segne und behüte dich.

Er lasse dir Sein Angesicht leuchten und sei dir gnädig.
Er wende dir Sein Angesicht zu und gebe dir Frieden.

Hätte Eva Brüder, würde ihr Vater den Herrn bitten, sie wie Ephraim und Manasse werden zu lassen, zwei alttestamentarische Brüder, die miteinander in Einklang gelebt hatten. Doch ihre Eltern hatten nur Eva, ihr geliebtes Kind.

Eva lief an der Moldau entlang. Über dem Fluss stieg der erste Abendnebel auf. Normalerweise beendete Nowotny die Klavierstunde pünktlich, dann konnte sie den gut beleuchteten Straßen folgen, die zur Josefstadt führten, dem jüdischen Viertel von Prag. Doch so viel Zeit hatte sie nicht mehr. Falls sie rechtzeitig nach Hause kommen wollte, musste sie den kürzeren Weg über den Alten Jüdischen Friedhof nehmen.

Am Friedhofstor angekommen, blieb sie unschlüssig stehen. Sollte sie es wagen? Sie dachte daran, wie oft ihre Mutter ihr aufgetragen hatte, sich abends an die Hauptstraßen zu halten, die hell und voller Menschen waren. Sie wären der längere, aber auch der sicherere Weg.

Eva betrachtete die schmalen, gewundenen Pfade, die an den Grabsteinen entlangführten. Es waren alte Steine, die so dicht zusammenstanden, als hätte man die Gräber in Eile und ohne Plan ausgehoben, statt sie wie auf modernen Friedhöfen in ordentlichen Reihen anzulegen.

Der Wind fuhr durch die Bäume und ließ die Zweige zittern. Um ihr aufgeregt schlagendes Herz zu beruhigen, stellte Eva sich vor, sie würde im Rudolfinum auf einem glänzenden, schwarzen Steinway-Flügel spielen und das Publikum im dunklen Konzertsaal lausche ihr andächtig.

Sie drückte gegen das schwere, dunkle Eisentor, das leise quietschend nachgab. Vielleicht war das ein Zeichen, dass sie die Abkürzung durch den Friedhof nehmen sollte.

Sie dachte an die Villanelle, wollte mit der Frühlingsmelodie die Furcht vertreiben und glitt durch die Pforte.

Auf dem Pfad, dem sie folgte, hatte der Abendtau das von den Bäumen abgefallene Herbstlaub feucht werden lassen. Kriechpflanzen hefteten sich mit winzigen Kletten an Evas Strümpfe, sie versuchte sie abzuschütteln. Rennen konnte sie nicht mehr, dazu standen die Grabsteine zu dicht zusammen. Trotzdem versuchte sie, so schnell wie möglich vorwärtszukommen, und lauerte mit geschärften Sinnen, ob von irgendwoher Gefahr drohte.

Hohe Rosskastanien und Ahornbäume schirmten sie vom letzten Tageslicht ab. Die verwitterten hebräischen Inschriften auf den Grabsteinen waren nicht mehr zu erkennen. Ihr Vater hatte ihr erzählt, dass in einigen Gräbern mehr als zehn Tote bestattet waren, die, um Platz zu sparen, alle aufeinanderlagen. Trotz ihrer warmen Jacke überlief Eva ein Schauder.

Sie hatte ungefähr die Hälfte des Wegs zurückgelegt, als sie glaubte, Schritte und raues Gelächter zu hören.

Sie erstarrte. »Ist da jemand?«, fragte sie unsicher.

Keine Antwort. Doch ihr war, als könnte sie zwischen den Grabsteinen eine helle Jacke erkennen. Ihr Pulsschlag beschleunigte sich.

»Hallo? Ist da jemand?«, fragte sie noch einmal.

Eine Gestalt in Uniform löste sich aus den Bäumen – ein junger Mann von siebzehn oder achtzehn Jahren. Das blonde Haar fiel ihm in die Stirn.

»Wen haben wir denn da?«, fragte er spöttisch und lüstern zugleich. »Ist das eine junge Dame?«

Eva zog ihre Jacke enger um sich, ihr Herz schlug ihr nun bis zum Hals.

Ein zweiter junger Mann trat zwischen den Bäumen hervor. Und dann ein dritter. Eva wandte sich ab, doch in dem Moment tauchten zwei weitere Jungen auf. Alle fünf waren nur wenig älter als sie und trugen zu kurzen schwarzen Hosen hellbraune Blousons mit roten Armbinden, darauf das schwarze Hakenkreuz der deutschen Nationalsozialisten.

Eva fragte sich, ob ihre Mutter eine Situation wie diese vor Augen gehabt hatte, als sie ihr verbot, abends durch diesen Friedhof zu laufen. Sie hatte ihr jedes Mal versprochen, es nicht zu tun, insgeheim aber gedacht, dass die Sorge ihrer Mutter übertrieben und für Eltern typisch sei. Doch seit Kurzem hatte auch sie beim Anblick uniformierter, deutschstämmiger Jungen, die an den Straßenecken herumlungerten, sich etwas zuraunten und auf den ein oder anderen Passanten deuteten, Unbehagen empfunden. Ebenso wie die fünf, die sie umringten, gehörten sie zur sogenannten Hitlerjugend und waren wie Pilze aus dem Boden geschossen.

Eva spürte die Bedrohung, die von den Jungen ausging, und vor Angst wurde ihr Mund trocken. Nun wünschte sie, sie hätte auf ihre Mutter gehört und den langen Weg genommen.

Einer der Jungen trat zu ihr. »Ein hübsches Mädchen wie du braucht doch keine Angst zu haben.«

Eva befahl sich, nicht zurückzuweichen. Doch als sie Luft holte und um Hilfe rufen wollte, hielt der Junge ihr den Mund zu.

Eva warf den anderen flehende Blicke zu.

Der Druck auf ihrem Mund ließ nach. Die Hand schwebte in der Luft, konnte jeden Moment wieder zudrücken.

»Was für eine schöne Jacke.« Die Hand des Jungen senkte sich und strich über ihren Arm. Eva roch seinen sauren Atem und verzog das Gesicht.

Langsam knöpfte er die Jacke auf.

Die anderen Jungen sahen zu.

»Haltet sie fest.«

Als er ihr die Jacke ausziehen wollte, wehrte Eva sich, doch ein anderer packte sie und hielt sie fest.

Der erste Junge streichelte Evas Wange, fuhr mit dem Finger an ihrem Kinn entlang, über ihren Hals, bis hinunter zum Schlüsselbein. Er zog an ihrer Goldkette. Eva verfolgte sein Tun wie gelähmt.

»Was für eine schöne Kette«, sagte er leise.

Wollte er sie stehlen? Aus Gründen, die Eva selbst nicht verstand, zog sie die Kette unter ihrem Blusenkragen hervor und umklammerte den Anhänger, den goldenen Davidstern, der von ihrer Bluse verdeckt worden war.

Der Junge löste ihre Finger von der Kette und betrachtete den Anhänger im dämmrigen Abendlicht.

Nicht weit entfernt ging eine Friedhofslaterne an.

Eva spürte, wie er die Kette enger um ihren Hals zog, und unterdrückte einen Schmerzenslaut.

»Ein Judenstern. Wie interessant.« Der Junge sah Eva an, richtete seine Worte jedoch an seine Kameraden. Die brachen in höhnisches Gelächter aus.

Abrupt ließ er die Kette los. »Das Mädchen ist nichts für mich.« Mit hartem Gesichtsausdruck stieß er Eva von sich. »Otto kann sie haben.« Er winkte den Kleinsten aus der Gruppe zu sich.

Eva hatte den Atem angehalten, nun atmete sie langsam aus. Ob sie es schaffen würde, zu fliehen? Der Junge, der offensichtlich der Anführer war, hatte sich von ihr abgewandt. War das ihre Chance, an ihm vorbeizukommen? Sie machte sich bereit, loszustürmen, doch begleitet von spöttischen Kommentaren wurde Otto zu ihr geschubst. Der Kreis um sie schloss sich wieder.

Otto war nicht nur klein, sondern auch schmächtig, das Haar so blond, dass es beinahe weiß wirkte, die Wimpern so hell, dass man sie kaum erkennen konnte.

Wäre sie allein mit ihm gewesen, hätte Eva mit ihm

gekämpft. Sie war kein Feigling. Sie hätte ihn getreten, geschlagen und bespuckt, bis er von ihr abgelassen hätte. Doch gegen fünf Jungen auf einmal kam sie nicht an.

Auf der Suche nach einer Waffe griff Eva hinter sich und berührte einen Grabstein. Ihre Hoffnung war, dass Besucher des Grabs dort Steine hinterlassen hatten, wie es Tradition war. Doch da lag nichts.

»Los, Otto, oder hast du Angst?« Der Anführer der Gruppe lehnte sich gegen einen Grabstein und musterte Otto verächtlich.

»Jetzt mach, Otto, oder sollen wir uns hier den Hintern abfrieren?«

Eva verstand jedes Wort. Alle Juden in der Josefstadt sprachen Deutsch. Ihre Brust verkrampfte sich.

»Bitte tut mir nichts. Ich muss nach Hause, meine Eltern warten auf mich.« Wie hoch und dünn ihre Stimme klang. Wie hilflos.

Otto wirkte unentschlossen. Vielleicht gelang es ihr, sein Ehrgefühl zu wecken oder ihn auf andere Art umzustimmen. Sie könnte ihm erklären, dass sie zur Feier des Sabbats nach Hause müsse. Womöglich ließe er sie dann gehen.

Doch als die anderen Jungen begannen, Otto zu hänseln und vor ihrem Schritt Gesten mit der Hand machten, die Eva nicht richtig verstand, reagierte er auf die Provokationen. Seine Augen wurden schmal, seine Lippen spitzten sich. Und dann spuckte er ihr ins Gesicht.

Eva ließ den Speichel über ihre Wange rinnen, wagte es nicht, ihn abzuwischen.

Er riss ihre Kette ab und warf sie fort. Die Jungen johlten.

Einer von ihnen zerrte Eva mit einem einzigen brutalen Ruck die Bluse herunter. Sie hörte, wie der zarte Seidenstoff zerriss.

Grobe Hände packten Eva, zerfetzten gierig ihre Strümpfe, ihre Gesichter nur noch schweißglänzende Fratzen, die Luft erfüllt von ihrem Bieratem. Dann stimmten sie ein Lied an, ein ekelhaftes Trinklied, das sie wild durcheinandergrölten.

Eva schlang die Arme um ihren Oberkörper, wollte sich schützen und ihre Blöße bedecken, doch einer der Jungen zog ihre Arme fort.

Jemand stieß brutal gegen ihre Brust, und Eva ging zu Boden.

Die Jungen zogen den Kreis um sie enger.

Später, als sie wieder zu sich kam, war der klagende Ruf einer Eule das Erste, was sie hörte.

Sie tastete über die kalte, feuchte Erde, roch das modrige Laub. Als Nächstes stieg ihr der animalische Geruch ihres eigenen Blutes in die Nase. Sie rollte ihren geschundenen Körper zu einem Ball zusammen, versuchte, den Gestank auszublenden und das hysterische Lachen des Jungen namens Otto zu vergessen.

Die Zeit für den Sabbatsegen war längst verstrichen.

Evas Eltern saßen bestimmt am gedeckten Tisch und fragten sich voll Sorge, wo ihre Tochter geblieben war, die doch wusste, dass gute Juden an diesem Abend bei Sonnenuntergang im Haus sein mussten.

Teil I

1933–1939

Kapitel 1
London Hampstead

Pamela robbte unter das Bett ihres Sohnes und hörte gedämpft, dass ihr Mann unten nach ihr rief. Sie streckte ihre Hand etwas weiter, spürte das Ziehen in ihrer Schulter und angelte die Socke hervor. Dann schob sie sich zurück und stand auf.

»Ich komme.« Sie schüttelte die Socke aus, konnte nicht fassen, wie viel Staub sich darauf gesammelt hatte. Und wie war sie überhaupt ganz hinten unter das Bett gelangt? Aber wenigstens hatte Will nun ein weiteres vollständiges Paar. Er selbst hätte sich nie die Mühe gemacht, danach zu suchen.

Pamela rollte die beiden Socken zu einem Ball zusammen, verstaute ihn in der Reisetruhe und rief: »Es ist alles gepackt, Hugh.«

Sie hörte ihren Mann die Treppe hinaufpoltern.

»Will sitzt schon im Auto«, sagte er und hob die Truhe an. »Verdammt, Pamela, was um alles in der Welt ist da drin?«

Pamela nahm den zweiten Tragegriff und folgte ihrem Mann. »Die Schule wollte, dass Will bereits jetzt seine Kricket-Ausrüstung mitbringt. Das Training der Jungen beginnt gleich nach den Ferien.«

Sie hatten die teure Ausstattung neu kaufen müssen. Für die Kleidung waren sie zu *Harrods* gefahren. Als ihr Sohn dort in weißem Flanell aus der Umkleidekabine kam, tat er, als wolle er Hugh einen Ball zuspielen, und Hugh tat, als schlüge er ihn zurück.

Pamela sagte sich ständig, wie gut es war, dass Will die kräftige Statur seines Vaters geerbt hatte und ebenso sportlich wie er war. Anfangs hatte sie befürchtet, die anderen Jungen auf der Cheam School könnten ihren Sohn schikanieren, aber Will kam zurecht. Dank seiner sportlichen Fähigkeiten wurde er sowohl von den Schülern als auch den Lehrern geschätzt.

Es war nicht ganz einfach, die schwere Truhe die Treppe hinunterzubugsieren. Ein ums andere Mal schlug sie gegen Pamelas Knie, und sie dachte, eine Laufmasche würde ihr jetzt gerade noch fehlen – aber noch war kein verräterisches Reißen zu spüren. Zudem war ihr Kleid wadenlang, solange sie stand, würde man eine Laufmasche kaum erkennen. Davon abgesehen würden sie sich nicht lange in der Schule aufhalten. Sie würde Will zum Abschied nur kurz drücken, Tränen waren verboten, und dann würde er nach den langen Ferien zu seinen Freunden gehen wollen. Sie und Hugh würden still und ein wenig schwermütig zurückfahren.

Unten an der Treppe übernahm Hugh die Reisetruhe und versuchte, sie über die Schwelle der Haustür zu zerren. »Wo ist Kitty?«, erkundigte er sich nach ihrem Hausmädchen.

»In der Küche, sie bereitet das Essen vor. Heute Abend kommen die Pallisers, hast du das vergessen?«

An den Tagen, an denen sie Will zurück zur Schule fuhren, lud Hugh häufig für abends Gäste ein. Pamela nahm an, dass er sich auf diese Weise von seinem Trennungsschmerz ablenken wollte.

»Sie könnte uns trotzdem helfen.«

»Das schaffen wir auch allein.« Wieder nahm Pamela den zweiten Griff, und gemeinsam mit ihrem Mann schleppte sie die Truhe zum Wagen.

Es war Pamela unangenehm, Kitty zusätzlich zur Hausarbeit Aufträge zu erteilen. Zwar war ihr klar, dass eine Dienstbotin keine Freundin war, dennoch widerstrebte es ihr, einer Frau etwas zu befehlen, sie äußerte lieber Bitten. Früher bei ihr zu Hause hatten sie und ihre Geschwister ihrer Mutter geholfen. Sie hatten gar nicht genug Geld gehabt, um Dienstboten einzustellen – und selbst wenn das Geld vorhanden gewesen wäre, hätten die Leute in ihrer Nachbarschaft sie mit einem Dienstmädchen für hochgestochen gehalten.

Hugh knallte die Heckklappe zu. Pamela ließ sich bei Will auf dem Rücksitz nieder und legte einen Arm um ihn. Er schmiegte sich an sie. Pamela schluckte gerührt. Ihr graute vor dem Tag, wenn Will sie nicht mehr umarmen und ihr nicht mehr gestatten würde, ihm über das dichte, dunkle Haar zu streichen. Zurzeit konnte es noch geschehen, dass er sich abends, wenn er müde war, auf dem Sofa an sie kuschelte. Einmal, als er dachte, sie sähe es nicht, hatte er sogar seinen Daumen in den Mund gesteckt. Hugh hätte ihn dafür gescholten. *Du solltest dich schämen,* hätte er gesagt. *Ein Junge in deinem Alter, der sich wie ein Baby benimmt.* Pamela ließ Will gewähren. Es reichte aus, wenn er sein Bedürfnis nach Trost und Geborgenheit in der Schule unterdrücken musste.

Will war elf Jahre alt und kurz vor der Pubertät. Das nächste Mal würde er in den Osterferien nach Hause kommen und wieder ein Stück gewachsen sein. Sie musste seine Zärtlichkeiten auskosten, bald würde es sie nicht mehr geben.

Will löste sich von ihr und blickte aus dem Fenster.

»Alles klar?«, fragte Pamela.

Er wandte sich zu ihr um und nickte.

»Freust du dich auf das neue Trimester?«

»Ziemlich. Dann bin ich wieder bei meinen Freunden und kann mal hören, was sie alles zu Weihnachten bekommen haben.«

Hugh und Pamela waren Quäker oder Mitglieder der »Religiösen Gesellschaft der Freunde«, wie man sie auch nannte. Sie feierten kein Weihnachten. Pamela war sicher, für Will war es nicht einfach, die großartigen Geschenke seiner Freunde neidlos zu verkraften. Das war eines der Probleme dabei, ihn nicht auf eine Schule der Quäker geschickt zu haben.

»Wie schön.« Pamela drückte Wills Schulter. »Wahrscheinlich willst du ihnen auch deine neue Kricket-Ausrüstung vorführen.«

Will lachte. »Mum, jeder bei uns in der Schule hat die.«

»Ach so.« Pamela rang sich ein Lächeln ab.

»Bei deinem nächsten Besuch musst du mir zeigen, was für neue Tricks du beim Training gelernt hast«, sagte Hugh über die Schulter.

»Darauf kannst du wetten.«

»Auf die Tage freue ich mich jetzt schon«, sagte Pamela. »Bis dahin sind es nur noch vier Wochen.«

»Sag bloß, du zählst die Wochen.«

Pamela blickte in das heitere Gesicht ihres Sohnes, sah die geröteten Wangen, die glänzenden Augen. Natürlich zählte sie die Wochen, Tage, Stunden bis zu seinem nächsten Besuch. Immerzu tat sie es.

Später, als sie wieder zu Hause war, stieg Pamela die Treppe hinauf und öffnete die Tür zu Wills Zimmer. Muffige, abgestandene Luft schlug ihr entgegen. Schon jetzt wirkte der Raum verwaist, gerade als hätte Will hier nicht vier wundervolle Ferienwochen verbracht.

Sie nahm den alten, gestreiften Flanellschlafanzug ihres Sohnes und faltete ihn sorgfältig zusammen. Er war Will zu klein geworden, für die Schule hatten sie ihm neue Kleidung kaufen müssen.

Kitty würde den Schlafanzug waschen und dann zerschneiden wollen, um aus den Einzelteilen Staubtücher zu machen. Pamela beschloss, ihn ihr noch nicht zu geben.

Schon jetzt vermisste sie ihren Sohn. Tränen traten in ihre Augen und liefen über ihre Wangen. Sie schluckte krampfhaft und ging ins Bad, um die Spuren auf ihrem Gesicht zu überpudern.

Anschließend lief sie nach unten, um nach Kitty zu sehen. Das Abendessen hatten sie bereits vor Tagen durchgesprochen: Es würde Hühnergeschnetzeltes in Rahmsoße geben, Spinat, Kartoffeln und zum Nachtisch Birne à la condé.

Pamela hatte sich absichtlich für ein einfaches Menü entschieden. Irgendetwas in ihr störte sich an aufwendigen Gerichten – erst recht, wenn Freunde zu Besuch kamen, die wie die Pallisers Geldprobleme hatten. Sie hatten ihre Köchin entlassen müssen, Josephine kochte nun selbst. Es war Pamela peinlich, dass es mit Hughs Karriere aufwärtsging, wohingegen ihre Freunde finanziell zu kämpfen hatten. Sie wollte ihnen etwas Gutes anbieten, ohne sie zu beschämen.

Kitty stand am Herd und rührte den Inhalt eines Topfes um. Auf dem großen Küchentisch hinter ihr reihten sich mit militärischer Präzision ausgerichtete Schalen, Teller und Schüsseln, daneben das ausgenommene Huhn und die Schüssel Birnen.

»Alles klar?«, fragte sie.

»Ja, Ma'am. Alles unter Kontrolle.«

»Vielleicht solltest du das Huhn kochen, eine Brühe zubereiten. Das würde mir morgen als Mittagessen reichen.« So hatten sie es früher zu Hause gehalten. Ihre Mutter hatte dafür gesorgt, dass sie von einem Suppenhuhn drei Tage lang zehren konnten, obwohl sie zu sechst gewesen waren. Sicher, am dritten Tag musste man Glück haben, um in der wässrigen Masse aus Perlgraupen und Gemüse noch eine Fleischfaser zu entdecken, aber war das so schlimm gewesen?

»Gerne.« Kitty drehte am Schalter der Herdplatte. Das Blubbern der Suppe ließ nach.

»Kann ich irgendetwas tun?«

Kitty sah sich in der Küche um. »Sie könnten die Tischkarten schreiben.«

»Richtig. Das mache ich sofort.« Pamela machte kehrt, um die Karten an ihrem Sekretär im Salon zu schreiben, und glaubte, in ihrem Rücken einen erleichterten Seufzer zu hören.

Als sie am Abend vor Hugh stand, um ihm seine dunkle Seidenkrawatte zu binden, fragte sie sich zum gefühlt hundertsten Mal, wie aus dem scheuen Quäkerjungen, den sie einst im Gebetsraum kennengelernt hatte, ein so erfolgreicher, selbstbewusster Mann hatte werden können. Inzwischen schien er die Genügsamkeit, die zu seiner Erziehung gehört hatte, mit jedem Karriereschritt im Foreign Office ein wenig mehr zu vergessen und die extravagante Lebensart seiner Kollegen – die teure Kleidung und die kostspieligen Mahlzeiten – mit erschreckender Leichtigkeit zu übernehmen. Sogar die Konzerte und Opern, bei denen sie sich zeigen mussten, schien er zu genießen. Pamela gefielen diese Veranstaltungen ebenfalls, wie sie sich mitunter verschämt eingestand.

Sie trat an den Spiegel und strich über ihr blaues Seidenkleid. Es war eine gedeckte Farbe, der Schnitt einfach. Schmuck trug sie nicht. Dennoch sah sie mehr wie eine Dame der Gesellschaft aus als wie jemand, der in den bescheidensten Verhältnissen aufgewachsen war.

Sie hob ihr Kinn und tupfte etwas von ihrem Chanel-Parfum auf ihren Hals. Hatten sie und Hugh sich so leicht vom Geld verführen lassen? Sie arbeitete für das Hilfswerk der Quäker, sammelte Kleidung und Nahrung für notleidende Kinder in Europa und wurde beinahe täglich daran erinnert, dass es zahllosen Menschen schlechter ging als ihr und Hugh. Ihre Hoffnung war, dass sie mit Hughs steigendem politischen Einfluss mehr für mittellose Familien auf dem Kontinent tun konnte.

Während des Essens mit ihren Freunden drehte sich die Unterhaltung ausschließlich um Finanzielles – die Wall Street, den Goldstandard, die Haushaltsreform der Regierung. Es fiel Pamela schwer, sich auf die Themen zu konzentrieren. Stattdessen sorgte sie sich, ob das Huhn nicht vielleicht zu salzig war oder die Kartoffeln zu weich waren, vergewisserte sich, dass Kitty ihren Gästen Wein nachschenkte und Hugh nicht zu viel trank.

Als sie seinerzeit begannen, Abendessen zu geben, hatten sie und Hugh lange über die Frage, ob sie Alkohol anbieten durften, diskutiert. Quäker lehnten den Konsum von Alkohol ab, doch Hugh war der Auffassung, dass sie ihren Gästen nicht ihre Sitten aufzwingen sollten. Pamela hatte ihm nur widerstrebend zugestimmt. Es behagte ihr auch nicht, dass Hugh mittlerweile sowohl zu Hause als auch in Gesellschaft ohne die geringsten Skrupel trank.

Als Kitty für die Männer Portwein brachte, atmete Pamela auf. Sie und Josephine setzten sich zum Kaffee ins Wohnzimmer.

Während des Essens war Josephine auffallend schweigsam gewesen. Pamela schenkte ihr Kaffee ein und reichte ihr die Tasse. »Ist es noch immer nicht besser?«, fragte sie vorsichtig.

Früher hatte man Pamela ihre Herkunft aus dem Londoner East End angehört, doch mittlerweile sprach sie ebenso kultiviert wie ihre Freundin, es war ihr bereits zur zweiten Natur geworden. Und wieder war etwas von dem, was einmal zu ihr gehört hatte, verloren gegangen. Doch Hugh hatte ihr erklärt, wie wichtig es sei, sich anzupassen.

Josephine schüttelte den Kopf. »Wenn Philip nicht bald eine vernünftige Arbeit findet, wirst du uns von den Lebensmitteln abgeben müssen, die du für die ausländischen Kinder sammelst.« Ihre Miene wurde bitter.

Mit einer unsanften Bewegung stellte Pamela die Kaffeekanne ab. »Du weißt, dass wir jederzeit bereit sind, euch zu helfen.«

»Ja, natürlich.« Ihre Freundin seufzte. »Trotzdem frage ich mich, warum du so viel für die Kinder in Europa tust. Es gibt auch englische Kinder, die Not leiden.«

Pamela schenkte sich Kaffee ein. »Quäker denken nicht

in Nationalitäten. Für uns sind alle Menschen gleich. Und wenn jemand in Not ist, versuchen wir zu helfen.«

»Sehr lobenswert«, murmelte Josephine und nahm einen Schluck Kaffee.

Pamela lächelte gezwungen. Sie wusste, dass die Pallisers gegen ihre Hilfsaktionen außerhalb Englands waren, doch sie würde nicht davon ablassen, ganz gleich, was andere davon hielten.

Sie wechselten das Thema und begannen über ihre Kinder zu sprechen. Josephine und Philip hatten einen Sohn und zwei Töchter. James, der Junge, war ebenfalls auf der Cheam, allerdings eine Klasse über Will. Gott sei Dank hatten sie ihn nicht von der Schule nehmen müssen, James hatte ein Stipendium. Hin und wieder holten sie oder die Pallisers beide Jungen vor den Ferien ab und fuhren sie hinterher zurück, außer zu Beginn eines neuen Schuljahrs, wenn sie zu viel Gepäck hatten.

Die Mädchen besuchten die Sarum Hall School in Hampstead, auch wenn es für die Eltern schwierig war, die Schulgebühren zu bezahlen. Pamela beneidete Josephine darum, dass sie ihre Töchter morgens zu Fuß zur Schule bringen und am Nachmittag abholen konnte. Sie fand es schön, wenn man abends zusammen mit den Kindern essen und, wenn sie schliefen, noch einmal nach ihnen schauen konnte. Man sah das vom Schlaf zerwühlte Haar, hörte sie atmen, konnte sie trösten, wenn sie schlecht geträumt hatten. Sie durfte nicht daran denken, dass Will nachts unter einer grauen Wolldecke fror und in einem kalten Schlafsaal auf einer durchgelegenen Matratze einzuschlafen versuchte. Je höher die Schulgebühren, desto spartanischer schien die Unterkunft der Schüler zu sein. Doch sie hatten nun einmal entschieden, Will in ein Internat zu geben – oder zumindest Hugh hatte es getan.

Die Pallisers verabschiedeten sich vor Mitternacht, wofür Pamela ihnen dankbar war.

Erleichtert legte sie im Schlafzimmer ihr Korsett ab und streifte ein Flanellnachthemd über. Dann ließ sie sich an ihrem Toilettentisch nieder und trug ihre Cold Cream auf.

Hugh hatte sich im Bett aufgesetzt und blätterte in einer zerknitterten Ausgabe der *Times*.

»Ist mit Josephine alles in Ordnung?«, kam seine Stimme hinter der Zeitung hervor.

»Ich denke schon.« Pamela bürstete ihr Haar. Als Kind hatte ihr Haar bis über ihren Rücken gereicht, und sie hatte es jeden Abend hundert Mal gebürstet. Das tat sie nun nicht mehr. Mittlerweile trug sie es in kurzen Wellen, die ihr Gesicht rahmten. Würde sie es länger bürsten, wäre die teure Dauerwelle, die sie sich machen ließ, ruiniert. Sie lockerte ihr Haar mit den Fingern. »Ich glaube, dass sie den Gürtel enger schnallen müssen.«

»Das hat Philip auch gesagt. Armer Kerl.«

Pamela stieg ins Bett und schob sich unter der Zeitung in Hughs Händen hindurch an seine Brust. »Aber Josephine hat wenigstens das Glück, ihre Töchter bei sich zu haben.«

Hugh faltete die Zeitung zusammen und ließ sie zu Boden fallen. Er legte einen Arm um Pamela und zog sie an sich. »Ich weiß, wie sehr du Will vermisst, aber Cheam ist gut für ihn. Dort lernt er die richtigen Leute kennen.«

Pamela rückte ein wenig von ihm ab. »Die ›richtigen Leute‹? Es gibt keine aufrechteren Menschen als uns Quäker. Nach der Cheam schicken wir ihn auf die Leighton Park. Dann ist er endlich auf einer Quäkerschule.«

Hugh ließ sie los und schüttelte sein Kopfkissen auf. »Die Pallisers hoffen, dass James es mit einem Stipendium aufs Marlborough College schafft. So etwas sollten wir auch in Erwägung ziehen.«

Pamela legte sich zurück. »Ich dachte, wir wären uns einig. Du warst doch auch gern auf der Leighton Park.«

»Ja, aber mein Vater hat nicht im Foreign Office gearbeitet.«

Pamela konnte den Portwein in seinem Atem riechen. Offenbar hatte er mehr als ein Glas getrunken. »Hast du nie Angst, dass wir unserem Glauben untreu werden?«

Hugh schloss die Augen und schwieg für so lange Zeit, dass Pamela annahm, er sei eingeschlafen. Doch dann murmelte er: »Im Herzen bin ich noch immer Quäker. Viele von uns arbeiten in der Regierung. Von innen heraus können wir mehr Gutes tun als von außen.«

Pamela drehte sich zu ihm um und wollte etwas antworten, doch nun war er tatsächlich eingeschlafen.

Kapitel 2

Tapeten mit Beflockung waren Eva zuwider. Die Musterung, die wie Samt aussehen sollte und mit den Jahren von fettigen Fingern abgerieben wurde, der fürchterliche Glanz des Untergrunds, das Spießertum derer, die sich für eine solche Tapete entschieden, um vornehm zu wirken, all das ging ihr gegen den Strich.

Im Licht der Morgendämmerung schimmerte der goldfarbene Untergrund der Tapete grünlich und erinnerte Eva an Galle. Um die Farbe nicht sehen zu müssen, schloss sie die Augen. Schlafen konnte sie nicht mehr.

Wieder hatte sie ihren Albtraum gehabt. Selbst nach drei Jahren waren die Bilder noch so lebendig wie an dem Tag des Geschehens, und in ihren Ohren hallte das höhnische Gelächter der Jungen nach.

Josef schlief noch und schnarchte. Es klang wie ein Röcheln, vielleicht war er tatsächlich krank. Am vergangenen Abend hatte er verkündet, dass er sich erkältet habe, die Beschwerden jedoch mit wissenschaftlicher Präzision eine »Virusinfektion der oberen Atemwege« genannt. Ihr Mann bekam keine normale Erkältung.

Wie sehr sich ihr Leben seit jener Nacht auf dem Alten

Jüdischen Friedhof verändert hatte ... Manchmal konnte sie es selbst nicht glauben. Von dem Mädchen, das damals nach dem Klavierunterricht nach Hause eilen wollte, war sie mittlerweile endlos weit entfernt. Sie führte einen Haushalt, war die Ehefrau eines viel älteren Mannes. So hatte sie sich ihre Zukunft früher nicht vorgestellt. Doch nach jener schrecklichen Nacht war für sie nichts mehr wie zuvor gewesen.

Vorsichtig legte sie sich auf die Seite. Seltsamerweise hob sich dabei ihr Magen. Auch ihre Eingeweide fühlten sich merkwürdig an, formlos, beinah flüssig. Hatte sie am vergangenen Abend überhaupt etwas gegessen? Doch, das hatte sie. Bei der Erinnerung an das schwere Rindsgulasch, das sie einen halben Tag lang zubereitet und gerührt hatte, wurde ihr übel. Aber Josef hatte es geschmeckt. Er hatte beim Essen geschmatzt, sie für ihre Kochkunst gelobt, davon geredet, dass rotes Fleisch gut für den Eisenhaushalt sei. Eva hatte kaum etwas zu sich genommen, nur so viel, um für einen Moment den metallischen Geschmack in ihrem Mund loszuwerden, an dem sie seit Tagen litt.

In der Hoffnung, dass sie sich im Sitzen besser fühlte, richtete sie sich auf. Doch nun wurde ihr schwindelig, und sie lehnte sich gegen das hölzerne Kopfteil des Betts.

Erneut schloss sie die Augen. Bald würde Josef nach seinem Frühstück verlangen. Auch wenn er krank war, mangelte es ihm nicht an Appetit.

Eigentlich müsste sie jetzt auf Zehenspitzen ins Bad schleichen, ihr langes Leinennachthemd ausziehen, die uralten Wasserhähne dazu bringen, mehr als nur ein Rinnsal zu produzieren, und sich rasch waschen. Danach würde sie ins Schlafzimmer zurückkehren und sich unter den einfachen Röcken und Blusen in ihrem Kleiderschrank etwas für den Tag aussuchen.

Plötzlich war ihr, als umschmeichelte Seide ihre Haut, glitten die zartesten Strümpfe über ihre Beine. Sie verjagte die Erinnerung an frühere Zeiten, schließlich hatte sie sich geschworen, nicht mehr an das zu denken, was hätte sein können. Die schlimmste aller Erinnerungen verdrängte sie ebenfalls nach Kräften.

Langsam wurde auch Josef wach. Er brauchte immer lange, bis er richtig da war, an diesem Morgen noch länger.

Er räusperte sich, hustete und schien Schleim hinunterzuschlucken. Als Nächstes gab er klägliche Laute von sich. Offenbar wollte er sie auf die Schwere seiner Krankheit aufmerksam machen.

»Guten Morgen, Josef«, sagte Eva.

»Guten Morgen.« Seine Stimme triefte vor Selbstmitleid.

»Wie geht es dir?«, fragte Eva pflichtschuldig und gab sich Mühe, interessiert und fürsorglich zu klingen.

Er strich sich graue Strähnen aus dem Gesicht. »Fühl mal meine Stirn«, verlangte er griesgrämig. »Ich glaube, ich habe Fieber.«

Eva tat wie geheißen und spürte die dünne Schweißschicht auf seiner Haut. »Möglich. Oder dir ist einfach zu warm.«

Als sie die Wohnung einrichteten, hatte Josef auf schweren goldfarbenen Vorhängen bestanden, daher war es in ihrem Schlafzimmer oft warm. Doch die Vorhänge sollten zu der scheußlichen Tapete passen. Eva war zu schwach und matt gewesen, um sich dagegen zu wehren.

Als sie Josef heiratete, war sie siebzehn Jahre alt gewesen. Nun waren sie seit zwei Jahren ein Ehepaar, es kam ihr wie eine Ewigkeit vor.

»Bring mir bitte das Fieberthermometer, Liebling.«

Eva war nun so übel, dass sie kaum aufzustehen wagte. Doch sie musste ihr Unwohlsein vor ihrem Mann verbergen, sonst würde er sich noch leidender geben und behaupten, auch er habe sich eine Magengrippe zugezogen.

Schwankend überquerte sie den Flur zum Bad, nahm das Fieberthermometer aus dem Schränkchen über dem Waschbecken und kehrte zu ihrem Patienten zurück. Sie schüttelte das Thermometer, um den Quecksilberpegel zu senken.

Josef zog ein Taschentuch aus der Tasche seiner Schlafanzugjacke, schnäuzte sich und betrachtete den Schleim, den er hervorgeholt hatte.

Eva drehte sich der Magen um. Sie schaffte es gerade noch, das Thermometer zwischen Josefs bleiche Lippen zu schieben, bevor sie ins Bad stürzte und das Wenige, was sie am Abend gegessen hatte, in die Toilette erbrach.

Einen Moment lang blieb sie noch über die Porzellanschüssel gebeugt, dann erhob sie sich auf wackligen Beinen, spülte ihren Mund aus und benetzte ihr Gesicht mit

Wasser. Anschließend nahm sie die Dose Eukalyptussalbe aus dem Badezimmerschränkchen. Sie würde Josef bitten, sich etwas davon unter die Nase zu reiben, um seine Atemwege zu befreien. Auf die Weise konnte er nicht riechen, dass sie sich übergeben hatte, konnte ihr keine Fragen stellen und sich selbst die nächste Krankheit einbilden.

Als sie ins Schlafzimmer zurückkehrte, sah Josef ihr mit Leidensmiene entgegen. Das Thermometer steckte noch in seinem Mund. Eva zog es heraus und hielt es ins Licht.

»Wie viel?«, fragte er kraftlos.

»Nicht sehr viel. Kein Grund, sich Sorgen zu machen.«

Josef schob sich höher und stieß sich an dem Kopfteil des Betts. »Ich habe gestern schon gespürt, dass ich krank werde. Du glaubst nicht, wie furchtbar meine Atemwegsinfektionen sind.«

Eva presste die Lippen zusammen und reichte ihm die Salbe.

»Kannst du mir eine heiße Zitrone machen, Liebling? Und mir eine Zeitung besorgen? Dann kann ich mich ein wenig ablenken.« Mit unsteter Hand hielt er die Salbe zuerst unter das eine, dann das andere Nasenloch und inhalierte. »Ruf auch im Institut an. Vielleicht lässt Frau Kratz dich ihr Telefon benutzen. Sag Doktor Swoboda, ich sei zu krank, um zu arbeiten. Er weiß, dass es mir nicht gut geht, und wird es verstehen.«

»Ich mache mich gleich auf den Weg.« Eva rang sich ein Lächeln ab. »Aber wahrscheinlich dauert es eine Weile, bis ich zurück bin. Für die Zitronen muss ich zum Markt laufen.«

Sie öffnete den Kleiderschrank, nahm Unterwäsche, einen braunen Rock, eine hellgrüne Bluse sowie Strümpfe aus dem Kleiderschrank und zog sich im Bad an. Im Flur schlüpfte sie in feste Schnürschuhe und griff nach ihrem Einkaufskorb. Rouge lehnte Josef ab, daher hatte sie nichts, um ihre Blässe zu kaschieren. Vielleicht bekäme sie bei einem flotten Marsch durch die Luft etwas Farbe ins Gesicht.

»Auf Wiedersehen, Josef.« Sie entriegelte die schwere Wohnungstür.

»Beeil dich, Liebling«, antwortete er mit schwacher Stimme und hustete übertrieben.

Als Erstes erledigte Eva den Anruf vom Telefon ihrer Nachbarin aus. Danach, auf dem Weg die Straße hinunter, ging es ihr etwas besser, wahrscheinlich dank der frischen Luft. Dennoch fand sie es seltsam, dass sie sich gerade noch elend gefühlt hatte, und nun fast nichts mehr davon zu spüren war. Offenbar hatte sie sich doch nicht den Magen verdorben.

Mit einem Mal erinnerte sie sich an das, was ihre Mutter ihr vor Jahren erzählt hatte: »Als ich mit dir schwanger war, hatte ich ständig unter Übelkeit zu leiden. Das Merkwürdige war, dass ich mich besser gefühlt habe, sobald ich mich übergeben hatte. Zum Schluss habe ich mich fast schon darauf gefreut, mich zu erbrechen.«

Eva blieb stehen und ging die vergangenen Wochen

durch. An Pessach hatte sie zum letzten Mal Monatsbinden gebraucht. Sie erinnerte sich noch an ihre Krämpfe. Sie waren bei ihren Eltern gewesen, hatten am festlich gedeckten Tisch gesessen. Ihr Vater hatte über dem Wein den Kiddusch gesprochen. Das war vor sechs Wochen gewesen. Eva strich über ihren Bauch. Konnte sie tatsächlich schwanger sein? Später, wenn Josef schlief, würde sie ihrer Mutter von ihrem Verdacht schreiben.

Der Gedanke an die liebevolle Sorge ihrer Mutter, an die aufscheinende Hoffnung in ihren braunen Augen ließ Evas Herz höherschlagen. Sie hatte gedacht, sie würde an irgendeiner Krankheit leiden, stattdessen bekam sie vielleicht ein Kind.

Eva stellte sich vor, wie wundervoll es wäre, ein Baby zu haben. Ein neues Leben. Vielleicht würde es die Erinnerungen auslöschen, die sie immer wieder heimsuchten.

Auf dem Markt lief sie an den Obstständen entlang, suchte dicke Zitronen mit dünner Schale aus, die sich gut ausdrücken ließen. Sie waren teuer, wie alles dieser Tage. Im Geist begann sie für ihr ungeborenes Kind ein Wiegenlied zu komponieren, malte sich aus, ihr Baby in den Armen zu halten, und spürte, wie sich ihr Lebensmut regte.

Allerdings fiel es Eva schwer, sich Josef als Vater vorzustellen, diesen bedrückten Mann mittlerer Jahre, der nur dann rational dachte, wenn es um seine wissenschaftliche Arbeit ging.

Sie versuchte, sich zu erinnern, wann sie das Kind gezeugt hatten. Hatten sie in den vergangenen Wochen Leidenschaft füreinander empfunden? Es musste ein Abend gewesen sein, an dem er sich nicht eingebildet hatte, krank zu sein, und sie nicht lethargisch auf dem Sofa gesessen hatte.

Nun fiel es ihr wieder ein: Es war gleich nach Pessach gewesen, als sie wieder rein war. Sie hatten Wein getrunken, gelacht und sich einer ungewohnt heftigen Begierde überlassen.

Dennoch machte Eva sich nichts vor. Die Ehe, die sie führte, hatte nichts mit den romantischen Träumen zu tun, die sie als junge Klavierschülerin gehegt hatte. Doch Josef war ein guter Mann, der ihr auf seine Art zugetan war. Dafür sollte sie ihm dankbar sein. Für das, was damals geschehen war, konnte er nichts.

Sie versuchte, sich ihr Kind vorzustellen. Bei dem Gedanken an einen kleinen Jungen, dem wie Josef die schwarze, bestickte Kippa auf dem Kopf herumrutschte, musste sie lächeln. Womöglich würde das Kind ebenso wie sein Vater eine Vorliebe für Fakten haben, es könnte aber auch musikalisch werden wie sie. Vielleicht würde es Josef von seiner Hypochondrie heilen. Oder aber er würde noch ängstlicher werden.

Eva überlegte, ob sie ihrem Mann sagen sollte, dass sie schwanger sein könnte. Doch dann würde er jeden ihrer Bissen auf ihren Nährwert prüfen und die Größe sowie das Gewicht des Fötus immer wieder neu berechnen.

Sie legte eine Hand auf ihren Bauch und beschloss, die Nachricht noch eine Weile für sich zu behalten – zumindest so lange, bis Dr. Aronowitsch ihren Verdacht bestätigt hatte. Aber eigentlich hatte sie keinerlei Zweifel mehr.

Sie bog in ihre Straße ein, spürte die warme Frühlingsluft und fragte sich, ob ihr dieses neue Leben, das sie in sich trug, tatsächlich helfen könnte, die Vergangenheit zu begraben.

Wie vorwurfsvoll Professor Nowotny sie angesehen hatte, als sie ihm seinerzeit erklärte, sie werde die Villanelle weder im Rudolfinum noch jemals an einem anderen Ort vortragen. Währenddessen hatte sie sich bemüht, ihren Seelenschmerz zu bezwingen, dieses qualvolle Gefühl, nicht mehr üben zu können, nicht mehr die Freude zu erleben, die sie bei ihrem Klavierspiel durchströmte.

Aber am schlimmsten waren das Entsetzen und die anschließende Traurigkeit ihrer Eltern gewesen.

Liebevoll und doch ganz und gar vergeblich hatten sie versucht, Eva in den Wochen nach dem Überfall zu heilen. Ihre Mutter hatte ihr Hühnerbrühe gekocht, Kuchen gebacken, sie mit kleinen Leckerbissen zum Essen bewegen wollen, aber Evas Kehle war wie zugeschnürt gewesen. Ihr Vater hatte sie immer wieder in die Arme genommen. Eva hatte die gepeinigten Blicke ihrer Eltern registriert. Auch ihre Hoffnungen waren zerschlagen worden.

Ein Jahr lang war sie in einem Sanatorium in den Karpaten gewesen, hatte sich körperlich und seelisch erholt. Zu Hause in der Josefstadt kursierte das Gerücht, Eva kuriere eine Tuberkulose aus, und ihre Eltern hatten es dabei belassen. Dennoch waren sie von Prag nach Pilsen gezogen. Es sollte ein Neuanfang werden. Doch das Gefühl, was hätte sein können, wenn es anders gekommen wäre, begleitete Eva, ganz gleich, wo sie war.

Das Einzige, was sie aus ihrer Zeit im Sanatorium besaß, war ein Musikstück, das sie dort komponiert hatte. Auch das war ein Wiegenlied gewesen. Es hatte ihr Trost gespendet, tat es sogar heute noch.

Und dann war sie plötzlich verheiratet gewesen. Weder mit dem schönen jungen Mann ihrer Träume, noch nach einer ausgelassenen Hochzeitsfeier mit einem Festessen und Tanz. Stattdessen war es eine freudlose Angelegenheit gewesen, bei der sie mit dem Witwer Josef Kalischer vermählt wurde. Nun lebte sie mit ihrem Mann wieder in der Josefstadt von Prag.

»Gut, dass Kalischer sie nimmt«, hatte ihr Vater ihrer Mutter zugeflüstert. Das war an einem Abend gewesen, als ihre Eltern dachten, Eva könnte sie nicht hören. »Er hat eine gute Position und ist in der Lage, für sie zu sorgen. Sicher, er ist nicht mehr der Jüngste und war schon einmal verheiratet. Aber er hat keine Kinder. Eva dagegen ist noch jung und kann mit ihm eine Familie gründen. Meine Hoffnung ist, dass sie ihn mit der Zeit lieben lernt.«

Liebe? Eva hatte noch für keinen Mann Liebe empfunden. Josef war zwar freundlich, doch in ihrer Ehe fühlte sie sich matt und stumpf. Trotzdem würde sie ihr Kind lieben. Wieder strich sie über ihren Bauch.

Als sie mit den Zitronen, einer Packung Aspirin und

dem *Prager Tagblatt* in ihrem Korb die Wohnungstür aufschloss, war ihr Herz voller Hoffnung.

»Wo warst du so lange?«, fragte Josef, als Eva mit einem Glas heißer Zitrone mit Honig das Schlafzimmer betrat. »Hast du im Institut angerufen?«

»Ja.« Eva reichte ihm das Glas. »Trink das. Und nimm die Tabletten.« Sie reichte ihm zwei Aspirin.

»Danke.« Josef warf sich die Tabletten in den Mund, schluckte sie hinunter und verzog das Gesicht. »Alles tut mir weh. Ich glaube, Männer spüren Schmerzen stärker als Frauen.«

Evas Magen knurrte. Gleich darauf wurde ihr erneut übel. »Wahrscheinlich hast du recht.« Sie hastete ins Badezimmer.

Als sie ein Stück trockenes Brot gegessen hatte, ging es ihr besser. An das selbst gemachte Gelee ihrer Mutter wagte sie sich nicht.

Nach ihrem kargen Frühstück kehrte sie zu Josef zurück, um nach ihm zu sehen. Er hatte sich in die Zeitung vertieft.

»Geht es dir besser?« Eva fühlte die Stirn ihres Mannes.

Er gab ihr keine Antwort.

»Josef!«

Mit nachdenklicher Miene ließ er die Zeitung sinken. »Hitler, dieser Judenhasser, hat wieder eine Rede gehalten und behauptet …« Er hob die Zeitung und suchte nach dem Zitat. »Er behauptet, dass es ihm fernliege, fremde

Völker zu unterjochen.« Josef blickte Eva an. Seine Krankheit schien vergessen. »Vielleicht ist alles nur Getöse, ohne dass darauf Taten folgen. Ich hoffe, ich bin nicht naiv, wenn ich glaube, dass es nicht so schlimm kommt, wie wir befürchtet haben.«

Im März hatte der Deutsche Reichstag ein Ermächtigungsgesetz verabschiedet, das den Kanzler Adolf Hitler zum einflussreichsten Mann des Deutschen Reichs gemacht hatte. Bisher konnte niemand sagen, wie er mit seiner Macht umgehen würde.

»Vielleicht.« Eva griff nach dem leeren Glas auf dem Nachttisch und verscheuchte das Bild eines hellbraunen Blousons mit roter Armbinde und schwarzem Hakenkreuz. Ein Schauer kroch über ihren Rücken.

Josef musterte sie beunruhigt.

Eva ging darüber hinweg. Sie wollte nicht, dass er sich um sie sorgte. Sie setzte sich auf die Bettkante und zog Josef mit sanftem Griff die Zeitung aus den Händen. Dann nahm sie seine kalten Hände und erzählte ihm nun doch schon, dass er wahrscheinlich Vater werden würde.

Kapitel 3

Hugh nahm sich eine Scheibe Toast. »Du denkst doch an den Ball am fünften, Liebling?«

Pamela schluckte den Bissen Toast in ihrem Mund hinunter, der plötzlich wie Sägemehl schmeckt. »Natürlich denke ich daran.«

»Alles wird vom Feinsten sein – bitte kleide dich entsprechend.«

Pamela wich seinem Blick aus. »Keine Sorge, ich werde dich nicht blamieren.«

»Sehr gut.« Hugh stand auf und drückte einen Kuss auf ihr Haar. »Ich muss los. Bis heute Abend.«

Pamela lächelte bemüht, doch sobald die Haustür zugefallen war, wischte sie ihren Mund mit der Serviette ab und lief nach oben. Grundgütiger, dachte sie, der fünfte war in einer Woche. Sie hatte vorgehabt, sich von Mrs Brevda, ihrer jüdischen Schneiderin, ein Abendkleid anfertigen zu lassen, doch ihre Arbeit im Hilfswerk der Quäker hatte sie so sehr beansprucht, dass ihr der Ball in Whitehall entfallen war.

Eilig puderte sie ihre Nase, tupfte Parfum auf, griff nach der Jacke ihres Tweedkostüms und hastete wieder nach unten.

»Bin kurz in der Stadt!«, rief sie in die Küche.

»Alles klar«, rief Kitty zurück.

Pamela schnappte sich ihre Handtasche, verließ das Haus und rannte los.

Erst als sie schwer atmend in der U-Bahn saß, fiel ihr ein, dass sie sich bei ihrer Schneiderin hätte telefonisch anmelden müssen. Nun konnte sie nur noch hoffen, dass Mrs Brevda Zeit für sie hatte, und sich selbst darüber ärgern, dass sie alles immer bis zur letzten Minute aufschob.

Ihr Blick fiel auf die beiden Schulmädchen ihr gegenüber, die hinter vorgehaltener Hand miteinander tuschelten. Neben ihnen saß eine Frau mittleren Alters, deren Hutschmuck einer Schale voller Obst glich. Wenn sie den Kopf bewegte, wackelten die Kirschen. Pamela lächelte in sich hinein, bis ihr bewusst wurde, dass sie selbst vergessen hatte, einen Hut aufzusetzen.

Sie versuchte, sich ein passendes Abendkleid vorzustellen. Das Problem war nur, dass sie Kleiderfragen langweilig fand und aufwendige Kleidung unnötig. Natürlich würde sie Hugh nicht enttäuschen, aber eigentlich interessierten sie auch Bälle nicht. Es wäre einfacher, wenn er allein an derartigen Anlässen teilnähme. Sie hätte nichts dagegen, in der Zeit zu Hause zu bleiben, zu stricken oder ein Buch zu lesen. Wahrscheinlich würde sie nie die ideale Ehefrau eines höheren Beamten des Foreign Office werden. Doch Hugh hatte nun einmal eine politische Laufbahn eingeschlagen, und ihr blieb nichts anderes übrig, als das Beste daraus zu machen.

Die Bahn hielt an, Pamela stieg aus und folgte der Golders Green Road zu Mrs Brevdas Schneiderei. Als sie die Tür öffnete, bimmelte über ihr ein Glöckchen. Sie betrat den schwach beleuchteten Raum, wo es nach neuen Stoffen und Nähmaschinenöl roch.

Mrs Brevda saß wie üblich ganz hinten an ihrer Nähmaschine, führte mit einer Hand einen Stoff unter dem Nähfuß hindurch und drehte mit der anderen das Schwungrad.

Sie wandte sich erst um, als Pamela bei ihr stand und sich laut räusperte. »Entschuldigung, Mrs Denison, ich habe sie nicht eintreten gehört.«

»*Ich* muss mich entschuldigen«, antwortete Pamela. »Ich hätte anrufen sollen. Was meinen Sie, könnten Sie mir kurzfristig ein Abendkleid nähen?«

Mrs Brevda runzelte die Stirn. »Wie schnell muss es gehen?«

Verlegen hob Pamela die Schultern. »Bis nächsten Freitag?«

»Das wird knapp.« Die Schneiderin stand auf. »An was hatten Sie denn gedacht?«

Pamela hatte nicht die geringste Ahnung und starrte hilflos auf das Regal mit den Stoffballen. Ihr Blick blieb auf einem Seidenstoff in changierendem Violett haften. Sie trat darauf zu und berührte ihn bewundernd. Ein schlichtes Kleid aus diesem Stoff wäre etwas Besonderes, aber nicht zu übertrieben, und die Kronleuchter im Ballsaal des

Foreign Office würden den Schimmer betonen. »Dieser Stoff gefällt mir.«

Mrs Brevda holte den Ballen aus dem Regal, ließ ihn auf die Theke fallen und löste eine feine Staubwolke aus. Sie wickelte ein Stück ab. »Eine gute Wahl. Ich werde den Stoff schräg zuschneiden, dann fällt er schön. Ihr Mann wird sie immerzu ansehen wollen.«

Pamela lachte. »Das bezweifle ich. Aber es ist ein wundervolles Material. Was meinen Sie, schaffen Sie das Kleid in der kurzen Zeit?«

»Soll es schmal oder weit geschnitten werden?«

»Schmal.«

»Gut, das geht schneller. Wahrscheinlich soll es auch ärmellos sein.«

Pamela nickte. »Die Ärmelausschnitte nicht zu gewagt.«

»Natürlich nicht.« Mrs Brevda griff nach Block und Bleistift und skizzierte zwei Kleider. Eines hatte einen herzförmigen Ausschnitt und eine schmale Taille, das fand Pamela für sich zu jugendlich. Das andere hatte einen Stehkragen und einen leicht ausgestellten Rock.

Sie tippte auf das zweite. »Das ist besser.«

Mrs Brevda machte einen Haken daran und deutete auf die Umkleidekabine. »Ziehen Sie das Kostüm aus, ich brauche Ihre aktuellen Maße.«

Pamela betrat die Kabine.

Mrs Brevda kam mit ihrem Zentimetermaß, und Pamela musste auf einen wackligen Schemel steigen. Die Schneiderin machte sich Notizen. Als sie Pamelas Taillenumfang maß, sagte sie: »Noch immer kein Babybauch, den wir kaschieren müssen?«

Pamela errötete. »Wir haben einen vierzehnjährigen Sohn, und mein Mann möchte kein zweites Kind.«

»Schade.« Mrs Brevda trat zurück. »Wahrscheinlich sorgen sich zurzeit alle Eltern um ihre Söhne. Schließlich steht uns der nächste Krieg bevor.« Sie half Pamela von dem Schemel herunter.

Pamelas Brust schnürte sich zusammen. »Glauben Sie das wirklich?«

»Sie sind diejenige, deren Mann im Foreign Office arbeitet, und müssten eigentlich mehr wissen als ich. Doch die Leute hier in der Gegend rechnen fest damit. Für uns ist es nur noch eine Frage der Zeit.«

Pamela ließ sich auf den Schemel sinken. »Ich hoffe, die Leute irren sich.« Mrs Brevda hatte das ausgesprochen, was sie selbst befürchtete. Doch bisher hatte sie sich stets von Hugh beschwichtigen lassen, der erklärte, Hitler sei nur halb so schlimm.

»Viele jüdische Familien hier in der Gegend haben Verwandte in Deutschland, wo ein Wahnsinniger die Macht an sich gerissen hat. Von ihnen haben wir erfahren, dass die Nationalsozialisten antijüdische Gesetze erlassen haben. Seitdem fühlen die Juden sich in Deutschland nicht mehr wohl. Auch in den Nachbarländern breitet sich der Antisemitismus aus. Wer klug ist, bringt sich in Sicherheit.« Sie lehnte sich gegen die Wand der Umkleidekabine. »Waren Sie schon einmal in Prag?«

Pamela schüttelte den Kopf.

»Dort bin ich aufgewachsen. Eine wunderbare Stadt, weitaus eleganter als London. Doch die jüdischen Familien spüren die Feindseligkeit der deutschstämmigen Bevölkerung des Landes. Etliche von ihnen suchen bereits nach einer Zuflucht.«

Pamela lächelte beherzt. »Dann hoffe ich, dass wir sie bei uns willkommen heißen werden.«

»Da bin ich gespannt.« Mrs Brevda schnaubte verächtlich. »Hitler ist maßlos. Schlimmer als der deutsche Kaiser, dem wir den letzten Krieg verdanken. Doch falls er vorhat, den Rest der Welt wie die Juden zu behandeln, wird er sich wundern.«

Pamela stand auf. »Es tut mir leid, dass Sie sich solche Sorgen machen.« Sie wollte ihre Schneiderin beruhigen, aber wusste nicht, wie. Vielleicht sagte Hugh ihr nicht die Wahrheit, wenn er erklärte, es gäbe keinen Grund zur Sorge. Sie tröstete sich mit dem Gedanken, dass außer ihm noch andere Quäker Regierungsämter innehatten und alles daransetzen würden, einen Krieg zu verhindern.

Mrs Brevda seufzte schwer. »Ich rufe Sie an, wenn Sie zur Anprobe kommen sollen.«

Pamela verabschiedete sich und kehrte bedrückt zur U-Bahn-Station zurück.

*

Hugh war ein hervorragender Tänzer und wirbelte Pamela über das Parkett. Sie lehnte sich in seinen Armen zurück und spürte, wie der Seidenstoff ihres Kleides um sie herumschwang.

Mrs Brevda hatte sich selbst übertroffen und ein Kleid genäht, das Pamelas Körper umspielte, ohne unschicklich zu sein. Schon auf den ersten Blick hatte sie gewusst, dass es perfekt war. Und als sie es Mrs Brevda vorführte, hatte auch diese beifällig genickt.

Wir benehmen uns mit Sicherheit nicht wie Menschen, denen ein Krieg bevorstehen könnte, ging es Pamela angesichts der tanzenden, trinkenden und lachenden Ballgäste durch den Sinn. Wundervoll gekleidete Frauen schwebten an ihr vorüber, ein Farbspiel wie in dem Kaleidoskop, das Will früher besessen hatte.

Schließlich ließen sie und Hugh sich nieder, um wieder zu Atem zu kommen. Hugh nahm ein Glas Champagner vom Tablett eines Kellners und ignorierte Pamelas vorwurfsvollen Blick.

»Fast hätte ich es vergessen«, sagte er. »In einigen Wochen muss ich in die Tschechoslowakei. Vielleicht hast du Lust, mitzukommen. Könnte ganz nett werden.«

Pamela begann ihren Ehering am Finger zu drehen. Es war eine für sie typische Geste der Unsicherheit und geschah meistens unbewusst. Sie war noch nie in der Tschechoslowakei gewesen und vielleicht wäre es gut, Hugh dorthin zu begleiten. Im Hilfswerk würde sie sicherlich jemanden finden, der für sie einsprang. Und dann konnte sie selbst sehen, was auf dem Kontinent politisch vor sich ging. In London lebte sie zu weit ab von allem. Vielleicht würde sie auch erfahren, ob die Tschechoslowaken die Hilfe der Quäker brauchten.

»Eine gute Idee«, antwortete sie. »Ich komme mit.«

Hugh betrachtete sie lächelnd. »Habe ich dir schon gesagt, wie schön du heute Abend aussiehst?« Er prostete ihr mit seinem Glas zu und leerte es mit zwei großen Schlucken.

*

Die Idee, in der Tschechoslowakei Ski zu laufen, kam Pamela, als sie in Madame Adriennes Frisörsalon unter der Trockenhaube saß und in *Harper's Bazaar* blätterte.

Ohne großes Interesse ging sie die Seiten mit der neuesten Mode und den Schönheitstipps durch. Dann fiel ihr Blick auf das Foto einer Werbeanzeige: Vor dem Hintergrund hoher, verschneiter Berge und eines blitzblauen Himmels zeigte es eine Frau in Knickerbockern, dickem Pullover und Mütze. Mit einem glücklichen Lächeln stand sie auf Skiern, unter dem Bild war zu lesen: »Zum nächsten Winterurlaub fahren wir in die Tschechoslowakei«.

Beim Betrachten des blauen Himmels und der weißen Berge spürte Pamela, wie überdrüssig sie des bleigrauen englischen Himmels und der kurzen, trüben Novembertage war. Auch das Einerlei ihres Alltags war sie leid, selbst ihre gemeinnützige Arbeit hatte seit Kurzem etwas von ihrem Glanz verloren. Im Grunde lebte sie nur auf, wenn Will zu Hause war. Doch mittlerweile war er auf dem Marlborough College und verbrachte die langen Wochenenden bei seinen Freunden, die offenbar unterhaltsamer als Hugh und Pamela waren. Bei seinen Eltern gab es keine lustigen Geschwister, mit denen man Tennis spielen, keine jungen Leute, mit denen man tanzen gehen konnte. In den Winterferien hatten sie Will rein gar nichts zu bieten.

Bisher hatte Pamela nicht großartig über die Reise in die Tschechoslowakei nachgedacht, doch nun überlegte sie, ob man sie nicht vielleicht mit einem kleinen Skiurlaub verbinden könnte. Schon sah sie Will vor sich, wie er mit roten Wangen eine Abfahrt hinunterfegte. Hugh würde versuchen, mit seinem Sohn mitzuhalten – sie selbst würde den beiden vorsichtig hinterherzockeln.

Sie schlug Hugh den Skiurlaub beim Abendessen vor.

Überrascht blickte er von seinem Teller auf. »Seit wann kannst du Ski fahren?«

Pamela zerkrümelte ein Stückchen Brot. »Als Kind bin ich Schlittschuh gelaufen. So viel anders kann das nicht sein.«

Sie wusste noch, wie steifbeinig sie über den gefrorenen Teich gestakst war und mit den Armen gefuchtelt hatte, um ihr Gleichgewicht zu wahren. Einen ganzen Vormittag lang hatte es gedauert, bis sie es schaffte, ihr verkrampftes Lächeln zu lockern und zum Ufer zu schauen, statt ängstlich auf die Eisfläche zu stieren. Ihre Brüder hatten am Rand des Teichs gestanden und sich vor Lachen gekrümmt, doch zuletzt hatte sie den Bogen rausgehabt.

»Skifahren hat mit Schlittschuhlaufen überhaupt nichts

zu tun.« Hugh nahm sich eine Scheibe Brot. »Auf Ski geht es bergab, damit fängt es schon an.«

»Das weiß ich selbst! Ich kann ja Skiunterricht nehmen. Oder ich sehe dir und Will zu. Ihr werdet es wahrscheinlich sofort lernen, sportlich wie ihr seid.«

Hugh legte seinen Löffel ab und lehnte sich zurück.

»Will wird begeistert sein«, ergänzte Pamela.

Hugh tupfte seinen Mund mit der Serviette ab. »Mal sehen.«

Zwei Tage später kam Hugh früher aus dem Büro nach Hause und hatte Reiseprospekte mitgebracht.

Pamela saß an ihrem Sekretär und war dabei, Will einen Brief zu schreiben. Sie schaute auf und sah das strahlende Gesicht ihres Mannes.

Er legte die Prospekte vor sie. Bei allen ging es um Skiurlaube im Riesengebirge.

»Also fahren wir?«, fragte Pamela und stellte sich vor, wie sehr sich Will freuen würde.

Hugh grinste. »Im Büro war so wenig los, dass ich mir den Nachmittag freigenommen habe. Und dann bin ich kurz entschlossen in ein Reisebüro gegangen.« Er fächerte die Prospekte vor Pamela auf. »Such du etwas für uns aus.«

Pamela drückte seine Hand. »Danke, Liebling. Ich werde Will davon schreiben. Der Junge wird im siebten Himmel sein.«

Hugh ging in die Knie und wedelte mit dem Hinterteil, als fahre er Ski.

*

Zwei Wochen später kamen sie in einem Skiort mit Namen Spindlermühle an. Ihr Hotel war einfach, doch es hatte alles, was sie brauchten.

Zuvor waren sie in Prag gewesen. Während Hugh sich mit tschechischen Kollegen traf, sahen Pamela und Will sich die Stadt an. Sie besichtigten die Burg, wanderten über die Karlsbrücke und an der Moldau entlang, besuchten Kaffeehäuser. Am letzten Abend gingen sie in ein Konzert der Prager Philharmoniker.

Seit dem Werbefoto in *Harper's Bazaar* hatte Pamela sich immer wieder mit Skiausrüstung und geröteten Wangen vor einem verschneiten Berg und unter einem blauen Himmel gesehen. Und stets hatte sie sich dabei Wills Freude über den Urlaub vorgestellt.

Tatsächlich war es der erste Winter, in dem Will nicht von den Weihnachtsplänen seiner Freunde schwärmte. Diesmal war er vielleicht derjenige, der von den anderen beneidet wurde.

Nun würden sie eine Woche inmitten einer Landschaft verbringen, die noch schöner als auf dem Werbefoto war.

Frühmorgens, wenn der Himmel sich zuerst rosig, dann langsam hellblau färbte, stieg die harte, weiße Wintersonne auf und blitzte durch die Bäume an den Hängen. Gegen Mittag brachten die Sonnenstrahlen sogar ein wenig Wärme.

Hugh hatte Pamela vorgeschlagen, die Tage dick eingemummt auf dem Hotelbalkon zu verbringen, heiße Schokolade zu trinken, kleine Wanderungen zu unternehmen.

Doch sie hatten einen Skilehrer engagiert, und Pamela wollte mit ihm und Will Ski fahren lernen.

Am Abend des ersten Tags behielt sie für sich, wie schwer ihr die anfänglichen Gleitversuche auf den Skiern gefallen waren. Auf dem Weg bergauf war sie den anderen hinterhergekraxelt, und bevor sie sich an eine kleine Abfahrt wagte, musste sie sich ernsthaft Mut zusprechen.

Bereits nach zwei Tagen wedelten Will und Hugh mühelos die Hänge hinunter. Ihre Skier überkreuzten sich nicht, rutschten seitlich nicht weg, und keiner von ihnen musste zwischendurch stehen bleiben, um Luft zu holen.

Glücklicherweise hatten sie einen höflichen Skilehrer erwischt, der, anders als Hugh und Will, auf Pamela wartete, wenn sie sich im Schneckentempo und mit kleinen Bogenschwüngen den Hang hinunterbewegte. »Sie werden immer besser«, sagte er dann und blinzelte in der Sonne. »Gleich sind wir unten und Sie haben es geschafft.«

Nach dem Mittagessen, das sie stets in einem Lokal am Berg zu sich nahmen, zogen Will und Hugh ohne Pamela los. Pamela nutzte die Zeit, um weiter mit ihrem Lehrer zu üben.

Am letzten Tag wollte Hugh es mit einer mittelschweren Abfahrt versuchen, die hoch am Berg begann. Als Pamela erklärte, sie komme mit, hob er die Brauen.

»Bist du sicher? Wir machen das ohne Lehrer.« Er grinste und zwinkerte Will zu.

»Ja, ich bin mir sicher«, antwortete Pamela.

»Wir sorgen dafür, dass dir nichts passiert.« Will legte

einen Arm um sie, aber seine Fürsorglichkeit wirkte aufgesetzt.

Beim Aufstieg nahmen er und Hugh Pamela in die Mitte, doch es kostete sie Mühe, mit ihrem Tempo mitzuhalten. Hinzu kam, dass es, je höher sie kamen, umso kälter wurde. Eisige Böen schlugen ihnen ins Gesicht, fuhren unter ihre Anoraks und blähten sie. Pamela zog ihren Schal bis zu den Augen, dennoch spürte sie den Biss des Windes, der ihr den Atem nahm. Als Hugh ihr mit einer ungeduldigen Handbewegung bedeutete, sie solle sich sputen, wagte sie es in der eisigen Luft nicht einmal mehr, den Mund zu öffnen und zu antworten. Sie nickte nur.

Mithilfe ihrer Skistöcke arbeitete sie sich weiter den Berg hinauf und verfluchte sich, weil sie unbedingt hatte mitkommen wollen. Wie so oft hatte sie Angst gehabt, sie könnte etwas versäumen.

Schließlich waren sie an ihrem Ziel. Mit Entsetzen blickte Pamela den steilen, vereisten Hang hinab, der dort, wo die Sonne ihn nicht erreichte, bläulich glänzte. Ihr Magen verkrampfte sich.

»Bist du bereit?«, fragte Hugh mit einem aufmunternden Lächeln.

Wie konnte er nur so entspannt sein?, dachte Pamela. Erkannte er nicht, dass diese Abfahrt ihr Tod sein würde? Sie versuchte, ebenfalls zu lächeln, doch es gelang ihr nicht.

Will machte sich bereit, schaute konzentriert nach unten und führte Drehbewegungen aus, als ginge er den Lauf in Gedanken durch.

Pamela holte tief Luft, machte einige vorsichtige Schritte, rammte ihre Skistöcke in den Schnee und blieb stehen. »Weiter«, sagte Hugh. Pamela glitt zu Will hinüber.

»Na also«, sagte Hugh.

Sie drehte sich nicht zu ihm um, sah auch nicht den Hang hinunter, sondern blickte eisern zu ihrem Sohn. Als sie bei ihm ankam, musste sie sich zwingen, sich nicht an ihm festzuhalten.

»Bist du so weit?«, fragte er mit glänzenden Augen und von der Kälte gerötetem Gesicht. Ebenso wie Hugh schien er nicht den kleinsten Anflug von Furcht zu verspüren.

Mit einem eleganten Schwung gesellte Hugh sich zu ihnen. »Will fährt als Erster«, entschied er.

Will nickte.

»Deine Mutter folgt dir, ich bilde das Schlusslicht. Bitte sieh dich zwischendurch um und warte auf uns. Und jetzt ab mit dir.«

Für einen Moment schloss Pamela die Augen. Sie wünschte sich, sie hätte die Abfahrt bereits hinter sich, würde im Hotel am Kaminfeuer sitzen, heiße Schokolade trinken … Doch es war ihre Idee gewesen, Ski zu fahren, deshalb würde sie sich nun zusammenreißen und diese teuflische Abfahrt hinter sich bringen. Vielleicht würde Will seinen Schulfreunden später erzählen, wie mutig seine Mutter im Urlaub gewesen war, und stolz auf sie sein.

Sie hörte Wills Ski über den Schnee schaben, öffnete die Augen und sah die pudrigen, weißen Wolken, die er auf dem Weg in die Tiefe aufstäubte. Sein roter Skianzug wurde kleiner und kleiner. Was für ein tollkühner Junge er war.

»Pamela«, sagte Hugh. »Wir können hier nicht ewig stehen.«

Sie drehte sich halb zu ihm um, geriet aus dem Gleichgewicht und justierte sich mit rudernden Armen.

»Mach dich locker und los geht's.«

Verkrampft und ängstlich führte sie ihre Füße wieder zusammen.

»Po runter, Oberkörper vorbeugen und los!«

Pamela stieß sich ab, und bevor sie sich versah, raste sie abwärts. »Kurve fahren!«, rief Hugh.

Kurve fahren? Sie versuchte, sich an das zu erinnern, was ihr Skilehrer ihr beigebracht hatte. Füße in die gewünschte Richtung kippen, dann die Knie und die Oberschenkel. Sie machte eins nach dem anderen, legte sich nach links. Im ersten Moment geschah nichts, doch dann hatte sie die Kurve geschafft, legte sich auf die rechte Seite und wedelte in halsbrecherischem Tempo den langen steilen Hang hinab – zuerst voller Panik, doch dann überkam sie eine Art Rausch. Sie fuhr richtig Ski!

»Klasse, Mum!«, rief Will, der in der Hälfte des Hangs auf sie gewartet hatte.

Pamela bretterte auf ihn zu, kam kurz vor ihm zum Halt, ohne dass sie hätte sagen können, wie ihr das geglückt war.

Kurz darauf war Hugh bei ihnen. »Das war großartig, Pamela«, sagte er. »Den schwierigsten Teil hast du hinter dir.«

Schwer atmend schaute sie nach unten, wo die Skifahrer, die sie überholt hatten, nur noch kleine bunte Gestalten waren.

»Und weiter geht's«, sagte Will.

Er war nicht einmal außer Atem, stellte Pamela fest, wohingegen sie sich am liebsten in den Schnee gelegt hätte. Sie tröstete sich mit dem Gedanken an das Kaminfeuer und schwor sich, dass dies ihr erster und letzter Skiurlaub sein würde.

»Ab geht die Post«, sagte sie.

Hugh lachte. »Mir scheint, du bist auf den Geschmack gekommen.«

Pamela gab ihm keine Antwort, sie fuhr einfach wieder los.

Der Schnee war nun tiefer, und es wurde ein wenig wärmer. In der wässrigen Sonne glitzerte die weiße Fläche. Pamela folgte ihrem Sohn, der im weiten Zickzack den restlichen Hang hinunterfuhr. Mit mütterlichem Stolz nahm sie wahr, dass sein Körper langsam eine männliche Form annahm. Und doch war er noch immer ein lieber Junge, wenn auch nicht mehr so zärtlich und anhänglich, wie er einmal gewesen war.

Mit einem Mal drangen warnende Rufe an ihr Ohr, dann Schreie. Unten, wo der Hang auslief und die Bäume anfingen, war ein Kind gestürzt. Es lag mit einem seltsam verdrehten Bein im Schnee und schrie vor Schmerzen. Die Eltern bückten sich zu ihm hinab, schienen jedoch nicht zu wissen, was sie tun sollten. Will war schon an dem

Kind vorbei, doch er kehrte zurück, offenbar mit der Absicht, zu helfen.

Pamela drosselte ihr Tempo und änderte die Richtung, um ebenfalls zu dem Kind zu gelangen. Doch statt langsamer zu werden, wurde sie schneller und raste auf die Unfallstelle zu, ohne sich bremsen zu können.

Panisch fuhr sie eine Kurve, preschte knapp an dem Kind, den Eltern und Will vorbei und sah die Bäume auf sich zukommen. Sie versuchte, die andere Richtung einzuschlagen, geriet auf eine vereiste Fläche und knallte gegen einen Baum.

Gut, dass sie das Kind nicht überfahren hatte, schoss es ihr durch den Sinn, bevor der Schmerz überhandnahm. Sie versuchte, den Kopf zu heben, sah rotes Blut auf dem weißen Schnee und verlor das Bewusstsein.

Kapitel 4

Die ersten Wörter, die Pamela auf Tschechisch lernte, waren die für Schmerzmittel. Das Wort »Morfin« benutzte sie am häufigsten.

Noch an ihrem Unfallort hatte ein Arzt festgestellt, dass sie sich ein Bein gebrochen hatte. Zwei ortsansässige Männer hatten mit einem Schlitten kommen müssen, um sie zu transportieren. Will und Hugh hatten sie behutsam darauf gehoben, trotzdem hatte sie vor Schmerzen gestöhnt.

Mit dem Schlitten ging es zu einem Krankenwagen und dann weiter in das nächstgelegene Krankenhaus. Auf dem Weg hatte sie bereits ihre erste Dosis Morphium bekommen, doch die Fahrt über die buckligen kleinen Bergstraßen war qualvoll gewesen. Im Krankenhaus wurde sie geröntgt und erfuhr, dass ihr Schienbein gebrochen war. Es wurde eingegipst und im Krankenbett mithilfe eines Flaschenzugs hochgehoben und gestreckt. Sechs Wochen werde es dauern, bis der Bruch geheilt sei, erklärte der Arzt.

»Sechs Wochen?« Pamela stiegen Tränen in die Augen. »Mein Mann muss zurück ins Büro und mein Sohn bald wieder in die Schule. Kann ich nicht mit ihnen nach England fahren?«

Der Arzt zuckte die Achseln. »Sie können, aber besser wäre es, Sie blieben hier.«

Hugh griff nach Pamelas Hand. »Er hat recht. Der Transport nach England ist zu riskant.« Er drückte ihre Hand. »Ich werde dich vermissen, Liebling, aber hier bist du in guten Händen.«

»Wie willst du denn allein zurechtkommen?«

»Mach dir keine Sorgen, Kitty wird sich um mich kümmern. Und im Handumdrehen bist du wieder zu Hause. Bis dahin schreiben wir uns.«

Pamela seufzte. Will stand ebenfalls an ihrem Krankenbett und wirkte blasser als vor ihrem Urlaub. Auch der Glanz seiner Augen war erloschen.

Pamela sah ihn bekümmert an. »Nun werde ich nicht einmal da sein, wenn du das nächste lange Wochenende zu Hause verbringst.«

»Ich schreibe dir«, versprach er. »Jeden Tag.«

Pamela lächelte. »Ach, dazu hast du doch gar keine Zeit.«

»Doch, jeden Tag«, antwortete Will.

Einer nach dem anderen umarmte Pamela zum Abschied. Für einen Moment fand sie Trost in Hughs starken Armen und der Innigkeit, mit der Will sich an sie schmiegte.

Hugh lächelte aufmunternd, doch sein Blick war sorgenvoll.

Dann waren die beiden verschwunden, und Pamela brach in Tränen aus.

Als sie sich wieder gefasst hatte, nahm sie den mitfühlenden Blick der Frau im Nachbarbett wahr. Sie sagte etwas, doch es war auf Tschechisch.

Pamela wischte sich die Augen und sah die Frau verlegen an. »Ich kann leider nur Englisch.«

Die Frau deutete auf sich und sagte: »Ada.«

Das musste ihr Name sein, dachte Pamela und deutete auf sich. »Pamela.«

Ada lächelte. Ihr Alter war schwer zu bestimmen, da ihr zwei Schneidezähne fehlten, doch Pamela hatte den Eindruck, dass sie im gleichen Alter waren. Vielleicht hatte Ada die Zähne bei ihrem Unfall verloren, überlegte Pamela; ebenso wie sie hatte die Frau ein Bein in Gips.

Außer ihrem Namen wusste Pamela nichts zu sagen. Als ihre Nachbarin sie weiterhin anschaute, wandte sie den Kopf ab und tat, als blickte sie sich im Krankensaal um, obwohl es dort kaum etwas zu sehen gab, das sie nicht schon kannte.

Der große Raum war denkbar einfach, aber sauber. Zwölf Metallbetten standen sich in zwei ordentlichen Sechserreihen gegenüber, jedes mit weißen Laken und rosafarbener Bettdecke.

Pamela gegenüber lag eine ältere Frau, die gelegentlich stöhnte. Zwei Frauen mittleren Alters belegten die Nachbarbetten. Eine strickte, die andere blickte stumpf vor sich hin. Auf der anderen Seite von Pamela hatte sich ein Mädchen mit blassem Gesicht und strähnigem Haar bis zur Nase unter der Bettdecke verkrochen. Die anderen Betten waren leer.

Nach einer Weile kam eine junge Krankenschwester herein, die von einer Patientin zur anderen ging. Als sie bei Pamela war, fühlte sie ihren Puls und maß ihn mithilfe der Uhr, die an ihrer Uniform steckte. Sie nickte Pamela zu und wandte sich zu Ada.

Pamela starrte an die Decke. Die starken Schmerzen in ihrem Bein hatte entweder nachgelassen oder waren von den Schmerzmitteln, die man ihr verabreicht hatte, gemildert worden. Sie spürte nur noch ein Pochen und eine eigenartige Schwere im Bein. Zudem juckte es hin und wieder unter dem Gips, und dann machte es sie halb verrückt, dass sie sich nicht kratzen konnte.

Sechs Wochen! Wie sollte sie sich hier sechs Wochen lang die Zeit vertreiben? Auf ihrem Nachttisch lag ein Krimi – *Mord im Orient-Express* –, den Hugh ihr dagelassen hatte. Um so lange wie möglich etwas davon zu haben, beschloss sie, am Tag jeweils nur wenige Seiten zu lesen. Dass es in diesem Krankenhaus englischsprachige Bücher gab, bezweifelte sie, und die Zeitschriften, die Hugh ihr versprochen hatte, kamen wahrscheinlich an, wenn sie bereits entlassen worden war.

Sie versuchte, nicht daran zu denken, dass Will ohne sie für die Rückkehr ins Internat packen würde. Niemand würde fehlende Socken suchen, niemand seine Kleidungsstücke so zusammenfalten, wie es sich gehörte, denn Kitty fehlte dazu die Zeit. Ohne Pamela würde sie ohnehin schon mehr als genug zu tun haben.

Und was war mit ihrer Arbeit im Hilfswerk? Normalerweise war sie an jedem Wochentag im Drayton House und half, die Kleidungsstücke zu packen, die ihnen gespendet worden waren.

Sie stieß einen schweren Seufzer aus. Sie hatte gewollt, dass Will ein paar schöne Ferientage mit ihnen verbrachte, und das war nun daraus geworden.

Sie spürte, dass Ada sie wieder ansah, und hörte sie etwas auf Tschechisch sagen. Pamela drehte den Kopf zu ihr um. Ada begann in ihrer Handtasche zu wühlen und holte eine kleine Tafel Schokolade hervor. Sie brach sie entzwei und warf Pamela eine Hälfte zu, die auf ihrer Brust landete. Pamela lachte und reckte einen Daumen noch. Ada imitierte die Geste.

Pamela knabberte ein Stück Schokolade, lächelte Ada an und setzte eine Miene auf, die der Frau bedeuten sollten, dass ihr die Schokolade schmeckte.

»Tschokolada«, sagte Ada.

Pamela sprach das Wort nach, sagte, wie es auf Englisch hieß. Ada wiederholte es mehrere Male.

Anschließend zeigte Ada nacheinander auf ihr Bett, ihre Decke, die Laken, ihr Nachthemd und sagte jedes Mal das dazugehörige tschechische Wort, das Pamela wiederholte, bevor sie die englische Version zum Besten gab.

Auf die Weise gewöhnte Pamela sich an den Klang der fremden Sprache, versuchte sich an den Kehl- und Zischlauten und mühte sich mit dem »r« ab, das gerollt wurde, bevor es in ein »sch« überging.

Dann wies sie auf ihr Bein und machte ein fragendes Gesicht.

»Noha«, antwortete Ada, und Pamela sagte, wie es auf Englisch hieß.

Sie gingen weitere Körperteile durch. Als gegen Mittag der Essenswagen kam, stellte Pamela fest, dass sie mit ihren Sprachübungen zwei Stunden totgeschlagen hatte. In dieser Zeit hatte sie weder an Hugh noch an Will gedacht oder sich in Selbstmitleid gesuhlt.

Hungrig löffelte sie die Kartoffelsuppe (bramborová polévka) in sich hinein, aß dazu eine dünne Scheibe Schwarzbrot (černý chléb) und sagte sich, dass sie die Zeit im Krankenhaus schon irgendwie überstehen würde.

Nach dem Essen strich Ada ihr Nachthemd glatt, rieb ihre bleichen Wangen rosig und fuhr sich mit den Fingern durch ihr Haar.

Der Grund wurde Pamela klar, als sich wenig später die Tür öffnete, und zwei Kinder, ein Junge und ein kleines Mädchen, zu Ada stürzten, gefolgt von einem schmächtigen, erschöpft aussehenden Mann.

Ada breitete die Arme aus. Das Mädchen krabbelte auf ihr Bett und drückte sich an sie. Ada sagte etwas, das wie eine Ermahnung klang, und verzog schmerzhaft das Gesicht. Die Kleine sah sie erschrocken an und kuschelte sich vorsichtig an sie.

Als der Mann Ada küsste, wandte Pamela sich ab und beschloss, sich ihrem Kriminalroman zu widmen.

Schon nach wenigen Seiten hörte sie jemanden an ihrem Bett leise schnaufen. Es war das kleine Mädchen, das sie mit offenem Mund anstarrte.

Pamela ließ ihr Buch sinken und lächelte der Kleinen zu. Das Kind hielt eine schmuddelige Stoffpuppe mit struppigem Wollhaar hoch. Kreuzstiche zeigten an, wo Mund und Augen waren.

Pamela schüttelte der Puppe die Hand. Das Mädchen kicherte und ließ die Puppe unter Pamelas Bettdecke verschwinden. Pamela begann an den falschen Stellen nach ihr zu suchen. Das Kind quietschte vor Lachen. Schließlich holte es die Puppe schwungvoll hervor. Dunkle Augen funkelten Pamela triumphierend an.

Ada rief die Kleine zur Ordnung. Das Funkeln der Augen erlosch, die schmalen Schultern fielen hinab.

»Ist schon gut«, sagte Pamela zu Ada und strich dem Mädchen übers Haar.

Nach einigem Zögern nickte Ada. Sie durften weiterspielen.

Als die Familie sich verabschiedet hatte, war Ada weiß wie die Wand, legte sich zurück und schloss die Augen.

Pamela griff nach ihrem Buch. Sprachunterricht würde es an diesem Tag wohl nicht mehr geben. Aber wenigstens war auch der Nachmittag schneller vergangen als gedacht.

In der Nacht träumte Pamela, dass eine Karawane roter Ameisen über ihr Schienbein krabbelte und einen solchen Juckreiz auslösten, dass sie glaubte, wahnsinnig zu werden.

Schweißgebadet und mit rasendem Herzen wachte sie auf. Gleich darauf wusste sie wieder, wo sie war, und dass sie das Jucken wohl oder übel aushalten musste. Dennoch war ihr, als rückten die Wände näher. Nur ein kleines, bläuliches Licht und der einfallende Schein des Mondes erhellten den Saal, in dem es nach Antiseptika und körperlichen Ausdünstungen roch. Sie konnte die schlafenden Frauen in den anderen Betten ausmachen. Die alte Frau, die am Tag gestöhnt hatte, röchelte nun leise.

Vom anderen Ende des Saals war ein regelmäßiges Klicken zu hören. Pamela hob den Kopf, spähte angestrengt in die Richtung und entdeckte eine Krankenschwester, die dort saß und strickte. Die Stricknadeln glänzten im Mondlicht. Pamela hätte etwas darum gegeben, sich mit einer von ihnen unter dem Gips kratzen zu können.

Sie legte sich wieder zurück und erinnerte sich daran, wie viele Jäckchen und Söckchen sie während ihrer Schwangerschaft für Will gestrickt hatte. Später waren es Pullover, Schals und Bommelmützen gewesen. Doch dann hatte er begonnen, Schuluniformen zu tragen, und seine anderen Kleidungsstücke selbst auswählen zu wollen. Ihre Stricksachen waren nicht mehr erwünscht.

Sie überlegte, ob sie sich die Zeit im Krankenhaus mit Stricken vertreiben könnte, dachte an die Puppe von Adas Tochter, die nichts angehabt hatte. Das Kind würde sich wahrscheinlich freuen, wenn sie der Puppe etwas zum Anziehen strickte.

Am nächsten Morgen fragte sie Ada gestenreich, ob ihr Mann ihr vielleicht Wolle und Stricknadeln besorgen könnte, und gab ihr das Geld dafür.

Bereits am Tag darauf brachte der Mann ihr drei dicke

Wollknäuel in Rot, Blau und Grün, dazu Stricknadeln unterschiedlicher Stärke mit. Pamela lächelte ihn an und wollte ihm noch mehr Geld geben, doch davon wollte er nichts wissen.

Das kleine Mädchen, das, wie Pamela nun wusste, Agáta hieß, hatte seine Puppe wieder dabei. Pamela winkte die Kleine zu sich. Nach einer weiteren Unterhaltung mit Händen und Füßen waren sie sich einig, dass die Puppe einen grünen Rock, einen roten Pullover und eine blaue Mütze brauchte. Pamela setzte sich auf und machte sich an die Arbeit.

Agáta legte sich zu ihr und bettete ihren Kopf auf Pamelas Schoß. Sie strich dem Mädchen über den Kopf und genoss die Wärme des zarten Kinderkörpers. Am liebsten hätte sie auch den Jungen namens Mirko zu sich gerufen, doch der war mit einem Spielflugzeug beschäftigt und wich ihrem Blick aus, wenn sie ihn anlächelte.

*

Mit jedem Tag im Krankenhaus verbesserte sich Pamelas tschechischer Wortschatz. Inzwischen hatte auch Agáta Gefallen daran gefunden, Pamela zu unterrichten. In der Regel kletterte sie dazu auf ihr Bett, sagte ihr die Wörter für die Gegenstände ringsum vor und ließ sie Pamela so lange wiederholen, bis sie mit ihrer Aussprache zufrieden war. Ebenso verfuhren die Ärzte und Krankenschwestern, sagten zunächst etwas in holperigem Englisch, dann das Gleiche auf Tschechisch, das Pamela wiederholen musste. Bereits nach einer Woche hatte sie das Gefühl, dass sie genügend Kenntnisse besaß, um sich halbwegs verständlich machen zu können.

Es dauerte auch nicht lang, bis die Grundausstattung für Agátas Puppe fertig war. Sie zeigte Ada das grüne Röckchen, doch die lächelte nur matt.

Pamela erschrak. Sie war so sehr mit der Strickarbeit und ihrem Spracherwerb beschäftigt gewesen, dass ihr nicht aufgefallen war, wie müde der Blick ihrer Nachbarin geworden war, wie knochig das Gesicht. Sie blickte auf deren Nachttisch, wo das unangerührte Mittagessen stand. Sie wollte Ada fragen, was mit ihr sei, doch dazu reichte ihr Tschechisch nicht aus. Und aufstehen, sich zu ihr setzen und ihre Hand halten konnte sie nicht.

Ada schloss die Augen. Ihre Brust hob und senkte sich nur ganz schwach. Pamela beobachtete sie eine Weile beunruhigt, vergewisserte sich, dass die Frau weiteratmete.

Dann griff sie nach Wills Briefen, die man ihr am Morgen gebracht hatte, und las zum hundertsten Mal, was er über seinen Schulunterricht und sein Rugby-Training schrieb. Der Junge hatte Wort gehalten, dachte sie gerührt, er schrieb ihr tatsächlich jeden Tag, auch wenn sie die Briefe erst gebündelt einige Tage später erreichten.

In der Nacht wurde sie wach, weil sie glaubte, Ada hätte etwas zu ihr gesagt. Sie drehte sich zu ihr um, doch ihre Bettnachbarin schlief. Offenbar hatte sie im Schlaf gesprochen. Plötzlich begann sie sich hin und her zu werfen.

Die Nachtschwester trat zu Ada, legte eine Hand auf ihre Stirn. Dann holte sie eine Trennwand, die sie zwischen Adas und Pamelas Bett schob.

Pamela bekam nur noch die leise besänftigende Stimme der Schwester mit.

Als die Schwester die Trennwand zurückschob, wirkte Ada ruhiger. Pamela schlief wieder ein.

Am Morgen blickte sie als Erstes zu ihrer Nachbarin hinüber und hatte den Eindruck, dass sie das Bewusstsein verloren hatte. Auf ihrem Hals und dem Gesicht schien sich ein roter Ausschlag ausgebreitet zu haben. Pamela rief nach der Schwester, die hinten im Raum zugange war.

Gleich darauf wurde die Trennwand wieder angebracht, die Bewegungen der Schwester dahinter klangen hektisch. Dann lief sie hinaus und kehrte wenig später mit einem Arzt zurück. Die beiden unterhielten sich und klangen nervös.

Im Lauf des Tages traten immer wieder Ärzte und Krankenschwestern an Adas Bett. Pamela konnte zwar nicht sehen, was sie taten, doch Ada schien Spritzen und Infusionen zu bekommen. Eine Zeit lang blickte sie besorgt auf die Trennwand, dann lehnte sie sich zurück und starrte an die Decke. Stricken oder lesen konnte sie nicht, stattdessen versuchte sie, Adas Atem zu lauschen oder von den Gesichtern der Ärzte und Krankenschwestern abzulesen, wie es um ihre Nachbarin stand. Aus ihren ernsten Mienen schloss sie, dass es zu irgendeiner schwerwiegenden Komplikation gekommen war.

Nach dem Mittagessen erschien Adas Mann – der Jan hieß, wie Pamela inzwischen wusste – und ihre beiden Kinder. Jan erbleichte, als er die Trennwand entdeckte.

Gleich darauf kam ein Arzt und begann sich leise mit Jan zu unterhalten. Dessen Gesicht zeigte Entsetzen. Dann führte er die Kinder zu Pamela und sah sie fragend an.

Pamela nickte und sagte: »Ich kümmere mich um sie.«

Sie hob Agáta auf ihr Bett. Die Kleine hatte ihre Puppe dabei und ließ sich mit den Kleidungsstücken ablenken, die Pamela für sie gestrickt hatte.

Mirko stand stocksteif an Pamelas Bett und starrte auf die Trennwand. Er hatte sein Flugzeug in der Hand, schien es jedoch vergessen zu haben.

Die Kinder verbrachten den ganzen Nachmittag bei Pamela. Am frühen Abend wurde Pamelas Essen gebracht, ein kleines Stück geräuchertes Fleisch, Rotkohl und Kartoffelklöße. Sie teilte das Essen mit Agáta, Mirko weigerte sich, auch nur den kleinsten Bissen zu sich zu nehmen.

Hinter der Trennwand war Jan mit seiner Frau allein. Pamela lauschte Adas rasselndem Atem – und dann war plötzlich Stille. Jan rief Adas Namen, panisch und laut. Pamela drückte Agáta an sich, der Junge begann am ganzen Leib zu zittern. Man hörte Jan weinen.

Schließlich kam er hinter der Trennwand hervor, hatte rot geränderte Augen, und führte die Kinder an den Händen zu ihrer Mutter. Weder das Mädchen noch der Junge gab einen Ton von sich. Pamela nahm an, dass sie nicht sofort begriffen, was geschehen war. Wenig später verließ

Jan den Krankensaal mit ihnen, nickte Pamela auf dem Weg hinaus zu, als wolle er sich für das Hüten der Kinder bedanken.

Nach einer Weile wurde die Trennwand entfernt. Krankenpfleger kamen mit einer Bahre und trugen Ada hinaus.

Pamela litt mit Jan und den Kindern, und sie trauerte um ihre Nachbarin. Noch im Einschlafen sah sie Jans Gesicht und die verstörten Mienen der Kinder vor sich.

Kapitel 5

Der frühe Morgen war die Zeit nur für Eva und Miriam. Um fünf Uhr früh wachte das Kind auf und verlangte noch immer nach seiner Flasche. Während Josef tief und fest schlief, schlüpfte Eva aus dem Bett und machte in der kalten Küche die Milch warm. Dann holte sie Miriam aus ihrem Bettchen. Die Kleine klammerte sich an sie und wollte nach wie vor auf Evas Schoß sitzen, wenn sie trank. Wie zu der Zeit, als sie noch ein Baby war, sah sie Eva dabei unverwandt mit ihren braunen Augen an.

Miriams Geburt war leicht gewesen. Evas Mutter hatte Eva während der Wehen beigestanden, und dann hatte eine Hebamme das Kind auf die Welt geholt. Evas Vater und Josef saßen unterdessen auf dem Flur und beteten stumm, der Herr möge Mutter und Kind vor Schaden bewahren.

In den letzten Monaten ihrer Schwangerschaft hatte Eva mit einer namenlosen Furcht zu kämpfen gehabt, die sie immer wieder zu übermannen drohte, auch die Erinnerungen an jenen Abend auf dem Jüdischen Friedhof waren mit Macht emporgekommen. Doch als sie ihr neugeborenes Baby in den Armen hielt, war all das vergessen. Da durchdrang sie ein so tiefes Glücksgefühl, dass sie wünschte, es würde nie vergehen.

Zärtlich betrachtete sie nun ihre kleine Tochter, die ihren Kopf schläfrig an Evas Brust lehnte und dabei weitertrank. *Du bist mein Ein und Alles*, dachte sie, *ich werde immer auf dich aufpassen.*

Die angespannte Stimmung im jüdischen Viertel kam ihr in den Sinn, und ihr Magen verkrampfte sich. Im vergangenen September waren im Deutschen Reich die Nürnberger Gesetze erlassen worden. Seitdem hatten die Juden in ihrem Nachbarland die Bürgerrechte verloren, die Ehe zwischen Juden und Nichtjuden war verboten worden. In der Josefstadt kursierten Gerüchte, Hitler habe vor, die Tschechoslowakei zu überfallen, um das Deutsche Reich auszudehnen. Etliche jüdische Familien hatten bereits die Flucht ergriffen. Josef bezeichnete sie als kopflose Panikmacher.

Schaudernd erinnerte Eva sich an die Zeitungsfotos im vergangenen Sommer, die Hitler und hochrangige Nationalsozialisten mit selbstzufriedenen Mienen bei den Olympischen Spielen in Berlin zeigten. Der Anblick der zahllosen Hakenkreuze auf den Sportstätten und in der deutschen Hauptstadt war ihr unerträglich gewesen.

Eva strich Miriam über das weiche Haar und schwor sich, ihr Kind zu schützen, wenn es sein musste mit ihrem Leben.

*

Nach den verordneten sechs Wochen in dem tschechischen Krankenhaus kehrte Pamela nach England zurück. Hugh empfing sie liebevoll und bat sie, sich noch ein wenig zu schonen.

Während der kalten, verregneten Frühlingswochen blieb Pamela die meiste Zeit im Haus und ruhte im Wohnzimmer auf dem Sofa. Zwei Mal in der Woche kam eine Physiotherapeutin und machte mit ihr Übungen, um die Muskeln in ihrem Bein wieder aufzubauen.

Als dann im Sommer die ersten warmen Tage begannen, zog Pamela in den Garten um, machte dort ihre Übungen und legte sich anschließend in einen Liegestuhl, um zu lesen, oder ließ sich vom Summen der Insekten wieder in den Schlaf lullen.

Noch Tage nach ihrer Rückkehr hatte Pamela den Geruch von Karbolseife und Desinfektionsmitteln in der Nase gehabt. Diese Erinnerungen verflogen in ihrem Garten, wo es nach Rosen und Geranien duftete, doch Adas reglose Gestalt und ihr weißes Gesicht konnte sie auch dort nicht vergessen.

Im September fühlte sie sich kräftig genug, um ihre Arbeit im Hilfswerk wiederaufzunehmen. Wenn er Zeit hatte, fuhr Hugh sie morgens zum Drayton House.

Beim Abendessen setzte sie jedes Mal eine muntere Miene auf. Hugh sollte nicht erkennen, wie erschöpft sie nach dem Tag im Hilfswerk war und dass ihr Bein dann wieder schmerzte. Tagsüber, wenn sie die gespendeten Kleidungsstücke sortierte, zog sie sich mitunter einen Stuhl heran und ließ sich darauf sinken.

Dann begann der Herbst. Im Garten haftete der Tau morgens länger an den Gräsern, die Brombeeren reiften und färbten sich langsam blauschwarz.

An einem schönen Sonntagmorgen Anfang Oktober fühlte Pamela sich kräftig genug, um ihren Eltern in Whitechapel einen längst überfälligen Besuch abzustatten. Für den größten Teil der Strecke konnte sie den Bus nehmen, doch das letzte Stück Weg musste sie zu Fuß zurücklegen. Trotz ihrer flachen Schuhe fiel ihr das Gehen noch immer nicht ganz leicht und sie zwang sich, nicht zu hinken.

Ihre Mutter öffnete ihr die Tür, zog Pamela in den Flur und blickte nervös über die Straße, bevor sie die Haustür eilig schloss und zusperrte. Pamela wunderte sich, normalerweise schlossen ihre Eltern die Tür nur abends ab. Whitechapel sei eine sichere Gegend, sagten sie, und keiner bestehle den anderen, ganz gleich wie arm jemand sei. Es konnte sogar vorkommen, dass ihre Mutter die Tür zuzuziehen vergaß, wenn sie einkaufen ging, und sie bei ihrer Rückkehr sperrangelweit offen stand. Auch dann war im Haus nie etwas verschwunden.

Pamela folgte ihrer Mutter in die Küche. Im einfallenden Sonnenlicht erkannte sie den fahlen Teint ihrer Mutter, die scharfen Sorgenfalten auf der Stirn und die herabhängenden Mundwinkel.

»Was hast du?«, fragte sie besorgt. »Du siehst nicht gut aus.«

Ihre Mutter wandte sich ab und setzte Wasser auf.

»Mum, ich habe dich was gefragt.«

Ihre Mutter breitete ein frisches Trockentuch über ein Tablett, stellte Teetassen darauf, legte Löffel dazu. Dann holte sie die Keksdose aus dem Schrank. Seit Pamela Hugh geheiratet hatte, behandelte ihre Mutter sie, als käme sie aus dem Königshaus, früher hatten sie zum Tee jeder einen einzelnen selbst gebackenen Haferkeks hingelegt bekommen.

Noch immer schweigend wärmte Pamelas Mutter die Teekanne mit kochendem Wasser vor, gab Teeblätter hinein und goss das heiße Wasser darauf. Zum Schluss stülpte sie einen selbst gestrickten Wärmer über die Kanne.

Erst als sie im Wohnzimmer saßen und ihre Mutter den Tee ausschenkte, sagte sie: »Ich sorge mich um deinen Vater. Er ist zur Cable Street gegangen.«

Pamela erschrak. »Er will sich doch wohl nicht mit den *Blackshirts* anlegen?«

»Doch.«

Pamela wusste, dass Oswald Mosley und die von ihm gegründete *British Union of Fascists* an diesem Tag einen Aufmarsch im East End planten. Nun wurde ihr auch klar, warum im Bus so viele Schwarzhemden gesessen hatten. Sie verstand nur nicht, warum jemand, der so besonnen war wie ihr Vater, eine Konfrontation mit diesen Leuten riskieren wollte.

»Seit Wochen regt er sich über die Faschisten auf«, fuhr ihre Mutter fort. »Deren Hetze gegen die Juden will er nicht länger hinnehmen. Das ganze East End stört sich daran. Heute Morgen haben sie den Schwarzhemden die Zufahrtsstraßen mit Barrikaden blockiert.«

Pamela griff nach der Hand ihrer Mutter, fragte sich, seit wann deren Haut derart voller Altersflecken war. »Mach dir keine Gedanken. Die Polizei wird ebenfalls da sein, und Pa ist kein Schlägertyp.«

»Nein, aber die Faschisten machen ihn wütend.«

»Ist er allein losgezogen?«

Pamelas Mutter schüttelte den Kopf. »Zwei der Ältesten sind mit ihm gegangen. Townsgate und Dunning.«

»Gut, das sind Leute, die nichts Unbedachtes tun.« Pamela streichelte die Hand ihrer Mutter. »Pa wird nichts geschehen.«

Ihre Mutter entzog ihr ihre Hand und gab Milch in ihren Tee. »Ich hoffe, du hast recht.«

Pamela blieb bei ihrer Mutter, bis die Abenddämmerung anbrach und es im Wohnzimmer dunkler wurde. Sie hatte ihr sämtliche Neuigkeiten mitgeteilt und wusste kaum noch, was sie erzählen sollte. Doch ihre Mutter schien mit den Gedanken woanders zu sein, fragte weder nach Will noch Hugh. Zu guter Letzt beschrieb Pamela ihr, was sie gerade strickte und welches Buch sie las, bis sie die einsilbigen Antworten ihrer Mutter leid wurde und schwieg.

Nach einer Weile machte sie ein Feuer im Kamin. Als sie die Vorhänge zuziehen wollte, verlangte ihre Mutter, dass sie offen blieben. Sie wollte die Straße im Auge behalten und sehen, wann Pamelas Vater zurückkehrte.

Pamela ließ sich wieder aufs Sofa sinken, starrte auf die gegenüberliegende Wand und hörte die Wanduhr ticken. Das gerahmte Bibelzitat, das dort hing, hatte sie mit großer Sorgfalt als Kind gestickt. *Selig sind die Friedfertigen*, Matthäus fünf, Vers neun. Darunter auf dem Kaminsims hatte vor vielen Jahren das Telegramm gestanden, noch immer fiel es ihr schwer, dorthin zu schauen.

Sie wusste noch, wie mitleidig der Telegrafenbote sie angesehen hatte, als er es ihr überreichte. Das war an einem Sommermorgen während des Großen Kriegs gewesen. Sie hatte es auf dem Kaminsims an die Wand gelehnt. Als ihre Mutter von der Außentoilette kam, entdeckte sie es sofort. Aber sie öffnete es nicht. Das musste ihr Vater übernehmen, als er am Abend von der Arbeit kam. Bis dahin saß ihre Mutter stundenlang wie erstarrt auf dem Sofa. Dann und wann weinte sie.

Das Telegramm bestätigte das, wovor sie sich, seit Tommy als Sanitäter am Krieg teilnahm, gefürchtet hatten: Pamelas Bruder war tot. Vor einigen Wochen noch hatte er ihnen von der Front geschrieben, er bleibe seinem Glauben treu und weigere sich nach wie vor, die Waffen gegen andere zu erheben, auch wenn ihn seine Kameraden dafür verspotteten. Zuletzt war er beim Bergen eines Verwundeten von einer feindlichen Kugel getroffen worden. Ihre Eltern hatten seinen Tod nie verwunden.

Als die Wanduhr sechs schlug, sagte ihre Mutter, Pamela müsse nicht länger auf ihren Vater warten, sondern solle nach Hause fahren. »Wahrscheinlich dauert es wegen der Demonstrationen eine Weile, bis die Busse wieder regelmäßig verkehren, und Hugh wird sich Sorgen machen. Sobald dein Vater nach Hause kommt, werde ich ihn bitten, dich aus der Telefonzelle unten an der Straße anzurufen.«

Pamela stand auf. Hugh würde bald aus seinem Club zurückkehren und sich tatsächlich sorgen, wenn sie nicht zu Hause war. Sie umarmte ihre Mutter, die sich zart und klein anfühlte. Seit wann war das so?

»Pass auf dich auf, Mum. Und mach dir um Pa keine Gedanken.«

Ihre Mutter nickte und lächelte verkrampft.

*

»Ich kann nicht fassen, dass du im East End warst!«, rief Hugh am Abend aufgebracht. Sein Gesicht war dunkelrot angelaufen.

Pamela wagte ihn kaum anzusehen. »Ich war nur bei meiner Mutter, nicht in der Cable Street.«

»Ich hatte dir gesagt, dass es dort heute einen faschistischen Aufmarsch gibt und es zu schweren Ausschreitungen kommen könnte. Wirklich, Pamela, ich frage mich, was in dich gefahren ist!«

Pamela reichte ihm seinen Tee. »Warum regst du dich so auf, mir ist doch nichts passiert. Auch meinem Vater wird nichts zugestoßen sein. Er prügelt sich nicht mit anderen Menschen.«

Mit einer zornigen Handbewegung kippte Hugh Zucker in seinen Tee und rührte ihn so heftig um, dass man den Löffel gegen die Porzellanwand der Tasse schlagen hörte.

»Tut mir leid, Pamela, aber dein Vater ist ein irregeleiteter Träumer.« Er warf seinen Teelöffel auf den Beistelltisch. »Wenn ein Haufen fanatischer Faschisten mit Juden und Linken zusammenstößt – vielleicht auch noch mit der Polizei –, gibt es Krawall. Und in der Cable Street hat heute eine regelrechte Schlacht stattgefunden.«

Pamela wischte die verschütteten Teetropfen mit ihrem Taschentuch auf und steckte es in ihre Rocktasche. »Die Schwarzhemden behandeln die Juden auf eine Weise, die man nicht akzeptieren kann. Und mein Vater ist kein Träumer, sondern ein Pazifist, der in der Cable Street war, um sich mit den Juden solidarisch zu zeigen.«

Laut schlürfend nahm Hugh einen Schluck Tee. »Und wenn man ihn bei seinen Solidaritätsbekundungen zusammenschlägt? Hat er dann jemandem geholfen?«

Pamela befahl sich, ruhig zu bleiben. »Manchmal müssen wir für unsere Überzeugung eintreten, Hugh, oder bist du anderer Meinung?«

»Nein, aber dein Vater ist ein alter Mann und für Mosleys Schlägertruppen ein leichtes Opfer. Er könnte angegriffen werden – oder ins Gefängnis kommen. Was glaubst du, würde das für deine Mutter bedeuten?«

Pamelas Herz begann ängstlich zu schlagen. Mit unsteter Hand griff sie nach ihrem Tee.

»Wie auch immer«, sagte Hugh sanfter. »Er ist mit einem blauen Auge davongekommen. Vorhin – da warst du noch nicht zurück – hat deine Mutter angerufen. Ich soll dir ausrichten, dass er nur einen Faustschlag einstecken musste und sich etwas wacklig fühlt. Offenbar war er klug genug, sich am Rand des Geschehens aufzuhalten.«

Pamela schlug die Hände vors Gesicht.

Hugh stand auf und strich über ihren Kopf. »Wir leben in unruhigen Zeiten, Pamela, und die Menschen brauchen nur den kleinsten Anlass, um die Beherrschung zu verlieren.«

Pamela ließ die Hände sinken. »Weil viele von ihnen so wenig Geld haben, dass sie nicht wissen, wie sie über die Runden kommen sollen.«

»Das ist ein weiteres Problem.« Hugh kehrte zu seinem Sessel zurück. »Morgen früh findet im Innenministerium eine Sitzung statt, um unter anderem über die aufgeheizte Stimmung im Land zu debattieren. Ich werde daran teilnehmen und über die Lage auf dem Kontinent sprechen, die sich auch jeden Tag verschlechtert.«

Pamela sah ihn eindringlich an. »Denk an deinen Glauben, Hugh. Setz dich für die Schwachen ein, die unsere Hilfe brauchen.«

Hugh schenkte sich Tee nach. »Natürlich denke ich daran.«

Kapitel 6

Gähnend hob Pamela das blaue Wollknäuel auf, das ihr vom Schoß gerollt war, und warf einen Blick auf die Uhr. Nun war es bereits Mitternacht, und Hugh noch nicht zurück. Sie steckte die Stricknadeln in das Knäuel und legte es auf den Beistelltisch. Im Hilfswerk wuchs die Nachfrage nach Kleidung für die kleinsten Flüchtlingskinder, so dass Pamela nun abends lieber strickte, statt Kriminalromane zu lesen.

Doch sie war müde und mochte nicht länger aufbleiben, um auf Hugh zu warten. Beim Frühstück hatte er lediglich erklärt, dass die Kabinettssitzung an diesem Tag bis in den Abend dauern würde. Dabei gehe es um die Position, die England Hitler gegenüber einnehmen werde. Außenminister Eden und Premierminister Chamberlain würden sich vermutlich wie üblich in die Haare geraten. »Einer der beiden muss gehen«, hatte er hinzugefügt. »Es ist nur eine Frage der Zeit.«

Pamela stand auf, machte sich im Bad für die Nacht fertig und ging zu Bett. Sie war gerade dabei, einzudämmern, als sie Wagenräder über die Kieseinfahrt knirschen hörte und Scheinwerfer ein helles Band auf die Zimmerdecke malten, bevor sie erloschen.

Wenig später ertönten Hughs schwere Schritte auf der Treppe. Leise öffnete er die Schlafzimmertür, streifte seine Kleidung ab und ließ sie zu Boden fallen. Als er ins Bett stieg, hätte Pamela um ein Haar gesagt, er solle seine Sachen aufheben und sich im Bad waschen, doch im letzten Moment überlegte sie es sich anders.

»Hugh?«

»Hm«, machte er und klang todmüde.

»Was wurde in der Sitzung entschieden?«

»Nichts«, murmelte er. Gleich darauf war er eingeschlafen.

Beim Frühstück am nächsten Morgen klingelte das Telefon. Kitty nahm das Gespräch an und meldete, dass Hugh am Apparat verlangt werde. Er legte seine Zeitung ab und trat hinaus auf den Flur. Pamela strengte ihr Gehör an, doch Hugh sprach zu leise und wurde von Kittys Geklapper in der Küche übertönt.

Schließlich kehrte Hugh zurück und ließ sich auf seinen Stuhl fallen. »Eden ist zurückgetreten.«

»Ach.« Pamela warf einen Blick zur Tür. Kitty sollte es nicht mitbekommen, wenn Hugh über Dienstliches sprach, doch dem Getöse nach, das sie in der Küche veranstaltete, war sie beschäftigt und lauschte nicht. »Ist das gut?«

Hugh massierte die Stelle über seiner Nasenwurzel. »Wahrscheinlich. Das macht den Weg für Halifax frei. Der versteht sich mit Göring und wird dafür sorgen, dass Hitler friedlich bleibt.«

»Ich hoffe, du hast recht.« Vor Pamelas innerem Auge zuckte das Telegramm auf dem Kaminsims ihres Elternhauses auf. Ihr Vater hatte mit zitternden Händen danach gegriffen. Im Geist hörte sie den lang gezogenen Klageschrei ihrer Mutter, sah ihr Gesicht in den Monaten danach, den Ausdruck stillen Leids. »Es darf nicht wieder Krieg geben, Hugh.«

»Dazu wird es nicht kommen.« Hugh bestrich eine Scheibe Toast mit Butter. »Chamberlain ist ein friedliebender Mann. Und er hat die Mehrheit hinter sich.«

Pamela legte ihre Scheibe Toast ab. Sie wusste nicht, ob sie Hughs Zuversicht teilen konnte, ihre Angst vor einem nächsten Krieg war zu groß. Will war mittlerweile sechzehn Jahre alt, und sie hatten überlegt, ihn in zwei Jahren nach Oxford zu schicken. Ihr Bruder war nur vier Jahre älter gewesen, als ihn die Kugel eines Deutschen getroffen hatte. Ihr ging durch den Sinn, dass jemand sehr grausam und hinterhältig sein musste, wenn er einen Sanitäter erschoss, der nichts anderes tat, als verletzte und tote Kameraden vom Schlachtfeld zu tragen. Aber vielleicht waren die Deutschen genauso grausam und hinterhältig. Bedrückt nahm sie ihren Toast auf. Sie musste einen Schluck Tee trinken, um ihn hinunterzuspülen.

Hugh sah ihr mit zusammengezogenen Brauen zu. »Es wird keinen Krieg geben«, sagte er fest. »Will wird nicht zum Sanitätsdienst eingezogen. Ich werde mit Leib und Seele für den Frieden kämpfen.«

Pamela rang sich ein Lächeln ab. »Das musst du auch.«

*

Drei Wochen später hörte Pamela abends gerade die Radionachrichten, als Hugh nach Hause kam. Er setzte sich zu ihr und nahm ihre Hand. Gemeinsam lauschten sie Chamberlain, der den Einmarsch deutscher Truppen in Österreich als Akt der Gewalt gegen einen unabhängigen Staat verdammte.

»Er ist mit seinen Bemühungen gescheitert«, sagte Pamela.

»Hitler hat sie schlichtweg ignoriert«, entgegnete Hugh. »Auch über die Einwände Frankreichs ist er hinweggegangen und einfach in Österreich einmarschiert.«

»Und jetzt?«, sagte Pamela.

»Jetzt werden wir alles daransetzen, um die Tschechoslowakei zu schützen. Die dürfte als nächstes Opfer auf Hitlers Liste stehen.«

Pamela erinnerte sich an das Mädchen Agáta, das im Krankenhaus voller Vertrauen auf ihr Bett gekrabbelt war, und an Mirko, der krampfhaft versucht hatte, tapfer zu sein und nicht zu weinen. Sie dachte an die Verzweiflung des Vaters und an Adas bleiches Gesicht – und wie fürsorglich die Ärzte und Krankenschwestern sich um sie, eine einsame Engländerin, gekümmert hatten. Vielleicht hatte all das dazu geführt, dass ihr das Land ans Herz gewachsen war.

Hugh streichelte ihre Hand. »Chamberlain hat im Großen Krieg einen Cousin verloren, der ihm nahestand. Er ist entschlossen, unsere Jungs vor dem gleichen Schicksal zu bewahren.« Er deutete ein Lächeln an. »In seiner Friedfertigkeit könnte er Quäker sein.«

Pamela versuchte, sein Lächeln zu erwidern.

»Kopf hoch«, sagte Hugh. »Chamberlain wird sich persönlich mit Hitler treffen, zusammen mit mehreren Attachés des Foreign Office. Wir werden diesen schrecklichen Menschen zur Zurückhaltung zwingen.«

Pamela seufzte. »Das hattet ihr vor dem Einmarsch der Deutschen in Österreich auch vor.«

Hugh hob die Schultern. »Dabei hat Hitler uns auf dem falschen Fuß erwischt. Das wird ihm kein zweites Mal gelingen.«

Pamela schaltete das Radio aus. »Ich möchte wirklich nicht, dass der Tschechoslowakei das gleiche Schicksal wie Österreich blüht.«

*

Gleichmütig hieb Miriam auf die Tasten des Klaviers.

»Wieder von vorn, Miriam.« Eva stand hinter ihrer kleinen Tochter und versuchte, ruhig zu bleiben. »Warte, ich zeige es dir noch mal.« Sie beugte sich vor und spielte die Tonleiter. Ihre Finger glitten geschmeidig über die Tasten. »Jetzt du.«

Miriam streckte ihre pummeligen Hände aus. »Ich kann die Tasten nicht richtig greifen.« Schmollend drehte sie sich zu Eva um.

»Dann musst du üben.« Mit sanftem Griff legte Eva die Finger ihrer Tochter auf die Tasten. »Nur wenn du übst, merken sich die Muskeln deiner Finger, was sie tun müssen, und du wirst jeden Tag ein bisschen besser werden. So war es auch bei mir.« Sie blickte auf ihre Hände, auf denen man bereits die Venen sah. Die Knöchel waren von der Hausarbeit gerötet, doch es waren schlanke Finger, waren schon in Miriams Alter so gewesen. Musikerinnenhände. Ihre Tochter hatte die kräftigeren Finger ihres Vaters geerbt.

Ohne jedes Gefühl machte Miriam sich wieder an die Tonleiter.

Eva starrte ins Nichts, ihre Gedanken wanderten in die Vergangenheit. Ihre Eltern hatten sie nie zwingen müssen zu üben, sie hatte es stets von sich aus getan. Vielmehr hatte ihre Mutter ihr mitunter Einhalt gebieten müssen. Wie oft hatte sie gesagt: »Geh draußen spielen, Eva. Die anderen Kinder aus dem Haus toben unten auf der Straße. Lauf zu ihnen.« Doch Eva schüttelte jedes Mal den Kopf und übte weiter, bis ein Musikstück genauso klang, wie sie es für richtig hielt.

Ob sie zu einer gefeierten Pianistin geworden und auf den großen Konzertbühnen der Welt aufgetreten wäre? Seit jenem Abend auf dem Alten Jüdischen Friedhof hatte sie kaum noch gespielt, in den ersten beiden Jahren ihrer Ehe nicht einmal mehr ein Klavier besessen. Erst nach Miriams Geburt hatte sie Josef überredet, ein einfaches Klavier zu kaufen. Es kostete dennoch mehrere Monatsgehälter. Damals hoffte Eva, ihr Ehrgeiz und ihre Freude am Klavierspiel würden wieder geweckt, aber das war nicht geschehen.

Vom ersten Tag an hatte sie Miriam Wiegenlieder gesungen oder das Radio angestellt, wenn sie wusste, dass in einer Sendung für Kinder Musik gespielt wurde. Damit hatte sie schon begonnen, als sie Miriam noch stillte. Doch obwohl ihre Tochter von Musik umgeben aufwuchs, fehlte ihr zum Klavierspielen jegliches Talent. Manchmal dachte Eva an weiteren Nachwuchs, stellte sich vor, das nächste Kind wäre ebenso musikalisch wie sie.

Als sie damals in der schweren Zeit im Sanatorium ihr erstes Wiegenlied komponierte, hatte die Arbeit daran ihr inneren Halt gegeben. Und dann hatte sie die Noten fremden Menschen überlassen. Allerdings hatte sie das Lied noch im Kopf. Bisweilen fragte sie sich, ob irgendwo jemand das Stück, an dem sie so lange gefeilt hatte, auf dem Klavier spielte.

Miriam wurde unruhig und begann die Beine vor- und zurückzuschwingen, an die Pedale kam sie noch nicht heran. Dann spielte sie ein ums andere Mal das eingestrichene C, mal mit dem einen, dann mit dem anderen Zeigefinger. Es klang wie eine gesprungene Glocke.

»Das reicht, Miriam«, sagte Eva barsch, doch dann wurde sie weicher gestimmt und drückte einen Kuss auf den zarten Kindernacken, gleich unter dem Ansatz des dunklen Haars. Es war die Stelle, die sie am liebsten küsste, sie erschien ihr wie der Inbegriff der Unschuld und der Verletzlichkeit. Als Nächstes küsste sie Miriams Pausbäckchen. »Du hast genug geübt. Jetzt darfst du spielen gehen.«

»Danke, Mami.« Erleichtert rutschte Miriam von dem Klavierschemel herunter und lief hinauf in ihr Zimmer, um mit Lilli, ihrer Puppe, zu spielen. Stundenlang konnte sie sich mit ihr beschäftigen, ihr andere Kleidung anziehen oder die Haare flechten, dagegen wurden ihr schon fünf Minuten am Klavier zu viel.

Eva ließ sich auf dem Klavierschemel nieder. Gedankenverloren spielte sie die ersten Takte der Villanelle, die einmal ihre Hausaufgabe gewesen war. Sie war nicht mehr dazu gekommen, sie zu üben, doch das, was Professor Nowotny ihr seinerzeit vorgespielt hatte, war ihr im Gedächtnis geblieben. Eine Zeit lang hatte sie befürchtet, die Melodie würde sie verfolgen, würde stets mit jenem grauenhaften Abend verbunden sein, doch das war nicht geschehen. Stattdessen wirkten die heiteren Klänge tröstlich. Sie erinnerten sie an das Mädchen voller romantischer Träume, das sie einmal gewesen war, bevor sie an die Hitlerjungen geriet, die ihr ihre Unschuld geraubt und ihre Mädchenträume zerstört hatten.

Schließlich stand sie auf. Josef würde bald nach Hause kommen, und sie hatte ihm versprochen, Hühnerbrühe zu kochen, als vorbeugende Maßnahme gegen drohende Krankheiten.

Sie ging in die Küche, legte das kochfertige Huhn in einen Topf mit Wasser und stellte ihn auf eine Herdplatte. Danach begann sie, Zwiebeln, Sellerie und Möhren zu hacken. Bei den meisten Gerichten, die sie zubereitete, richtete sie sich nach den Rezepten, die ihre Mutter ihr aufgeschrieben hatte.

Sie dachte an ihre Eltern, daran, wie überglücklich sie gewesen waren, als Miriam zur Welt kam. Vielleicht half ihre kleine Enkelin ihnen über das hinweg, was Eva damals zugestoßen war. Sie wünschte nur, die beiden würden ebenfalls in Prag leben. Nun kamen sie zwei Mal im Monat zu Besuch, jedes Mal mit einem Geschenk für Miriam – einem Plüschtier, einem Teeservice für die Puppen, einem kleinen Schaukelstuhl, den Evas Vater selbst gezimmert hatte. Insbesondere ihr Vater liebte Miriam abgöttisch, konnte stundenlang mit ihr spielen.

»Wie schön es wäre, wenn Miriam Geschwister hätte …«, hatte Evas Mutter bei ihrem letzten Besuch gesagt und Eva den Pullover überreicht, den sie für Miriam gestrickt hatte.

»Ich war auch ein Einzelkind«, antwortete Eva.

»Wir hatten uns mehr Kinder gewünscht, doch es hatte nicht sollen sein.«

»So ist es bei uns auch.« Eva verscheuchte das Bild eines kleinen, blonden Babys. Dieses Mädchen gehörte nicht zu ihrem Leben, war Teil einer Erinnerung, so schrecklich, dass sie alles tat, um sie zu vergessen.

Ihre Mutter legte einen Arm um sie. »Ich weiß, dass du eine schwere Zeit hinter dir hast. Dem Herrn sei Dank, dass du Miriam bekommen hast.«

Eva hatte zu Miriam geschaut, die auf dem Rücken ihres Großvaters ritt. »Ja, Ihm sei Dank.«

Nun stand sie noch einmal auf, um Küchenkräuter aus der Speisekammer zu holen, und sah, dass sie keine mehr hatte. Sie würde zum Markt laufen müssen.

Eva schaltete die Herdplatte aus und trat auf den Flur. »Miriam«, rief sie die Treppe hinauf. »Wir müssen einkaufen gehen.«

Keine Antwort. Mit einem Seufzer machte Eva sich auf den Weg nach oben.

Miriam saß in ihrem Zimmer und wiegte ihre Puppe mit geschlossenen Augen. Dazu summte sie eine Melodie. Es war der Teil der Villanelle, den Eva auf dem Klavier gespielt hatte. Miriam gab ihn fehlerfrei wider, Eva glaubte ihren Ohren nicht zu trauen.

Fassungslos betrachtete sie ihre kleine Tochter, die zwar nie eine gute Pianistin werden würde, aber anscheinend keineswegs unmusikalisch war. Vielleicht schlummerte in ihr eine Sängerin.

Eva hockte sich vor ihre Tochter. »Wie schön du summen kannst«, sagte sie leise. »Aber jetzt musst du mit mir zum Markt gehen.«

Miriam öffnete die Augen und krauste die Stirn. »Kann ich nicht hierbleiben?«

Eva schüttelte den Kopf. »Ich lasse dich nicht allein. Aber wenn du möchtest, können wir auf dem Weg zum Markt zusammen singen.«

Widerwillig legte Miriam ihre Puppe zur Seite und folgte ihrer Mutter nach unten.

*

Der Winter neigte sich langsam dem Ende zu, doch der Wind war noch immer schneidend. Miriams Augen tränten. Eva zog den gemusterten Schal, den ihre Mutter gestrickt hatte, bis zu Miriams Nase hoch und nahm ihre

Hand, die in einem Fäustling steckte. Derart eingemummt konnte ihre Tochter nicht singen. Eva versprach ihr, dass sie Miriams Vater am Abend gemeinsam etwas vorsingen würden. Sie nahm sich vor, den französischen Liedtext der Villanelle bis dahin für Miriam ins Tschechische zu übersetzen.

Trotz des späten Nachmittags war der Markt noch belebt. Der scharfe Geruch nach Essig stieg Eva aus einem Fässchen mit Gewürzgurken in die Nase. Im Stand nebenan bot ein Bauernpaar in Volkstracht Ziegenkäse feil.

»Mami, darf ich?« Miriam sah Eva bittend an und deutete auf die Gewürzgurken.

Eva nickte, und Miriam suchte für sich sorgfältig die größte und dickste der Gurken aus. Der Verkäufer lachte und packte sie ihr ein. Eva reichte ihm das Geld, und Miriam begann an der Gurke zu knabbern.

Sie passierten eine Blaskapelle und erreichten die Obst- und Blumenstände. An manchen Stellen saßen Bauern auf einer Wolldecke auf der Erde und hatten die Früchte und das Gemüse, das sie verkaufen wollten, vor sich ausgebreitet.

Eva drängte sich an den Kundinnen vorbei, die sich an den Ständen unterhielten oder mit den Verkäufern feilschten, ließ ihren Blick über das Obst gleiten, eilte an einem Stand vorüber, an dem aufgetürmte Fische mit toten Augen ins Leere starrten, und erreichte den Gemüsestand, wo sie Küchenkräuter und eine Tüte Zwiebeln erstand.

Auf dem Rückweg hatten sie den Vorteil, dass der Wind von hinten kam und ihnen half, schneller nach Hause zu kommen.

Mit einem Mal hörten sie über sich ein Brummen, so laut, dass es sämtliche anderen Geräusche übertönte. Die Menschen auf der Straße blieben stehen, legten den Kopf in den Nacken und blickten zum Himmel hinauf.

Über ihnen bahnte sich ein kleines Flugzeug einen Weg durch die Wolken. Plötzlich fielen aus seinem Rumpf zahllose Blätter Papier, die durch die Lüfte trieben und überall niedergingen.

Miriam fing vor Angst an zu weinen.

Eva drückte ihre Tochter an sich. Die anderen Menschen wirkten wie erstarrt, ein altes Ehepaar hielt sich in den Armen.

Eva strich Miriam über den Kopf. »Es ist nur Papier, das aus dem Flugzeug gefallen ist, du brauchst keine Angst zu haben.«

Mit blassem Gesicht schmiegte ihre Tochter sich an sie.

Eva bückte sich und hob eines der abgeworfenen Blätter auf. Unter einem schwarzen Hakenkreuz stand die Nachricht: »Sagen Sie in Prag, Hitler lässt Sie grüßen.«

»Den Mist haben sie vor allem in unseren Grenzgebieten abgeworfen«, sagte ein junger Mann und spuckte auf das Flugblatt. »Aber wir sind nicht Österreich, wir lassen uns nicht unterkriegen.« Er zerknüllte das Papier und warf es fort.

Für einen Moment hörte Eva im Geist wieder spöttisches Jungengelächter, sah grinsende Gesichter vor sich. Sie fasste Miriams Hand und lief mit ihrem Kind nach Hause.

*

Offenbar hatte Miriam den inneren Aufruhr ihrer Mutter mitbekommen, denn es dauerte lange, bis Eva ihre Tochter beruhigen konnte. Erst, als Miriam ihre Puppe im Arm hielt, Eva ihr die Villanelle auf dem Klavier vorspielte und sie mit ihr sang, wirkte das kleine Mädchen weniger verschreckt.

Als das Kind im Bett war und Eva mit Josef zu Abend aß, erzählte sie ihm von dem Abwurf der Flugblätter und der Grußbotschaft des deutschen Diktators.

»Was sollen wir tun, falls die Deutschen in der Tschechoslowakei einmarschieren?« Eva schob ihre Suppe fort, sie war zu unruhig, um zu essen.

»Dazu wird es nicht kommen.« Josef schlürfte die Suppe genüsslich. »Die Deutschen wollen uns bloß Angst einjagen.«

»Sie sind mit einem Flugzeug über Prag geflogen. Statt der Flugblätter hätten sie ebenso gut eine Bombe abwerfen können.«

Josef wischte einen Tropfen Suppe mit den Fingern aus seinem Bart. »Bleib mit Miriam im Haus, wenn du so große Angst hast. So lange, bis wir wissen, wie sich die politische Lage entwickelt.«

»Wie stellst du dir das denn vor?« Eva reichte ihm eine

Serviette. »Ich muss einkaufen gehen. Und Miriam möchte draußen spielen.«

Josef betupfte seinen Bart mit der Serviette und faltete sie anschließend zu einem akkuraten Viereck zusammen. »Wir könnten uns die Lebensmittel, die wir brauchen, bringen lassen. Und Miriam spielt dann eben eine Zeit lang im Haus.«

»Sie hätte mehr Zeit für das Klavier«, sagte Eva nachdenklich.

»Das arme Kind.« Josef betrachtete sie kopfschüttelnd. »Du solltest sie nicht triezen.«

Eva stand auf und griff nach Josefs Suppenteller. »In ihrem Alter habe ich doppelt so viel geübt wie sie«, antwortete sie pikiert.

»Das weiß ich, Liebling, du hast es mir oft genug erzählt. Aber Miriam fehlt deine Begabung.«

»Oder mein Fleiß.«

Josef seufzte. »Miriam ist nicht faul. Möglicherweise ist das Klavier nicht das Richtige für sie, und sie möchte lieber singen. Als ihr vorhin zusammen gesungen habt, klang ihre Stimme sehr schön.«

»Ja, sie hat eine gute Stimme.« Eva lächelte. »Vielleicht lasse ich sie tatsächlich öfter singen und begleite sie auf dem Klavier.« Sie machte Anstalten, den Tisch abzuräumen.

»Warte«, sagte Josef. »Ich möchte noch etwas Suppe. In meinem Hals ist ein verdächtiges Kratzen.«

Eva ging in die Küche und füllte Josefs Suppenteller aufs Neue. Sie dachte an die Flugblätter und an die vielen Juden, die aus Deutschland nach Prag geflohen waren. In den Gassen der Josefstadt hörte man seit Kurzem mehr Deutsch als Tschechisch und Jiddisch. Aber was wäre, wenn Hitler die Tschechoslowakei doch angriff?

*

Der Sommer in England war trüb und verregnet, man erging sich in politischen Spekulationen über Hitlers zunehmende Aggression gegen die Tschechoslowakei. Die einen sprachen davon, dass Deutschland mit Sicherheit darauf aus sei, Krieg zu führen, andere hielten dagegen. Die Regierung hielt sich bedeckt, auch dann, als Hitler offen mit einem Angriff auf die Tschechoslowakei drohte.

Doch im Juli wurden in England Gasmasken verteilt, für jeden eine. Pamela überlief ein Schauder, als sie die Masken für ihre Familie im Schrank unter der Treppe verstaute.

Im September begleitete Hugh Premierminister Chamberlain zu seinen Gesprächen mit Hitler. Das erste Treffen fand am 15. September in Obersalzberg statt, Hitlers Feriendomizil.

»Chamberlain ist noch nie geflogen«, erzählte Hugh Pamela vor seinem Aufbruch. »Mit neunundsechzig Jahren wird er zum ersten Mal in ein Flugzeug steigen. Hoffentlich muss ich ihm nicht die Hand halten.«

Am 22. September kam es zu einem weiteren Treffen in Bad Godesberg. Bei diesen Gesprächen akzeptierte Chamberlain die Abtretung des bislang zur Tschechoslowakei gehörenden Sudetenlands an das Deutsche Reich.

Hugh kehrte mit bitterer Miene zurück und sagte zu Pamela: »Chamberlain redet sich ein, Hitler sei ein ehrenwerter Mann. Er habe ihm versprochen, sich mit dem Sudetenland zu begnügen, und werde sein Wort halten.«

»Und was glaubst du?«, fragte Pamela.

Hugh streifte seinen Pullover ab. »Ehrenwert würde ich Hitler nun nicht gerade nennen. Er hat irgendeinen Plan und ist entschlossen, ihn umzusetzen. Wahrscheinlich wird es zu weiteren Gesprächen kommen.«

Ende September gehörte Hugh dann zu der englischen Delegation, die Chamberlain zu seinen Gesprächen mit Hitler, dem französischen Premierminister Daladier und dem italienischen Ministerpräsidenten Mussolini nach München begleitete. Bei diesem Treffen sollte die Zukunft der Tschechoslowakei endgültig geregelt werden. Mitglieder der tschechischen Regierung waren nicht eingeladen.

Kurz vor Hughs Rückkehr ging Pamela am Nachmittag ins Kino, um ein neues Musical mit Fred Astaire und Ginger Rogers zu sehen. Vorher wurde die Wochenschau gezeigt, und sie entdeckte Hugh, der mit zufriedenem Lächeln seitlich von Chamberlain stand. Der wiederum schwenkte das Abkommen, das die Teilnehmer des Münchner Treffens unterzeichnet hatten. Die aufgeregte Stimme des Nachrichtensprechers verkündete, der Krieg sei abgewendet, der Frieden in Europa gesichert worden. Zwar gehe das Sudetenland an das Deutsche Reich, doch der Bestand des tschechoslowakischen Reststaates werde von England und Frankreich garantiert.

»Ist das wirklich ein gutes Ergebnis?«, fragte Pamela, als Hugh aus München zurückkehrte.

Hugh umarmte sie. »Wir können zumindest aufatmen. Bei seiner Ankunft in London hat Chamberlain den wartenden Menschen zugerufen ›Ich bin mit Frieden für unsere Zeit aus Deutschland zurückgekehrt.‹ Ich würde sagen, wir haben noch mal Glück gehabt.«

Pamela küsste ihn. »Frieden. Wie schön das klingt.«

Am nächsten Tag begann der Einmarsch der deutschen Wehrmacht ins Sudetenland.

Kapitel 7

»Mrs Denison«, ertönte eine Frauenstimme. »Hallo!«

Pamela hob den Kopf und entdeckte Margery Weston, die Leiterin des Hilfswerks, eine füllige Frau in einem voluminösen Blümchenkleid, die sich zwischen den Tischen voll gespendeter Kleidungsstücke zu ihr hindurchschlängelte.

»Wir haben noch einen Packen bekommen.« Schnaufend ließ sie einen Stoß Kleidungsstücke auf Pamelas Tisch fallen. »Die Sachen wurden am Empfang abgegeben. Von wem, weiß ich nicht. Sieht aus, als wären sie in gutem Zustand.« Sie zog ein Herrenhemd aus dem Stapel, hellblau und anscheinend kaum getragen. »Die Manschettenknöpfe fehlen, aber vielleicht finden wir irgendwo Ersatz.« Sie strahlte Pamela an, auf ihrem runden Gesicht glänzte ein Schweißfilm.

Pamela bedankte sich und versprach, sich darum zu kümmern.

Mrs Weston eilte davon.

Pamela betrachtete den Kinderpullover in ihrer Hand. Einen ähnlichen hatten sie vor Jahren Will gestrickt, dunkelgrün mit hellgrünen Einsprengseln. Er war ihr zu groß geraten, die Wolle hatte sich gedehnt, doch irgendwann hatte er Will gepasst, und wenig später war er ihm schon zu klein gewesen.

Ihre Gedanken wanderten zu ihrem Sohn. Als er zuletzt bei ihnen gewesen war, hatte er ihnen wie üblich von seinen Lehrern erzählt und darüber geklagt, dass sie ständig mehr Hausaufgaben aufbekamen, doch er war stiller als sonst gewesen. Irgendetwas schien ihn zu beschäftigen. Vielleicht sorgte auch er sich um die Frage, ob ihnen trotz des Münchner Abkommens ein Krieg drohen könnte.

Seit Will sechzehn Jahre alt war, erlaubte Hugh ihm, nach dem Essen ein Glas Portwein mit ihm zu trinken, und blieb am Esstisch zurück, um sich mit ihm zu unterhalten. Währenddessen trank Pamela im Wohnzimmer Kaffee und versuchte, sich auf ein Buch zu konzentrieren, bis die beiden sich wieder zu ihr gesellten. Einmal hatte sie Hugh gefragt, worüber er und Will sprachen. »Über Männersachen«, antwortete er und zwinkerte ihr zu. Es hatte Pamela verärgert, und sie beschloss, ihren Mann nicht mehr danach zu fragen.

Nun faltete sie einen weiteren Pullover zusammen. Ebenso wie der Großteil der gespendeten Kleidung roch er leicht muffig, doch davon abgesehen war er tadellos. Sie legte ihn zu der Winterkleidung für Kinder und begann, die Sachen, die Mrs Weston gebracht hatte, zu sortieren.

Bis zur Mittagszeit hatte sie daraus vier ordentliche Stapel gemacht – Pullover, Mützen, Hemden und Hosen.

»Mittagessen, meine Damen«, rief Mrs Weston und klatschte in die Hände.

Pamela strich ihren Rock glatt und folgte Mrs Weston und den anderen Frauen in die Kantine.

Die Frauen des Hilfswerks kannten sich mittlerweile gut, normalerweise plauderten sie beim Essen, erzählten von ihren Familien. An diesem Tag waren sie jedoch schweigsam und wirkten bedrückt. Sie hatten die Nachrichten über die Judenpogrome in Deutschland im Radio gehört.

Nach dem Essen stand Margery Weston auf und bat um Ruhe. »In Deutschland ist die Gewalt gegen die jüdische Bevölkerung eskaliert«, rief sie mit dröhnender Stimme. »Ab sofort müssen wir noch mehr tun als bisher.«

Pamela ließ ihren Blick schweifen. Neben Mrs Weston saß eine Frau namens Eileen Jackson mit empörter Miene und nickte eifrig. Beth Seddon hatte die Hände vor ihr Gesicht geschlagen.

Am vergangenen Abend hatte Hugh Pamela erzählt, was in Deutschland vorgefallen war. Nationalsozialistische Kampftruppen hatten Synagogen niedergebrannt, jüdische Geschäfte, Schulen und Wohnungen zerstört und Juden angegriffen. Über hundert waren getötet worden. Und noch waren die Gewalttaten nicht beendet.

»In den nächsten Tagen fliege ich nach Berlin«, fuhr Mrs Weston fort. »Ich werde mit jüdischen Frauenorganisationen und Betroffenen sprechen, um zu hören, wie sie die Lage einschätzen. Wenn nötig, werden wir versuchen, jüdische Kinder aus Deutschland herauszuholen.«

Mirko und Agáta, die Kinder, die sie in der Tschechoslowakei kennengelernt hatte, kamen Pamela in den Sinn. Seit die deutsche Wehrmacht das Sudetenland besetzt hatte, sorgte sie sich um sie. Doch soweit Pamela wusste, waren die beiden keine jüdischen Kinder, und vielleicht lebten sie mit ihrem Vater auch in dem Teil der Tschechoslowakei, dessen Sicherheit England und Frankreich garantierten.

Pamela hob die Hand und sagte: »Falls es ein Projekt zur Rettung der Kinder gibt, möchte ich dabei sein.«

»Danke, Mrs Denison.« Mrs Weston lächelte Pamela zu. »Wir warten, bis ich aus Deutschland zurück bin und mehr weiß.«

Pamela nickte. Sie hatte es satt, nur zu stricken und Hughs Abendessen zu planen, wollte sich stärker engagieren, statt nur Kleidungsstücke zu sortieren. Ihr ganzer Körper kribbelte vor gestauter Energie.

Bereits einen Tag später flog Mrs Weston mit einer kleinen Delegation Quäker nach Berlin. Als sie Mitte des Monats zurückkehrte, fand ein Treffen des Flüchtlingskomitees statt, zu dem auch Pamela gehörte.

Mrs Weston trat vor, um ihren Bericht abzuliefern, und Pamela wünschte, sie könnte ebenso souverän und selbstbewusst sein.

»Unsere Zeit in Berlin war äußerst fruchtbar«, begann Mrs Weston und sah die Gruppe ernst an. »Unter anderem hatte unsere Delegation das Glück, mit Wilfrid Israel sprechen zu können, einem einflussreichen jüdischen Geschäftsmann und Direktor des Hilfsvereins für Juden. Ebenso wie wir war er der Meinung, dass Kindern die Einreise nach Großbritannien gestattet werden muss. Schon in den nächsten Tagen werde ich mit dem Premierminister darüber sprechen.«

Beifälliges Gemurmel war zu hören.

Als Nächstes schilderte Mrs Weston ihre Begegnung mit jüdischen Frauenorganisationen und schloss mit den Worten: »Viele Juden versuchen nun, Deutschland zu verlassen. Uns geht es aber in erster Linie um die Kinder. Wir müssen alles tun, um eine Rettungsaktion in großem Umfang zu organisieren.«

Kurz darauf saßen sie wieder in dem Saal des Hilfswerks, wo die Kleidungsstücke sortiert wurden – jede in ihre Gedanken versunken.

Tage später erfuhren sie von Mrs Weston, dass Chamberlain sich weigerte, staatliche Mittel für die Aufnahme jüdischer Kinder in Großbritannien einzusetzen.

»Du musst uns helfen«, sagte Pamela beim Abendessen aufgebracht zu Hugh.

Hugh aß ruhig weiter seine Suppe. »Ich kann führende jüdische Gruppen bei uns ansprechen – ebenso einige der einflussreichsten Quäker. Und dann umgehen wir Chamberlain und wenden uns direkt an den Innenminister. Hoare dürfte zugänglicher als Chamberlain sein. Er könnte den Vorschlag, die Kinder zu retten, dem Parlament unterbreiten.«

Pamela sah ihren Mann dankbar an. »Und dann muss das Parlament zustimmen. Wir müssen diese armen Kinder aus Deutschland und den besetzten Gebieten herausholen.«

Hugh brach ein Stück von seinem Brötchen ab. »Die Eltern tun mir genauso leid. Was für ein elendes Schicksal, wenn du heutzutage dort, wo die Nazis das Sagen haben, Jude bist.«

»Tu, was du kannst«, bat ihn Pamela.

Hugh nickte zerstreut. In Gedanken schien er bereits bei den anstehenden Gesprächen zu sein.

*

Eva hetzte zum Wilson-Bahnhof, doch als sie ankam, stand der Zug aus Pilsen bereits in einer Dampfwolke auf dem Bahnsteig. Sie drängte sich durch die Reisenden, die zum Ausgang strebten, und reckte ihren Hals, um unter den Hüten, Kopftüchern und Wollmützen den braunen Schtreimel ihres Vaters zu erkennen.

Sie entdeckte ihre Eltern erst, als der Bahnsteig schon halb leer war, und erschrak, als sie feststellte, wie sehr sie seit ihrem letzten Besuch gealtert waren.

Ihr Vater wurde von der Last dreier Reisetaschen niedergedrückt, eine in jeder Hand und eine auf dem Rücken. Ihre Mutter schien ihre gesamte Kleidung übereinander zu tragen und erinnerte Eva an eine russische Matrjoschka.

Eva küsste ihre Eltern. »Wie viel Gepäck habt ihr denn dabei? Ich dachte, ihr wolltet nur eine Woche bleiben.«

Ihre Eltern wechselten einen raschen Blick. Ihre Mutter lachte nervös und sagte: »Ach, du kennst mich doch. Nie weiß ich, was ich zu Purim anziehen soll. Wenn ich mehrere Sachen dabeihabe, kann ich wählen.«

»Aha.« Eva lächelte verständnisvoll und wandte sich ihrem Vater zu. »Hast du auch deine gesamte Garderobe eingepackt?«

Ihr Vater zuckte mit den Schultern. »Man muss vorsichtig sein, in Pilsen wird gestohlen. Die Diebe warten, bis die Leute verreisen, und dann rauben sie deren Häuser aus. Erst recht, wenn dort Juden wohnen. Seitdem die Nazis das Sudetenland besetzt haben, ist es noch schlimmer geworden.«

Hinter ihnen blies ein Bahnbediensteter in seine Trillerpfeife, und der Zug setzte sich langsam wieder in Bewegung.

Eva nahm ihrem Vater eine Tasche ab und konnte nicht fassen, wie schwer sie war. Dann führte sie ihre Eltern in die Bahnhofshalle. Mit halbem Auge registrierte sie eine große Gruppe Kinder, die anscheinend ohne Eltern unterwegs waren. Still und verschüchtert standen sie zusammen, jedes mit einem Koffer oder einer Reisetasche ausgestattet und einem kleinen, hellbraunen Pappschild an einer Schnur um den Hals, als wären sie Pakete. Eva fragte sich, wohin die Kinder geschickt wurden, und war froh, dass ihre Tochter sicher zu Hause bei Josef war und sich auf die Ankunft ihrer Großeltern freute.

»Miriam kann es kaum erwarten, euch wiederzusehen.« Eva ging langsamer. Ihre Eltern hatten offenbar Schwierigkeiten, mit ihr Schritt zu halten.

»Als was verkleidet sie sich zu Purim?«, fragte ihre Mutter.

»Als Königin Ester«, antwortete Eva. »Ich habe ihr das Kostüm aus einem alten Bettlaken genäht.«

»Ich bin sicher, dass sie wundervoll aussehen wird.« Ihre Mutter blieb stehen und schnaufte.

»Gleich haben wir's geschafft.« Eva nahm ihrem Vater noch eine Reisetasche ab und ging über seinen Protest hinweg.

*

»Jetzt, Miriam«, flüsterte Eva.

Miriam griff nach der Zimbel auf ihrem Schoß und schlug die Becken mit aller Kraft zusammen. Die Frauen neben Miriam schwangen ihre Ratschen, stampften mit den Füßen und lächelten Evas Tochter beifällig an. Eva hatte das weiße Königinnengewand mit einem Goldgürtel um Miriams Taille befestigt, die Krone saß mittlerweile schief auf ihrem Kopf.

Als der Lärm verklang, las ihr Rabbi die Ester-Rolle weiter vor.

Eva sah sich um. Das Licht der Hängelampen an der Decke ließ den aus Goldpapier gebastelten Kopfschmuck der Kinder glänzen, ebenso die Menora auf dem Altar. Sie schnupperte dem Weihrauchduft nach, der sich in den Geruch der Möbelpolitur mischte, mit der die Sitzbänke bearbeitet worden waren. Dann lauschte sie den Worten des Rabbis.

»›Darauf sagte Haman zu König Artaxerxes: Es gibt ein

Volk, das über alle Provinzen deines Reiches verstreut lebt, aber sich von den anderen Völkern absondert. Seine Gesetze sind von denen aller anderen Völker verschieden; auch die Gesetze des Königs befolgen sie nicht. Es ist nicht richtig, dass der König ihnen das durchgehen lässt. Wenn der König einverstanden ist, soll ein schriftlicher Erlass herausgegeben werden, sie auszurotten.‹«

Jedes Mal, wenn beim Verlesen der Rolle der Name »Haman« fiel, zischten und buhten alle. Dieses Mal glaubte Eva zu hören, dass einige Frauen sich statt seines Namens »Hitler« zuraunten, und ihr war, als fasste eine kalte Hand nach ihrem Herz. Haman hatte vorgehabt, die Juden zu vernichten, und nun hatten in Deutschland Pogrome stattgefunden und es wurden Lager errichtet, um die Juden zu inhaftieren.

Ihrer Mutter schien Ähnliches durch den Kopf zu gehen, ihr Atem war unruhig geworden.

Unten im Bereich für Männer saßen Josef und Evas Vater ganz vorn. Wie klein ihr Vater im Vergleich zu Josef wirkte, dachte Eva, als wäre er in den vergangenen Jahren geschrumpft. Ebenso hatte sie die Sorgenfalten auf seiner Stirn wahrgenommen, die sich vermehrt hatten, seit die Deutschen das Sudetenland beherrschten.

Später, bei der Feier in ihrer Wohnung, spürte Eva, wie dankbar sie war, Purim zusammen mit ihren Eltern feiern zu können und mit ihnen gemeinsam der Rettung der Juden vor Jahrtausenden zu gedenken. Auch Josef machte einen aufgeräumten Eindruck.

Am Nachmittag trug sie die mit Pflaumenmus gefüllten Hamantaschen auf. Sie wollte Miriam gerade zurechtweisen, die sich sofort und ohne zu fragen eines der süßen Gebäckstücke geschnappt hatte, als ihr Vater sich räusperte und wissen wollte, ob es möglich sei, dass er und Evas Mutter länger als eine Woche bei ihnen blieben.

»Von mir aus herzlich gern«, antwortete Eva und sah Josef fragend an.

»Mir ist es auch recht«, sagte dieser und wandte sich seinem Schwiegervater zu. »Aber warum möchtet ihr hierbleiben?«

Evas Vater seufzte schwer und griff nach der Hand seiner Frau. »In Pilsen fühlen wir uns nicht mehr wohl. Die antisemitischen Ausschreitungen nehmen immer mehr zu. Viele unserer jüdischen Freunde sind nach Prag gezogen, um sich in Sicherheit zu bringen. Andere sind verhaftet worden. Sogar unser Friedhof wurde geschändet, vielleicht kommt als Nächstes unsere Synagoge an die Reihe.« Er nahm einen Schluck Wein. »An manchen Tagen wird in unserem Viertel das Wasser abgestellt, an anderen der Strom. Und in den jüdischen Geschäften werden die Lebensmittel knapp.« Seine Augen füllten sich mit Tränen.

»Das wusste ich nicht«, sagte Eva bestürzt. »In Prag haben wir davon nichts mitbekommen. Warum habt ihr uns nicht früher Bescheid gesagt?«

»Wir wollten euch nicht beunruhigen.« Ihre Mutter hob die Schultern. »Aber jetzt haben wir Angst, dass die Deutschen sich nicht an das Münchner Abkommen halten und die gesamte Tschechoslowakei besetzen. Bisher war das Wetter zu schlecht, um hier einzumarschieren. Der lange Regen hat große Teile des Grenzgebiets in Schlamm verwandelt. Aber was, wenn das Frühjahr beginnt?«

»Jetzt seid ihr erst einmal hier und in Sicherheit«, sagte Eva beherzt. »Und ihr bleibt, so lange ihr möchtet.«

Ihr Vater blickte Josef an. »Bist du damit auch einverstanden?«

Josef nahm sich ein Gebäckstück und nickte. »Eva hat recht. In Prag kann euch nichts geschehen.«

»Danke.« Evas Mutter stieß einen erleichterten Seufzer aus und lächelte ihre Enkeltochter an. »Und jetzt erzählt mir mein kleines Schätzchen alles, was es über Königin Ester weiß.«

*

Wenige Wochen später schrak Eva morgens aus dem Albtraum auf, der sie seit Jahren verfolgte. Es war noch früh, doch das Licht in ihrem Schlafzimmer war heller als sonst um diese Zeit, die Flocktapete schimmerte weißlich, gerade als hätte es in der Nacht noch einmal geschneit. Eva stemmte sich hoch, um nachzusehen, und sank wieder zurück. Sie wollte Josef nicht wecken, außerdem war es im Bett warm und gemütlich. Vielleicht schaffte sie es sogar, noch einmal einzuschlafen.

Dann hörte sie draußen eine Vielzahl harter Stiefelschritte, es klang, als würde eine ganze Kolonne durch ihre Straße marschieren. Sie setzte sich auf. Nun wurden Befehle laut – nicht auf Tschechisch, sondern auf Deutsch, gefolgt von Motorenlärm.

In den Nachbarwohnungen fielen die Außenjalousien rasselnd herunter. Auf Zehenspitzen schlich Eva sich zum Fenster und öffnete die Vorhänge einen Spaltbreit.

Durch den schmalen Streifen erhaschte sie einen Blick auf rote Fahnen, in der Mitte ein weißer Kreis und darin ein schwarzes Hakenkreuz. Es waren die Fahnen des Deutschen Reichs, die von Truppen der Wehrmacht durch die Straße getragen wurden. Auch von einem der gegenüberliegenden Fenster flatterte eine solche Fahne.

»Was ist dort draußen los?«

Eva drehte sich um. Ihr Mann hatte sich aufgesetzt und tastete auf dem Nachttisch nach seiner Brille.

»Deutsche Soldaten«, flüsterte sie entsetzt. »Die ganze Straße ist voll von ihnen.«

»Nein!« Josef sprang aus dem Bett und stürzte ans Fenster.

Wenig später gruppierten sie sich alle um das Radio – Eva, Josef, Evas Eltern und Miriam. Josef drehte hektisch an den Knöpfen, um in dem statischen Rauschen einen Sender zu finden.

Dann hörten sie die erschöpft klingende Stimme von Präsident Hácha, der erklärte, deutsche Truppen seien in ihrem Land einmarschiert und hätten bereits Prag erreicht. Er bat die Bevölkerung, zu ihrem eigenen Schutz keinerlei Widerstand zu leisten.

Keiner von ihnen brachte ein Wort hervor.

Evas Blick fiel auf das Gesicht ihres Vaters, das im frühen Morgenlicht beinah durchscheinend wirkte. Die Adern waren zu erkennen, die Augen eingesunken. Er war ein alter Mann, dachte sie, ein verängstigter, alter Mann. Ihre Mutter hatte eine Hand auf ihre Kehle gedrückt, und Josef strich ein ums andere Mal über Miriams Lockenkopf. Das Kind verstand zwar nicht, was vorgefallen war, spürte jedoch, dass es besser war, die Hand seines Vaters nicht fortzustoßen.

Eva wollte keine weiteren Nachrichten hören und stand auf. »Ich mache Frühstück.« Sie musste sich ablenken, ihre Familie versorgen, alles tun, um die Angst, die ihr den Magen zusammenzog, zu lindern.

In der Küche kochte sie einen starken Kaffee. Sie mussten nun alle einen klaren Kopf behalten und überlegen, was der Einmarsch der Deutschen für sie bedeutete.

Als sie mit einem beladenen Tablett ins Wohnzimmer zurückkehrte, sprach ihr Vater das Morgengebet. Eva stellte das Tablett ab, setzte sich zu ihrer Familie und zog ihre Tochter an sich. Trotz seines zarten Äußeren war die Stimme ihres Vaters kraftvoll und ruhig.

»›Darum zag ich nicht und bin getrost, wenn bang in mir die Seele bebt. In Deine Vaterhand vertraue mein Leben ich bei Tag und Nacht. Der Ewige ist mein Banner, der Ewige ist mein Fels. Ich fürchte nichts: Mein Helfer wacht!‹«

»Amen«, murmelten alle.

Nach dem Frühstück machte Josef sich auf den Weg, um einzukaufen. Wegen der deutschen Soldaten auf den Straßen wollte er nicht, dass Eva nach draußen ging.

Als er zurückkehrte, kam er zu Eva in die Küche und erzählte ihr, die Stände auf dem Markt seien größtenteils geschlossen gewesen. Statt einzukaufen hätten die Menschen auf dem Marktplatz zuschauen dürfen, wie Soldaten der Wehrmacht das Denkmal des früheren Staatspräsidenten Masaryk umstürzten. An den Bäumen und Laternenpfählen seien von den Deutschen Lautsprecher angebracht worden, und überall wehten Hakenkreuzfahnen. Eine einzige tschechische Fahne habe er noch gesehen, sie habe schlaff an einem Blitzableiter gehangen.

Eva reichte ihm ein heiße Tasse Kaffee.

»Danke, Liebling«, sagte Josef. »Ich habe die Mesusa geküsst, um nicht krank zu werden.«

Eva schluckte nervös. »Glaubst du, unserer Familie droht von den Deutschen Gefahr?«

Josef blies auf den heißen Kaffee. »Nein. Swoboda und ich stehen mit unserer Arbeit kurz vor dem Durchbruch. Die Deutschen sind an unserem Ergebnis interessiert und werden nichts gegen uns unternehmen.«

Eva setzte sich zu ihm. »Hast du vergessen, wie sie die Juden bei sich zu Hause behandeln?«, fragte sie leise. »Die Juden in Deutschland haben ihre Anstellungen verloren, sogar die angesehenen Wissenschaftler unter ihnen. Alle fürchten um ihr Leben. Meinst du nicht, wir sollten das Land verlassen? Zusammen mit meinen Eltern.«

Im Geist sah Eva ihren Vater wieder mit den Reisetaschen beladen, ihre Mutter, die so viele Kleidungsstücke übereinander trug. Und sie selbst? Was würde sie mitnehmen?

Vorsichtig und mit gespitzten Lippen nahm Josef ein Schlückchen Kaffee. »Ich kann Swoboda nicht im Stich lassen. Wir werden einfach abwarten und sehen, was geschieht. Im Moment herrscht noch überall Panik, aber mit der Zeit wird sich die Lage beruhigen.«

Eva seufzte. Sie verstand, dass ihr Mann seine Forschungsarbeit weiterführen wollte, schließlich ging es um ein Antiserum, das bei schweren Virusinfektionen eingesetzt werden konnte.

Doch das Bild der einmarschierenden Wehrmacht ließ sie nicht los. Im Marschschritt waren die Soldaten über die Straße gezogen, gefolgt von Motorradgespannen und Panzern. Wie erstarrt hatten die Tschechen aus den Fenstern gesehen. Einige Mutige hatten unten auf der Straße Schneebälle auf die Panzer geworfen.

Evas Vater kam in die Küche und sagte: »Der Herr hat unser Volk seit Tausenden von Jahren vor dem Untergang bewahrt. Er wird auch jetzt seine Hand über uns halten.«

Eva wandte sich ihm zu. »Ich hoffe, du hast recht.«

*

In den Tagen darauf weigerte Eva sich, ihre Tochter zur Vorschule gehen zu lassen. Doch da die deutschen Besatzer die jüdische Bevölkerung Prags zufriedenließen, wurde

Josef ungeduldig und bestand darauf, Miriam zur Schule zu schicken. »Die Nürnberger Gesetze gelten bei uns nicht, solange du Miriam begleitest, kann ihr nichts geschehen. Die Deutschen werden sich kaum an Kindern vergreifen, und Miriam soll das Gefühl haben, dass alles beim Alten ist.«

Am nächsten Morgen schneite es heftig, doch Eva lief mit ihrer Tochter über die vereisten Bürgersteige zur Schule und versuchte, die deutschen Soldaten und die Hakenkreuzfahnen zu ignorieren.

Sie atmete erst auf, als sie in dem warmen Schulgebäude waren. Als sie Miriams feuchten Mantel auf dem Flur aufhängte, stellte sie fest, dass viele der Garderobenhaken leer geblieben waren.

Eva fuhr mit den Fingern durch Miriams Haare, die von der Mütze platt gedrückt worden waren, reichte ihr ein Taschentuch für ihre laufende Nase und begleitete sie noch ins Klassenzimmer.

Miriam setzte sich an ihr Schreibpult.

Da der Unterricht noch nicht begonnen hatte, trat Eva zu Frau Munk, der Lehrerin, und blickte sich um. »Es sind nicht viele Kinder da.«

Der Unterricht in der Schule fand morgens und nachmittags statt. Für die ärmsten Familien bedeutete das oftmals, dass die Kinder, die morgens unterrichtet wurden, ihre Schuhe mittags einem Bruder oder einer Schwester überlassen konnten, die dann am Nachmittagsunterricht teilnahmen. Dennoch waren kaum Kinder erschienen.

»Manche Eltern haben Angst, ihre Kinder in die Schule

gehen zu lassen«, antwortete die Lehrerin leise. »Andere haben das Land verlassen. Die Liebnitz-Zwillinge wurden nach England verschickt, wie es heißt.«

»Allein?«, fragte Eva entsetzt.

Frau Munk nickte.

»Mein Gott.« Eva schüttelte den Kopf. »Wie haben die Eltern das übers Herz gebracht?«

Frau Munk zuckte mit den Schultern. »Sie wollen ihre Kinder in Sicherheit wissen.«

Eva dachte an Josefs Zuversicht, an seinen Glauben, die Lage werde sich beruhigen. »Wie hoch schätzen Sie denn die Gefahr für uns ein?«

»Wir machen weiter wie bisher und achten darauf, die Kinder nicht zu beunruhigen. Aber wenn ich ein jüdisches Kind hätte, dann –« Sie brach ab und schaute zu Miriam, die den Deckel ihres Pults hochgeklappt hatte und ein buntes Malbuch hervorholte. »Wahrscheinlich wüsste ich nicht, was ich tun sollte.«

Eva sah ihrer Tochter zu und spürte ein nervöses Kribbeln im Magen. »Um ein Uhr bin ich wieder hier, um Miriam abzuholen«, sagte sie und hatte das Gefühl, ihre Zunge wollte ihr nicht recht gehorchen. »Geben Sie gut auf sie acht.«

Zwei Jungen stürmten lärmend in das Klassenzimmer. »Langsam!«, rief Frau Munk. »Und nicht so laut.« Die Jungen beruhigten sich, dann setzten sie sich leise und ordentlich auf ihre Plätze. Frau Munk wandte sich wieder Eva zu. »Natürlich passe ich auf die Kinder auf.«

Auf dem Weg nach Hause erinnerte Eva sich an die Szene auf dem Wilson-Bahnhof, an die Kinder, die mit ihrem Koffer und einem Pappschild versehen zusammengestanden hatten. Waren sie auf dem Weg nach England gewesen? Sie befahl sich, nicht panisch zu werden, beschloss jedoch, Josef davon zu erzählen.

Sie sprach das Thema abends an, als sie sich zu ihm an den Esstisch setzte. Miriam war bereits im Bett.

»Unsere Tochter bleibt bei uns«, entschied Josef sofort. »In England ist es kalt und feucht, das ist kein gesundes Klima für ein Kind.«

»Hältst du das besetzte Prag für ein gesünderes Klima?«, fragte Eva verstimmt. Wieder wollten die Erinnerungen an den Friedhof überhandnehmen. Sie versuchte, sich dagegen zu wehren, dennoch war es, als spürte sie die Schmerzen, die Kälte und ihre Verzweiflung von damals wieder neu.

»Niemand bedroht uns«, antwortete Josef. »Niemand hat unserer Tochter etwas getan. Bitte lass uns vernünftig bleiben.«

Ihre Mutter kam mit einer Schüssel gekochter Kartoffeln aus der Küche, doch anscheinend hatte sie Josefs Worte mitbekommen. »Jeder weiß, dass Hitler die Juden hasst«, erklärte sie. »Vergiss nicht, wie es den Juden in Deutschland ergeht. Seit den Pogromen im vergangenen November ist es noch schlimmer geworden. Die Juden werden aus ihren Häusern gejagt, haben ihre Arbeit verloren, die Kinder dürfen nur noch jüdische Schulen besuchen. Viele werden inhaftiert. In Österreich sieht es nicht viel anders aus. Und immer wieder gibt es neue Schikanen.«

Josef nahm sein Besteck auf. »Aber wir leben in der Tschechoslowakei – und ich bin mit einer Forschungsarbeit betraut, an der auch die Nazis interessiert sind. Solange ich meine Stelle am Institut habe, sind wir geschützt.«

Evas Vater wirkte skeptisch, doch er schwieg.

Als Eva Miriam am nächsten Tag in der Schule abgeliefert hatte, blieb sie bei den Müttern am Schultor stehen, die jedes Mal noch ein wenig tratschten, bevor sie zurückgingen und sich wieder ihrer Hausarbeit widmeten. Normalerweise grüßte Eva die Frauen nur kurz, denn sie interessierte sich nicht für Tratsch.

»Ich habe gehört, dass die Liebnitz-Zwillinge nach England geschickt wurden«, sagte sie, als die Frauen einen Moment lang schwiegen. »Hat jemand gehört, wie sie dorthin gekommen sind?«

Eine der Mütter – eine Frau, an die sich ein quengelndes Kleinkind klammerte – drehte sich zu Eva um. »Soweit ich weiß, hat Frau Liebnitz Verwandte in England, die bereit waren, die beiden Jungen aufzunehmen. Die Entscheidung dürfte ihr trotzdem nicht leichtgefallen sein.«

Der Meinung waren auch die anderen Frauen.

»Ach, können dann nur diejenigen ihre Kinder in ein sicheres Land schicken, die dort Verwandte haben?«, fragte Eva.

Die Frau zuckte mit den Schultern. Auch die anderen in der Gruppe wussten es nicht.

Bedrückt wandte Eva sich ab und schlug den Heimweg ein. Auf halber Strecke hörte sie eilige Schritte hinter sich, drehte sich um und erkannte Frau Golder, die Mutter eines Mitschülers von Miriam – eine hochgewachsene Frau, die stets eine sorgenvolle Miene trug. Sie machte Eva ein Zeichen, auf sie zu warten.

Eva blieb stehen.

Als Frau Golder bei ihr war, blickte sie sich nach allen Seiten um, doch außer ihnen war niemand zu sehen. Nur eine magere Taube pickte in der Gosse auf der Suche nach Nahrung.

Trotzdem sprach Frau Golder mit gesenkter Stimme. »Ich habe gehört, dass Sie sich nach den Kindertransporten in andere Länder erkundigt haben.«

Eva nickte. »Ich weiß zwar nicht, was die Deutschen mit uns vorhaben, aber ich traue ihnen nicht.«

»Das kann man auch nicht.« Frau Golder begann in ihrer Handtasche zu wühlen. »In der Voršilská finden Sie das Büro eines englischen Kontaktmanns. Sein Name ist Nicholas Winton.« Sie zog einen Zettel hervor. »Hier ist die Adresse. Gehen Sie zu ihm, falls Sie Ihre Tochter nach England schicken wollen. Fragen Sie ihn, ob bei den Transporten noch ein Platz frei ist.«

Für einen Moment wurde Eva schwindlig. Sie musste wahnsinnig sein, wenn sie sich mit einem so ungeheuerlichen Gedanken trug. »Danke.« Sie nahm den Zettel entgegen, die Adresse verschwamm vor ihren Augen. »Werden Sie diesen Winton auch kontaktieren?«

Frau Golder schüttelte den Kopf. »Mein Mann ist Jude, ich bin es nicht. Deshalb glauben wir, dass Eli keine Gefahr droht. Ohne jüdische Mutter gilt das Kind ja nicht als jüdisch.« Sie sah Eva mitfühlend an. »Trotzdem haben wir eine Zeit lang darüber nachgedacht.«

Mit schwerem Herzen steckte Eva den Zettel ein, bedankte sich noch einmal und schleppte sich nach Hause.

Kapitel 8

Als Eva ihre Tochter am nächsten Morgen zur Schule gebracht hatte, machte sie sich auf in die Voršilská.

Nach einem kurzen Tauwetter hatte es in der Nacht wieder gefroren, die Dächer waren mit Raureif bedeckt.

Eva zog ihren Mantel enger um sich und versuchte, sich den Engländer vorzustellen, von dem sie nicht mehr als die Adresse besaß.

Die Hausnummer hätte sie allerdings auch ohne Frau Golders Zettel gefunden, bis zur Eingangstür des Bürogebäudes zog sich eine lange Schlange. Eva stellte sich an. Direkt vor ihr wartete eine Frau, die ein kleines Mädchen an der Hand und einen Säugling auf dem Arm hielt. Sie drehte sich zu Eva um und lächelte scheu.

»Ihre Kinder sind noch sehr klein«, sagte Eva. »Nehmen die Engländer Kinder jeden Alters an?«

»Das weiß ich noch nicht.« Der Blick der Frau wurde schwermütig. »Das Baby habe ich gerade erst abgestillt.« Mit einer Kopfgeste deutete sie auf das Mädchen. »Inka ist drei.«

»Haben Sie keine Angst, die Kinder jetzt schon wegzugeben?«

Die Frau errötete und schaute zu Boden. »Doch.«

Eva hätte sich ohrfeigen können. Was für eine dumme und taktlose Frage sie gestellt hatte!

»Mein Mann und ich haben lange darüber diskutiert«, sprach die Frau weiter. »Es bricht uns das Herz, keiner von uns kann sich ein Leben ohne die Kinder vorstellen. Doch in England kann ihnen wenigstens nichts geschehen, und in einem Jahr oder so, wenn die Deutschen wieder abziehen, holen wir unsere Kinder zurück.«

Eva dachte an die einmarschierenden deutschen Soldaten, die Motorradgespanne und die Panzerkolonnen, die Hakenkreuzfahnen, die überall gehisst worden waren. Für sie hatte es nicht ausgesehen, als hätten die Deutschen vor, in absehbarer Zeit wieder zu verschwinden.

Ein kalter Wind fegte durch die Voršilská, er drang Eva bis auf die Knochen. Dem kleinen Mädchen war die Mütze vom Kopf gerutscht, es fing an zu weinen. Die Mutter zog die Mütze zurecht und streichelte die Wange des Kindes.

Eva sah Miriam vor sich, die Pausbacken, den vertrauensseligen Blick, und ihre Brust schnürte sich zusammen. Wie sollte sie es ertragen, ihre Tochter fortzugeben? Aber konnte sie es verantworten, Miriam hierzubehalten und sie der Gefahr durch die Deutschen aussetzen?

Unglücklich schaute sie zu Boden. Die Frau vor ihr hatte wenigstens mit ihrem Mann darüber sprechen können, hatte die Entscheidung gemeinsam mit ihm getroffen. Sie dagegen ging im Geheimen vor, obwohl sie wusste, dass es falsch war, den Ehemann zu hintergehen. Doch sie wurde die Erinnerung an jenen schrecklichen Abend auf dem Alten Jüdischen Friedhof nicht los. Wie sollte sie Josef nur von der Grausamkeit der Deutschen überzeugen, wenn er sie nie erlebt hatte, auch nicht wusste, was genau ihr damals widerfahren war? Josef war nur bekannt, dass Eva im Alter von sechzehn Jahren vergewaltigt worden war.

Erst gegen Mittag hatte Eva es in das Büro von Mr Winton geschafft. Er saß an einem mit Akten überladenen Schreibtisch, lächelte freundlich und bat sie, auf dem Besucherstuhl Platz zu nehmen.

Eva nannte ihren Namen und trug ihr Anliegen vor.

»Haben Sie ein Foto Ihrer Tochter?«

Verlegen schüttelte Eva den Kopf. »Ich wusste nicht, dass ich eins brauche.«

Winton seufzte. »Natürlich benötigen wir die Fotos der Kinder. Die schicken wir den englischen Hilfsorganisationen. Die Menschen, die bereit sind, jüdische Kinder aufzunehmen, suchen sie sich unter anderem anhand der Fotos aus.«

Eva senkte den Kopf. »Kann ich das Foto morgen abgeben?« Dann konnte sie nach der Schule mit Miriam zu einem Fotografen gehen und ein besonders schönes Bild machen lassen.

»Je eher, desto besser«, antwortete Winton. »Denken Sie auch an das Geld.« Er reichte Eva ein Antragsformular. »Bitte füllen Sie das sorgfältig aus. Tragen Sie ganz oben den Namen Ihrer Tochter ein. Dann Ihren, den Ihres Mannes und Ihre Adresse.«

Eva erschrak. »Welches Geld?« Von Geld hatte Frau Golder nichts gesagt. »Wie viel müssen wir denn bezahlen?«

»Fünfzig englische Pfund«, antwortete Winton. »Der Betrag deckt die Reise- und Umsiedlungskosten. Falls es Ihnen nicht möglich ist, die Summe aufzubringen, müssen wir sehen, ob die jüdische Gemeinde die Kosten übernimmt.« Er sah Eva bedauernd an. »Unsere Mittel sind leider begrenzt.«

Mit unsteter Hand machte Eva die gewünschten Angaben auf dem Formular.

»Sobald ich Geld und Foto habe, lege ich für Ihre Tochter eine Akte an. Anschließend trage ich sie in eine Warteliste ein. Wenn wir für Ihr Kind eine englische Familie gefunden haben, melde ich mich bei Ihnen.« Winton stempelte das Formular.

Eva verabschiedete sich und verließ das Büro mit tränenblinden Augen.

Als sie am Nachmittag mit Miriam nach Hause kam, stand ihre Mutter wie jeden Tag am Fenster, um nach ihnen Ausschau zu halten. Eva winkte ihr betont munter. Das blasse Gesicht ihrer Mutter verschwand.

Ihre Mutter hatte begonnen, sich zu vernachlässigen, hatte Eva festgestellt. Sie ging nicht mehr zum Frisör, sondern steckte ihr Haar nur noch mit Spangen zurück oder bedeckte es mit einem Kopftuch.

Immer wieder versuchte Eva, ihre Mutter von dem Leben unter den deutschen Besatzern abzulenken und zu beschäftigen. Meistens überließ sie ihr das Kochen für die nun fünfköpfige Familie oder bat sie, sich um Lebensmittel anzustellen, die mittlerweile überall knapp geworden waren. Dennoch gab es Zeiten, in denen sie nichts zu tun hatte und niedergeschlagen vor sich hin brütete.

Als Eva die Küche betrat, sah ihre Mutter ihr mit stumpfem Blick entgegen. Eva schenkte ihrer Tochter ein Glas Milch ein, das Miriam laut schlürfend trank.

»Möchtest du mir beim Nähen helfen?«, wandte Eva sich an ihre Mutter. »Du kannst das besser als ich.«

»Kein Wunder«, antwortete ihre Mutter und lächelte matt. »Du hast als Kind lieber Klavier gespielt, als zu handarbeiten.«

Vielleicht hätte sie lieber handarbeiten sollen, fuhr es Eva durch den Kopf. Dann wäre sie nicht auf dem Konservatorium gewesen, wäre an jenem Abend nicht über den Alten Jüdischen Friedhof gelaufen, und ihr ganzes Leben hätte anders ausgesehen. Doch nun wusste sie wenigstens, was von den Deutschen zu halten war, und würde alles daransetzen, damit Miriam ihnen nicht in die Hände fiel.

»Ich dachte, wir könnten Miriam ein, zwei Kleider nähen. Auch schon für das nächste Jahr, wenn es vielleicht keinen Stoff mehr zu kaufen gibt.«

»Du brauchst keinen Stoff zu kaufen.« Der Blick ihrer Mutter belebte sich. »Ich habe Kleider dabei, die ich nicht mehr trage. Der Kuckuck weiß, warum ich sie überhaupt mitgebracht habe. Die trenne ich auf und mache daraus etwas für Miriam.«

Auf diesen Vorschlag hatte Eva gehofft. Bereits jetzt waren in den Geschäften kaum noch Stoffe zu bekommen. Im Übrigen musste sie mit ihrem Geld haushalten, zumal ihr noch immer nicht klar war, wie sie an die fünfzig Pfund kommen sollte, die Mr Winton verlangt hatte.

Ihre Mutter lief in das Gästezimmer, um ihre Kleider nach etwas Passendem für Miriam durchzusehen.

Eva nutzte die Zeit und überlegte, ob es etwas gab, das sie zu Geld machen konnte. Schmuck besaß sie nicht, nur ihren Ehering, und den konnte sie unmöglich versetzen. Ihr Blick fiel auf das Klavier.

Sie trat an das Instrument, das sie als Mädchen so sehr geliebt hatte. Wehmütig schlug sie einige Tasten an. Dann sagte sie sich, dass Miriam darauf so bald nicht mehr spielen würde. Und sie selbst? Sie würde ihre Karriere nicht wieder aufnehmen, und die Freude, die sie einst beim Klavierspiel empfunden hatte, war längst erloschen. Vielleicht sollte sie in das Musikhaus gehen, wo sie das Klavier gekauft hatten, und fragen, ob man es zurückkaufen würde.

Josef würde nichts dagegen haben, erst recht nicht, wenn sie ihm erklärte, sie brauche das Geld für Miriam. Es wäre nicht einmal gelogen, auch wenn er glauben würde, es wäre für Kleidung und Spielsachen. Oder sollte sie ihm die Wahrheit sagen? Aber wie konnte sie ihn überzeugen, wenn er der Ansicht war, dank seiner Forschungsarbeit wären sie sicher?

Ihre Mutter kehrte mit zwei Kleidern in hellen Farben zurück und wollte von Eva wissen, ob sie daraus etwas für Miriam nähen solle.

*

Einige Tage später brachte Evas Mutter eine orange und rot gemusterte Stola aus dem Gästezimmer. »Ich glaube, auch daraus können wir ein hübsches Kleid für Miriam nähen.«

Eva legte die Stola auf den Küchentisch. »Für ein Kleid reicht der Stoff nicht aus. Vergiss nicht, wie schnell Miriam wächst. Lass uns daraus einen Rock machen.«

Ihre Mutter begutachtete den Stoff mit schief gelegtem Kopf. »Also gut. Aus dem Rest nähe ich dann einen passenden Schal.«

Wie zuvor schon fragte Eva, ob sie nicht die Nähmaschine ihrer Nachbarin borgen sollte, statt ihre Mutter alles mit der Hand nähen zu lassen.

Ihre Mutter schüttelte den Kopf und deutete auf das Fenster, an dem sie meistens saß. Draußen war zum ersten Mal seit Tagen die Sonne herausgekommen, und man spürte den nahenden Frühling. »Ich sehe dort besser als an der Nähmaschine. Außerdem nähe ich gern mit der Hand.«

Eva nahm einen schmalen Stoffstreifen auf und wand ihn durch ihre Finger. Am Rand franste er aus, doch sie könnte die Ränder säumen und daraus für Miriam ein Haarband machen. Die dunklen Locken reichten ihrer Tochter bis zu den Schultern und mussten für die Schule zurückgebunden werden. Zu Hause durfte sie das Haar offen tragen, und abends bürstete Eva es, bis es entwirrt war und glänzte.

Sie spürte, wie die Verzweiflung in ihr aufstieg und übermächtig zu werden drohte. Würde es in England auch jemanden geben, der Miriams Haar mit Bändern schmückte? Würde die Familie, die sie aufnahm, ihr gestatten, die Kleider, Röcke und Blusen zu tragen, die Evas Mutter genäht und bestickt hatte? Oder würde Miriam dort andere Kleidung tragen müssen?

»Warum bist du so nervös?«, fragte ihre Mutter und nickte zu dem Stoffstreifen, den Eva immer wieder neu um ihre Finger gewunden hatte.

»Bin ich nicht.« Eva legte den Streifen ab. »Soll ich dir eine Tasse Kaffee machen? Wir haben noch eine Handvoll Kaffeebohnen übrig.«

Ihre Mutter schüttelte den Kopf. »Heb sie für deinen Vater auf. Wenn er zurückkehrt, wird er wieder durchgefroren sein.«

Evas Vater hatte es sich zur Gewohnheit gemacht, stundenlang durch die Straßen zu streifen. Ob er manchmal jemanden besuchte, den er von früher kannte, verriet er nicht. Dann und wann erzählte er, er habe in diesem oder jenem Kaffeehaus gesessen. Und eines Abends berichtete er, jemand habe ihm erzählt, dass in Deutschland und Österreich immer mehr Juden in Lagern inhaftiert und dort misshandelt wurden.

»Wir sind hier in Prag, nicht in Berlin«, antwortete Josef ungehalten. »Uns kann nichts passieren, das habe ich nun schon mehrfach erklärt.«

Evas Vater ging darüber hinweg und sagte: »Der Herr möge seine Hand über uns halten. Wenn nicht, sind wir verloren.«

Mittlerweile waren Evas Eltern seit über einem Monat in Prag. Von einer Rückkehr nach Pilsen war nicht mehr die Rede, auch wenn Prag nun unübersehbar in der Hand der Nazis war. Am Vortag hatten sie am Sankt-Wenzels-Denkmal eine Hakenkreuzfahne gehisst, und die Ketten der Wehrmachtspanzer hatten auf dem Kopfsteinpflaster der Stadt tiefe Rillen hinterlassen. Weitaus beängstigender war es jedoch, wenn Angehörige der deutschen Sicherheitspolizei Häuser betraten, mit den Fäusten an eine Wohnungstür hämmerten und die Bewohner mitnahmen.

Evas Mutter stand auf, dehnte ihren Rücken und blickte aus dem Fenster auf die Straße. »Hör auf, mit dem Stück Stoff zu spielen«, sagte sie. »Mach daraus ein Haarband für deine Tochter.«

»Das hatte ich sowieso vor.« Eva zog eine Nadel aus dem Nadelkissen ihrer Mutter und fädelte einen roten Faden ein.

Ihre Mutter setzte sich wieder. »Ich vermute, mit den Näharbeiten willst du mir das Gefühl geben, nützlich zu sein.«

Eva wich ihrem Blick aus. »Ich möchte, dass Miriam genug zum Anziehen hat. Auch im nächsten Jahr.«

Ihre Mutter nähte weiter an dem Rock, schneller als Eva es jemals vermocht hätte. »Kann es sein, dass du mir etwas verschweigst?«

Eva erschrak, stach sich in den Finger und starrte auf den hervorquellenden Tropfen Blut. »Wie kommst du darauf?«

Ihre Mutter hielt den Blick auf ihre Näharbeit gerichtet. »Mir scheint, du denkst daran, Miriam in ein sicheres Land zu schicken. Ohne noch einmal mit Josef darüber zu sprechen. Das wäre ein grober Verstoß gegen die Autorität deines Mannes.«

»Ich weiß.« Eva ließ die Hände sinken. »Aber wie kann ich sie denn hierlassen und der Gefahr aussetzen, die uns von den Deutschen droht? Was meinst du, wäre die größere Sünde?« Sie wischte das Blut mit dem roten Stoff von ihrem Finger.

Ihre Mutter legte ihre Näharbeit zur Seite und drückte ihren Daumen auf die Stelle an Evas Finger. »Erzähl mir alles«, sagte sie. »Und lüg mich nicht an.«

Eva überlegte, ob sie ihrer Mutter die Wahrheit anvertrauen sollte. Schließlich gab sie sich einen Ruck und antwortete: »Ich habe mit Josef darüber gesprochen. Du kennst seine Ansichten, und die wird er nicht ändern. Er beharrt darauf, dass Miriam bei uns in Sicherheit ist. Aber ich weiß, wie die Deutschen sind.«

»Ja.« Der Blick ihrer Mutter wanderte in die Ferne.

»Damals hast du deine Sicherheit aufs Spiel gesetzt und einen sehr hohen Preis dafür bezahlen müssen.« Sie seufzte schwer. »Trotzdem ist es falsch, sich dem Ehemann zu widersetzen.«

»Das ist mir klar.«

»Deine Vergangenheit ist dafür keine Entschuldigung.«

Eva zog die Brauen zusammen und schüttelte die Hand ihrer Mutter ab.

»Also, was ist? Hast du vor, Miriam ins Ausland zu schicken, oder nicht?«

Eva schluckte. »Sie steht auf einer Liste. Die Engländer haben in Prag ein Büro eröffnet, um die Transporte zu organisieren. Ich musste die Reise- und Umsiedlungskosten bezahlen, deswegen habe ich das Klavier verkauft. Auch Miriams Foto habe ich schon eingereicht. Wenn sich in England eine Familie für sie findet, gibt man mir Bescheid.«

Ihre Mutter schwieg für lange Zeit. Schließlich griff sie wieder nach ihrer Näharbeit und sagte: »Dann müssen wir die neuen Kleider wohl rasch anfertigen.«

Kapitel 9

Es war eine Weile her, seit Pamela zum letzten Mal im Bahnhof Liverpool Street war. In den vergangenen drei Jahren war sie nicht verreist, und nach Prag waren sie damals vom Bahnhof St. Pancras gefahren.

Pamela traf viel zu früh ein, von Margery Weston, mit der sie sich verabredet hatte, war noch nichts zu sehen.

Sie erwarb eine Bahnsteigkarte und machte sich auf die Suche nach einem Stand, wo sie sich einen Becher Tee besorgen konnte, doch die großartige Dachkonstruktion der Bahnhofshalle zwang ihren Blick in die Höhe und lenkte sie von ihrem Vorhaben ab.

Sie beobachtete, wie die Dampfwolken der Lokomotiven aufstiegen, sich zerfaserten und unter dem Dach auflösten – und wie Sonnenstrahlen durch das eiserne Gitterwerk fielen.

Sie lauschte dem Lärm zuschlagender Wagentüren, begleitet von den Trillerpfeifen des Dienstpersonals, dem Rattern der Gepäckwagen, dem Stimmengewirr der Menschen. Die Luft roch nach körperlichen Ausdünstungen, Dampf und Ruß.

Pamela versuchte, den Bahnhof mit den Augen der Kinder zu sehen, die in Kürze mit dem Zug aus Harwich eintreffen würden.

Glücklicherweise war es ein schöner Tag. Sicherlich wäre es für die Kinder noch bedrückender, als es bereits war, kämen sie nach ihrer langen Reise in Kälte und Regen an.

Es hieß, die Nazis machten den Aufbruch für die jüdischen Kinder und ihre Familien so schwierig wie möglich. Angeblich durften sie sich mitunter auf dem Bahnsteig nicht einmal mehr voneinander verabschieden. Zudem mussten sie über Holland nach England reisen, um die deutschen Häfen nicht zu »verunreinigen«. Häufig wurde ihr Gepäck von der Gestapo durchsucht und die wenigen Wertsachen, die die Kinder vielleicht bei sich hatten, wurden requiriert. Mehr als zehn Reichsmark durften sie nicht bei sich haben. All das musste für Kinder, von denen einige erst vier Jahre alt waren, im höchsten Maß beängstigend sein.

Pamela holte ihre Puderdose aus der Handtasche und puderte über die schweißglänzenden Stellen ihres Gesichts. Sie hatte lange überlegt, was sie an diesem Tag anziehen sollte, und nach etwas Freundlichem gesucht, um die Kinder nicht einzuschüchtern. Zuletzt hatte sie sich für ein rotes Kostüm und einen schlichten, kleinen Strohhut entschieden, dessen schmaler Rand ihr Gesicht nicht beschattete. Der Rock des Kostüms war um einiges länger, als es zurzeit Mode war, doch das würde die Kinder kaum interessieren.

Sie blickte in den Spiegel der Puderdose, übte ein Willkommenslächeln und steckte die Puderdose hastig zurück in die Handtasche. Es würde gerade noch fehlen, dass Margery Weston sähe, wie sie ihr Spiegelbild anlächelte und sie für eitel hielt.

Pamela beobachtete, wie sich ein Bahnsteig unter ihr plötzlich mit Menschen füllte. Von oben sah man vor allem Kopfbedeckungen – Herrenhüte, Kappen, Damenhüte in allen Variationen.

Sie fragte sich, ob die Kinder genügend Kleidung dabeihatten, vielleicht sogar welche, die aus den Hilfssendungen der Quäker stammten. Sie selbst hatte in der Zeit, als sie ihr Bein schonen musste, Kinderpullover gestrickt, und auch die Sachen, die Will zu klein geworden waren, hatte sie gespendet.

Pamela warf einen Blick auf die Bahnhofsuhr. Noch fünf Minuten, bis sie Mrs Weston vor dem Bahnhofscafé treffen musste. Sie klemmte sich ihre Handtasche unter den Arm und lief los. Für einen Becher Tee fehlte ihr nun die Zeit.

Auf dem Weg fiel ihr ein, dass sie nicht wusste, ob die Kinder während ihrer Reise überhaupt verpflegt worden waren. Die Familien, die sie aufnahmen, würden sie natürlich versorgen, auch wenn kein Essen, und sei es noch so gut, den Abschied von den Eltern aufwiegen konnte.

Bitte, lieber Gott, betete Pamela stumm, *bitte gebiete den Nazis Einhalt. Und hilf uns, einen Krieg abzuwenden. So etwas darf nie wieder vorkommen.* Wills Gesicht blitzte vor ihr auf. *Und bitte halte Deine Hand über meinen Sohn.*

Pamela erschrak. Einen Moment lang war sie versucht gewesen, Gott an ihre guten Werke zu erinnern, damit er Will im Gegenzug beschützte. Beschämt eilte sie weiter zu dem Café.

Mrs Weston war bereits da, begrüßte Pamela überschwänglich mit einem nach Puder riechenden Kuss auf die Wange und stellte ihr zwei weitere Mitglieder der Quäker-Gemeinde vor, die Pamela noch nicht kannte: einen Mann namens Patrick Smith, der trotz des sonnigen Wetters einen Regenmantel trug, und eine junge Frau mit dem Namen Sarah – den Nachnamen bekam Pamela nicht mit –, die Pamela verhalten anlächelte.

Mrs Weston öffnete eine Mappe mit Unterlagen. »Der Zug trifft in einer Viertelstunde auf Gleis zehn ein. Wir sammeln die Kinder ein und bringen sie in die Sporthalle der Bahnangestellten. Dort treffen sie ihre Pflegeeltern.«

Mrs Weston blickte auf ihre Armbanduhr. »Und auf geht's.«

*

Obwohl Pamela sich die Kinder oft vorgestellt hatte, war ihr Anblick herzzerreißend, erst recht, da einige von ihnen tatsächlich noch sehr klein waren. Ein vielleicht vierjähriges Mädchen spähte mit großen Augen über den Plüschbären hinweg, den es an seine Brust presste. An seiner Seite stand ein Junge in einem dicken Mantel, um den Hals einen Wollschal gewickelt. Die beiden Kinder schienen zusammenzugehören.

Die älteren Kinder hatten abgewetzte Koffer vor sich abgestellt und sahen sich unsicher um. Alle hatten sie ein Pappschild mit einer Erkennungsnummer. Dieses Bild würde sie nie vergessen, dachte Pamela, während sie mit den Tränen kämpfte.

Sie führten die Kinder in die Sporthalle und dann zu der dicken Kordel, mit der die Halle unterteilt war. Auf der anderen Seite warteten die Pflegeeltern.

Für einen Moment wünschte Pamela, sie gehörte zu ihnen, würde jetzt ebenfalls den Hals nach ihrem Kind recken und wenig später in ihrer Hand eine Kinderhand spüren. Stattdessen stand sie stumm neben Mrs Weston, die laut die Namen der Kinder von ihrer Liste ablas.

Manchmal verstanden die Kinder ihre Namen aufgrund der englischen Aussprache nicht, und dann musste Mrs Weston sie zwei Mal aufrufen. Anschließend traten sie vor, wurden an der Trennkordel von ihren Pflegeeltern in Empfang genommen und verschwanden mit ihnen.

Dann und wann nahm eine Familie auch Geschwister mit. Doch das Mädchen mit dem Bären wurde von einer älteren Dame im Leinenkostüm abgeholt, der Junge dagegen von einer jungen Frau mit einem Säugling auf dem Arm.

Pamela musste an sich halten, um nicht zu rufen, sie werde beide Kinder nehmen.

Als Pamela abends in ihr Haus zurückkehrte, war sie emotional erschöpft. Hugh war noch nicht da, und Kitty hatte den Nachmittag und den Abend frei. Daher nahm sie nur ein Sandwich zu sich.

Anschließend wanderte sie ziellos durch die Räume. Draußen war es noch immer warm, aber im Haus war die Luft stickig. Sie öffnete die Fenster und die Türen zum Garten. Dann stellte sie sich vor, sie wäre mit den beiden Flüchtlingskindern zurückgekehrt. Dem Jungen hätte sie Wills altes Zimmer überlassen – für die Ferienzeit, wenn Will zu Hause war, hätte sie eine Lösung gefunden. Das kleine Mädchen hätte das Gästezimmer bekommen. Sie hätte den Bären auf das Bett gesetzt, das Kind vorsichtig gestreichelt, ihm das Haar gebürstet …

Nein, das waren dumme Gedanken, für die sie keine Zeit hatte.

Pamela setzte sich an ihren Sekretär, holte ihr Briefpapier heraus und griff nach dem Füllfederhalter. Als Hugh nach Hause kam, hatte sie Will seitenlang beschrieben, wie es gewesen war, die Flüchtlingskinder am Bahnhof in Empfang zu nehmen. Ob Will sich dafür interessieren würde, war eine andere Sache, doch ihr hatte das Schreiben gutgetan.

Zum Abendessen gab es nur Hähnchensalat. Beim Essen erzählte Pamela Hugh in einer Kurzfassung, wie sie den Tag verbracht hatte – doch als sie wenig später in der Küche stand und Kaffee kochte, beschloss sie, das Thema, das ihr am Herzen lag, anzusprechen und Hugh zu sagen, dass sie ein Flüchtlingskind aufnehmen wolle. Sie würde ihn daran erinnern, was es bedeutete, Quäker zu sein, dass sie nicht tatenlos zusehen konnten, wie andere Menschen ihren Beitrag leisteten, sie jedoch nicht. Schließlich hatten sie mehr als genug Platz im Haus und viel zu geben. Eigentlich konnte Hugh sich gar nicht dagegen sperren.

Pamela trug das Kaffeetablett ins Wohnzimmer. »Weißt du, was mir heute schwergefallen ist?« Sie stellte Hughs Tasse auf den Beistelltisch. »Zuzusehen, wie andere Familien diese armen jüdischen Kinder abgeholt haben, ohne dass ich selbst eines von ihnen mitgenommen habe.«

Hugh nippte an dem heißen Kaffee und stellte die Tasse zurück.

Pamela blies auf ihren Kaffee und nahm einen vorsichtigen Schluck. »Wäre es nicht richtig, wenn wir ebenfalls ein Kind zu uns nähmen? Wir haben genügend Platz und könnten einem kleinen Jungen oder Mädchen ein schönes neues Zuhause bieten.«

Hugh runzelte die Stirn. »Du hast genug zu tun, Pammie. Du kümmerst dich um mich, um Will, wenn er zu Hause ist, du arbeitest im Hilfswerk. Du kannst nicht noch für ein Kind sorgen.«

Pamela sank das Herz. Hugh hatte recht, sie hatte viel zu tun. Allerdings könnte sie die Stunden, die sie dem Hilfswerk widmete, reduzieren, und hätte dann durchaus Zeit, für ein kleines Kind zu sorgen. Sie erinnerte sich daran, wie Agáta sich damals im Krankenhaus auf ihr Bett gekuschelt hatte. Plötzlich hatte sie den leichten Milchgeruch des Kindes wieder in der Nase, sah die vergnügt funkelten Augen vor sich, als sie mit der Puppe gespielt hatten.

»Bitte, Hugh. Ich muss mehr tun, um den Flüchtlingskindern zu helfen, es gehört zu unserem Glauben. Überall in England sind Menschen bereit, Opfer für sie zu bringen, ich möchte das ebenfalls. Ich bin auch keineswegs überlastet, schließlich erledigt Kitty den größten Teil der Hausarbeit und du kommst erst abends heim.«

»Dann stock deine Stundenzahl im Hilfswerk auf.«

Wieder zwang Pamela sich zur Ruhe und nippte an ihrem Kaffee. »Das genügt mir nicht. Wir sind Quäker, Hugh, das bedeutet, dass wir uns für die, die unsere Hilfe brauchen, tatkräftig einsetzen.«

»Was meinst du, was ich tagsüber im Büro tue?« Hugh zupfte an einem losen Faden seines Sesselbezugs. »Ich reiße mir ein Bein aus, um zu verhindern, dass England wieder Krieg führen muss.«

»Das weiß ich doch«, antwortete Pamela. »Und das bewundere ich. Aber das ist *deine* Arbeit, nicht meine. Und ich möchte mich stärker engagieren.«

Hugh stand auf, drückte Pamela einen Kuss auf den Kopf und sammelte die Kaffeetassen ein. »Kein Kind, Pamela. Es würde dir zu viel werden. Es würde *uns* zu viel werden.« Er klang entschieden, endgültig, und trug das Kaffeegeschirr in die Küche.

Pamela seufzte, doch sie war nicht bereit, die Hoffnung sinken zu lassen. Sie musste einfach einen guten Grund finden, um Hugh von ihrer Idee zu überzeugen.

Als er aus der Küche zurückkehrte, schlug sie die Beine übereinander und lehnte sich im Sessel zurück. Hugh sollte sehen, wie gelassen sie war. »Mrs Weston hat neulich von einem Engländer gesprochen, der den Transport jüdischer Kinder aus der Tschechoslowakei organisiert.«

»Von dem habe ich auch gehört. Nicholas Winton. Ein guter Mann. Stammt aus London.«

»Richtig. Er hat als Börsenmakler in der City gearbeitet.« Das würde Hugh beeindrucken. »Doch dann hat er sich beurlauben lassen und in Prag ein Kontaktbüro für die Kindertransporte aufgemacht.«

»Sieh einer an.«

»Im Moment ist er wieder in England und sucht nach Freiwilligen, die die Transporte von Prag nach London begleiten. Danach kehrt er nach Prag zurück.«

Hugh zog die Brauen hoch. »Ich hoffe, du denkst bei den Begleitern nicht an mich.«

»Nein, aber an mich.«

»Vergiss es.« Hugh schnaubte ein Lachen hervor. »Prag wurde von den Deutschen besetzt, oder hast du das vergessen? Als Engländerin wäre es für dich dort viel zu gefährlich.«

Pamela befahl sich, ruhig zu bleiben. Hugh würde sich sonst nur noch mehr sträuben. »Bitte versteh mich doch, Liebling, ich möchte mehr tun, als tagsüber im Hilfswerk Kleidung sortieren.«

Hugh schüttelte den Kopf.

»Margery Weston war schon mehrere Male in Berlin, und ihr ist nichts zugestoßen. Nun fahren sie und noch einige andere vom Hilfswerk nach Prag. Margerys Mann ist damit einverstanden.«

Hugh lachte. »Das wäre ich auch, wenn ich Margery Westons Mann wäre. Wochenlang dürfte sie verreisen.«

Pamela rang sich ein Lächeln ab. »Bist du nicht wunderbar zurechtgekommen, als ich in der Tschechoslowakei im Krankenhaus lag?«

»Nein, nicht wunderbar. Aber Kitty hat ihr Bestes getan.«

»Es ging also. Außerdem würde ich zu einer Zeit nach Prag fahren, wenn Will nicht bei uns ist.«

»Nur über meine Leiche.«

»Hugh.« Pamela sah ihren Mann bittend an. »Ich stünde unter dem Schutz der Quäker – und dem von Nicholas Winton, den du als guten Mann bezeichnet hast. Und gegen uns Quäker haben die Deutschen nichts.«

Hugh griff nach der Tageszeitung. »Zumindest war das während des Großen Krieges so, als die Deutschen den Quäkern erlaubt haben, Kinder mit Nahrungsmitteln zu versorgen.«

»Es wird jetzt nicht anders sein. Auch die Nazis wissen, dass wir friedliebend sind. Außerdem kann ich ein bisschen Tschechisch. Ich könnte mit den Kindern sprechen, sie beruhigen …«

Nach ihrem Skiunfall hatte Pamela Mrs Brevda, ihre Schneiderin, des Öfteren besucht, entweder um sich etwas Neues nähen oder etwas ändern zu lassen, oder um sich weiter im Tschechischen zu üben. Mrs Brevda schien nichts dagegen zu haben, wenn Pamela sich zu ihr an die Nähmaschine setzte und auf Tschechisch radebrechte, während Mrs Brevda nähte.

»Also gut.« Hugh furchte die Stirn. »Vielleicht spreche ich mit Halifax darüber. Frage ihn, ob er jemanden hat, der dich zusätzlich zu Margery Weston und den anderen Quäkern begleiten kann.«

Jetzt kommt es darauf an, dachte Pamela, *jetzt darf ich keinen Fehler machen.* »Ich würde auch nicht sehr lange fortbleiben. Höchstens eine Woche. Du würdest mich kaum vermissen.«

Hugh stand auf. »Ich hoffe, du bereust das später nicht.«

»Danke, Hugh.« Pamela griff nach seiner Hand und drückte sie.

Hugh befreite seine Hand. »Komm aber bitte nicht mit einem Pflegekind zurück.«

*

Zwei Wochen später bestieg Pamela in London einen Zug, der sie über die Stationen des Kindertransports, nur in umgekehrter Richtung, nach Prag bringen würde.

Im Waggon saß sie eingezwängt zwischen Margery Weston, Eileen Jackson und Patrick Smith. Ihnen gegenüber hatten sich Beth Seddon und zwei andere Frauen niedergelassen, die einnickten, bevor Pamela sich mit ihnen bekannt machen konnte.

Auf der anderen Seite des Gangs befand sich ein Mann, der sich hinter seiner Zeitung verschanzt hatte. Vielleicht war er die Begleitperson aus dem Foreign Office, auf der Hugh bestanden hatte, dachte Pamela, obwohl er für einen

Leibwächter ziemlich mickrig wirkte. Vorgestellt hatte er sich nicht.

Der Zug hatte sich kaum in Bewegung gesetzt, als Mrs Weston ein umfangreiches Lunchpaket hervorholte und fragte, ob jemand ein Sandwich wolle. Alle lehnten dankend ab. Mrs Weston zuckte mit den Schultern. Der Geruch nach gekochten Eiern stieg Pamela in die Nase.

Sie wunderte sich über Mrs Westons Appetit. Sie selbst hatte vor Aufregung nicht einmal das Schinkenbrötchen hinuntergebracht, das Kitty versucht hatte, ihr am Morgen aufzunötigen.

Vor ihrem Aufbruch hatte sie Kitty noch einmal inständig gebeten, sich gut um Hugh zu kümmern. »Ihr Mann wird gar nicht merken, dass Sie fort sind«, hatte Kitty ihr versichert.

Sie hatte Hugh zum Abschied geküsst und gesagt: »Wenn du wüsstest, wie gut es sich anfühlt, endlich aktiv Hilfe zu leisten.«

Hugh zog die Brauen hoch. »Was war mit deiner Arbeit im Hilfswerk? Zählt die nicht?«

Doch, die zählte, sagte sich Pamela, aber sie reichte ihr nicht.

Inzwischen hatten sie es nicht mehr mit vereinzelten Flüchtlingsfamilien zu tun, die in England unterzukommen hofften, sondern mit einem Flüchtlingsstrom. Um den zu bewältigen, war in London ein Flüchtlingskomitee mit einer Unterabteilung für die Kindertransporte gegründet worden, das von einflussreichen Juden und Quäkern betrieben wurde. Es war im Bloomsbury House untergebracht, wo Pamela seit Kurzem arbeitete.

Pamela lehnte sich zurück, dachte wie so oft an Agáta und Mirko und fragte sich, wie Jan, der Vater, mit den Kindern in dem besetzten Land zurechtkäme.

Dann wanderten ihre Gedanken zu den jüdischen Kindern, die sie in den vergangenen Wochen in Empfang genommen hatten. Wie sie erfahren hatte, gingen die meisten von ihnen mittlerweile in England zur Schule und lernten die Sprache.

Kinder waren oftmals anpassungsfähiger als Erwachsene, trotzdem war Pamela sicher, dass sie sich schmerzlich nach ihren Eltern sehnten. Und umgekehrt. Sie konnte sich vorstellen, wie es ihr gehen würde, wäre Will in einem anderen Land, und sie könnte ihn nicht mehr sehen, wüsste nicht, ob er in seiner neuen Umgebung zurechtkam. Plötzlich befiel sie ein solches Mitleid mit den jüdischen Kindern und ihren Eltern, dass ihr heiße Tränen in die Augen schossen.

Kapitel 10

Verwundert betrachtete Josef die fünf Gedecke auf dem Tisch. »Erwarten wir zum Sabbatmahl einen Gast?«

»Nein.« Eva zündete die Kerzen der Menora an. »Ich möchte, dass Miriam daran teilnimmt. Sie ist fünf Jahre alt und darf heute länger aufbleiben. Der Abend wird für sie ein besonderes Erlebnis sein. Sie soll sehen, wie man den Sabbat feiert.«

»Eine schöne Idee«, entgegnete Josef. »Dann werde ich den Segen über die Töchter sprechen.«

Er holte den Wein für den Kidduschbecher. Eva stellte die Challa auf den Tisch und rief ihre Eltern herbei.

Sie kamen zusammen mit Miriam.

Evas Mutter hatte ihrer Enkelin ein dunkles Kopftuch umgebunden. Josef lächelte seine Tochter an, deren Augen vor Aufregung glänzten.

Das Mädchen war ein Segen, dachte Josef, und eines Tages würde sie so hübsch wie Eva sein. Wie so oft bedauerte er es, dass sie nicht mehrere Kinder bekommen hatten, doch er wollte nicht undankbar sein. Vielmehr dankte er dem Herrn täglich, dass sie Miriam hatten. Wie gut, dass sie das Kind nicht ins Ausland schicken würden, so wie andere Eltern es getan hatten. Sein Forschungsvorhaben stand kurz vor dem Abschluss, die Nazis hatten bereits von einem neuen Projekt gesprochen. Seiner Familie konnte nichts geschehen.

Josef stimmte das *Schalom Alejchem* an, das Lied, das die Engel willkommen hieß und ihren Segen erbat. Eva hatte das Lied mit Miriam geübt, die Stimme des Kindes erhob sich süß und rein über die der anderen.

»Du hast wunderbar gesungen, Miriam«, sagte Josef, als das Lied beendet war. Er legte eine Hand auf den Kopf seiner Tochter und sprach den Segen.

Der Ewige lasse dich werden wie Sara, Riwka, Rachel und Lea.
Er segne und behüte dich.
Er lasse dir Sein Angesicht leuchten und sei dir gnädig.
Er wende dir Sein Angesicht zu und gebe dir Frieden.

Josefs Blick fiel auf Eva. Ihre Lippen bebten, und ihre Augen waren feucht. Sie betupfte sie mit ihrer Serviette. »Was hast du, Liebling?«, fragte er.

»Es ist nichts.« Eva räusperte sich. »Es war nur so schön, den Segen zu hören.«

Josef griff nach ihrer Hand, wunderte sich, wie feucht sie war. Er hob den Kidduschbecher und sprach den Segen, der den Sabbat einläutete.

In der Nacht wurde Josef wach und glaubte Eva weinen zu hören. Doch als er sich zu ihr umdrehte, atmete sie tief und regelmäßig. Er musste sich getäuscht haben.

Am nächsten Morgen nahm er jedoch die dunklen Schatten unter den Augen seiner Frau wahr, die eindeutig keine Täuschung waren. Auch aß sie beim Frühstück nichts, zerkrümelte nur ein Stück Brot mit den Fingern.

»Eva«, sagte er. »Fühlst du dich nicht gut? Kann es sein, dass du dich in dem dünnen Kleid gestern Abend erkältet hast?«

»Mir fehlt nichts.« Eva lächelte, doch es wirkte bemüht. Sie wandte sich Miriam zu. »Iss bitte alles auf, Miriam. Du willst doch groß und stark werden.«

Josef kam es vor, als tauschte Eva einen verstohlenen Blick mit ihrer Mutter. Oder bildete er sich das ein? Vielleicht war er überempfindlich geworden. Das ständige furchtsame Gerede zu Hause, in der Stadt und im Institut schien ihm allmählich zuzusetzen. Er nahm den letzten Schluck Wasser – Kaffee gab es bereits seit einer Weile nicht mehr – und stand auf. »Ich mache mich für die Synagoge fertig.« Er lief die Treppe hinauf, um seinen Gebetsmantel aus dem Schlafzimmer zu holen.

Als er zurückkehrte, saß Eva noch immer am Frühstückstisch. Er fragte, ob sie sich nicht umziehen wolle.

Eva schüttelte den Kopf. »Du hattest recht, irgendetwas ist bei mir im Anzug. Ich bleibe besser zu Hause. Auch Miriam bleibt hier. Es würde meiner Mutter zu viel, sie in der Synagoge ruhig zu halten.«

»Siehst du«, antwortete Josef. »Du hast dich erkältet. So etwas erkenne ich sofort.« Er hauchte Eva einen vorsichtigen Kuss auf die Wange. »Am besten, du legst dich wieder hin.«

»Gib auch Miriam einen Kuss.«

Josef drückte Miriam an sich und küsste sie auf beide Wangen. »Pass gut auf deine Mutter auf, mein Schätzchen.«

Besorgt betrachtete er Eva, deren Gesicht leichenblass geworden war.

Sobald Josef und ihre Eltern verschwunden waren, lief Eva nach oben, holte die Reisetasche von ihrem Kleiderschrank herunter und stellte sie aufs Bett. Sie faltete die neuen Kleider für Miriam hinein, die ihre Mutter genäht, die Blusen, die sie bestickt, die Pullover, die sie gestrickt hatte. Legte Unterwäsche dazu. Und jedes Teil vergrößerte den Schmerz, den sie fühlte.

Evas Mutter hatte sich von Miriam vor dem Gang zur Synagoge verabschiedet. Sie hatte es ganz natürlich aussehen lassen. Weder Josef noch Evas Vater hatten Verdacht geschöpft.

Ihre Eltern würden unter der Trennung von ihrem geliebten Enkelkind leiden, das wusste Eva. An Josefs Gefühle mochte sie gar nicht erst denken. Und doch war sie fest davon überzeugt, sich für den richtigen Weg entschieden zu haben.

Sie trug die Tasche in Miriams Zimmer, wo ihre Tochter mit ihrer Puppe spielte.

Eva erklärte, Miriam werde nun eine kleine Reise unternehmen, ein Abenteuer erleben, aber bald wieder zurück sein. Sie hoffte mit ganzer Seele, Letzteres würde sich als wahr erweisen.

»Darf ich Lilli mitnehmen?«, fragte Miriam.

»Natürlich kommt Lilli mit dir. Sie wird auf dich aufpassen.« Eva gab Miriam einen Kuss auf die Wange. »Und wenn du einmal traurig bist oder dich einsam fühlst, drückst du sie ganz fest an dich und denkst daran, dass ich dich in diesem Moment auch ganz fest an mich drücke.« Eva schluckte die aufsteigenden Tränen hinunter.

Miriam versprach es ihr, doch dabei sah sie Eva verwirrt an.

»Dann komm, mein Schatz.«

Unten im Flur nahm Eva die Hand ihrer Tochter und verließ das Haus.

Die Straße war wie ausgestorben, die Bewohner waren alle in der Synagoge. Eva atmete auf. Wenigstens konnte ihr nun niemand unwillkommene Fragen stellen.

Trotz der frühen Stunde war es bereits sehr warm, Eva spürte den Schweiß, der sich in ihren Achselhöhlen sammelte. Miriam begann zu jammern, sie solle nicht so schnell gehen, und Eva verlangsamte ihren Schritt.

»Wie weit ist es noch?«, fragte Miriam.

»Nicht mehr weit. Und dann fährst du mit dem Zug und kannst dich ausruhen.«

»Mami?« Miriam blieb stehen.

Eva musste sich zwingen, das Kind nicht ungeduldig weiterzuziehen. »Was ist?«

»Fährt der Zug über einen Fluss?«

»O ja. Über einen Fluss, der Elbe heißt.«

»Fällt er dann hinein?«

»Wie kommst du denn darauf?« Eva lächelte gequält. »Der Zug fährt über die Brücke, die über den Fluss führt. Niemand fällt hinein.«

Miriam seufzte erleichtert.

Als sie die Josefstadt verließen, standen an einer Straßenecke mehrere Angehörige der Wehrmacht. Einige rauchten oder drehten sich Zigaretten und unterhielten sich, andere schienen die Passanten zu beobachten. In ihren grauen Uniformen und den glänzenden schwarzen Stiefeln wirkten sie abweisend und bedrohlich zugleich, doch niemand hielt Eva an, niemand verlangte zu wissen, wohin sie mit ihrer Tochter wolle. Wahrscheinlich gingen die Soldaten davon aus, dass alle Juden in der Synagoge waren, und interessierten sich nicht für eine tschechische Mutter mit Kind.

Eva befahl sich, einfach normal weiterzulaufen, doch die Angst trieb sie immer schneller voran. Miriam begann wieder zu klagen, aber diesmal ging Eva darüber hinweg.

Endlich erreichten sie den Wilson-Bahnhof, wo sich bereits zahllose Eltern mit ihren Kindern versammelt hatten – Kinder beinahe jeden Alters. Jedes hatte einen Koffer oder eine Reisetasche dabei und ein Pappschild mit seiner Erkennungsnummer umhängen. Viele waren zu warm gekleidet, trugen Mäntel, Schals und Mützen, als hätten die Eltern sie auf die Weise beschützen wollen.

Eva bahnte sich und Miriam einen Weg durch die Menge zu der Stelle, wo sie sich melden musste. Es war ein Tisch, an dem eine freundlich aussehende Engländerin in einem roten Kostüm saß.

»Name des Kindes?«, fragte sie auf Tschechisch, doch man hörte den englischen Akzent heraus.

»Miriam Kolischer.« Wie immer, wenn sie extrem angespannt war, begann Evas rechtes Augenlid zu zucken. Sie rieb darüber, und das Zucken ließ nach.

Die Engländerin beugte sich zu Miriam vor. »Was für eine schöne Puppe du hast, Miriam. Wie heißt sie denn?«

»Lilli.« Voller Vertrauen lächelte Miriam die Frau an.

Eva dachte, wie aufmerksam es war, dass Winton eine Engländerin eingesetzt hatte, die Tschechisch konnte. Es gab nur wenige Ausländer, die sich die Mühe machten, Tschechisch zu lernen. Sie selbst sprach Tschechisch, Hebräisch, Jiddisch und Deutsch, und in ihrem Musikunterricht hatte sie ein wenig Italienisch gelernt. Aber ihre Englischkenntnisse waren minimal.

Die Frau konsultierte eine Liste, fand Miriams Namen und setzte einen Haken dahinter. »Du fährst nach Wales, zu einer Familie, die Williams heißt. Sie haben dich ausgesucht. Ich bin sicher, dass du bei ihnen sehr glücklich sein wirst.« Sie sah Eva an und nickte, als wolle sie noch einmal bestätigen, dass sie die Wahrheit gesagt hatte.

Evas aufgeregter Herzschlag beruhigte sich ein wenig. Zwar wusste sie nicht genau, wo Wales lag, glaubte sich jedoch aus dem Schulunterricht zu erinnern, dass es eine Region ganz im Westen Großbritanniens war. Demnach würde Miriam von London aus eine weitere lange Zugfahrt bevorstehen.

Die Engländerin beschriftete ein Pappschild und einen

Kofferanhänger mit Miriams Nummer und reichte sie Eva. »Das größere Schild hängen Sie Miriam um und gehen mit ihr zu Gleis eins. Dort fährt der Zug ab.« Sie bat die nächste Familie, näher zu treten.

Eva führte Miriam zu der großen Gruppe, die an den Toren zu Gleis eins wartete. Bei den meisten Kindern standen Eltern mit bleichen, angestrengten Mienen. Einige Kinder schienen mit einer Schwester oder einem Bruder verschickt zu werden. Es gab nur wenige einzelne Mütter, die ein Kind an der Hand hielten.

Wieder sagte Eva sich, dass es richtig war, Josef nicht in ihre Pläne einzuweihen. Er hätte sich niemals bereit erklärt, Miriam fortgehen zu lassen. Wäre auch ihre Mutter dagegen gewesen, hätte sie es sich selbst vielleicht noch einmal überlegt, doch sogar ihre Mutter hatte schließlich eingesehen, dass der Transport nach England für Miriam das Beste war.

Evas Magen verkrampfte sich schmerzhaft. Vielleicht hatte ihre Mutter bei Miriams Verschickung auch deshalb nachgegeben – weil sie ihre Tochter vor neun Jahren nicht hatte beschützen können und diesen Fehler bei ihrer Enkelin nicht wiederholen wollte.

Wie auch immer, es war nun entschieden.

Eva ließ ihren Blick schweifen. Einige Kinder klammerten sich weinend an ihre Mütter, andere sahen sich furchtsam um. Miriam versuchte offenbar, sich auf alles einen Reim zu machen, und hielt Evas Hand fest.

Evas Lid begann erneut zu flackern, als würde es von

einer unsichtbaren Hand bewegt. Diesmal ließ Eva es geschehen.

Ein ums andere Mal sagte sie sich, dass Großbritannien ein sicherer Hafen war, ein Land, das sich Hitler eisern entgegenstellte. Sie erinnerte sich an ihre Aufregung, als sie den Brief erhielt, in dem stand, dass eine britische Familie bereit sei, Miriam aufzunehmen. Sie hoffte, die Leute hatten recht, wenn sie sagten, in einigen Monaten sei der Nazi-Spuk vorüber. Dann könnte Miriam bald wieder bei ihr sein.

Die Gruppe der Wartenden vergrößerte sich langsam, aber stetig. Eva zog Miriam dichter zu sich heran, spürte, wie sich der kleine Körper an sie presste.

Nicht weit entfernt knöpfte eine Frau ihrer Tochter den Mantel zu, obwohl das Kind ganz offenkundig schwitzte. Vielleicht wurde auch sie von dem Gedanken beseelt, das Mädchen müsse es so warm wie möglich haben, damit es behütet war.

Auf der anderen Seite des Mädchens saß ein Junge auf einem Koffer, der sich unter seinem Gewicht ausbeulte. Bei ihm stand ein Mann mit Schläfenlocken und langem schwarzen Bart, der dem Jungen immer wieder über den Kopf strich. Ein frommer Jude, der an diesem Sabbat ebenfalls nicht in der Synagoge war.

Evas Blick fiel auf die SS-Männer, die sich nicht weit entfernt aufhielten und die Gruppe jüdischer Familien mit steinerner Miene und hartem Blick musterten. Sie schluckte nervös und schaute zu den Wehrmachtssoldaten hinüber, von denen einige beim Anblick der Eltern, die ihre Kinder fortschickten, um sie vor ihnen zu schützen, unbehaglich schienen. Vielleicht gab es auch unter den Deutschen welche, die sich ihre Menschlichkeit bewahrt hatten.

Dann wurden die Tore geöffnet, und die Mütter, Väter und Kinder strömten zu dem wartenden Zug.

Plötzlich deutete Miriam auf einen kleinen Jungen und rief: »Da ist Sami!«

Eva entdeckte einen Jungen in Miriams Alter. Er trug einen viel zu großen Pullover, hielt die Hand seiner Mutter und machte einen verzagten Eindruck.

Eva hatte den Jungen noch nie gesehen. »Ist er auf deiner Schule?«

Miriam nickte. »Aber in einer anderen Klasse als ich.«

Eva wäre es noch lieber gewesen, in der Gruppe wäre ein Mädchen aus Miriams Klasse gewesen, aber wenigstens kannte ihre Tochter nun eines der Kinder. Sie kämpfte sich zu der Mutter vor und erreichte sie am Zug. »Entschuldigung?«

Die Frau wandte sich zu ihr um.

»Meine Tochter sagt, dass sie Ihren Sohn aus der Schule kennt.«

Die Frau betrachtete Miriam, dann nickte sie und sagte: »Hallo, Miriam.«

»Vielleicht können die beiden Kinder im Zug zusammensitzen.«

»Gute Idee.« Die Frau beugte sich zu ihrem Sohn hinab. »Das wäre schön, Sami, oder?«

Sami zuckte mit den Schultern, doch in seinen Augen war Erleichterung zu lesen. Seine Mutter half ihm in den Zug. Eva und Miriam folgten ihnen.

Sie fanden noch zwei freie, gegenüberliegende Fensterplätze.

Miriam drückte ihre Puppe an sich. Eva holte die Brotdose und die Flasche Wasser aus ihrer Handtasche, auch den Apfel, den sie am Vortag erstanden hatte. Es war einer der wenigen gewesen, die es auf dem Markt gegeben hatte. Sie deponierte alles auf der Ablage zwischen den beiden Kindern und verstaute Miriams Koffer im Gepäcknetz. Miriam beobachtete die Verrichtungen ihrer Mutter mit wachsender Unruhe.

Eva setzte sich zu ihrer Tochter und legte einen Arm um sie. »Gleich gehst du auf eine schöne Reise, mein Schatz.«

Miriam krauste die Stirn, ihr Kinn begann zu beben.

»Iss deine Brote nicht alle auf einmal auf. Und denk an das, was ich dir gesagt habe. Wenn du traurig bist, umarmst du Lilli und stellst dir vor, dass ich dich drücke.«

Miriams Augen füllten sich mit Tränen.

»Und bleib schön mit Sami zusammen.« Eva streichelte Miriams Wange. »Bald bist du wieder bei uns.«

Für einen Moment schloss Eva die Augen, der Schmerz in ihrem Herzen war kaum zu ertragen. »Und dann werde ich staunen, dass du schon wieder ein Stück größer geworden bist.«

Miriam schüttelte den Kopf und schlang die Arme um Eva.

Der schrille Ton einer Trillerpfeife ertönte.

Samis Mutter berührte Evas Arm. »Wir müssen gehen.«

Eva löste sich von Miriam und küsste sie innig. Sie wollte ihrer Tochter noch etwas sagen, brachte jedoch keinen Ton hervor. Benommen stolperte sie aus dem Zug.

Auf dem Bahnsteig schaute sie noch einmal zu den Kindern. Sami war dabei, seine belegten Brote auszupacken und sie zu inspizieren.

Miriam weinte, presste ihr Gesicht an die Fensterscheibe und rief: »Ich will nicht verreisen, Mami, bitte komm zurück. Ich will bei dir bleiben.«

Für einen Moment war Eva versucht, in den Zug zu springen, ihre Tochter herauszuholen und wieder mit nach Hause zu nehmen. Vielleicht würde Josef dann nie erfahren, was sie vorgehabt hatte. Womöglich hatte er sogar recht und ihnen drohte gar keine Gefahr. Sie würden einfach weiterleben wie bisher.

Ihr Blick fiel auf die Wehrmachtssoldaten, die zusammenstanden und rauchten, dann auf die schwarz gekleideten SS-Männer, die sich über den ganzen Bahnsteig verteilt hatten und alles beobachteten.

Sie erstarrte. Unter den SS-Männern war einer mit weißblondem Haar. Eva spürte ihre aufsteigende Panik. War das Otto, der Junge, der sie vor vielen Jahren vergewaltigt hatte?

Sie zwang sich, den Blick abzuwenden und sich auf ihre Tochter zu konzentrieren, die nun laut schluchzend mit den Fäusten an die Fensterscheibe schlug.

Mit tränenblinden Augen sah Eva zu, wie sich der Zug in Bewegung setzte. Sie wollte Miriam etwas Tröstendes zurufen, ihr winken, doch ihr fehlte die Kraft. Während sich in ihr ein Gefühl unendlicher Leere ausbreitete, wusste sie, dass sie diesen letzten Blick auf ihre Tochter niemals vergessen würde.

Wie betäubt lief sie mit Samis Mutter über den Bahnsteig zurück zum Ausgang. Sie kam an dem weißblonden SS-Mann vorüber und stellte fest, dass es nicht Otto war. Sie hatte sich getäuscht.

Kapitel 11

Pamela bestieg den Zug. Gleich darauf wurde zur Abfahrt gepfiffen, und für einen Moment überlagerte der schrille Ton das Weinen der Kinder. Nicht weit von ihr entfernt schlug ein kleines schluchzendes Mädchen mit den Fäusten an eine Fensterscheibe und rief seiner Mutter auf dem Bahnsteig etwas zu.

Die Eltern auf dem Bahnsteig standen wie gelähmt, die Gesichter schmerzerfüllt.

Pamela lief zu dem Kind, das dabei war, vollkommen außer sich zu geraten. Ihr Blick traf den der Mutter auf dem Bahnsteig. Sie nickte ihr zu, versuchte zu signalisieren, dass sie sich um das Kind kümmern werde, doch die Frau sah plötzlich zu den SS-Männern hinüber, die nicht weit entfernt von ihr standen, dann wieder zu ihrer Tochter. Und schon fuhr der Zug los, an ihr vorbei, und sie verschwand aus Pamelas Gesichtsfeld.

Das Mädchen presste seine Puppe an sich und verbarg das Gesicht in ihrem Haar. Der Junge gegenüber hatte belegte Brote ausgepackt und begann eines zu verzehren. Vielleicht fand er im Essen Trost.

Pamela setzte sich zu dem Mädchen. Am liebsten hätte

sie ihm über die glänzenden dunklen Locken gestrichen, die ihm nun wirr um den Kopf hingen. Auf Tschechisch fragte sie die Kleine, die sie auf fünf oder sechs Jahre schätzte, ob sie ihr helfen könne.

Nach kurzem Zögern schüttelte das Kind den Kopf.

»Und wie heißt du?«

»Miriam«, kam die geflüsterte Antwort.

»Ach ja.« Pamela erinnerte sich, wie die Mutter ihre Tochter bei ihr gemeldet hatte. »Und deine hübsche Puppe heißt Lilli, oder?«

Miriam nickte und wischte mit der Hand über ihre laufende Nase. Pamela reichte ihr ein Taschentuch. Dann begann sie das Spiel, das sie vor Jahren mit Agáta gespielt hatte. Sie schüttelte der Puppe die Hand und machte sich mit ihr bekannt. Miriam deutete ein Lächeln an. Pamela nahm ihr die Puppe vorsichtig ab und versteckte sie auf ihrem Rücken. Dann ermunterte sie Miriam, die Puppe zu verstecken und suchte sie anschließend an den falschen Plätzen. Auch die anderen Kinder machten mit und schütteten sich aus vor Lachen, weil Pamela die Puppe nicht ein einziges Mal fand.

Nach etwa einer Stunde hielt der Zug überraschend an. Auf dem Stationsschild draußen stand »Bauschowitz-Theresienstadt«.

Gleich darauf kam Mrs Weston in den Waggon, in der Hand eine dicke Mappe mit Unterlagen, und fragte Pamela, ob sie das tschechische Bahnhofspersonal nach dem Grund für den Aufenthalt fragen könne, sie könne ihn sich beim besten Willen nicht erklären, schließlich habe sie alle notwendigen Dokumente vorgezeigt.

Sie verließen den Zug. Draußen stand neben den tschechischen Bahnbeamten ein SS-Mann, doch Pamela wandte sich an die Tschechen, sie konnte ohnehin kein Deutsch. Nach einigem Hin und Her erfuhr sie, dass ihnen angeblich die Genehmigung zum Transit durch das Deutsche Reich fehle und sie ohne eine solche keine Erlaubnis zur Weiterfahrt erhielten.

Pamela übersetzte für Mrs Weston. Diese ging die Unterlagen in ihrer Mappe durch. »Das glaube ich nicht«, murmelte sie leise. »Mir wurde in Prag gesagt, dass wir alles haben, was wir brauchen.«

Pamela wollte von den Tschechen wissen, was sie nun tun sollen. Die Antwort lautete, dass einer von ihnen zurück nach Prag fahren müsse, um diese Genehmigung zu holen.

»Gleich fange ich vor Wut an zu schreien«, flüsterte Mrs Weston. »Ich bin sicher, dass ich genau dieses verdammte Dokument eben diesem SS-Mann gegeben habe. Der Mistkerl muss es weggeschafft haben.«

Sie holte Patrick Smith aus dem Zug und erklärte ihm, er müsse zurück in das Büro von Nicholas Winton fahren und das angeblich fehlende Papier mit dessen Hilfe besorgen.

Pamela wunderte sich, dass ausgerechnet Smith damit beauftragt wurde – aber vielleicht war er fähiger, als sie den Eindruck hatte.

Sie blickte sich nach dem Mann um, der auf der Hinfahrt eine Zeit lang in ihrem Abteil gesessen und den sie für eine Leibwache des Foreign Office gehalten hatte. Doch seit der Überfahrt nach Holland hatte sie ihn nicht mehr gesehen.

Pamela kehrte in den Zug zurück und dachte an die vergangenen Tage, die sie in Prag zugebracht hatte. Auch bei diesem Besuch hatte sie festgestellt, wie freundlich die Tschechen waren, wie sehr ihr dieses Land ans Herz gewachsen war.

Sie hatte hauptsächlich organisatorische Arbeiten zu erledigen gehabt oder Eltern getröstet, ihnen versichert, dass es ihren Kindern in England gut gehen werde, die englischen Pflegefamilien geprüft worden seien, dass die Kinder natürlich Briefe schreiben konnten.

Endlich hatte sie wieder das Gefühl gehabt, anderen Menschen zu helfen.

Stundenlang mussten sie auf dem Bahnhof von Bauschowitz warten, bis Patrick Smith mit dem gewünschten Dokument zurückkehrte.

In der Zwischenzeit ließ Pamela die Kinder Lieder singen, achtete darauf, dass sie sich ihren Essensvorrat einteilten, brachte ihnen Wasser und tröstete diejenigen, die weinten.

Dann und wann kam Margery Weston, um sich erneut über die Schikane der Deutschen aufzuregen, der sie es verdankten, kaum über Prag hinausgekommen und nun in der Pampa aufgehalten worden zu sein.

Doch zu guter Letzt ging die Fahrt weiter, und nach einer Weile wurden die meisten Kinder vom monotonen Rattern des Zuges eingelullt und schliefen ein.

Sie überquerten die Grenze nach Deutschland, ohne dass es bei den Kontrollen Probleme gab.

Während der Weiterfahrt schaute Pamela aus dem Fenster auf die bewaldete Hügellandschaft Sachsens, durch die sie seinerzeit auch mit Will und Hugh gekommen war und die sie nun an einem wunderschönen Sommertag erlebte. Es war eine so malerische und friedlich wirkende Landschaft, dass sie nicht verstand, wie daraus so kriegerische Menschen wie die Deutschen hervorgehen konnten, die sich zudem der Rassenideologie der Nationalsozialisten verschrieben hatten. Sie dankte dem Himmel, dass Chamberlain nicht gewillt war, sich von Hitler in einen Krieg hineinziehen zu lassen. Doch diesem Frieden waren die Tschechen geopfert worden, die in dem besetzten Gebiet lebten, das die Deutschen nun ihr Protektorat Böhmen und Mähren nannten. Sie hatte die verzweifelten Mienen der Menschen in Prag gesehen und ahnte, wie hoch der Preis war, den sie zahlten.

Am Grenzübergang zu den Niederlanden wurden sie erneut kontrolliert und mussten warten. Pamela hörte, wie die Türen des Zugs aufgerissen und auf Deutsch Befehle gebrüllt wurden, dann das Knallen von Stiefelschritten. Die Kinder, die geschlafen hatte, wachten auf und sahen Pamela ängstlich an.

Sie lächelte beruhigend und warf einen Blick aus dem

Fenster. Überall hingen Hakenkreuzfahnen und riesengroße Plakate, auf denen Hitler abgebildet war.

Die Tür zu ihrem Waggon flog auf, ein SS-Mann kam herein. Miriam fing an zu weinen. Pamela ging zu ihr und sprach beruhigend auf das Kind ein. Der Deutsche folgte ihr und bedeutete Miriam, ihm ihre Puppe zu geben. Miriam gehorchte, begann jedoch am ganzen Leib zu zittern.

Der SS-Mann hielt die Puppe an einer Hand aus dem offenen Fenster. »Helft mir!«, rief er und mimte eine hohe Kinderstimme. Als er Miriams Entsetzen sah, lachte er schallend.

Sami war kreideweiß geworden und erhob sich halb, als wolle er die Puppe retten. Pamela drückte ihn auf den Sitz zurück. »Bitte«, sagte sie zu dem SS-Mann. »Sie jagen den Kindern Angst ein.«

Der Mann schien zu überlegen, bevor er mit den Schultern zuckte und die Puppe in Miriams Schoß warf. Das Mädchen presste sie an sich und machte sich mit ihr so klein wie möglich.

Als Nächstes kamen zivil gekleidete Beamte in den Waggon. Pamela nahm an, dass es sich um Angehörige der Gestapo handelte. Sie waren diejenigen, die das Gepäck der Kinder auf Wertsachen untersuchten, die nicht ausgeführt werden durften.

Was für ein niederträchtiger Haufen, dachte Pamela, während sie zusah, wie Koffer und Reisetaschen von den Gepäcknetzen heruntergerissen und geöffnet wurden, wie der sorgfältig gepackte Inhalt umherflog und die Kinder alles mit weit aufgerissenen Augen und starr vor Schreck verfolgten.

»Kein Kind hat etwas Verbotenes bei sich«, sagte Pamela und begann erneut Miriams Reisetasche zu packen, wunderschöne Kleidungsstücke, die jemand mit viele Liebe mit der Hand genäht hatte.

Sie sammelte Samis Sachen ein, packte auch seinen Koffer wieder.

»Warum lassen Sie es nicht gut sein?«, fragte sie den nächststehenden Gestapomann. »Die Kinder besitzen kaum etwas, geschweige denn etwas Wertvolles.«

Er ignorierte sie, hatte sie wohl auch nicht verstanden. Die Männer steuerten den nächsten Waggon an, die auf dem Boden liegenden Sachen traten sie aus dem Weg.

Mit weichen Knien ließ Pamela sich auf den Platz an Miriams Seite sinken. Ihr Blick fiel auf ein gerahmtes Foto auf dem Boden. Das Glas war gesprungen. Sie hob es auf und betrachtete die drei Menschen auf dem Bild, das zweifellos in glücklicheren Zeiten aufgenommen worden war. Pamela erkannte Miriam und ihre Mutter, der Mann war der Vater, vermutete sie. Alle drei hatten sich fein gemacht und lächelten in die Kamera. Sie legte das Foto in Miriams Reisetasche. »Das machen wir in England wieder ganz.«

Pamela strich Miriam und Sami über die Köpfe und machte sich auf die Suche nach Mrs Weston. Vielleicht wusste sie, wie man die Deutschen davon abhalten konnte, die Kinder zu terrorisieren.

Zu ihrem Erstaunen entdeckte sie im nächsten Waggon den Mann, der während der Hinfahrt im Zug auf der anderen Seite des Gangs gesessen hatte. Auch diesmal hatte er sich in eine Zeitung vertieft.

Pamela blieb bei ihm stehen. »Falls Sie zu unserem Foreign Office gehören, muss ich sagen, dass Sie keine große Hilfe sind.«

Der Mann ließ die Zeitung sinken. »Was haben Sie erwartet? Dass ich mich mit der Gestapo anlege und den Transport der Kinder gefährde?« Er musterte Pamela. »Ist mit Ihnen alles in Ordnung?«

»Jetzt schon. Ich hätte nur gedacht, dass Sie uns zu unserem Schutz begleiten.«

»Sie hätten richtig gedacht. Allerdings gehöre ich zum diplomatischen Dienst. Meine Aufgabe ist es nicht, die Gestapo zu provozieren.«

»Glückwunsch«, sagte Pamela und lief weiter.

Schließlich passierten sie die Grenze und durchfuhren die grünen Felder der Niederlande, vorbei an Windmühlen und Dörfern mit reetgedeckten Häuschen.

Während eines Halts kurz vor Rotterdam kamen junge Frauen auf den Bahnsteig und trugen Tabletts mit belegten Broten und Getränken.

Mrs Weston schlug vor, die Kinder aussteigen zu lassen. »Dann können sie etwas essen und sich die Beine vertreten.«

Die Getränke stellten sich als heiße Schokolade heraus.

Die Kinder griffen nach den Bechern und tranken gierig. Bei den Broten zögerten sie. »Das Brot ist nass und klebt an den Zähnen«, sagte ein Junge, der einen Bissen gekostet hatte.

Pamela lächelte. »Es ist nicht nass, nur weich. So etwas isst man auch bei uns in England. Hast du so weiches, weißes Brot noch nie gesehen?«

Der Junge schüttelte den Kopf.

»Du wirst dich bald daran gewöhnen.« Und nicht nur daran, dachte Pamela. Sie würden sich an die Abwesenheit ihrer Familie und Freunde gewöhnen müssen, an fremde Menschen, eine fremde Sprache und einen fremden Ort. Sie konnte nur hoffen, dass es sich bei den Pflegefamilien um ordentliche und warmherzige Menschen handelte, nicht um welche, die die Kinder nur notdürftig versorgten oder die älteren unter ihnen als billige Hilfskräfte ausnutzen wollten.

Einen Moment lang stellte sie sich vor, sie hätte ein Kind aufgenommen – ein kleines Mädchen –, dem sie vor dem Einschlafen etwas vorlesen, mit dem sie im Park spielen gehen und das sie morgens zur Schule bringen und am Nachmittag abholen würde. Sie wünschte, Hugh wäre damit einverstanden gewesen.

In Hoek van Holland führten sie die Kinder auf die Fähre, deren Schornsteine schwere, dunkle Rauchwolken ausstießen. Einige der Kinder schienen sich vor der Größe des Fährschiffs zu fürchten und mussten sanft gezogen werden.

»Die meisten werden nie etwas Größeres als die Ausflugsschiffe auf der Moldau gesehen haben«, sagte Mrs Weston und betrachtete die Kinder mitfühlend.

Pamela rückte einem Jungen den Rucksack zurecht. »Es sind sehr viele neue Eindrücke, die diese armen Kinder verarbeiten müssen.«

Inzwischen war es Abend geworden, das Meer erstreckte sich tintenschwarz, bis es sich in der Dunkelheit verlor. In der Luft lag der schwere Geruch von Salzwasser, Öl und Fisch.

»Komm mit mir.« Pamela nahm die Hand eines kleinen Mädchens, das begonnen hatte am Daumen zu lutschen. »Auf dem Schiff gibt es ganz besondere Betten. Soll ich dir die mal zeigen?«

Später, als sie bereits auf dem Meer waren und von einem sanften Seegang gewiegt wurden, saßen einige der älteren Kinder zusammen an Deck und sangen schwermütige Lieder. Eines von ihnen erkannte Pamela als die Nationalhymne der Tschechoslowakei.

Am Morgen kamen sie im Bahnhof Liverpool Street an.

Pamela dehnte ihre steifen Glieder, half den Kindern, ihr Gepäck einzusammeln, und trug die Kleinsten aus dem Zug. Als alle draußen waren, musste sie noch einmal zurücklaufen, weil ein Kind seinen Teddybären vergessen hatte, ein anderes seinen Pullover.

Anschließend griff sie nach Miriams Reisetasche, nahm das Kind an die Hand und führte es über den Bahnsteig.

Die Kleine war so müde, dass sie die Stufen in die Bahnhofshalle regelrecht hinaufstolperte.

Pamela war ebenfalls erschöpft, doch gleichzeitig erfüllte sie ein tiefes Glücksgefühl. Zweihundert Kinder hatten sie sicher nach England gebracht, vielleicht sogar deren Leben gerettet.

Wieder versammelten sie sich in der Sporthalle für die Bahnangestellten hinter der trennenden Kordel. Die Kinder sahen sich scheu und furchtsam um, die Pflegeeltern auf der anderen Seite hielten nach ihren Schutzbefohlenen Ausschau.

Ein Kind nach dem anderen wurde aufgerufen und von seiner neuen Familie in Empfang genommen. Zum Schluss blieben nur Miriam und zwei Jungen übrig.

Pamela streichelte Miriams Wange. »Für dich wird auch noch jemand kommen.« Sie konsultierte ihre Liste, suchte nach den Namen der Pflegeeltern. Dann erinnerte sie sich: Für Miriam hatte sich eine Familie aus Wales gemeldet. Vielleicht hatten die Leute sich verspätet.

Der Polizist, der die Übergabe mit beaufsichtigt hatte, trat zu ihr. »Die drei sind also übrig geblieben.«

Pamela nickte. »Irgendetwas muss schiefgelaufen sein.«

»Bei zweihundert Kindern kann immer etwas schieflaufen«, entgegnete er. »Wir warten noch eine halbe Stunde, danach müssen wir uns etwas einfallen lassen.«

Pamela drehte sich zu Mrs Weston und den anderen Mitgliedern des Flüchtlingskomitees um. »Ich kann gerne warten, dann müssen wir nicht alle hierbleiben.«

»Sind Sie sicher?«, fragte Mrs Weston. »Ich muss gestehen, dass ich jetzt gern nach Hause fahren würde. Aber ich möchte niemanden im Stich lassen.«

»Das tun Sie nicht. Falls ich Ihre Hilfe brauche, melde ich mich bei Ihnen oder im Bloomsbury House.«

Patrick Smith wandte sich zum Gehen. Nach einigem Zögern folgten ihm die anderen.

Auch nach einer halben Stunde war noch niemand für Miriam und die beiden Jungen erschienen, die Kinder drängten sich bleich und unglücklich an Pamela.

Der Polizist verschwand und kehrte mit einem Taxifahrer zurück, der sich bereit erklärte, die Jungen für die Zeit, bis man neue Pflegeeltern gefunden hatte, in seiner Familie aufzunehmen.

Als er Pamelas unsichere Miene sah, verbürgte der Polizist sich für den Mann und versicherte ihr, dass er ihn seit Jahren kenne. Pamela notierte sich den Namen und die Adresse des Taxifahrers. Der Mann lächelte die Jungen aufmunternd an und versprach ihnen als Erstes ein ordentliches englisches Frühstück. Die Jungen hatten zwar kein Wort verstanden, doch sie griffen zu ihrem Gepäck und folgten ihm.

Der Polizist betrachtete Miriam mitleidig. »Und was machen wir mit der Kleinen?«

Pamela strich über Miriams zerzauste Locken. »Sie kommt mit mir nach Hampstead.«

*

Josef kehrte mit Evas Eltern aus der Synagoge zurück. Beim Betreten der Wohnung schnupperte er in die Luft und fragte sich, warum es nicht wie sonst nach Tscholent roch. Auf diesen Eintopf hatte er sich den ganzen Heimweg über gefreut. Zwar bekam man nirgendwo mehr Rindfleisch, aber Eva vermochte auch aus Kartoffeln, Graupen und Gemüse etwas Schmackhaftes zu zaubern. Sein Schwiegervater schien sich ebenfalls zu wundern. Seine Schwiegermutter ging an ihnen vorbei in die Küche und machte sich am Herd zu schaffen. Miriam, die ihm sonst immer entgegenlief, wenn er die Wohnung betrat, war nirgends zu sehen.

Josef dachte daran, wie krank Eva am Morgen gewirkt hatte. Vielleicht hatte sie sich hingelegt. Er war schon im Begriff, die Treppe zum Schlafzimmer hinaufzusteigen, als er seine Frau im Esszimmer erblickte. Mit rot geränderten Augen saß sie an dem großen Tisch, das Gesicht im Licht der Mittagssonne so blass, dass es beinahe durchscheinend wirkte. »Eva«, sagte er erschrocken. »Was hast du?«

Sie gab ihm keine Antwort.

Josef trat zu ihr und sah, dass sie ein Foto von Miriam in der Hand hielt – eines, das er noch nie gesehen hatte. Es war eine Studioaufnahme, eine sehr schöne sogar, doch das Lächeln seiner Tochter wirkte gekünstelt.

»Wo ist Miriam?«, fragte er.

»Fort«, murmelte Eva mit gesenktem Blick und schlang die Arme um sich, als wäre ihr kalt.

Evas Vater, der Josef gefolgt war, schien Evas Antwort nicht gehört zu haben und ließ sich auf einem Stuhl nieder.

»Was heißt das, ›fort‹?« Josef setzte sich zu seiner Frau und zog ihr das Foto aus der Hand.

Eva hob den Kopf. »Sie ist auf dem Weg nach England.«

Josef starrte sie an. »Was?«

»Vor einigen Wochen habe ich bei der Kontaktstelle für die Kindertransporte einen Antrag gestellt. Dann habe ich erfahren, dass für sie ein Platz in einer englischen Familie gefunden wurde. Heute Morgen habe ich sie zum Wilson-Bahnhof gebracht.«

Im ersten Moment schien Josef nicht zu begreifen, was sie gesagt hatte. Schließlich flüsterte er: »Wie konntest du das tun? Ich hatte dir sehr deutlich gesagt, dass ich das nicht möchte.«

»Es tut mir leid, dass ich dir nicht gehorchen konnte«, antwortete Eva tonlos. »Aber dass ich Miriam nach England geschickt habe, dafür entschuldige ich mich nicht. Es ist für sie das Beste.«

»Wie um alles in der Welt konntest du das wagen?« Evas Vater sah seine Tochter fassungslos an. »Seit wann widersetzt du dich den Wünschen deines Mannes?«

Eva fuhr zu ihm herum. »Du weißt ebenso gut wie ich, dass man den Deutschen nicht trauen kann«, antwortete sie aufgebracht. »Ich möchte, dass mein Kind in Sicherheit ist.«

Josef stand auf. »Miriam ist *unser* Kind, Eva.«

Aus der Küche war kein Ton zu hören, und ihm fuhr durch den Sinn, dass Evas Mutter womöglich Bescheid gewusst hatte. Aber das spielte keine Rolle mehr. Das Einzige, was zählte, war, dass seine Frau sich über seine Entscheidung hinweggesetzt hatte. Wie hatte sie das tun können? Wie hatte sie Miriam irgendeiner englischen Familie überlassen, sie in ein fremdes Land schicken können, nur weil sie sich einbildete, dort wäre das Kind in Sicherheit? Miriam war nur hier sicher gewesen. Hier hatte sie unter seinem Schutz gestanden und war von ihrer Familie geliebt worden.

Josef nahm das Foto und betrachtete es mit feuchten Augen. Der Anblick seiner Tochter, die tapfer zu lächeln versuchte, die Augen noch voll kindlicher Unschuld, zerriss ihm das Herz.

Teil II

1939–1944

Kapitel 12

Irgendwann im Sommer 1939 hatte Pamela die Hoffnung, es werde nicht zum Krieg kommen, aufgegeben. Doch als es am 3. September im Radio hieß, England habe Deutschland den Krieg erklärt, war es dennoch ein Schock.

Sie legte einen Arm um Miriam, die sich an sie drückte, als hätte sie verstanden, worum es in den Nachrichten ging.

Will war ebenfalls bei ihnen, sein Herbsttrimester hatte noch nicht begonnen. Er stellte das Radio lauter, und sie hörten, wie Chamberlain mit ernster Stimme erklärte: »Sie können sich vorstellen, welch harter Schlag es für mich ist, dass mein langer Kampf für den Frieden gescheitert ist.«

Pamela nahm an, dass Hugh die Nachricht in seinem Büro hören würde, und sah im Geist seine bittere Miene. Schon seit einer Weile machte er einen niedergeschlagenen Eindruck, hatte schwere Tränensäcke unter den Augen und trotz der schönen Sommertage einen fahlen Teint. Ebenso wie der Premierminister hatte er alles darangesetzt, um den Frieden zu wahren. Die gesamte englische Regierung hatte es getan – die Annektierung Österreichs und des Sudetenlands durch die Deutschen hingenommen, zugelassen, dass sie als Nächstes einen großen Teil der Tschechoslowakei besetzten und zu ihrem Protektorat erklärten –, doch nun hatten Truppenverbände der Wehrmacht Polen überfallen, und das war der Tropfen, der das Fass zum Überlaufen gebracht hatte. Chamberlain hatte Hitler das Ultimatum gestellt, die deutschen Soldaten binnen zweier Tage aus Polen abzuziehen. Hitler hatte das Datum kommentarlos verstreichen lassen, eine Reaktion, die Bände sprach. Und so war England – ebenso wie Frankreich – nichts anderes geblieben, als Deutschland den Krieg zu erklären.

Voller Sorge betrachtete Pamela ihren Sohn. Er hatte wunderbare, unbeschwerte Sommerferien hinter sich, Tennis und Kricket gespielt, sich mit Freunden getroffen, vielleicht waren es vorerst die letzten Ferien dieser Art gewesen. Wie jung er noch war, dachte sie, wie energiegeladen. In einem Jahr würde er die Schule beenden, obwohl Hugh verlangte, dass er noch ein Trimester anhing, um sich auf die Aufnahmeprüfung für Oxford vorzubereiten. Will wusste noch nicht, ob er in Oxford studieren oder vielleicht etwas ganz anderes machen wollte.

Pamela beobachtete die Miene ihres Sohns, während er konzentriert Chamberlains Rede lauschte. Offenbar war auch er enttäuscht, dass die englische Regierung es nicht geschafft hatte, den Krieg zu vermeiden. Doch dann nahm sie beunruhigt wahr, wie ein anderer, aufgeregter Ausdruck in seine Augen trat, fast als wäre in ihm ein Schalter umgelegt worden und er hätte plötzlich seine Kampfbereitschaft entdeckt. Pamela lief es kalt über den Rücken. Sie warf einen Blick auf Miriam und war froh, dass das Kind nicht verstand, was Chamberlain sagte.

Inzwischen hatte sich die Familie Williams gemeldet, die Miriam eigentlich hatte aufnehmen wollen, und sich entschuldigt, weil es ihnen nicht mehr möglich war. Mrs Williams war überraschend schwanger geworden, litt fortwährend an Übelkeit und sah sich außerstande, für Miriam zu sorgen. Demzufolge war das Mädchen noch immer in Pamelas Obhut.

Zwar erinnerte Hugh Pamela des Öfteren daran, dass sie eine andere Pflegefamilie finden oder Miriam nach Hinton Hall bringen sollten, dem Internat für tschechoslowakische Kinder in Whitchurch, einem Ort in Shropshire. Doch Pamela ging nie darauf ein.

Im Übrigen verließ Hugh das Haus morgens, bevor Miriam wach wurde, und wenn er abends zurückkehrte, schlief das Mädchen bereits. Auch an den Wochenenden arbeitete er nun im Foreign Office, sah Miriam nur kurz, wenn er nach Hause kam, so dass sie ihm nie im Weg war.

Und sollte Hugh doch einmal ein Wochenende zu Hause sein, brachte Pamela das Mädchen zu ihren Eltern, an denen Miriam seit ihrem ersten Besuch hing und die sie auf Jiddisch »Bubbe« und »Zeyde« nannte – Großmutter und Großvater. Vielleicht flößten ihr ältere Menschen Vertrauen ein.

Immer wieder ermahnte Pamela sich, Miriam nicht zu lieb zu gewinnen. Doch es war verlockend, in ihr die kleine Tochter zu sehen, die ihr verwehrt geblieben war. Sie hatte sich stets mehrere Kinder gewünscht, so wie es früher bei ihr zu Hause gewesen war. Zwar waren ihre Eltern arm gewesen, und dank der Kinderschar war es bei ihnen oftmals chaotisch zugegangen, doch im Kreis ihrer großen Familie hatte sie eine glückliche Kindheit verlebt.

Doch Hugh wollte keine weiteren Kinder und hatte nicht mit sich reden lassen. »Eines genügt, Pammie«, hatte er ihr gleich zu Beginn ihrer Ehe erklärt. »Dann können wir ihm oder ihr eine gute Ausbildung zukommen lassen. Deine Eltern hatten dank der vielen Kinder nicht das Schwarze unter dem Nagel, und du bist jetzt noch dabei, deine gesellschaftlichen Defizite auszugleichen.«

Die Aussage hatte Pamela gekränkt, doch insgeheim wusste sie, dass er recht hatte. Jahrelang hatte sie Angst gehabt, ein Fremdwort falsch auszusprechen oder das falsche Wort zu verwenden, »Klo« statt »Toilette« zu sagen. Hugh dagegen war ein verwöhntes Einzelkind, hatte studiert und wusste, wie man sich benahm. Er hatte bei einem Dinner nie überlegen müssen, welche Gabel er benutzen sollte oder wie man etwas aß. Die gleiche gesellschaftliche Sicherheit strebte er für sein Kind an.

Als Pamela einen Sohn zur Welt brachte, war Hugh überglücklich. Es war das, was er sich gewünscht hatte.

Seitdem hatte Pamela gelernt, ihre Sehnsucht nach einem kleinen Mädchen zu verdrängen.

Pamela drückte Miriam noch einmal an sich, atmete ihren frischen Geruch nach Pears-Seife ein, und sagte sich, eine kleine Weile dürfe sie sicherlich noch so tun, als wäre das Mädchen ihre Tochter.

Dann waren die Nachrichten beendet, und Will stellte das Radio aus. »Armer Dad«, sagte er.

»Ja.« Pamela löste sich von Miriam und stand auf. »Er hat alles versucht, um den Krieg zu verhindern. Unsere ganze Regierung hat es getan.«

Will zog die Brauen zusammen. »Bedeutet das, dass wir jetzt schon im Krieg sind?«

»So hat es sich jedenfalls angehört.«

Draußen ertönte der schrille Ton einer Sirene, ein Geräusch, bei dem Pamela das Blut in den Adern gefror. »Allmächtiger«, flüsterte sie. »Die Deutschen können doch noch nicht in London sein.«

Einen Augenblick wirkte Will starr vor Schreck, dann lachte er rau auf. »Ach was, das ist nur eine Luftschutzsirene, die irgendwo in der Nähe getestet wird.«

Pamela drückte eine Hand auf ihr wild klopfendes Herz. Würde so ihre Zukunft aussehen? Ein Leben in stetiger Anspannung? Sie erinnerte sich an den Großen Krieg, an das Gefühl permanenter Angst, an die Lebensmittelknappheit, die Furcht vor den Nachrichten im Radio, dann und wann ein flüchtiges Gefühl des Optimismus, und schließlich als Endergebnis die horrende Zahl der Toten. Im letzten Krieg hatten die Schlachtfelder außerhalb ihres Heimatlandes gelegen, doch was wäre, wenn die Deutschen diesmal auch Großbritannien überfielen und das Land besetzten?

Pamela schaute Miriam an, die selbstvergessen mit ihrer Puppe spielte. Wie grausam es wäre, dieses Kind hierher geholt zu haben, nur um es erneut so einer Gefahr auszusetzen.

Mit einem Mal sah sie London im Geist schon voller Hakenkreuzfahnen, so wie sie es in Prag erlebt hatte, auf den Straßen Angehörige der Wehrmacht, der SS und der Gestapo.

Pamela strich Miriam über das Haar und schwor sich, für die Sicherheit dieses kleinen Mädchens und ihres eigenen Sohnes zu kämpfen, wenn es sein musste unter Einsatz ihres Lebens.

Als das Telefon klingelte, fuhr sie zusammen. Sie hörte, dass Kitty im Flur den Hörer abnahm und dann rief, Mr Denison sei am Telefon.

Pamela stand auf. »Ich spreche mit Dad.«

Will setzte sich auf das Sofa und hob Miriam auf seinen Schoß. »Soll ich dir eine Geschichte erzählen?«, fragte er, indem er jedes Wort langsam und deutlich aussprach.

Miriam nickte und schmiegte sich an ihn. Auch wenn sie bestenfalls die Hälfte verstanden hatte, schien sie am Klang seiner Stimme zu erkennen, dass er ihr etwas Schönes vorschlug.

Überhaupt hatte Pamela den Eindruck, dass das Mädchen sich allmählich an sie gewöhnte, obwohl es nachts noch immer nach seiner Mutter rief.

Sie ging in den Flur und nahm den Telefonhörer auf. »Hallo, Hugh.«

»Ich nehme an, du hast die Nachrichten gehört.«

»Allerdings.«

»Das ist für uns alle ein trauriger Tag.« Hughs Stimme hörte sich belegt an.

»Ja, aber vielleicht dauert der Krieg nicht lang.«

»Das haben wir uns auch beim letzten Mal gesagt.«

Richtig, dachte Pamela. Im Sommer 1914, als der Große Krieg begann, glaubten sie, er wäre Weihnachten beendet. Niemand hatte damit gerechnet, dass er vier lange Jahre dauern würde. Sie durfte nicht daran denken, dass es diesmal wieder so sein könnte.

»Wann kommst du heute Abend?«

»Das weiß ich noch nicht. Das Kabinett tritt gleich zusammen, und ich werde dabei sein. Wahrscheinlich ziehen sich die Diskussionen bis weit in die Nacht.«

Pamela seufzte schwer. »Ich fahre heute Nachmittag zum Bahnhof Liverpool Street. Wir erwarten den bisher größten Kindertransport aus Prag. Will wird sich in der Zeit um Miriam kümmern.«

Pamela hörte, dass in Hughs Hintergrund jemand etwas zu ihrem Mann sagte. »Ich muss Schluss machen«, verabschiedete er sich. »Bis später.«

Nachdem er aufgelegt hatte, ging Pamela in die Küche und bat Kitty um Tee für sich und Will. »Bringen Sie für Miriam ein Glas Orangensaft und den Honigkuchen, den sie so mag.«

Im Wohnzimmer saßen Will und Miriam nun auf dem Fußboden und waren mit dem Leiterspiel zugange. Miriams Puppe war wie immer an der Seite des Mädchens. Vor einer Weile hatte Pamela sich von ihrer Schneiderin Stoffreste geben lassen, die denen von Miriams Kleidung ähnelten, und Kitty hatte daraus Puppenkleider genäht. Miriam war selig gewesen und zog die Puppe stets passend zu ihrer eigenen Kleidung an.

»Zähl die Vierecke auf Englisch«, sagte Will.

Miriam tippte hintereinander auf drei Vierecke und zählte »eins, zwei, drei«, beinah ohne tschechischen Akzent.

»Sehr gut!«

Miriam errötete vor Freude. Seit ihrer Ankunft hatte sie ein wenig zugenommen und machte einen kerngesunden Eindruck. Gerührt beobachtete Pamela, wie Will die Würfel im Becher schüttelte, und wie hingerissen Miriam ihn dabei ansah.

Kitty kam mit dem Teetablett und stellte es auf einem Beistelltisch ab.

Eigentlich hätte sie den Tee selbst machen und bringen können, fuhr es Pamela durch den Sinn. Sie befahl sich, künftig rücksichtsvoller zu sein, Kitty hatte mit der Hausarbeit genug zu tun, sie musste nicht noch bedienen. Zu ihrer Entschuldigung sagte sie sich, dass sie in letzter Zeit mit Will, Miriam und dem stetigen Strom jüdischer Kinder, die nach England kamen, selbst mehr als sonst zu tun gehabt hatte. Davon abgesehen war sie Kitty gegenüber immer höflich. Es stieß sie ab, wenn sie in anderen Häusern mitbekam, wie die Dienstboten herumkommandiert wurden, ohne jemals ein Dankeschön zu hören.

»Setzen Sie sich zu uns«, forderte sie Kitty auf. »Trinken Sie einen Tasse Tee mit uns.«

Kitty schüttelte den Kopf. »Vielen Dank, aber ich muss mich um das Mittagessen kümmern.«

»Das kann warten.«

»Ja, kommen Sie«, sagte Will. »Für uns ist es zu viel Honigkuchen. Miriam isst davon ja nichts.« Er zwinkerte Kitty zu.

Miriam rappelte sich hoch. »Ich möchte auch Kuchen.«

Will lachte und reichte ihr einen Teller mit einem Stück Honigkuchen. »Iss das schön auf, sonst esse ich es dir weg.«

Miriam biss ein Riesenstück ihres Kuchens ab und sah Will herausfordernd an.

Kitty ließ sich nieder.

Pamela holte eine Tasse für Kitty und schenkte ihr Tee ein. Dabei fiel ihr auf, wie angegriffen die junge Frau wirkte. »Nehmen Sie sich viel Zucker, das hilft gegen den Schock.«

Pamela hatte sich so sehr darauf konzentriert, was der Krieg für ihre Familie bedeutete, dass sie vergessen hatte, dass Kittys Vater im Großen Krieg umgekommen war. Wahrscheinlich bangte sie nun um ihre Brüder.

»Danke.« Tränen traten in Kittys Augen und liefen über. Sie wischte sie ab.

Pamela erinnerte sich, wie sehr sie sich nach ihrer Hochzeit dagegen gewehrt hatte, ein Dienstmädchen einzustellen. Ihre Mutter hatte allein für eine große Familie gesorgt, warum sollte sie nicht einen Zweipersonenhaushalt bewältigen.

Sie hatte ihre Meinung erst geändert, als ihre Mutter sagte: »Zahl dem Mädchen einen ordentlichen Lohn. Ihre Familie wird nicht viel Geld haben und froh sein, wenn ihre Tochter etwas beisteuern kann.«

Ja, dachte Pamela, vielleicht hatte das Geld Kittys Familie geholfen. Und sie selbst hatte dank Kitty mehr Zeit für Will gehabt und später für die Arbeit im Hilfswerk.

»Fahren Sie nach Hause, Kitty«, sagte sie. »Stehen Sie Ihrer Mutter bei. Sie wird die Nachrichten ebenfalls gehört haben. Wir kommen auch ohne Sie zurecht.«

Kitty sah sie überrascht an. »Meinen Sie das ernst, Ma'am?«

»Ja natürlich.«

Kitty bedankte sich, stellte ihre Tasse ab und eilte aus dem Raum. Wenig später rief sie einen Abschiedsgruß, dann schlug die Haustür hinter ihr zu.

Miriam hatte den Wortwechsel genutzt, um sich rasch noch eine zweite Scheibe Honigkuchen zu genehmigen. An ihrem Mund klebten Krümel, und sie machte einen äußerst selbstzufriedenen Eindruck.

Pamela stand auf. »Will, achte bitte darauf, dass Miriam nicht noch mehr Kuchen isst. Ich kümmere mich um unser Mittagessen.«

Beim Hinausgehen hörte sie Will sagen: »Wenn du möchtest, zeige ich dir heute Nachmittag, wie man Kricket spielt.«

»Ja, das möchte ich«, antwortete Miriam.

*

Am Nachmittag machte Pamela sich auf zum Bahnhof Liverpool Street, um das Kontingent tschechischer Kinder in Empfang zu nehmen, das für diesen Tag angekündigt worden war.

In Prag war sie nicht mehr gewesen, seit sie Miriam aufgenommen hatte. Sie hatte sich gesagt, dass es das Kind verstören würde, wenn wieder jemand aus seinem Leben verschwand, und sei es nur für einige Tage. Glücklicherweise gab es unter den Quäkern genügend Freiwillige, die bereit gewesen waren, die Kindertransporte zu begleiten.

Am liebsten wäre Pamela ganz zu Hause geblieben, um für Will und Miriam zu sorgen, doch sie betrachtete es als ihre Pflicht, weiterhin bei der Ankunft der Transporte aus Prag vor Ort zu sein.

An diesem Tag sollte die neunte Gruppe eintreffen, mit zweihundertfünfzig Kindern die bisher größte. Es hatte Wochen gedauert, die Ausreisen zu organisieren. Zwar war England nun, da es Deutschland den Krieg erklärt hatte, ebenfalls kein sicheres Land mehr, aber wenigstens waren die Deutschen bei ihnen nicht einmarschiert. Zumindest noch nicht.

Pamela zog ihr bewährtes rotes Kostüm an, schlüpfte in feste Schuhe und bürstete ihr Haar.

Ihre Gedanken wanderten zu Nicholas Winton, den sie mittlerweile grenzenlos bewunderte. Mit Zeitungsannoncen hatte er die Engländer aufgerufen, jüdische Flüchtlingskinder aus der ehemaligen Tschechoslowakei aufzunehmen. Außerdem hatte er Spendengelder eingeworben und dafür gesorgt, dass die jüdische Gemeinde die Reise- und Umsiedlungskosten der Kinder übernahm, wenn deren Eltern dazu nicht in der Lage waren.

Auf der Fahrt zur Liverpool Street dachte sie daran, wie liebevoll Will mit Miriam spielte. Offenbar gefiel es ihm, eine kleine Schwester zu haben, wenn auch nur für kurze Zeit.

Im Bahnhof schlug Pamela ein Schwall verbrauchter, regenfeuchter Luft entgegen, und überall drängten sich Menschen. Um ihre Füße herum trippelten dickbäuchige Tauben, die nach Krümeln suchten und sich durch nichts und niemanden beirren ließen. Die werden sich wundern, dachte Pamela, wenn demnächst die Lebensmittel wieder wie im letzten Krieg rationiert würden und kein Krümel verschwendet würde.

Sie fragte sich, ob Kitty bei ihnen bliebe oder in einer Munitionsfabrik arbeiten würde. Während des Großen Kriegs hatten das viele junge Frauen getan. Die Arbeit war gut bezahlt worden, es war nur für diejenigen Frauen unangenehm gewesen, die TNT hergestellt hatten – an den Bestandteilen war etwas, das die Haut orange färbte. Allerdings hätten Pamelas Eltern ihr nie erlaubt, bei der Herstellung von Kriegsmaterial zu helfen.

Sie erinnerte sich, wie ihre Mutter wahre Wunder vollbracht hatte, um ihre Familie in den Kriegsjahren zu ernähren. Um fünf Uhr morgens war sie aufgestanden, um zum Frühstück frisches Brot zu backen. Auch hatte sie selbst auf Zucker verzichtet, um hin und wieder Apfel-Crumble backen zu können, den ihre Kinder liebten.

Pamela überlegte, auf was sie während des kommenden Kriegs verzichten würde. Außer Zucker fiel ihr nichts ein. Allerdings musste sie sich um Hugh keine Sorgen machen, er wurde tagsüber im Foreign Office oder in seinem Club verpflegt. Dennoch nahm sie sich vor, ihre Mutter um ihre alten Kriegsrezepte zu bitten. Möglicherweise könnte sie auch ihren Garten nutzen, um Gemüse anzubauen.

Vor ihr stob eine Taube in einem Geflatter grauschwarzen Gefieders auf, und Pamela schrak zurück.

Als sie die Sporthalle betrat, waren die meisten Pflegeeltern schon da, und Margery Weston hakte auf einer Liste die Namen ab.

Der Zug aus Prag war noch nicht angekommen.

Pamela warf einen Blick auf ihre Uhr. In zwei Minuten müsste er da sein, falls er pünktlich war, doch das waren die Kindertransporte aus Prag selten.

»Glauben Sie, die Kriegserklärung könnte sich auf den Transport ausgewirkt haben?«, fragte sie Mrs Weston.

»Das will ich nicht hoffen.« Mrs Weston ließ ihre Liste

sinken. »Allerdings ist mir der Gedanke auch schon gekommen. Jedenfalls könnte ich mir vorstellen, dass heute das letzte Kontingent aus Prag eintrifft.«

»Gut, dass wir schon so viele Kinder aus der Tschechoslowakei herausgeholt haben.«

»Sechshundertneunundsechzig, um genau zu sein«, antwortete Mrs Weston.

»Das bedeutet, mit den zweihundertfünfzig von heute werden es über neunhundert sein.«

»Richtig«, entgegnete Mrs Weston zufrieden. »So viele kleine Seelen haben wir gerettet.«

*

Eine Stunde später waren die Kinder noch immer nicht da.

Pamela lief in das Büro des Bahnhofsvorstehers. Auch dort wusste niemand, ob der Kindertransport irgendwo aufgehalten worden war. Es war nicht einmal klar, ob die Kinder Prag verlassen und in Holland die Fähre bestiegen hatten.

Mrs Weston trat vor die wartenden Pflegeeltern, verkündete, dass der Transport sich verspätet hatte, und schlug vor, die Eltern sollen im Bahnhofscafé etwas essen und trinken, während sie und die anderen Mitglieder des Flüchtlingskomitees weiter warteten.

Als der Zug auch in der nächsten Stunde nicht ankam, verabschiedeten sich einige Quäkerinnen, so dass zum Schluss nur Pamela, Mrs Weston und zwei Frauen aus den

Reihen der Pflegeeltern in der Sporthalle warteten. Pamela hatte den Eindruck, dass es sich bei ihnen um Schwestern handelte. Beide waren bereits im vorgerückten Alter, mit dünnem, weißem Haar und zartem, rosig schimmerndem Teint.

»Möchten Sie auch ins Café gehen und etwas essen?«, fragte Pamela die beiden. »Mir scheint, es dauert noch, bis der Zug eintrifft.«

Die beiden Frauen wechselten einen unsicheren Blick. »Wir sind nicht hungrig«, antwortete die größere.

»Ich finde, wir sollten uns stärken«, erklärte Margery Weston, »es könnte ein langer Abend werden.«

»Ich werde zumindest einen Tee trinken«, sagte Pamela. »Wenn wir uns ans Fenster setzen, können wir die ankommenden Züge im Auge behalten.«

Wieder sahen die beiden Frauen sich an und entschieden schließlich, eine Tasse Tee wäre vielleicht nicht schlecht.

Sie verließen die Sporthalle und gingen in das Café. An der Kasse bekam Pamela mit, dass die Frauen sich tatsächlich nur eine Tasse Tee bestellten und mühsam die Münzen dafür zusammenklaubten. Am Tisch tranken sie dann abwechselnd winzige Schlückchen.

»O nein, jetzt habe ich nicht aufgepasst!«, meinte Pamela. »Eigentlich wollte ich doch Kaffee.« Sie schob ihre Tasse den beiden Frauen zu. »Bitte übernehmen Sie den Tee, ich habe ihn noch nicht angerührt.«

Nach einem weiteren Blickwechsel wurde ihr Angebot dankend angenommen.

Zu dem Kaffee kaufte Pamela eine große Packung Kekse, die sie am Tisch herumgehen ließ.

»Eine ausgezeichnete Idee«, sagte Mrs Weston und nahm sich gleich mehrere. »Wer weiß, ob Süßes nicht schon bald wieder rationiert wird.«

Bei der nächsten Runde legte Pamela die Kekspackung demonstrativ vor den beiden Frauen ab.

Es wurde spät und später, und noch immer ließ der Zug auf sich warten. Im Café wurden die Tische abgewischt und die Stühle hochgestellt.

Mrs Weston trommelte die noch anwesenden Pflegeeltern zusammen und schlug ihnen vor, nach Hause zu fahren oder, falls sie in London übernachteten, zu hinterlassen, wo man sie erreichen könne. Sie würden verständigt, sobald die Kinder eingetroffen waren.

Während Mrs Weston das Organisatorische regelte, erzählten die beiden Frauen, die tatsächlich Schwestern waren – Win und Dolly –, dass sie am Morgen aus Devon gekommen seien. »Wir haben nicht viel Geld«, sagte Win, »aber als wir Mister Wintons Aufruf in der Zeitung gelesen haben, wussten wir, dass wir helfen müssen.« Sie zeigte Pamela das Foto des Mädchens mit Namen Rebekka, das bei ihnen wohnen sollte.

»An Materiellem können wir Rebekka nicht viel bieten«, erklärte Dolly. »Aber wir werden sie gut behandeln.«

Pamela betrachtete das Foto gerührt. »Ich bin sicher, die Kleine wird gern bei Ihnen sein.«

Mrs Weston kehrte zu ihnen zurück. »Eine innere Stimme sagt mir, dass der Zug noch lange brauchen wird.«

»Ich muss nach Hause«, gestand Pamela betreten. »Mein Sohn und meine Pflegetochter sind seit Stunden allein. Der Kuckuck weiß, ob sie etwas gegessen haben.«

»Fahren Sie heim«, entgegnete Mrs Weston. »Wenn die Kinder ankommen, melde ich mich.«

Sie wandte sich den Schwestern zu. »Sie fahren mit zu mir und können dort übernachten.«

Die beiden Frauen wollten das Angebot nicht annehmen, aber Margery Weston ging über ihre Einwände hinweg. »Bei mir ist genug Platz, und meine Köchin wird uns etwas Schönes zu essen zaubern.«

Als Pamela sich gegen Mitternacht schlafen legte, hatte Mrs Weston sich noch nicht gemeldet.

Sie wachte in den frühen Morgenstunden auf, als Hugh ins Schlafzimmer kam.

»Wie war die Kabinettssitzung?«, fragte sie schlaftrunken.

»Qualvoll. Und wie war es bei dir?«

»Die Kinder aus Prag sind nicht angekommen.« Pamela setzte sich auf und schaltete ihre Nachttischlampe ein.

Mit müden, schwerfälligen Gesten streifte Hugh seine Schuhe und Socken ab.

»Könntest du dich morgen nach dem Verbleib der Kinder erkundigen?«, fragte Pamela. »Ich weiß, das ist im Moment sehr viel verlangt.«

»Ich kann es versuchen, aber seit wir Deutschland den Krieg erklärt haben, sind die Verbindungen nach Prag abgebrochen.« Hugh ließ sich ins Bett sinken. »Trotzdem können die Kinder ja nicht spurlos verschwunden sein.«

Pamela rückte sich ihr Kopfkissen zurecht. »Eigentlich nicht. Hoffentlich klärt sich bald alles auf.« Dennoch hatte sie ein ungutes Gefühl.

Kapitel 13

Josef saß am Esstisch und schrieb einen Brief an Miriam.

Eva hörte das Kratzen der Füllfeder auf dem Papier.

»Schreib zum Schluss ›Deine Dich liebenden Eltern‹«, sagte sie. »Nicht nur ›Dein Dich liebender Vater‹.«

Josef drehte sich nicht zu ihr um, antwortete ihr auch nicht, doch er schien die gewünschte Schlussformel niederzuschreiben. Danach las er den Brief, den er auf Englisch verfasst hatte, noch einmal durch und schob ihn Eva zu, für den Fall, dass sie etwas ergänzen wollte.

Eva wünschte, sie selbst könnte Englisch. Was nützten ihr die Sprachen, die sie gelernt hatte, wenn sie ihrer Tochter nun erklären wollte, wie sehr sie sie liebte? Miriam konnte noch nicht richtig lesen und schreiben, sie waren darauf angewiesen, dass Mrs Denison den englischen Brief las und Miriam auf Englisch und Tschechisch erklärte, was darinstand.

Eva malte eine Frau, die ein kleines Mädchen an sich drückte, unter den Brief und fügte auf Tschechisch »viele, viele Küsse von deiner Mami« dazu. Das würde Miriam verstehen. Dann faltete sie den Brief zusammen, steckte ihn in einen Umschlag und schrieb die Adresse der Denisons darauf.

Mittlerweile war selbst Papier in Prag knapp geworden. Nur noch wenige Bogen hatten sie für die Briefe an Miriam, und Josef schrieb winzige Buchstaben, um so viel wie möglich auf einer Seite unterzubringen.

Eva legte den Brief auf den Garderobentisch im Flur und ging zu ihrer Mutter in die Küche.

Wässriges Sonnenlicht fiel von draußen herein und hob die weißen Strähnen im Haar ihrer Mutter hervor. Evas Vater war wie so oft irgendwo in der Stadt unterwegs. Wenn er abends zurückkehrte, war es, als wäre er während seiner Streifzüge durch die Straßen wieder ein wenig mehr gealtert.

Ihre Mutter hielt eine verschrumpelte Kartoffel hoch. »Die sind eine Katastrophe. Wenn ich alle schlechten Stellen wegschäle, ist nichts mehr da.«

Eva setzte sich zu ihr an den Küchentisch und griff nach einer gummiartigen Karotte. Sie schnitt das Möhrengrün ab. »Das ist gesund und kommt in die Suppe«, erklärte sie. »Und die Karotten schäle ich nicht. Josef sagt immer, die Schale enthält die meisten Nährstoffe.«

Ihre Mutter legte ihr Messer ab. Ihr Blick schweifte in die Ferne. »Ich frage mich, was Miriam in England zu essen bekommt. Es heißt, dass es dort hauptsächlich Weißbrot gibt.«

»Die Familie Denison scheint wohlhabend zu sein.« Eva versuchte, sich Miriam in einem gut situierten englischen Haushalt vorzustellen. »Wahrscheinlich setzt man ihr alle möglichen Leckereien vor.«

Einen Moment lang leuchtete das Gesicht ihrer Mutter auf, doch dann wirkte sie erneut niedergeschlagen.

Eva sah ihre Mutter zärtlich an. »Josef hat Miriam wieder einen Brief geschrieben.«

»Hat er ihr auch Grüße von ihren Großeltern ausgerichtet?«

»Die vergisst er nie, Mama. Ich hoffe nur, dass der Brief ankommt. Seit England mit Deutschland im Krieg ist, dürfte es schwierig werden, von uns aus Briefe nach England zu schicken.«

Ihre Mutter griff nach der nächsten Kartoffel. »Wir werden beten, dass Miriam unsere Briefe erhält. Und darum, dass sie in England weiterhin sicher aufgehoben ist.«

Eva verdrängte die Vorstellung deutscher Luftangriffe auf England, ebenso ein Bild, auf dem ihre Tochter panisch mit den Denisons durch die Londoner Straßen flüchtete. »Ich habe doch das Richtige getan, oder? Auch wenn es mir jetzt vorkommt, als hätte ich sie erst recht in Gefahr gebracht.«

Ihre Mutter drückte ihre Hand. »Du konntest nicht wissen, dass die Engländer den Deutschen den Krieg erklären würden. Aber England ist eine Insel, die nicht so einfach besetzt werden kann. Mir scheint, dass Miriam dort sicherer als in den meisten anderen Ländern ist.«

Eva seufzte. »Ich weiß nicht, ob Josef mir jemals verzeihen wird. Oder ich mir selbst.«

Ihre Mutter trat an den Herd und setzte Wasser für die Gemüsesuppe auf. »Dein Vater und ich bitten den Herrn jeden Abend, dass er seine Hand über unsere Enkeltochter hält.«

Eva öffnete den Küchenschrank. Ihr Blick fiel auf das kleine, rosafarbene Gedeck, dass sie einmal für Miriam gekauft hatten. Sie hatte es wegräumen wollen, doch ihre Mutter hatte ihr Einhalt geboten. »Lass ihre Sache so wie sie waren. Sonst ist es eines Tages, als hätte es Miriam nicht gegeben«, sagte sie. »Auch wenn sie zurückkehrt, soll alles so sein, wie es war.«

Miriams Zimmer ließen sie ebenfalls unverändert. Auf der Fensterbank saßen ihre Stofftiere, auf dem Tischchen stand das kleine Teeservice, davor der Schaukelstuhl, den Evas Vater gebaut hatte. Und ebenso wie in den anderen Zimmern wischte Eva dort regelmäßig Staub.

Doch ihr Leben ohne Miriam war inhaltsleer, ohne Freude, ohne Zweck, ihr Tagesablauf eintönig geworden. Sie kochte, putzte, machte die Wäsche, stellte sich um Lebensmittel an. Alles war nur noch Pflicht, wurde nicht mehr mit kleinen Geschichten oder einem Spiel verbunden. Es gab kein Lachen mehr, keine kleinen Arme, die sich liebevoll um sie schlangen, niemanden mehr, der sang.

Früher einmal hätte sie in der Musik Zuflucht gesucht, hätte neue Stücke einstudiert, wäre dankbar gewesen, wenn sie etwas Schwieriges gemeistert hatte, doch diese Möglichkeit existierte für sie nicht mehr. Sie hatte gar nichts mehr, um ihrem Leben Sinn zu geben.

Schließlich stöberte sie in einer antiquarischen Buchhandlung der Altstadt ein Lehrbuch für Englisch auf und machte sich daran, die Sprache zu lernen. Doch es war ein so altes Buch, dass die Themen nichts mit ihrem Leben zu tun hatten, und sie sich zwingen musste, beim Lernen durchzuhalten. Warum sollte sie einen Satz wie »Eure Kutsche wurde vom Blitz getroffen« lernen? Sie wollte wissen, wie sie Miriam fragen konnte, ob sie schon Freunde gefunden hatte, es ihr in England gefiel und sie noch an ihre Eltern dachte.

Es kam Eva wie eine Strafe vor, nur über Josef mit ihrer geliebten Tochter kommunizieren zu können – zumal er keine Gelegenheit ausließ, um ihr ihr eigenmächtiges Handeln vorzuwerfen. Sie habe ihn gefragt, antwortete Eva jedes Mal, doch er sei zu naiv und unbeweglich gewesen, um die Gefahr durch die Deutschen erkannt zu haben. Demzufolge blieb die Atmosphäre zwischen ihnen frostig, und Eva bezweifelte, dass sich das jemals wieder ändern würde.

Vor einigen Tagen war Eva Frau Golder über den Weg gelaufen, der Frau, der sie den Hinweis auf Nicholas Wintons Büro verdankte. Sie hatte Eva beglückwünscht, Miriam rechtzeitig nach England geschickt zu haben, und erzählt, gleich nach der Kriegserklärung Englands hätten die Nazis einen Kindertransport in Prag gestoppt und seitdem keinen mehr gestattet.

Als die Gemüsesuppe fertig war, zog Evas Mutter sich ins Gästezimmer zurück.

Eva streifte eine Jacke über und griff nach ihrem Einkaufskorb. Jede Möglichkeit, der beklemmenden Atmosphäre ihrer Wohnung zu entrinnen, für eine Weile allein zu sein und wieder frei atmen zu können, war ihr willkommen. »Ich bringe den Brief zur Post«, rief sie ins Wohnzimmer, wo Josef sich niedergelassen hatte.

»Nein, warte, das erledige ich später«, antwortete er. »Ich möchte mit dir reden.«

Eva hängte ihre Jacke wieder auf, stellte den Korb ab. Sie hoffte, er würde ihr nicht erneut Vorhaltungen machen, zu Miriams Verschickung hatten sie nun wirklich alles gesagt.

Sie setzte sich zu ihm. Wie sich herausstellte, wollte er diesmal über seine Arbeit sprechen.

»Die Entwicklung des Antiserums ist so gut wie abgeschlossen«, begann er und massierte seine Schläfen. »Nun haben wir von den Deutschen neue Aufträge bekommen.«

Eva hoffte, dass er sich kurzfassen würde. Sie wollte, dass der Brief an Miriam vor dem Mittagessen aufgegeben wurde.

»Die Arbeit an dem Antiserum war wichtig. Du weißt, dass die Nazis meine Forschung finanziell unterstützt haben. Aber das konnte ich mit meinem Gewissen vereinbaren, denn das Antiserum wird Menschenleben retten. Zudem hat meine Arbeit unsere Sicherheit garantiert.« Er schenkte Eva einen seiner vorwurfsvollen Blicke.

Eva beschloss, sich nicht provozieren zu lassen. »Und weiter?«

Josef nahm seine Armbanduhr ab und begann mit ihr zu spielen. »Die Deutschen stellen Pervitin her.«

»Ich habe keine Ahnung, was das ist«, antwortete Eva ungeduldig.

»Ein Arzneimittel. Es enthält Methamphetamin. Das ist ein Stimulans, das wach hält und euphorisch macht. Außerdem vermittelt es einem ein Gefühl von Stärke. Die Soldaten der Wehrmacht haben dieses Medikament bei dem Überfall auf Polen bekommen.« Josef legte seine Armbanduhr wieder um.

Eva lachte auf. »Heißt das, die Wehrmacht putscht sich für ihre Überfälle auf?«

Josef nickte.

»Das glaube ich nicht.«

Josef runzelte die Stirn. »Es ist die Wahrheit. Aufgrund des Erfolgs von Pervitin wollen die Deutschen es nun in großen Mengen herstellen. Die Rede ist von fünfunddreißig Millionen Tabletten.«

»Und was hast du damit zu tun?«

»Die Herstellung von Pervitin ist zurzeit noch teuer und zeitaufwendig. Swoboda und ich haben den Auftrag, schnellere und billigere Herstellungsmethoden zu finden.«

»Nein!«, antwortete Eva scharf. »Du darfst dich nicht weiter mit den Deutschen einlassen. Sie sind unmenschlich und brutal. Und wenn alle ihre Soldaten dieses Medikament bekommen, werden sie überhaupt keine Grenzen mehr kennen.«

Josef sah sie mit müdem Blick an. »Das ist mir durchaus bewusst. Aber heißt es im Tanach nicht, dass wir unseren Feinden helfen sollen?«

»Das schon, aber dort steht nirgends, dass wir ihnen die Möglichkeit geben sollen, uns zu besiegen.«

»Du hast recht«, antwortete Josef resigniert. »Seit Tagen versuche ich auch, diesen neuen Auftrag mit meinem Gewissen zu vereinbaren. Es ist mir nicht gelungen. Wenn ich mich weigere, das zu tun, was die Nazis verlangen, werden wir jedoch alle unter den Folgen zu leiden haben.«

Evas Magen verkrampfte sich. Diese Folgen würden schrecklich sein, daran hatte sie nicht den geringsten Zweifel. »Gibt es keinen Ausweg?«

Josef seufzte schwer. »Die Alternative wäre ein Projekt, das die Deutschen ebenfalls bei uns in Auftrag gegeben haben. Dabei geht es darum, aus Blausäure ein schmerzloses Mittel zur Schädlingsbekämpfung zu entwickeln. Um die Ernteerträge zu steigern.«

»Das klingt schon besser.«

»Du weißt, wie giftig Blausäure ist. Wir sollen einen Weg finden, der es Menschen ermöglicht, gefahrlos mit ihr umgehen zu können.«

»Dann finde den Weg, nur lass die Finger von diesem Pervitin.«

»Es ist nicht meine Entscheidung. Aber ich werde sehen, was ich tun kann.«

Eva streichelte seine Hand. »Ich weiß, wie es ist, wenn man mit seinem Gewissen ringt. Ich habe Wochen gebraucht, bevor ich mich überwinden konnte, Miriam fortzuschicken.«

Josef entzog ihr seine Hand. »Deshalb hättest du es mit mir besprechen müssen.«

»Ja, wahrscheinlich wäre das besser gewesen.« Eva fehlte die Kraft, die Diskussion immer wieder neu zu führen. »Aber ich habe das getan, was ich für das Beste hielt.«

»Davon bin ich überzeugt«, antwortete Josef.

Seltsamerweise schmerzten diese Worte Eva mehr, als wenn er, wie sonst auch, laut geworden wäre oder Türen schlagend den Raum verlassen hätte.

Kapitel 14

»Miriam, ein Brief für dich.« Pamela öffnete die Tür zu Miriams Zimmer und atmete den lieblichen Duft des kleinen Mädchens ein, der so ganz anders war als der herbe Geruch, der einem in Wills Zimmer entgegenschlug.

Miriam war nicht da, doch ihr Zimmer war tadellos aufgeräumt, die Tagesdecke glatt gezogen, das Nachthemd über den Korbsessel gehängt, die Haarbürste und der Kamm, die Pamela gekauft hatte, lagen ordentlich auf dem Toilettentisch. Auf dem Nachttisch stapelten sich die Kinderbücher, aus denen Pamela Miriam abends vorlas. *Peter Hase, Die Geschichte von Babar, dem kleinen Elefanten* und *Der Zauberwald*. Seit Kurzem versuchte Miriam selbst darin zu lesen, fuhr mit dem Zeigefinger an den Wörtern entlang und sprach sie in nahezu akzentfreiem Englisch aus.

Pamela ging wieder nach unten. Seit beinahe einem Jahr hatten sie nun Krieg. Inzwischen hatte Hugh seine Bemerkungen, Miriam solle besser in Hinton Hall aufwachsen, eingestellt, vielleicht weil er genügend andere Sorgen hatte.

In London war von dem Krieg bisher noch nicht allzu viel zu spüren. Bestimmte Lebensmittel waren rationiert worden, darunter auch Tee, worüber sich die Leute am meisten beklagten, aber von den Luftangriffen der Deutschen, vor denen sie sich gefürchtet hatten, war die englische Hauptstadt noch verschont geblieben. Die Angriffe hatten sich vor allem auf die englische Küste konzentriert.

Dennoch fragte Pamela sich an manchen Tagen, was aus dem Kindertransport geworden war, der nie bei ihnen angekommen war. Auch danach hatte es keinen mehr gegeben. Sie nahm an, dass die Deutschen die Transporte untersagt hatten. In London war das Komitee, das die Kindertransporte organisiert hatte, aufgelöst worden.

Eine Zeit lang hatte Hugh noch Nachforschungen angestellt, um herauszufinden, was mit den Kindern des letzten Transports geschehen war, aber auch er hatte nichts in Erfahrung bringen können und ging davon aus, dass die Kinder Prag nie verlassen hatten. Pamela wollte sich nicht ausmalen, wie deren Schicksal unter den deutschen Besatzern aussah.

Sie fand Miriam in der Küche, wo sie mit ihrer Puppe am Tisch saß und Kitty half, Kekse zu backen. Ihre Wangen waren vor Eifer gerötet, und in den Strähnen, die sich aus ihren kleinen Zöpfen gelöst hatten, klebten Teigkrümel.

Pamela wandte sich Kitty zu. »Verbrauchen wir gerade unsere ganze Zuckerration?«

Kitty schüttelte den Kopf. »Ich habe ein bisschen Zucker gehortet. Weder Sie noch ich trinken unseren Tee mit Zucker, da bleibt manchmal etwas übrig.«

Pamela zupfte Miriam die Teigkrumen aus dem Haar. »Und auf diese Weise kann Miriam bald ihre geliebten Kekse essen.«

Miriam achtete kaum auf sie. Sie war dabei, den Teig auf dem mit Mehl bestäubten Tisch auszurollen und mit einem stumpfen Messer einfache geometrische Figuren auszuschneiden.

Kitty fettete ein Kuchenblech so sparsam wie möglich mit Butter ein.

Pamela ließ sich an Miriams Seite nieder. »Möchtest du deinen Brief öffnen?«

Ohne von ihrer Arbeit aufzuschauen, schüttelte Miriam den Kopf.

»Das reicht, mein Fräulein«, sagte Kitty. »Die Ladung muss jetzt in den Ofen.«

Miriam beschwerte sich lautstark, als Kitty die Teigfiguren vom Tisch löste und auf das Kuchenblech legte. Doch dann schnappte sie sich die kleine, übrig gebliebene Teigkugel, stopfte sie sich in den Mund und grinste triumphierend.

»Wasch dir die Hände, Miriam«, sagte Pamela. Als Miriam keine Anstalten machte zu gehorchen, hob sie das Kind hoch, trug es zum Abwaschbecken und drehte den Wasserhahn auf.

Kichernd hielt Miriam ihre Hände unter das Wasser.

Die Kleine war schwer geworden, merkte Pamela. Zudem war sie in den vergangenen Monaten ein gutes Stück gewachsen. Sie setzte Miriam ab und hielt ihr ein Handtuch hin. Anschließend ließen sie sich wieder am Tisch nieder, den Kitty inzwischen gesäubert hatte.

Pamela reichte Miriam den Brief, den das Mädchen wortlos öffnete.

Innen war nur eine Seite, die Schrift wie üblich gestochen scharf, aber sehr klein. Mitunter hatte selbst Pamela Schwierigkeiten, das ein oder andere Wort zu entziffern. Miriam, die gerade erst dabei war, in einem Kinderbuch zu lesen, konnte mit der Schrift ihres Vaters rein gar nichts anfangen.

»›Mein liebes Kind‹«, las Pamela vor. Wie immer zwang sie sich dabei, ihre Tränen zurückzuhalten. Miriam durfte nicht erkennen, wie nah ihr das Leid ihrer Eltern ging. »›Ich hoffe, Du bist ein braves Mädchen und störst Mr und Mrs Denison nicht.‹« Pamela sah Miriam an. »Natürlich störst du uns nicht. Oder glaubst du das?«

Miriam schüttelte den Kopf, dass ihre Zöpfe flogen.

»›Wir haben alle sehr viel zu tun‹«, las sie weiter. »›Deine Großeltern sind noch bei uns und senden Dir viele liebe Grüße und Küsse. Deine Mutter tut ihr Bestes, um gut für uns alle zu kochen, obwohl es auf dem Markt nicht mehr viel zu kaufen gibt. Ich arbeite wie immer den ganzen Tag im Institut.‹«

Pamela wusste, dass Miriams Vater Naturwissenschaftler war, aber sein Fachgebiet kannte sie nicht. Und obwohl er die Briefe schrieb, war es Miriams Mutter, mit der Pamela am meisten litt. Die Deutschen hielten Prag nun seit über einem Jahr besetzt. Es musste schwierig sein, unter solchen Bedingungen eine vierköpfige Familie zu versorgen.

Sie strich Miriam die verirrten Strähnen hinter die Ohren. Das Einzige, was sie tun konnte, war, Miriam ein Zuhause zu bieten, in dem das Kind sich wohlfühlte. Eines Tages, so hoffte sie, konnte das Mädchen zu seinen Eltern zurückkehren, auch wenn Pamela bereits jetzt wusste, wie sehr sie Miriam vermissen würde.

Der restliche Brief bestand aus kleinen lustigen Nachrichten über die Nachbarn, eine Nachbarskatze, die Besuche der Synagoge und das Wetter. Pamela stellte sich vor, wie Miriams Vater sich harmlose Meldungen aus den Fingern saugte, eigentlich jedoch schreiben wollte: *Unser Leben ist grauenhaft, und wir vermissen dich schmerzlich.*

Miriams Vater schloss den Brief mit dem Segen für die Töchter sowie den Küssen und Grüßen von ihm und Miriams Mutter.

In der ersten Zeit, als Miriam bei ihnen war, hatten Pamela und Hugh überlegt, wie sie mit Miriams jüdischem Glauben umgehen sollten. Margery Weston hatte Pamela erzählt, dass Rabbiner bei Nicholas Winton vorstellig geworden waren, um sich darüber zu beklagen, dass die jüdischen Kinder teilweise bei christlichen Familien untergebracht worden waren. Wintons Antwort hatte sich rasch herumgesprochen. »Wenn Ihnen ein totes jüdisches Kind in Prag lieber ist als ein lebendes, das in einem christlichen Heim aufwächst, ist das Ihr Problem, nicht meins.« Danach hatte sich kein Rabbiner mehr bei ihm gemeldet.

Pamela wusste noch immer nicht recht, wie sie sich verhalten sollte. Aber zumindest achtete sie darauf, dass Miriam kein Schweinefleisch vorgesetzt bekam. Einmal hatten sie das Mädchen zu einer Andacht der Quäker mitgenommen, doch Miriam war so unruhig auf ihrem Stuhl herumgerutscht, dass sie das Kind seitdem sonntagmorgens bei Kitty ließen.

Gelegentlich ging Pamela durch den Kopf, dass sie Mrs Segal in ihrer Straße fragen könnte, ob sie bereit sei, Miriam mit in die Synagoge zu nehmen, doch bisher hatte sie es nicht getan. Sie sagte sich, dass Miriams Vater sich in keinem seiner Briefe erkundigt hatte, ob seine Tochter im jüdischen Glauben erzogen werde. Vielleicht war es den Eltern nicht wichtig. Zuletzt entschied Pamela, dass eine kurze Zeit in einem nichtjüdischen Haushalt dem Kind nicht schaden würde. Nach Miriams Rückkehr würden ihre Eltern alles, was in der religiösen Erziehung ihrer Tochter versäumt worden war, nachholen können.

An diesem Abend ließ die Verantwortung, die sie für Miriam übernommen hatte, Pamela nicht zur Ruhe kommen. Als Hugh um zwei Uhr morgens ins Bett kam, war sie noch immer wach.

Nach Chamberlains Rücktritt im Mai war der frühere Marineminister Winston Churchill Premierminister geworden, seitdem fanden die Kabinettssitzungen zu jeder Tages- und Nachtzeit statt. »Der Mann schläft anscheinend nicht«, murmelte Hugh. »Deshalb sollen es auch alle anderen bleiben lassen.« Gleich darauf war er eingeschlafen.

Gegen drei Uhr dämmerte Pamela ein. Als der Morgen graute, wurde sie von einem ohrenbetäubenden Krachen geweckt und fuhr erschreckt im Bett auf. Das ganze Schlafzimmer schien von diesem Lärm erfüllt, und vor dem Fenster zuckte immer wieder grelles Licht auf. Dann setzte der Bombenalarm ein, ein Heulton, bei dem sich Pamela die Haare im Nacken aufstellten. Sie schüttelte Hugh, der sich benommen aufsetzte. »Die Deutschen greifen London an.«

Sie stürzte aus dem Bett und holte die große Reisetasche aus dem Schrank, die sie für den Fall eines Bombenangriffs gepackt hatte – eine Wolldecke war darin, eine Packung Kekse, eine Taschenlampe, eine Flasche Wasser, Kerzen, Streichholz, Ausweispapiere, ein Kartenspiel. Dann riss sie die Morgenmäntel von den Garderobenhaken an der Tür, warf Hugh seinen zu und streifte ihren über.

»Ich hole Miriam. Kitty ist bei ihrer Mutter.« Sie betete, dass nicht auch das Marlborough College angegriffen wurde.

Pamela hastete in Miriams Zimmer, konnte es kaum glauben, dass Miriam trotz des Getöses seelenruhig schlief. Sie strich über die Wange des Kindes. »Miriam.«

Der Alarm ertönte nun ganz in der Nähe, immer wieder durchsetzt von Detonationen.

Pamela stellte ihre Tasche ab, hob die immer noch schlafende Miriam hoch und eilte mit ihr die Treppe hinunter.

Hugh war bereits in dem Kellerraum, den sie für den Fall eines Angriffs vorbereitet hatten. Er übernahm Miriam und ließ sich mit ihr auf einen der bereitgestellten ausrangierten Sessel sinken.

Miriam war noch nicht ganz wach, doch sie musste eine Bedrohung gespürt haben, denn sie steckte einen Daumen in den Mund und begann zu nuckeln.

»Ich laufe noch einmal hoch, um die Notfalltasche zu holen«, sagte Pamela und ging über Hughs Einwand hinweg.

Sie rannte hinauf in Miriams Zimmer, schnappte sich die Tasche sowie eine zweite Wolldecke und hetzte wieder nach unten.

Im Kellerraum hatte Hugh seinen Sessel an die Wand geschoben und den Kopf zurückgelehnt. Miriam schlief in seinen Armen.

Pamela holte die Wolldecke aus der Tasche, formte daraus eine Art Nest für Miriam und zog von dem zweiten Sessel ein Kissen für den Kopf des Kindes. Mit sanfter Hand verfrachtete sie Miriam aus Hughs Schoß auf ihr improvisiertes Lager und deckte sie mit der zweiten Decke zu. Miriam blinzelte kurz, rückte sich zurecht und schlief wieder ein.

Das Krachen der explodierenden Bomben klang im Keller etwas gedämpfter, und zwischen den Abwürfen hörte man die Rohrleitungen knacken und das Wasser in den Rohren gurgeln, ebenso die panischen Stimmen und Laufschritte der Menschen, die früh auf dem Weg zur Arbeit gewesen und von dem Angriff überrascht worden waren.

Pamela schlang die Arme um sich. »Was meinst du, wie lang der Angriff dauert?«, flüsterte sie und ließ sich auf dem zweiten Sessel nieder.

»Keine Ahnung.« Hugh zuckte mit den Schultern. »Wir haben Glück gehabt, dass die Nazis sich London jetzt erst vornehmen.« Er schloss die Augen.

Pamela spürte noch immer, wie Adrenalin durch ihre Adern rauschte. Vor ihrem inneren Auge tauchte das Bild des militärischen deutschen Zeppelins auf, den sie als Kind eines Abends gesehen hatte. Sie erinnerte sich an das Zischen des Luftschiffs. Zuvor war ein Junge durch die Straßen geradelt und hatte die Menschen vor dem Luftangriff der Deutschen gewarnt. Und dann war der Zeppelin in Brand geschossen worden, und die Menschen, die seinen Flug verfolgt hatten, waren in Jubelschreie ausgebrochen. Entsetzt hatte Pamela mitangesehen, wie das Feuer den Himmel taghell erleuchtete, dann kleiner wurde und das noch immer brennende Wrack des Zeppelins in die Tiefe sank. Seit jenem Tag besaß Feuer für sie etwas Unheimliches.

Die nächsten Erinnerungsbilder kamen herbeigeschwebt. Auf ihnen zog ihr Bruder Tommy mit seinen Freunden in den Krieg. Wie eifrig ihre Mienen gewesen waren – und wie leidend die Gesichter der Eltern, als keiner von ihnen zurückgekehrt war. So viele Menschenleben, die während des letzten Krieges geopfert worden waren. So viel Schmerz. *Bitte, lieber Gott*, betete sie stumm, *lass uns das nicht wieder durchmachen*.

Pamela verdrängte die Bilder und warf einen Blick auf Miriam, die sich in ihr Nest gekuschelt hatte. Sie fand es erstaunlich, wie rasch die Kleine sich an ihr neues Leben angepasst hatte, und fragte sich, was in Miriams Eltern vorgehen würde, wenn sie erführen, dass London bombardiert wurde.

Eine Zeit lang lauschte sie dem Bombenlärm, hoffte, dass er bald aufhörte.

»Hugh«, sagte sie leise.

»Hm«, machte er, ohne die Augen zu öffnen.

»Ich glaube, du hast recht. Wir dürfen Miriam nicht bei uns behalten. Die Nazis werden die Stadt immer wieder angreifen, wir müssen das Kind dahin bringen, wo es in größerer Sicherheit ist.«

Hugh öffnete die Augen und wirkte plötzlich hellwach.

»Vielleicht ist es doch klüger, sie nach Hinton Hall zu schicken«, sprach Pamela weiter. »Auf dem Land ist sie besser aufgehoben als in London. Zudem wäre sie unter Kindern aus ihrer Heimat, hätte Menschen um sich, die ihre Sprache sprechen und ihr Heimatland kennen. Es wäre unverantwortlich, wenn wir sie bei uns in London ließen.«

Hugh warf einen Blick auf das schlafende kleine Mädchen. »Dann müsstest du dich aber um alles kümmern. Mir fehlt dazu die Zeit.«

»Das mache ich noch heute.«

Wieder hörten sie grelles Pfeifen, doch es war nicht das einer Sirene.

»Stukas«, sagte Hugh. »Deutsche Sturzkampfflugzeuge. Mit dem Heulton wollen sie die Zivilbevölkerungen in Angst und Schrecken versetzen. Als wäre der Bombenabwurf allein nicht genug.«

Erneut detonierten Bomben, diesmal wieder aus der Nähe. Von der Kellerdecke rieselte Putz.

Kapitel 17

Bedrückt lief Eva an den Marktständen entlang. Noch vor wenigen Jahren hatte hier eine kleine Blaskapelle gespielt, die Händler hatten lautstark ihre Waren angepriesen, es hatte nach Obst, Gemüse, Fisch und eingelegten Gurken gerochen. Seit der deutschen Besatzung war der Markt nur noch ein Schatten seiner selbst, der Großteil der Lebensmittel wurde von den Deutschen konfisziert. Die wenigen Stände, die es noch gab, waren heruntergekommen, das Angebot war erbärmlich – halb leere Kisten, in denen man angeschlagene Äpfel, verschrumpelte Kartoffeln, Rüben und Pastinaken fand. Die Händler, die kaum etwas zu tun hatten, hauchten auf ihre Finger, um sie zu wärmen, und sahen zu, wie der kalte Wind Unrat aufwirbelte.

Eva griff in eine Kiste schlaff aussehender Pastinaken und wühlte nach welchen, die frischer und saftiger waren. Der Händler beobachtete sie missmutig. Schließlich zog sie zwei hervor, die noch halbwegs ansehnlich waren. »Wie teuer sind die?«

»Dreißig Heller.« Der Mann wich Evas Blick aus.

»Das ist Wucher!« Eva zählte zwanzig Heller ab und reichte sie ihm. »Mehr habe ich nicht.«

Der Mann zuckte die Achseln und steckte die Münzen ein.

Eva legte die Pastinaken in ihren Korb. Nun brauchte sie noch Zwiebeln und Kartoffeln, um aus den Graupen, die sie zu Hause hatte, eine einigermaßen schmackhafte Suppe zu machen. Salz hatte sie vorrätig, Fleisch war seit Langem nicht mehr als ein schöner Traum.

Anschließend wanderte sie durch die Gassen des Marktes, auf der Suche nach einem Geburtstagsgeschenk für Miriam, die bald sieben Jahre alt werden würde. Wie gern hätte sie dem Kind ein Puppenhaus gekauft, mit rosafarbenen Rollläden, einer kleinen Küche, im Schlafzimmer winzige Holzbetten. Sie stellte sich vor, wie glücklich Miriam damit spielen würde. Ständig würde sie die kleinen Püppchen anders anziehen, sie an den Küchentisch setzen, ihnen die Miniaturmahlzeiten aus Ton servieren und ihre Großmutter in ihren Briefen bitten, ihr neue Puppenkleider zu nähen. In Gedanken hörte sie, wie Miriam sich mit den Püppchen unterhielt.

Vor einer Weile hatte Evas Vater irgendwo Holz aufgetrieben und Miriam ein wunderschönes Steckenpferd gezimmert. Evas Mutter hatte den Kopf und die Zügel aus Stoffresten gefertigt und Josef für das Ende des Steckens zwei Rädchen besorgt. Seitdem lehnte das Pferd an der Wand von Miriams Zimmer und wartete vergebens auf seine Reiterin.

Eva dachte, selbst wenn sie ein Puppenhaus fände, könnte sie es nicht nach England schicken, es würde dort niemals ankommen. Und wie groß wäre die Chance, dass

Miriam nach ihrer Rückkehr noch mit Steckenpferd und Puppenhaus spielte.

Eva entdeckte einen Stand, an dem sich eine kleine Schlange gebildet hatte. Sie trat näher, in der Hoffnung, dass es dort frisches Gemüse gab. Bei genauerem Hinsehen erkannte sie, dass auf dem Tisch keine Gemüsekisten standen, sondern sich gebrauchte Gegenstände häuften – schönes Porzellan, gerahmte Gemälde, Silberbesteck, sogar Schmuck war zu sehen.

Im ersten Moment fragte Eva sich, wer sich in dieser Zeit so etwas leisten konnte. Dann sagte sie sich, sie könnte Miriam vielleicht eine Kette kaufen. Die ließe sich ohne Weiteres versenden. Sie stellte sich an der Schlange an.

Vor ihr stand eine Frau mittleren Alters, die sich umdrehte und mit freundlichem Lächeln fragte: »Haben Sie schon etwas ins Auge gefasst?«

»Vielleicht eine Kette. Meine Tochter hat demnächst Geburtstag.«

Die Frau trat einen Schritt zur Seite und reckte den Hals, um die Ketten sehen zu können. »Ich sehe eine mit kleinen grünen Glassteinen. Die ist sehr hübsch.«

»Die gefällt mir auch. Ich hoffe, niemand schnappt sie mir vor der Nase weg.«

Die Frau zuckte mit den Schultern. »Dann finden Sie etwas anderes, das ebenso schön ist.«

Eva betrachtete die Menschen vor ihr. »Ich wundere mich, dass hier so viele anstehen, obwohl es nichts Essbares gibt.«

Die Frau lachte. »Essen kann man die Sachen nicht, aber

wenn man etwas Schönes kaufen kann, wird das Leben vielleicht ein wenig erträglicher.«

»Vielleicht.« Eva interessierte sich nicht sonderlich für materielle Dinge. Nur die Musik besaß die Macht, ihr das Leben leichter zu machen, und die war mit dem Verkauf des Klaviers für sie verstummt.

Vorne verließ ein Mann den Stand mit einem Arm voller Bücher.

Eva deutete mit dem Kopf auf die Auslage. »Ich frage mich, woher all diese persönlichen Dinge kommen.«

»Das wissen Sie nicht?« Die Frau zog die Brauen hoch. »Sie wurden von den jüdischen Familien zurückgelassen, die von den Deutschen abtransportiert wurden. Bevor andere Leute in die frei gewordenen Wohnungen und Häuser ziehen, wird dort häufig geplündert. Die erbeuteten Sachen werden verkauft.«

Eva sah sie entsetzt an. »Nein, das wusste ich nicht.«

Die Frau zuckte die Achseln. »Die Juden kommen nicht mehr wieder. Warum sollen andere Leute ihre Sachen nicht haben können?«

Eva wurde übel. »Ich glaube, ich möchte die Kette doch nicht.« Sie wandte sich ab und ging davon.

*

Will trug seinen Namen in das große Buch in der Eingangshalle ein, in dem vermerkt wurde, wann ein Schüler das College verließ und wann er zurückkehrte.

Anschließend machte er sich auf den Weg in den Ort Marlborough. Er hatte einen Teil seines Taschengelds gespart, um Miriam ein Geburtstagsgeschenk kaufen zu können. Das kleine Mädchen war ihm ans Herz gewachsen, und angesichts seines geheimen Plans würde er es womöglich für längere Zeit nicht sehen.

Er dachte an das letzte Mal, als er in Hampstead gewesen war und mit Miriam Snap gespielt hatte. Zuerst hatte er ihr die Farben der Karten erklärt. »Schau, das umgedrehte schwarze Herz mit dem kleinen Stiel unten nennt man Pik.«

»Pick«, sagte Miriam.

»Sprich es länger aus. Sag ›Piik‹.«

»Piiiiik«, machte Miriam kichernd.

»Sehr gut.« Will erklärte ihr die restlichen drei Farben und ließ sie die Namen nachsprechen, was ihr beinahe perfekt gelang.

Seiner Mutter war aufgefallen, dass Miriam musikalisch war und ein gutes Gehör für Laute und Töne hatte. Vielleicht tat sie sich deshalb mit der englischen Sprache leicht.

In der Hauptstraße von Marlborough lief er an den Geschäften entlang, spähte in die Schaufenster, bis er schließlich in einen Spielwarenladen ging.

»Ich suche ein Spiel für ein siebenjähriges Mädchen«, erklärte er dem Mann hinter der Theke und schaute sich suchend um. Die Regale waren nur zur Hälfte gefüllt, und auf den Büchern, Spielsachen und bunten Kartons schien eine feine Staubschicht zu liegen. »Sind die Sachen nicht neu?«, fragte er.

Der Mann lachte unfroh. »So neu wie möglich. Spielwaren sind heute ebenso knapp wie alles andere, und das, was wir haben, wird kaum noch gekauft. Die Leute haben genug damit zu tun, ihre Kinder sattzubekommen, für Spiele ist kein Geld mehr übrig.«

»Hätte ich mir eigentlich denken können«, antwortete Will und trat an das Regal mit den Gesellschaftsspielen. »Ich suche ein Brettspiel.«

»Wir haben Monopoly, das Leiterspiel und Ludo.«

Will krauste die Stirn. Monopoly war für Miriam noch zu schwierig, und das Leiterspiel hatten sie zu Hause. Aber Ludo könnte Miriam Spaß machen. Er holte den in Primärfarben gehaltenen Karton aus dem Regal. *Ab sechs Jahren*, stand darauf. Das kam hin. »Ich nehme das hier.«

Der Verkäufer ging mit dem Spiel zur Kasse und schlug es in eine Zeitungsseite ein. »Macht einen Shilling.«

Will bezahlte und zog mit seinem Kauf ab.

Den Rest seines Geldes gab er für Lakritz und Brausepulver aus. Mit diesen Leckereien kam er sich zwar wie ein kleiner Junge vor, doch der Plan, den er geschmiedet hatte, würde ihn rasch zum Mann machen. Er müsste auch nie mehr zur Schule gehen, falls aus diesem Plan etwas würde.

*

Miriam tauchte ihren Löffel tief in den Honig, drehte ihn rasch, damit die Masse nicht tropfte, und hielt sie über ihre Scheibe Brot, bis sie darauf eine große goldfarbene

Pfütze hinterließ. Dann klappte sie die Brotscheibe zusammen und nahm einen großen Bissen. Das Brot schmeckte nach nichts, aber die schwere, klebrige Süße legte sich auf ihre Zunge, und sie schloss genüsslich die Augen.

Vera stieß sie mit ihrem spitzen Ellbogen in die Seite. »Ich bin dran.«

Vera war in einem großen Koffer aus der Tschechoslowakei herausgeschmuggelt worden, und nun schien sie die vielen Stunden der Starre durch ein Übermaß an Bewegungen wettzumachen.

Widerstrebend reichte Miriam den Honig an sie weiter. Vera fuhr mit ihrem Löffel hinein.

Der Honig war ein Geschenk der englischen Prinzessinnen Elizabeth und Margaret, die ihn ihrerseits von der argentinischen Regierung geschenkt bekommen hatten. Wenn Miriam an die beiden Prinzessinnen dachte, stellte sie sich zwei Mädchen mit Goldkronen und langen, goldglitzernden Kleidern vor.

Sie war gern in Hinton Hall, wo sie von tschechoslowakischen Kindern umgeben war und wieder in ihrer Muttersprache reden konnte. Nachts in dem großen Schlafsaal flüsterten sie einander Geschichten zu.

Ein Junge namens René war mit seiner Mutter durch halb Europa gewandert. Dann waren sie in einer Flüchtlingsgruppe über die Pyrenäen nach Spanien gelangt. Kurz vor der spanischen Grenze hatten französische Milizen sie entdeckt und angefangen, auf sie zu schießen. René und seine Mutter hatten sich auf die Erde geworfen und sich nicht geregt. Die anderen aus der Gruppe waren erschossen worden, doch René war dann mit seiner Mutter auf einem Schiff von Gibraltar nach England gekommen.

Viele der Kinder hatten ähnlich gefährliche Fluchtwege hinter sich. Im Vergleich zu ihnen war Miriams Zugfahrt nichts Besonderes gewesen.

Doch nach einer Weile verblassten die Erinnerungen, und sie hörten alle auf, über ihre Vergangenheit zu reden. Die Lehrer in Hinton Hall waren freundlich, der Unterricht machte ihnen Spaß, sie bekamen genug zu essen und schlossen Freundschaften. Das war nun ihr Leben. Nur wenn ihre Eltern ihnen in einem Brief schrieben, wie sehr sie sie vermissten, senkte sich die Sehnsucht wie ein Schatten auf ihre Seele.

Miriam fühlte sich elend, wenn sie spürte, wie sehr ihre Eltern ihr fehlten, deshalb hatte sie sich gesagt, dass es besser war, nicht so oft an sie zu denken. Doch als sie über mehrere Wochen keinen Brief von ihnen erhielt, wurde sie unruhig. Sie tröstete sich mit der Vorstellung, dass die Briefe bei Mrs Denison angekommen waren und diese vielleicht vergessen hatte, sie weiterzuleiten.

Nach dem Frühstück begann ihr Unterricht. In der ersten Stunde hatten sie Musik, Miriams Lieblingsfach. Meistens sangen sie dann Lieder.

Vor Kurzem hatten sie erfahren, dass Edvard Beneš, der frühere tschechoslowakische Staatspräsident, zu Besuch käme, und nun übten sie für ihn heimatliche Volkslieder ein.

»Er musste die Tschechoslowakei verlassen«, erklärte

Frau Černý, ihre Musiklehrerin, bekümmert. »Nun lebt er in London im Exil und kämpft von dort aus gegen die Nazis.« Sie strich sich die Strähnen zurück, die sich aus ihrem Knoten gelöst hatten. »Für ihn müssen wir besonders schön singen.«

So etwas brauchte man Miriam nicht zu sagen. Ihre Mutter hatte ihr beigebracht, immer schön zu singen, ganz gleich, wer einem zuhörte – sogar, wenn einem niemand zuhörte. Sie suchte sich ihren Platz im Chor, so weit wie möglich von den Kindern entfernt, die ständig falsch sangen.

Frau Černý setzte sich ans Klavier, blätterte in ihrem Notenheft und erklärte, sie würden das Volkslied »Ritt durch den Wald« einstudieren. Sie schlug den ersten Ton an. »Und los!«

Miriam stellte sich gerade hin, so wie ihre Mutter es ihr beigebracht hatte, holte tief Luft und füllte ihre Brust mit ihrem Atem. Das Lied kannte sie gut, ihre Mutter hatte es oft mit ihr gesungen.

Hell und rein sang sie die erste Strophe, hörte die lieblichen Stimmen von Hana und Olga, die bei ihr standen, und hinter ihr die tiefere Stimme von Jakob. Wie eine Woge stieg das Lied auf und umhüllte Miriam mit der Melodie, die ihr vertraut war.

Frau Černý stand auf, dirigierte mit einer Hand und rief: »Singt weiter! Auch ohne Klavier.«

Sie ging von einem Kind zum anderen und lauschte mit schief gelegtem Kopf. Bei denen, die falsch sangen, runzelte sie die Stirn.

Miriam gab ihr Bestes und sang lauter. Für einen Moment verharrte Frau Černý bei ihr, dann lächelte sie und lief weiter.

Nach der Stunde hielt sie Miriam zurück und fragte, ob sie bereit sei, Präsident Beneš ein Sololied vorzutragen.

»Ja, gerne«, antwortete Miriam wie aus der Pistole geschossen.

Frau Černý lachte. »Sehr schön. Komm nach dem Unterricht heute zu mir, dann fangen wir an, ein Lied einzuüben.«

Überglücklich rannte Miriam aus dem Musikzimmer. Sie würde für den tschechischen Präsidenten singen! Plötzlich hielt sie inne, spürte, wie eng ihr ums Herz wurde. Bei ihrem Vortrag würde niemand aus ihrer Familie sein. Ihre Mutter würde sie nicht hören, ihr Vater nicht stolz auf sie sein, ihre Großeltern würden sie nicht anstrahlen. Langsam ging sie weiter und beschloss, ihnen allen ein Bild zu malen, auf dem sie vor Präsident Beneš sang.

In der darauffolgenden Zeit probte sie das Lied, bis sie wusste, dass sie es beherrschte. Sie sang, wenn sie über die Wiesen und Felder lief, wenn eines der älteren Mädchen sie zu einer Ruderpartie auf dem nahegelegenen See mitnahm, am liebsten jedoch in dem großen gekachelten Bad des Internats, wo es ein Echo gab. Selbst vor dem Einschlafen hatte sie ihr Lied noch im Kopf und schwor sich, dass ihre Mutter, wäre sie bei ihr, nichts an ihrem Vortrag auszusetzen haben würde.

Als es so weit war und sie vortrat, um zu singen, fühlten sich ihre Beine so weich an, dass sie Angst hatte umzusinken. Doch sobald Frau Černý auf dem Klavier die ersten Noten anschlug, legte sich ihr Lampenfieber. Es war eine so schmissige Melodie, dass etwas in Miriam unbedingt dazu singen wollte. Sie sah, dass Frau Černý ihr zunickte und holte tief Luft.

Als sie geendet hatte, applaudierten ihr alle – Präsident Beneš, seine Begleitung, die Lehrer und die Internatsschüler. Sie durfte sogar an der Teestunde teilnehmen, die für den Präsidenten im Lehrerzimmer gegeben wurde, und währenddessen an seiner Seite sitzen.

Miriam begutachtete den berühmten Mann so unauffällig wie möglich. Am Hinterkopf hatte er erstaunlich langes Haar, fand sie, doch oben auf dem Kopf war er kahl wie ein Baby. Seine Brauen waren buschig, und auf der Oberlippe hatte er einen Bart wie Hitler, nur dass er bei ihm grau war und nicht schwarz. Als er sie ansah, war sein Blick freundlich.

»Wo hast du so schön singen gelernt?«, fragte er.

»Bei meiner Mutter«, antwortete Miriam.

Beneš nahm einen Schluck Tee. »Ist deine Mutter Sängerin?«

Miriam schüttelte den Kopf. »Sie hat Klavier gespielt.«

»Deine Eltern fehlen dir sicher, oder?«

»Ja, wir schreiben uns oft.« Miriam schaute zu Boden. »Aber jetzt habe ich lange nichts mehr von ihnen gehört«, ergänzte sie leise.

Wenn sie daran dachte, dass sie keine Briefe mehr erhielt, sagte sie sich immer, dass ihr Vater vielleicht keine Zeit mehr zu schreiben hatte. Ihre Mutter womöglich auch nicht, weil sie damit beschäftigt war, für alle genügend zu essen zu finden – obwohl sie ihr nun auf Tschechisch schreiben konnte. Im letzten Brief, den ihr Vater ihr geschickt hatte, hatte er geschrieben, dass die Nachbarskatze bald kleine Kätzchen bekommen würde. Die waren mittlerweile bestimmt schon da.

Als Miriam den Kopf hob, traf sie auf Beneš' mitfühlenden Blick. »Wir Tschechen machen gerade schwierige Zeiten durch. Sonst könnte ich dir und deinen Eltern helfen.«

»Können Sie nicht nach Prag fahren und nachsehen, ob es meinen Eltern gut geht?«

Beneš seufzte. »Ich wünschte, das wäre möglich, aber ich fürchte, die Deutschen erlauben mir nicht, nach Prag zu reisen. Bis zum Kriegsende werde ich wohl in London bleiben müssen. Trotzdem werde ich mich nach deinen Eltern erkundigen.« Er leerte seine Tasse Tee und zog einen Stift und einen kleinen Notizblock aus der Innenseite seines Jacketts, die er Miriam reichte. »Schreib mir ihre Namen und die Adresse auf, mein kleiner Singvogel, und ich will sehen, was ich für dich tun kann.«

Miriam schrieb ihm alles auf.

Wenig später erhielt sie einen Brief und eine Geburtstagskarte ihrer Eltern.

*

Pamela lehnte das Rezept an den Mehlbehälter und überflog die Zutaten. Blumenkohl, Pastinaken und Möhren gehörten dazu. Kitty, die an diesem Nachmittag und Abend frei hatte, war am Morgen einkaufen gegangen und hatte das Gemüse besorgt, das glücklicherweise noch nicht rationiert wurde.

Viele Familien hatten begonnen, selbst Gemüse anzubauen, hatten dazu Rasenflächen und Blumenbeete umgegraben. Pamela hatte das ebenfalls vorgehabt, es bisher jedoch nur geschafft, in den Blumenkästen vor den beiden Küchenfenstern Kräuter anzupflanzen, was Hugh äußerst belustigend fand.

Pamela griff nach der Petersilie, die sie in ihrem Blumenkasten geerntet hatte, und atmete den frischen, würzigen Geruch ein, bevor sie das Sträußchen klein hackte. Nach einem Blick auf das Rezept begann sie den Blumenkohl zu zerpflücken, legte die Stücke, die sie immer an winzige Bäume erinnerten, auf ein Trockentuch. Sie war kurz davor, die Stiele in den Abfalleimer zu werfen, als sie sich eines Besseren besann. Angesichts der allgemeinen Lebensmittelknappheit wäre es die reine Verschwendung. Sie schnitt die Stiele klein.

Die Pastete, die sie in Angriff genommen hatte, sollte eine Überraschung für Hugh werden. Vor einer Woche waren sie mit dem amerikanischen Botschafter im Savoy Hotel essen gewesen, und da hatte es eine wundervolle Gemüsepastete mit Fleischsoße gegeben. Sie hatte um das Rezept gebeten, das der französische Küchenchef ihr gebracht hatte.

»Die Soße war fantastisch«, sagte Pamela. »Was war außer Fleischsaft darin? Cognac und Rotwein?«

Der Mann zuckte auf typisch französische Art die Achseln und tippte im Rezept auf eine der Zutaten.

»Marmite?«, fragte Pamela ungläubig.

Hugh lachte schallend.

Sie schälte die Möhren und dachte, wie angenehm es war, eine Arbeit zu machen, bei der man nicht denken musste. Am Morgen hatte sie sich mit Briefen an Will und Miriam gequält, in denen sie versucht hatte, ihre Angst vor den deutschen Stukas, die Nacht für Nacht über London flogen, nicht durchscheinen zu lassen. Oft besuchte sie ihre Eltern, versorgte sie mit Lebensmitteln. Die Bombenangriffe im East End bedeuteten, dass ihre Eltern jede Nacht Zuflucht zu dem Luftschutzbunker in der Whitechapel Road suchen mussten. Zahlreiche Häuser in ihrer Umgebung waren bereits zerstört worden. Immerzu bat Pamela ihre Eltern, zu ihr und Hugh zu ziehen, zumindest für die Dauer des Luftkriegs, dann müssten sie während der Angriffe nur in den Keller des Hauses hinuntersteigen. Doch ihr Vater war nicht gewillt, sein Haus zu verlassen, ganz gleich, welche Argumente Pamela vorbrachte.

Auch wenn sie nachts schlaflos im Bett lag, immer in der Erwartung, die Luftschutzsirene zu hören, kreisten Pamelas Gedanken in einer zermürbenden Endlosschleife um ihre Familie und den Krieg.

Es kam ihr selbstsüchtig vor, zu Hause zu bleiben und nichts zur Verteidigung der Stadt beizutragen. Zwar verbot ihr Glaube ihr, mit der Waffe zu kämpfen, aber irgendetwas wollte sie tun.

Sie öffnete den Vorratsschrank, schob die Päckchen Puddingpulver, eine Dose Erbspüree und ein Päckchen Salz zur Seite, um dahinter nach dem Glas Marmite zu tasten, das sie seit Ewigkeiten nicht mehr hervorgeholt hatte.

Will hatte diese Würzpaste als Kind geliebt. Kitty hatte sie ihm auf gebutterte Toastscheiben gestrichen, hinterher hatte Will einen braunen Rand um den Mund und sein Atem roch nach Hefe. Wie er es gehasst hatte, wenn sie seinen Mund mit einem feuchten Waschlappen abwischte. Jedes Mal hatte sie versucht, ihn vorher mit irgendwelchen Tricks abzulenken, doch es war vergebens gewesen. Er hatte stets gewusst, was sie vorhatte, und seinen Kopf im letzten Moment weggedreht. Noch immer packte sie ihm ein Glas Marmite in den Koffer, wenn er nach den Ferien zurück ins Internat fuhr.

Bei seinem letzten Besuch hatte er sich von Hugh einen Rasierhobel erbettelt. Offenbar wollte er unbedingt seine Männlichkeit demonstrieren. Der Junge, der früher um nichts in der Welt sein Gesicht sauber gewischt haben wollte, war nun gewillt, noch das kümmerlichste Barthaar abzuschaben.

Inzwischen hatte er auf dem Marlborough College mit dem Vorbereitungskurs für Oxford begonnen. In den letzten Ferien hatte er jede Menge Lehrbücher dabeigehabt, doch Pamela hatte ihn mehr als einmal dabei erwischt, wie er, statt zu lernen, mit seinen Modellflugzeugen gespielt hatte. Sie hoffte, sein Interesse an den kleinen Holzflugzeugen würde sich mit Beginn seines Studiums legen.

Pamela füllte einen Topf zur Hälfte mit Wasser, gab das Gemüse und zwei Teelöffel Marmite hinein und setzte den Topf auf. Während das, was einmal die Soße sein würde, köchelte, machte sie sich an den Teig.

Sie zerrieb Bratfett mit den Fingern. »Kalte Hände machen eine gute Pastete«, hatte ihre Mutter immer gesagt, wenn sie Pamela auftrug, den Teig zu kneten.

Eine Pastete richtig zuzubereiten, war eine Kunst. Pamela vermischte das Bratfett mit dem Kartoffelbrei, der vom vergangenen Abend übrig geblieben war, und ließ das Mehl sanft darauf fallen, damit die Masse leicht und luftig wurde. Dann knetete sie wieder, so lange, bis die Klümpchen nur noch die Größe von Brotkrümeln hatte.

Der Dampf des kochenden Gemüsesuds beschlug die Küchenfenster, die Küche füllte sich mit verlockenden Düften. Pamela schabte die Teigreste von ihren Fingern, wusch sich die Hände und stellte das Radio an. Die Andrew Sisters waren zu hören, von irgendeinem Stützpunkt, wo sie für Soldaten der Royal Army sangen.

Durch die Musik drang das Klingeln des Telefons. Pamela lief hinaus in den Flur und meldete sich.

Am anderen Ende war Mr Heywood, der Leiter des Marlborough College. Er wollte wissen, ob Will zu Hause sei.

Für einen Moment setzte Pamelas Herzschlag aus. »Nein. Ich dachte, er ist im College.«

»Da ist er leider nicht«, antwortete Heywood streng. »Seit dem Mittagessen haben wir ihn nicht mehr gesehen.

Offenbar ist er am frühen Nachmittag noch vor dem Rugby-Training verschwunden. Auch an der anschließenden Vorbereitungsklasse hat er nicht teilgenommen. Allerdings sind seine Sachen noch im Wohnheim.«

Pamela spürte die aufsteigende Übelkeit. »Ich werde meinen Mann anrufen und ihn fragen, ob er weiß, wo Will ist.«

»Tun Sie das. Und sagen Sie mir bitte Bescheid, wenn Sie etwas erfahren.« Heywood legte auf.

Pamela wählte Hughs Nummer. Hugh, den man aus einer Sitzung rufen musste, wusste nichts über Wills Verbleib und reagierte unwirsch. »Wahrscheinlich dreht es sich um irgendeinen Dummejungenstreich, und er taucht rasch wieder auf. Ruf mich an, wenn du von ihm hörst.«

Pamela kehrte in die Küche zurück, ließ sich auf einen Stuhl sinken und starrte mit unruhig klopfendem Herz ins Nichts.

Als sie sich ein wenig gefasst hatte, rief sie reihum die Eltern von Wills Freunden an, um sich zu erkundigen, ob Will bei ihnen war. Doch niemand hatte etwas von ihm gehört.

Am Abend kam Hugh ausnahmsweise einmal frühzeitig nach Hause und erklärte, bei ihm habe Will sich nicht gemeldet.

Die Pastete, die Pamela ihm servierte, hatte nichts mit ihrem knusprigen Vorbild im Savoy Hotel zu tun. Sie war weich und schmeckte nach nichts, auf die Zubereitung hatte Pamela sich nicht mehr konzentrieren können. Hugh aß seine Portion mit Märtyrermiene.

Nach dem Essen rief Pamela erneut im Marlborough College an. Will war noch immer nicht erschienen, und man hatte auch nichts von ihm gehört.

Schließlich gingen sie und Hugh zu Bett und lagen die ganze Nacht lang wach.

Am Morgen brach Hugh früh ins Foreign Office auf. Blass vor Müdigkeit verabschiedete er sich von Pamela.

»Sobald ich etwas höre, rufe ich dich an«, sagte Pamela.

Hugh nickte nur und verschwand.

Pamela kehrte ins Schlafzimmer zurück, um sich anzukleiden. Am vergangenen Abend war sie nicht einmal in der Lage gewesen, ihr Kleid aufzuhängen, hatte ihre Sachen einfach auf den Boden fallen lassen.

Mit mechanischen Gesten zog sie ihren Hüfthalter an – Korsette gab es nicht mehr, die Stahlstangen wurden für Kriegsmaterial benötigt – dann ihren BH, die Strümpfe, einen Rock, eine Bluse.

Sie wünschte, sie hätte ein Auto, um durch die Straßen zu fahren und nach ihrem Sohn Ausschau zu halten, einfach nur, um irgendetwas tun zu können. Sie überlegte, von wem sie sich ein Auto borgen könnte. Dann fiel ihr ein, dass es für Privatwagen gar kein Benzin mehr gab.

Als sie die Küche betrat, räumte Kitty gerade das Frühstück fort, das Hugh nicht angerührt hatte.

»Nicht einmal einen kleinen Bissen hat Ihr Mann zu sich genommen«, sagte sie vorwurfsvoll. »Nur einen Schluck Tee getrunken.«

Pamela ließ sich am Küchentisch nieder und erzählte Kitty, dass Will vermisst wurde.

»Machen Sie sich keine Sorgen, der taucht schon wieder auf. Spätestens wenn er hungrig ist«, entgegnete Kitty ungerührt. »Möchten Sie im Esszimmer oder in der Küche frühstücken?«

Pamela fehlte die Kraft, sich ins Esszimmer zu schleppen. »In der Küche.«

Kitty reichte ihr einen Teller mit Toastscheiben. »Sie müssen etwas essen, sonst kommen Sie nicht durch den Tag.«

Der Morgen schien sich endlos zu ziehen. Pamela versuchte, Miriam einen Brief zu schreiben, und schaffte es nicht. Am Mittag zwang Kitty sie, ein Sandwich mit Heringspastete zu essen, das Pamela widerwillig hinunterwürgte.

Immer wieder überlegte sie, ob es noch Freunde von Will gab, deren Eltern sie nicht angerufen hatte, doch ihr fiel niemand mehr ein.

Sie trat hinaus auf den Flur, starrte auf das Telefon und beschwor es, zu klingeln.

Ihre Gefühle wechselten ständig. Mal geriet sie vor Sorge außer sich und malte sich für ihren Sohn die schlimmsten Gefahren aus. Mal wurde sie zornig, weil sie sich vorstellte, Will hätte sich aus dem Staub gemacht, um sich vor der

Aufnahmeprüfung in Oxford zu drücken – oder er vergnügte sich irgendwo mit einem Mädchen. In solchen Momenten fragte sie sich, wie er ihnen so etwas antun konnte.

Am Nachmittag legte sie sich auf das Sofa im Wohnzimmer. Die Sorge und die durchwachte Nacht hatten sie ausgelaugt. Sie schloss die Augen und dämmerte ein.

Im Halbschlaf hörte sie, dass die Eingangstür geöffnet wurde, und fuhr hoch. Hugh konnte es nicht sein, dazu war es zu früh, und Fremde hätten geklingelt. Nur Kitty und Will hatten außer ihr noch einen Schlüssel. Sie stürzte hinaus in den Flur.

Es war Will, der sie anstrahlte, als wäre nichts gewesen, sich mit den Fingern durch die Haare fuhr und merkwürdig euphorisch wirkte.

»Kitty«, rief Pamela in die Küche. »Er ist da!«

Sie nahm Will in die Arme, drückte ihn an sich und wollte ihn nicht mehr loslassen.

»Sie haben Ihren Eltern einen ordentlichen Schreck eingejagt«, antwortete Kitty aus der Küche. »Ihre Mutter war krank vor Sorge.«

Pamela löste sich von ihrem Sohn und winkte ihn mit sich ins Wohnzimmer. Kitty brachte einen Teller mit Sandwiches, den sie vor Will stellte. Will bedankte sich und nahm sich eines.

»Es tut mir leid, Mum.«

Pamela wollte wütend werden, doch ihre Erleichterung war zu groß. »Mr Heywood hat mich gestern angerufen und mir mitgeteilt, dass du vermisst wirst. Was glaubst du, wie dein Vater und ich uns gefühlt haben?«

»Entschuldige.« Will schluckte einen Bissen hinunter. »Ich konnte es euch vorher nicht sagen. Ihr hättet alles getan, um es zu verhindern.«

Ein ungutes Gefühl breitete sich in Pamelas Magengrube aus. »Was? Was hätten wir verhindern wollen?«

Mit einem schweren Seufzer legte Will sein Sandwich ab. »Ich war bei der Royal Air Force in Boscombe Down. Bin von der Schule aus zu Fuß dorthin gelaufen. Letzte Nacht habe ich in einer Scheune geschlafen und mich heute Morgen freiwillig gemeldet. Und dann bin ich per Anhalter nach London gefahren.«

»Gemeldet?«, fragte Pamela entgeistert. »Bei der Air Force?«

Will nickte. »Ich gehöre jetzt dazu. Bin schon gemustert worden. Nun bin ich Flugschüler.«

»Nein!« Pamela starrte ihren Sohn an. »Wie konntest du das tun? Du weißt doch, wie wir zu Krieg und Waffen stehen. Und was ist mit dem College … und der Aufnahmeprüfung in Oxford?«

»Schule und Studium sind für Kinder.« Will schnaubte verächtlich. »Glaubst du, ich gehe weiter zur Schule, wenn andere Jungen in meinem Alter für unser Land kämpfen? Seit Kriegsbeginn hatte ich deswegen Schuldgefühle. Ich kam mir wie ein Drückeberger vor.«

Pamela spürte, wie der Zorn wieder von ihr Besitz ergriff. »Wir sind Quäker, Will, oder hast du das vergessen?

Wenn du unbedingt an diesem Krieg teilnehmen musst, hättest du dich als Sanitäter melden können.«

Will sah sie mit wütend blitzenden Augen an. »Um ein Feigling zu sein und mich dann wie Onkel Tommy erschießen zu lassen?«

In Pamelas Ohren begann das Blut zu rauschen. »Mein Bruder war kein Feigling. Hast du überhaupt eine Vorstellung, wie viel Mut dazu gehört, den Kriegsdienst aus Gewissensgründen zu verweigern und dich als Sanitäter jeden Tag von deinen Kameraden bespucken zu lassen? Weißt du, wie es ist, wenn der Garten deiner Eltern von empörten Nachbarn verwüstet wird? Wenn deine Schwester die Haustür öffnet und einen Haufen Kot auf der Schwelle findet?«

Will rieb seine Schläfen. »Okay, du hast recht. Es tut mir leid, Onkel Tommy war tapfer. Ihr alle wart es. Aber ich möchte einen anderen Weg gehen.«

Pamela bedeckte ihr Gesicht mit den Händen und schüttelte den Kopf. Sie verstand nicht, wie Will, den sie als friedliebenden Quäker erzogen hatte, sich der Royal Air Force hatte anschließen können. Sie ließ die Hände sinken. »Ich bin gespannt, was dein Vater dazu sagt.«

Kapitel 16

Bereits am frühen Morgen war Josef ins Institut gefahren, hatte seinen Kittel übergestreift und am Labortisch Platz genommen.

Er legte ein Reagenzglas, eine Spritze und eine Pipette zurecht, richtete sie exakt in einer Reihe aus und stellte zwei Glaskolben dazu. Als Nächstes fettete er zwei Gummistöpsel ein, die passgenau sitzen mussten, um zu verhindern, dass bei dem anstehenden Versuch Gas entwich.

Mit halbem Ohr nahm er die Geräusche seiner Umgebung wahr – das Brummen des Dunstabzugs, das Blubbern der Wasserpumpe, das Summen der automatischen Rührer. Sie umhüllten ihn, blendeten die Außenwelt aus und verliehen ihm das Gefühl, an einem vertrauten, sicheren Ort zu sein.

Von jeher hatte er die Naturwissenschaften geliebt, die Präzision seiner Arbeit, die Konzentration, die dabei Voraussetzung war. Und wie dann lange Phasen geduldiger Versuche mit aufsehenerregenden Entdeckungen belohnt wurden.

Seit Miriam fort war, verbrachte er mehr Zeit als zuvor im Labor. Hier kontrollierte er das Geschehen, hier ging es um seine Forschung, seine Experimente. Dagegen fiel ihm das Zusammensein mit seiner Frau schwer, obwohl er sich bemühte, über Evas eigenmächtige Entscheidung, Miriam zu verschicken, hinwegzukommen, und ihr wieder zu vertrauen.

Manchmal dachte er sogar, dass Eva vielleicht richtig gehandelt hatte. Denn wenn er ehrlich war, musste er sich eingestehen, wie sehr es ihn beunruhigte, dass immer mehr jüdische Familien aus der Josefstadt verschwanden. Falls er einmal bei Tagesanbruch aufwachte und nicht mehr einschlafen konnte, trat er ans Fenster. Häufig entdeckte er dann eine Familie unten auf der Straße, die mit gesenkten Köpfen bei ihren Koffern stand und darauf wartete, von einem Wagen abgeholt zu werden. Täglich wurden Deportationslisten mit den Namen derer veröffentlicht, die als Nächste ihre Wohnungen verlassen mussten, und niemand wusste genau, wohin die Menschen gebracht wurden. Jeden Tag überflog er diese Listen panisch, um zu sehen, ob irgendwo sein und Evas Namen standen.

In solchen Momenten verspürte er so etwas wie Erleichterung, Miriam in England zu wissen, so blieb dem Kind wenigstens die ständige Angst und Unsicherheit erspart, in der sie lebten. Doch wenn er in der Zeitung von den deutschen Bombenangriffen auf englische Städte las, verkrampfte sich sein Herz. Seine Hoffnung war, dass eine Schule, die wie Hinton Hall mitten auf dem Land lag, den Luftkrieg nicht zu spüren bekam.

Er dachte an Miriams letzten Brief. Er lag zwar schon

eine Weile zurück, doch darin hatte sie beschrieben, wie sie vor Präsident Beneš gesungen hatte, und dazu ein Bild gemalt. Der Gedanke, dass ihre Lehrer Miriams Talent erkannt hatten, machte ihn glücklich.

Er führte eine Kanüle in einen Gummistöpsel und setzte ihn auf einen Kolben. Vorsichtig schraubte er die Flasche Ammoniakwasser auf, gab eine geringe Menge in die Kanüle und verband sie mit einem zweiten Gefäß. Dann stellte er den Bunsenbrenner auf kleine Flamme. Das Ammoniakwasser durfte nicht zu heiß werden, sonst würde es verdunsten.

Josef war so sehr in seine Arbeit vertieft, dass er nicht hörte, wie sich die Tür öffnete. Erst als jemand neben ihm stand, hob er den Kopf und sah, dass es Swoboda, der Institutsleiter, war. Er wollte wissen, wie weit Josef mit dem Projekt gekommen war.

»Ich versuche, den Prozess mit Ammoniak zu verfeinern.«

Swoboda legte die Unterlagen, die er dabeihatte, auf dem Labortisch ab und begutachtete den Kolben mit der blubbernden Flüssigkeit. »Glauben Sie, wir schaffen es, den Deutschen die Blausäure in der gewünschten Menge zu liefern?«

Josef hob die Schultern. »Von welcher Menge ist denn die Rede?«

Swoboda wich Josefs Blick aus. »Alles in allem etwa zehntausend Tonnen. Natürlich sind wir nicht die einzigen Produzenten, eigentlich nur einer der kleinsten.«

Josef zog die Brauen hoch. »Zehntausend Tonnen zur Schädlingsbekämpfung?«

Noch immer sah Swoboda ihn nicht an. »Die Deutschen wollen das Gift auch in Gefängnissen einsetzen.«

»Was? Aber dort sind Menschen.«

»Die Gefängnisse sind überfüllt.« Swoboda schnippte ein unsichtbares Stäubchen von seinem Jackett. »Die Zellen sind voller Ungeziefer. Der Plan sieht vor, die Insassen zu evakuieren, während das Gift eingesetzt wird. Wenn sich die Gase verflüchtigt haben, kehren die Insassen zurück und haben schädlingsfreie Zellen. Mir scheint das eine gute Lösung.«

Josef überschlug die Zahl der Anwendungen in seinem Kopf. »Zehntausend Tonnen sind trotzdem sehr viel, nur für das Ungeziefer in den Gefängnissen.«

Swoboda wandte sich der Tür zu. »Man hat mir gesagt, sie wollen damit auch Rinder töten. Auf schmerzlose Weise.«

Josef furchte die Stirn. »Das verstehe ich nicht. Warum sollen die Tiere nicht wie bisher geschlachtet werden? Warum will man riskieren, dass das Gift in die Nahrungskette gelangt?«

Swoboda zog die Tür auf. »Wir müssen das nicht verstehen, Kolischer. Unsere Aufgabe ist es, den Befehl der Deutschen auszuführen. Und das bitte bald.«

*

Laut brummend holperte die De Havilland DH.91 über die Startbahn, wurde schneller und hob ab.

Will spürte den Druck auf seinen Ohren, hörte, wie das

Fahrwerk eingezogen wurde. Der Lärm der Triebwerke flaute ab.

Will lehnte sich zurück und streckte die Hände, die er vor Nervosität zu Fäusten geballt hatte. Er durfte nicht nervös sein, schließlich wollte er Pilot werden.

Für einen Moment schloss er die Augen. Die vergangenen Tage waren anstrengend gewesen – die zahllosen Formulare, die er unterschreiben musste, die Auseinandersetzung mit seinen Eltern.

Sein Vater war außer sich gewesen, als er von Wills Entscheidung erfuhr. Er hatte darauf bestanden, dass Will das Vorbereitungstrimester für Oxford beendete, konnte nicht fassen, dass sein Sohn sich freiwillig gemeldet hatte, ohne zuvor mit seinen Eltern darüber gesprochen zu haben.

Seine Mutter hatte ihn nur noch mit vorwurfsvollem Gesichtsausdruck angeschaut. Wie konnte er die Überzeugung der Quäker missachten, seine Erziehung, den Glauben, der einen großen Teil ihrer Identität ausmachte, hatte ihre Miene besagt. *Für dich ist dieser Glaube wichtig,* hätte er seiner Mutter am liebsten geantwortet. *Für mich nicht.* Er hatte es nicht getan, es hätte sie nur umso mehr verletzt.

Seltsamerweise war es Miriam gewesen, die seinen Entschluss beinahe ins Wanken gebracht hätte.

In strömendem Regen waren sie nach Hinton Hall gefahren, wo er sich von Miriam verabschieden wollte. Seine Eltern hatten kaum ein Wort mit ihm gesprochen, nur das Brummen des Motors und das rhythmische Hin und Her der Scheibenwischer hatten die Stille unterbrochen.

In Hinton Hall hatte er Miriam das Geburtstagsgeschenk überreicht, ihr alles Gute gewünscht und ihr schließlich erklärt, was er vorhatte. Sie hatte nichts gesagt, nur ihre Arme um ihn geschlungen und ihren Kopf an ihn gedrückt. Als er sich vorsichtig von ihr befreite, war sein Hemd feucht von ihren Tränen, und er hatte sich gefragt, wie er diesem Mädchen erneut eine Trennung zumuten konnte.

Aber wie sollte er mit sich leben können, wenn er nicht gegen die Nazis kämpfte? Er dachte an die Piloten, die die RAF während der Luftschlacht der Deutschen bereits verloren hatte, mutige und fähige junge Männer, die ihr Leben für ihr Land gelassen hatten, während er gelernt und Sport getrieben hatte.

Dann war der Anwerber der RAF im College erschienen. Er schilderte ihnen die Notwendigkeit des Kampfs, schlug ihnen vor, sich zu Piloten ausbilden zu lassen. Will wollte sich sofort melden, nur der Gedanke an die Reaktion seiner Eltern hatte ihn zurückgehalten.

Später an jenem Tag übte er vor dem Rugby-Training Sprungtritte – und kam sich kindisch vor. In diesem Moment hatte er seine Entscheidung gefällt. Sie hatte ihm zwar Angst gemacht, doch er hatte gewusst, dass es die richtige war.

Etliche seiner Kameraden im Flugzeug verließen nun

ihre Plätze, unterhielten sich, lachten, boten einander Süßigkeiten an.

Will stand der Sinn noch nicht nach Kameradschaft, lieber schaute er aus dem kleinen Seitenfenster auf die Landschaft unter ihm – die geschrumpften Felder, die Straßen, die nur noch dünne Striche, Baumkronen, die zu Punkten geworden waren, hier und da ein streichholzkopfgroßes Gefährt.

Bald würden sie die Weite des Atlantiks überqueren, unter ihm nur noch Luft und Wasser, bis sie die kanadische Küste erreichen würden.

Will hatte England nur ein Mal vor Jahren für die Reise in die Tschechoslowakei verlassen, und geflogen war er bisher noch nie. Doch seine Nervosität ließ allmählich nach. Er konnte es kaum noch erwarten, mit seiner Ausbildung zu beginnen.

Es tat ihm leid, dass er seine Eltern verletzt und enttäuscht hatte, aber er war immerhin schon achtzehn Jahre alt, hatte gelernt, eigenständig zu denken. Er wollte nicht mehr behütet werden, wollte keine Privilegien mehr genießen, sondern aktiv werden und sein Land verteidigen. Es kam ihm vor, als würde sein Leben jetzt erst beginnen.

Er setzte sich gerade hin und zog die Broschüre der RAF hervor, die sie alle bekommen hatten. »Grundzüge des Flugtrainings« stand in Weiß auf blauem Grund. Darunter war das Wappen der RAF abgebildet, ein Adler mit ausgebreiteten Schwingen, darüber eine Krone.

Großbritannien benötigte nun so viele Piloten, dass dem Land die Ausbildungskapazitäten fehlten, zumal die besten unter den Fluglehrern selbst Luftangriffe flogen. Der Nachwuchs wurde daher zu einem Teil in Kanada geschult. Will hatte nichts dagegen. Die Distanz würde verhindern, dass seine Eltern ihn immer wieder aufsuchen konnten, um ihm Vorwürfe zu machen.

Er schlug die Broschüre auf und begann zu lesen.

Als die De Havilland Stunden später in Ottawa landete, kannte Will den Text beinahe auswendig.

*

Eva war zum jüdischen Gemeindehaus gelaufen, um die gelben Sterne für ihr Familie abzuholen.

Als sie mit ihnen zurückkehrte, saß ihre Mutter am Fenster und stopfte eine Socke ihres Manns. Ihr Haar war nun vollkommen weiß, die Falten in ihrem Gesicht hatten sich tiefer eingegraben. Die Socke, die sie über ein Stopfei gespannt hatte, schien nur noch aus dünn gewordener Wolle und geflickten Stellen zu bestehen.

Eva stellte die Tüte mit den Sternen bei ihr ab.

»Was hast du da?«, fragte ihre Mutter.

Eva öffnete die Tasche und holte gelbe, schwarz geränderte Stoffsterne heraus.

»Diese Schmach trifft jetzt also auch uns.«

Eva zuckte mit den Schultern. »Damit haben wir doch gerechnet.« Sie war nicht mehr bereit, sich immer wieder neu von den Deutschen ängstigen zu lassen, wollte ihnen den Triumph nicht gönnen. »Ich durfte sogar für unsere Sterne bezahlen.«

Ihre Mutter suchte das passende Garn aus ihrem Nähkasten heraus. »Hol mir die Mäntel aus dem Flur. Das Beste wird sein, die Sterne mit Stolz zu tragen. Sie als Ehrenbezeichnung zu betrachten.«

Am Abend nahmen sie wie üblich eine wässrige Suppe zu sich. Anschließend wuschen Eva und ihre Mutter ab, die beiden Männer setzten sich ins Wohnzimmer, um die Nachrichten zu hören. Danach griff Evas Mutter wieder zu ihren Näharbeiten. Eva setzte sich an den Esstisch, um ihrer Tochter einen Brief zu schreiben.

Wie warm es ihr ums Herz wurde, wenn sie einen Brief von Miriam erhielt, die inzwischen selbst schreiben konnte. Wie stolz es sie gemacht hatte, zu lesen, dass Miriam für Präsident Beneš gesungen hatte. Und wie froh es sie stimmte, zu wissen, dass es Miriam in Hinton Hall gut ging, dass sie fleißig lernte, spielen konnte und Freundinnen gefunden hatte. Auch ihre Lehrer mochte sie.

Eva wappnete sich für den schwierigen Brief, den sie ihrer Tochter nun schreiben musste. Schon viel zu lange hatte sie Miriam die Realitäten ihres Lebens in Prag verschwiegen, ihr stattdessen kleine, harmlose Anekdoten aus der Nachbarschaft mitgeteilt, in einer geschönten Form geschildert, wie es ihr, Josef und ihren Eltern ging. Wenn sie sich über die Lebensmittelknappheit äußerte, verband sie das mit der Beschreibung neuer Rezepte, die sie und ihre Mutter sich ausgedacht hatten. Immer ging es ihr darum, ihre Tochter nicht zu ängstigen.

Nun aber war es an der Zeit, ihr die Wahrheit zu sagen, denn dies könnte für lange Zeit ihr letzter Brief an Miriam sein.

Sie wusste nicht, ob ihre Tochter schon in der Lage sein würde, alles zu verstehen, hoffte jedoch, dass ältere Schüler oder Lehrer ihr dabei helfen – und sie trösten würden.

Eva atmete tief durch und begann.

Mein liebes Schätzchen,

diesen Brief musst Du sorgfältig aufheben, damit Du ihn immer wieder lesen kannst. Zeig ihn Deinen Lehrern, wenn Du etwas nicht verstehst, sie werden es Dir erklären.

Du weißt sicher noch, dass Dein Vater in einem wissenschaftlichen Institut arbeitet. Dort hat er in den letzten Jahren etwas Ähnliches wie ein Medikament entwickelt, mit dem man vielen kranken Menschen das Leben retten kann.

Eva überlegte, ob sie Miriam auch schreiben sollte, dass ihre Nachbarin von den Nazis abgeholt worden war. Dann entschied sie sich dagegen. Sie erinnerte sich, wie Frau Kratz, nachdem sie ihren Namen auf einer der ausgehängten Deportationslisten entdeckt hatte, ihren Schmuck und zwei Gemälde gebracht hatte, mit der Bitte, sie bis zu ihrer Rückkehr aufzubewahren. Am Vortag war die Gestapo in den frühen Morgenstunden erschienen. Eva hatte gehört, wie sie mit den Fäusten an die Tür ihrer Nachbarin geschlagen hatten. Kurz darauf war Frau Kratz unten auf der Straße in einen Lastwagen getrieben worden.

Noch immer wusste niemand genau, wo die Lager waren, in die die Juden der Josefstadt geschafft wurden. Es hieß, sie lägen in dem besetzten Polen.

Jeden Tag wurden Juden abgeholt, in die Josefstadt zogen immer mehr Nichtjuden.

Eva hatte gehofft, Josefs Arbeit werde sie vor dem Schicksal der anderen jüdischen Familien bewahren, doch er war nicht mehr gewillt, seine Forschung in den Dienst der Nazis zu stellen. Inzwischen lebten sie mit der gleichen Furcht wie alle anderen Juden der Josefstadt.

Schweren Herzens schrieb sie weiter.

Nun aber haben die Nazis von Deinem Vater verlangt, ein Gift herzustellen, mit dem man Schädlinge bekämpfen kann. Aber man kann auch Menschen damit töten. Deshalb weigert sich Dein Vater, den Befehl auszuführen. Ich weiß, dass er das Richtige tut, aber den Nazis wird das nicht gefallen.

Es kann sein, dass wir unsere Wohnung verlassen müssen und für die Zeit, die der Krieg noch dauert, mit anderen Juden in einem Lager untergebracht werden.

Ich weiß nicht, ob ich Dir von dort schreiben kann. Trotzdem möchte ich nicht, dass Du Dir Sorgen um uns machst.

Wir alle lieben Dich unendlich, mein süßes Schätzchen, und wir werden jeden Tag beten, dass wir bald wieder zusammen sein können. Bis dahin musst Du tapfer warten.

Und vergiss nicht, was ich Dir beim Abschied gesagt habe: Wenn Du traurig bist, drückst du Lilli an Dich und stellst Dir vor, dass ich Dich in diesem Augenblick fest umarme.

In Gedanken werden Dein Vater, ich und Deine Großeltern immer bei Dir sein.

In Liebe

Deine Eltern

Eva hatte zu weinen begonnen. Sie schob den Brief fort, damit keine Tränen darauf fielen.

Sicherlich würde der Brief Miriam verstören, andererseits dürfte es in Hinton Hall viele Kinder geben, die von ihren Eltern ganz ähnliche Nachrichten erhielten.

Sie dachte an die Grausamkeit der Nazis, die in den Ländern, in denen sie herrschten, den Juden das Leben zur Hölle machten, einer Minderheit, die zu schwach war, sich gegen die Machthabenden zu wehren.

Eine Zeit lang hatten sie und Josef überlegt, Prag zu verlassen – hatten so lange überlegt, bis es zu spät war. Nun waren die Grenzen geschlossen und der Versuch, sie bei

Nacht und Nebel zu überqueren, galt als Flucht, worauf die Todesstrafe stand. Abgesehen davon waren ihre Eltern zu alt, um den Strapazen einer heimlichen Flucht standhalten zu können. Daher blieb ihnen nichts anderes übrig, als voller Furcht darauf zu warten, dass ihre Namen auf einer Deportationsliste erschienen.

Eva barg ihr Gesicht in den Händen. Das Schlimmste von allem war die Vorstellung, Miriam vielleicht nie mehr sehen zu können.

*

Will gab Schub und lenkte die Tiger Moth, das einmotorige Doppeldeckerflugzeug, in dem er fliegen lernte, über das Rollfeld.

Er wurde schneller, gab noch mehr Schub und hielt das Flugzeug mit dem Seitenruder auf Kurs.

Dann hob er ab, stieg auf, bis er eine Höhe von gut siebenhundert Fuß erreicht hatte. Er lehnte sich zurück und atmete tief durch. Es war sein sechster Schulungsflug, allmählich gelang ihm der Start schon recht gut.

Captain Maslen, der hinter ihm saß, zeigte ihm den nach oben gereckten Daumen.

Will blickte nach unten, sah Wiesen und darauf weiße Tupfer, die Schafe waren. Die Tiger Moth begann zu wackeln. Will stabilisierte sie.

Es hieß, beim Schulungsflug mit dieser Maschine erkenne man, wer ein guter und wer ein großartiger Pilot werden würde. Will hatte vor, zu Letzteren zu gehören. Er befahl sich, das Flugzeug ganz ruhig zu halten, weder zu wackeln noch zu überkorrigieren. Überhaupt musste er so viel bedenken, hatte so viel lernen müssen, dass die Büffelei für die Aufnahmeprüfung in Oxford nichts dagegen war.

Allerdings hatte er in Maslen einen fantastischen Fluglehrer, der sich kaum aus der Ruhe bringen ließ. Nur selten sah man ihn ohne Pfeife. Bis kurz vor Abflug rauchte er, auch nach der Landung griff er als Erstes nach seiner Pfeife. Seine ganze Uniform war von seinem Tabakgeruch getränkt.

Das, was Will besonders an Maslen schätzte, war, dass er nie wütend wurde. Nur ein Mal, als Will der Start missglückt war, hatte Maslen gerufen, er solle sich zusammenreißen.

»Wie wär's mit einer Rolle?«, fragte er nun.

Will schluckte. »Nichts lieber als das.«

»Gut, ich übernehme die Steuerung. Um die Lage des Flugzeugs zu verfolgen, behalten Sie bitte die Tragflächen im Auge.«

Will richtete seinen Blick nach draußen.

Gleich darauf kippte das Flugzeug. Dann hing plötzlich der Horizont schief, die Felder und Wiesen unter ihnen verschwanden, wurden vom Himmel ersetzt.

Will lachte nervös. Er hing kopfüber in seinem Gurt, spürte den Druck der Lederriemen. Der Gedanke, er könne den Gurt nicht richtig geschlossen haben, schoss ihm durch den Kopf. Oder was, wenn einer der Riemen riss?

Dann verschwand der Himmel unter ihnen, wurde wieder von Wiesen und Feldern abgelöst.

Will atmete tief aus.

Maslen klopfte ihm auf die Schulter.

Kapitel 18

Mitte des Jahres 1942 wurden in Prag neue antijüdische Gesetze erlassen. Nun durften Juden sich von ihrer Wohnung aus nur noch in einem Radius von dreißig Kilometern bewegen. Seit einer Weile schon war es ihnen verboten, ein Geschäft oder Unternehmen zu besitzen. Es folgten Berufsverbote. Dann durften sie weder Restaurants besuchen, noch Kinos und Theater, durften bestimmte Geschäfte nicht betreten und keine Frisörsalons aufsuchen. Auch Besuche der Synagoge wurden verboten. Die Kinder durften nicht mehr zur Schule gehen. Wohnungen, Autos und Radios wurden konfisziert, Synagogen und Friedhöfe zum großen Teil zerstört. In den wenigen Geschäften, in denen die Juden einkaufen durften, konnten sie ihre Besorgungen nur bis fünfzehn Uhr machen.

Und immer schwebte die Angst über ihnen, ihre Namen auf einer Deportationsliste zu finden oder von der jüdischen Polizei informiert zu werden, dass sie demnächst abgeholt würden.

Als es schließlich geschah, empfand Eva es beinahe als Erleichterung.

Es begann in den frühen Morgenstunden. Eva wurde wach, weil sie jemanden laut an die Haustür klopfen hörte. Sofort schlug ihr das Herz bis zum Hals. Sie warf einen Blick auf Josef, der nichts mitbekommen hatte und weiterschlief. Hastig streifte sie ihren Morgenmantel über, verließ leise das Schlafzimmer und eilte die Treppe hinunter. Auf dem Weg brach ihr der Angstschweiß aus, sie konnte ihn sogar riechen.

Ihr Geruch und ihre Nachtkleidung waren ihr peinlich, als sie die Tür öffnete, doch der Mann, der draußen stand, trug den gelben Stern auf seiner Jacke, und ihre Verlegenheit verflog. Er war Mitglied der jüdischen Polizei.

Er wünschte ihr einen guten Morgen und reichte ihr ein Formular und einen Stift. »Bitte unterschreiben Sie den Bescheid.«

Eva setzte ihre Unterschrift darauf, ohne den Bescheid zu lesen. Als sie ihn zurückreichte, wich der Mann ihrem Blick aus. »Sie haben noch Glück«, sagte er. »Sie, Ihr Mann und Ihre Eltern kommen in das Lager Terezín. Finden Sie sich heute punkt neun Uhr in der Sammelstelle der Messehalle ein. Alles Weitere steht in dem Bescheid.« Er händigte ihr Transportnummern aus.

Eva hatte von diesem Lager gehört. Es befand sich in Nordböhmen, nicht allzu weit von der deutschen Grenze entfernt. Früher einmal war es eine österreichische Festungsanlage gewesen. Ein Teil hatte als Militärzuchthaus gedient, dort waren politische Gefangene inhaftiert worden. Nun war Terezín – oder Theresienstadt, wie die Deutschen es nannten – ein Gefängnis für die Menschen, die die Nazis als »unerwünschte Personen« bezeichneten.

Der Mann von der jüdischen Polizei verabschiedete sich.

Mit hämmerndem Herzen stieg Eva die Treppe hinauf. Alle ihre Namen standen auf dem Bescheid, auch die ihrer Eltern. Nicht einmal ein vorgerücktes Alter konnte jemanden vor der Verfolgung der Deutschen bewahren.

Vor dem Zimmer ihrer Eltern blieb sie stehen, dann drückte sie die Tür lautlos auf. Eng nebeneinander lagen ihre Eltern im Bett, suchten noch im Schlaf den Trost des anderen.

Leise zog sie die Tür wieder zu und schlich weiter zu ihrem Schlafzimmer. Josef schlief noch immer, atmete tief und regelmäßig.

Am Fuß des Betts standen die beiden Reisetaschen, die Eva vorsorglich gepackt hatte. Zwei Wolldecken waren darin, Unterwäsche, feste Schuhe, ein Erste-Hilfe-Kasten, auf dem Josef bestanden hatte, zwei Taschenlampen, Kerzen, Streichhölzer, zwei Schreibblöcke und Stifte. Bei ihrem Aufbruch würden sie so viel Kleidung wie möglich übereinander tragen und wenn möglich noch etwas in die Reisetaschen stopfen. Fünfzig Kilo Gepäck durfte jeder bei sich haben. Wie wollte man den Besitz eines Lebens in fünfzig Kilo unterbringen?

Plötzlich erinnerte Eva sich wieder an den Marktstand, den sie gesehen hatte, als sie für Miriam ein Geburtstagsgeschenk gesucht hatte. Dort war all das feilgeboten worden, was aus jüdischen Wohnungen und Häusern geraubt worden war. Würden nun auch ihre Besitztümer auf einem Stand landen und verschleudert werden?

Sie legte sich zu Josef, schmiegte sich an ihn, um sich zu wärmen und seinen vertrauten Geruch einzuatmen. Dann weckte sie ihn sanft.

Einige Stunden später stiegen sie, jeder mit einer vollen Reisetasche ausgestattet, in den hinteren Teil einer Straßenbahn – Juden war es nicht gestattet, sich vorn aufzuhalten –, die sie zur Messehalle am Bahnhof Holešovice bringen würde.

Als sie die große Halle betraten, schlug Eva als Erstes das Geruchsgemisch aus Schweiß und Desinfektionsmitteln entgegen. Dann nahm sie das Stimmengewirr wahr, sah die vielen Menschen, die mit verstörten Mienen auf dem Fußboden saßen. Babys schrien, kleine Kinder weinten, eine alte Frau fuhr ein Kind an, es solle endlich still sein. Am anderen Ende der Halle lagen erschöpfte Menschen auf dem Boden und schliefen.

Eva entdeckte einen Mann, der auf seinem Koffer saß und Geige spielte – eine Passage aus Beethovens Violinkonzert.

Sie sah sich nach dem Platz für ihre Familie um, nahm die Quadrate auf dem Fußboden wahr, auf denen Transportnummern standen. Nach längerem Suchen entdeckten sie die ihnen zugewiesenen Bereiche. Am Rand des Saals lagen schmuddelig aussehende Matratzen. Eva griff sich zwei und legte sie auf ihre Plätze. Ihre Mutter machte aus zwei Koffern einen Tisch.

»Was meint ihr, wie lange wir hierbleiben müssen?«, fragte Josef.

Eva antwortete ihm nicht. Woher sollte sie wissen, wie lange sie auf den Abtransport warten mussten?

Ihre Mutter schaute zu zwei Mädchen hinüber, die Hand in Hand umherwanderten, das eine mit langen Zöpfen, das andere mit einem Bubikopf. Sie waren ungefähr in Miriams Alter. »Gut, dass Miriam in England ist«, sagte sie.

Josef zuckte mit den Schultern. »Falls sie dort sicher ist.«

»Du weißt, dass Hinton Hall auf dem Land liegt«, antwortete Eva gereizt. »Und die Deutschen greifen bekanntlich nur englische Städte an.«

Josef erwiderte nichts. Er beobachtete die Mutter vor ihnen, die unter dem finsteren Blick eines SS-Manns ein brüllendes Baby in den Armen schaukelte, um es zu beruhigen. »Ich weiß, es ist meine Schuld, dass wir hier sitzen«, sagte er schließlich. »Wenn ich nicht geglaubt hätte, ich müsste mein Forschungsprojekt abschließen, hätten wir die Tschechoslowakei rechtzeitig verlassen.«

Eva zuckte mit den Schultern. »Wohin hätten wir denn gehen sollen? Und wovon hätten wir in einem anderen Land gelebt?«

»Und dann habe ich ein Projekt der Nazis abgelehnt. Ich hätte es übernehmen sollen.«

Eva seufzte. »Du hast das Projekt abgelehnt, weil es um ein Gift ging, mit dem man Menschen töten kann.«

Evas Vater zitierte eine Stelle aus dem Talmud. »›Wer ein Menschenleben rettet, dem wird es angerechnet, als würde er die ganze Welt retten. Und wer ein Menschenleben zu Unrecht auslöscht, dem wird es angerechnet, als hätte er die ganze Welt zerstört.‹«

Evas Mutter holte für jeden einen Blechnapf aus ihrem Koffer. »Offenbar wird da vorn etwas zu essen ausgeteilt.« Sie half Evas Vater aufzustehen.

»Essen?«, wunderte Eva sich. »Es ist erst halb elf.«

Dann entdeckte sie die Menschen, die sich angestellt hatten. Jeder hatte ein Behältnis in der Hand. Einige unterhielten sich miteinander, andere starrten blicklos ins Leere. Von draußen drang ein undefinierbarer Essensgeruch herein.

Erst gegen Mittag erreichten sie die Stelle, wo das Essen von Mitgliedern der jüdischen Gemeinde ausgeteilt wurde – ein Brei aus Kartoffeln und wässriger Soße.

Sie verzehrten ihr Mahl im Freien, wuschen ihre Blechnäpfe in der verdreckten Toilette aus und kehrten zu ihren Plätzen zurück.

Gegen Mitternacht dämmerte Eva ein und wurde wenig später wieder von dem Stimmengemurmel und der allgemeinen Unruhe im Saal geweckt. Sie stützte sich auf und beobachtete im trüben Licht einer Deckenlampe eine Mutter mit einem Kleinkind. Das Kind wirkte schlaftrunken und klammerte sich an seine Mutter. Dann fing es an zu weinen.

Eva dachte an ihren Abschied von Miriam. Wie ihre Tochter plötzlich begriffen hatte, dass sie allein verreisen sollte, und schluchzend die Fäuste an das Zugfenster geschlagen hatte. Sie fragte sich, wie sie auf ihren letzten Brief reagiert hatte –, und verdrängte den Gedanken. Sie wollte es sich nicht vorstellen. Lieber malte sie sich etwas Schönes aus, etwa wie Miriam vor Präsident Beneš gesungen hatte. Im Geist hörte sie die süße Stimme ihrer Tochter, sah ihre stolz funkelnden Augen vor sich – und lächelte.

Und schon kam die nächste Erinnerung herangeschwebt, aus der Zeit, als Miriam noch ganz klein war. Da war sie oft unter den Klavierschemel gekrochen, wenn Eva spielte. Und manchmal, wenn Eva das Sostenuto-Pedal betätigte, hatte sie Miriams Hand gespürt, die ihr Bein streichelte. Und wenn sie eine Pause machte, hörte sie den leisen Atem ihrer Tochter. Es kam auch vor, dass Miriam aufstand, Evas Beine umschlang und ihren Kopf in Evas Schoß barg. Dann spielte Eva eine ganz sanfte Melodie.

Mit diesen Bildern im Kopf schlief sie wieder ein.

Gegen Morgen träumte sie von Otto, von seinem hysterischen Lachen, seiner Brutalität, seinem Gewicht auf ihr. Seinen feuchten Händen auf ihrem Körper. Sie hörte die anfeuernden Rufe der anderen Jungen und ihr brüllendes

Gelächter. Erneut sah sie, wie ihr die Kette mit dem Davidstern abgerissen wurde.

Schweißgebadet wachte sie auf. War Otto womöglich in dieser Halle, gehörte er zu den SS-Männern, die Wache hielten? Hat er so den Albtraum ausgelöst?

Mit wild klopfendem Herz setzte sie sich auf und blickte sich um. In dem grauen Tageslicht, das durch die Fenster hereinsickerte, sah sie, wie andere Menschen wach wurden, sich aufrichteten, sich vergewisserten, dass ihre Koffer noch da waren.

Eva ließ ihren Blick über die SS-Leute wandern. Keiner von ihnen hatte weißblondes Haar. Sie drückte eine Hand auf ihre Brust und wartete darauf, dass ihr Herzschlag sich beruhigte.

»Was hast du?«, fragte ihre Mutter und musterte Eva besorgt.

»Nur schlecht geträumt.«

»Den üblichen Traum?«

Eva nickte.

Sie und ihre Eltern sprachen nur selten über jenen Abend auf dem Alten Jüdischen Friedhof, doch Eva wusste noch, wie ihr Vater bei ihrer Rückkehr vom Tisch aufgesprungen war. Der Kidduschbecher war umgefallen, der Rotwein hatte sich über die weiße Spitze der Tischdecke ergossen. Im Geist hörte sie den Schrei ihrer Mutter, als ihr Blick auf Evas zerrissene Kleidung fiel.

Plötzlich hatte Eva den Geschmack bitterer Galle im Mund. Sie schloss die Augen und dachte an die besänftigenden Klänge des Wiegenlieds, das sie damals im Sanatorium komponiert hatte.

Irgendwann am Morgen erhielten sie den Befehl, sich nach draußen zu begeben. Vom Bahnhof Holešovice aus würde es nun in Richtung Theresienstadt gehen.

Sie sammelten ihr Gepäck ein. Ihre Wertsachen hatten sie am Vortag abgeben müssen, vermutlich rechnete kaum einer von ihnen damit, jemals etwas davon wiederzusehen.

Als sie alle draußen waren und vor Anspannung verstummten, knisterte es mit einem Mal in den Lautsprechern des Bahnsteigs. Dann ertönte eine Männerstimme, die in gleichgültigem Tonfall fragte, ob sie gut geschlafen hätten.

Evas Vater schnaubte verächtlich.

»Wir freuen uns, Sie heute in eine hübsche, kleine Stadt bringen zu können, wo Sie ein neues Leben beginnen werden.«

»Das Land, wo Milch und Honig fließen«, murmelte Evas Vater. Evas Mutter gebot ihm zu schweigen.

»Dort wird man sich um Sie kümmern, und Sie werden helfen, einen Ort zu erschaffen, wo Juden in Freiheit leben können.«

Josef drehte sich zu Eva um. »Vielleicht ist es wahr«, flüsterte er.

Eva gab ihm keine Antwort.

Im Zug saß sie am Fenster und blickte auf die vorbeiziehende Landschaft, auf flache Felder und Wiesen in allen möglichen Grüntönen, auf Pappelalleen. Dann und wann glitzerte ein Flüsschen in der Sonne. Sie durchfuhren kleine Dörfer, in den Blumenkästen an den Häusern blühten feuerrote Geranien. An einem Häuschen goss eine ältere Frau die Blumen in ihrem Garten. Was hätte Eva darum gegeben, an ihrer Stelle zu sein und sich um Pflanzen kümmern zu können, in einer Gegend, die so friedlich wirkte, als gäbe es nirgendwo Krieg. Sie fragte sich, wie sie ihr Leben in Prag jemals hatte eintönig finden können. Nun beneidete sie ihr früheres Ich. Damals hatte sie noch nicht gewusst, dass es besser war, sich zu langweilen als zu fürchten.

Eva tastete nach Josefs Hand und betrachtete die blaugrauen Hügel in der Ferne, dann die Holundersträucher auf den Ufern der Gleise, den weißen Schaum ihrer Blüten. Sie sah ein Weizenfeld, durchsetzt von rotem Klatschmohn.

Josef drückte ihre Hand. »Ich stelle mir gerade vor, wie Miriam ihre Reise nach England erlebt hat.« Weder er noch Eva waren jemals im Ausland gewesen.

»Auf dieser Strecke wird sie das Gleiche wie wir gesehen haben.«

»Inzwischen muss sie ein ganzes Stück gewachsen sein«, sagte Evas Mutter. Sie und Evas Vater saßen Eva und Josef gegenüber. »Sicherlich trägt sie schon die großen Röcke, die ich ihr genäht habe.«

Eva erinnerte sich an die rot und orange gemusterte Stola, aus der ein Rock für Miriam geworden war. Wahrscheinlich passte er ihr nicht mehr, Miriam war nun seit drei Jahren in England. Jedes der Kleidungsstücke, die sie mitgenommen hatte, wäre ihr nun zu klein. Doch das sagte Eva ihrer Mutter nicht.

Sie versuchte, sich Miriam in englischer Kleidung vorzustellen, wusste jedoch nicht genau, wie diese Kleidung aussehen könnte. Sie hatte Fotos von englischen Internatsschülern gesehen, darauf hatten alle strenge Kostüme oder Anzüge getragen.

Sie fragte sich, ob Miriam mittlerweile kurze oder noch immer schulterlange Locken hatte. Benutzte sie das Haarband noch, das Eva ihr genäht hatte? Drückte sie Lilli noch an sich und malte sich aus, wie ihre Mutter sie umarmte, oder lag die Puppe nun achtlos in einer Ecke?

Auf ihren letzten Brief hatte sie nie eine Antwort erhalten, entweder weil Miriam ihn nicht bekommen hatte oder weil ihre Antwort in der Post verloren gegangen war. Sie bezweifelte, dass sie in Terezín die Möglichkeit hätte, Briefe zu versenden. Für sie war Terezín kein Ort, an dem sie sich ein neues Leben aufbauen würden. Sie hatte in Prag genug darüber gehört, um zu wissen, dass es ein abgeschlossenes, von der SS streng bewachtes Lager war, das sie nicht verlassen durften.

Eva berührte den gelben Stern an ihrem Mantel. Anfangs war es ihr unangenehm gewesen, den Stern zu tragen und sich auf der Straße den neugierigen, mitleidigen oder verächtlichen Blicken nichtjüdischer Passanten auszusetzen. Doch schließlich hatte sie gelernt, andere Juden anzulächeln und den gelben Stern mit Stolz zu tragen, wie ihre Mutter gesagt hatte.

Sie schrak aus ihren Gedanken auf, als die Waggontür aufgerissen wurden und SS-Männer hereinkamen, die »Aufstehen!« brüllten.

Die Reisenden erhoben sich und wichen den Blicken der SS-Leute aus. Jemand ließ einen Apfel fallen, der über den Boden rollte. Niemand wagte es, ihn aufzuheben.

In den Augen von Evas Mutter stand die nackte Panik. In einem Versuch, mutig zu wirken, straffte Evas Vater seine Schultern, doch es war nur die hoffnungslose Geste eines verängstigten alten Mannes.

Bei den SS-Männern war ein junger Jude, der als Ordner eingesetzt worden war. Mit nervöser Miene lief er über den Gang und zählte die Menschen, meldete achtundzwanzig Frauen, sechsundzwanzig Männer und sechs Kinder.

Einer der SS-Männer runzelte die Stirn und schien nachzuzählen. Dann gingen sie weiter.

Während die Reisenden sich wieder auf ihren Plätzen niederließen, ertönte aus dem nächsten Waggon Gebrüll und es klang, als würde jemand geschlagen.

Eva sah, wie eine Frau auf der anderen Seite des Gangs die Armstützen ihres Sitzes so fest umklammerte, dass die Knöchel ihrer Hände weiß hervortraten. »Sie schlagen meinen Jungen«, sagte sie und erhob sich halb, als wollte sie ihrem Sohn zu Hilfe eilen. Dann sank sie zurück und schlug die Hände vor ihr Gesicht.

Wenig später kehrte der junge Ordner zurück. Sein Gesicht war von den Schlägen gerötet und geschwollen. »Habe mich verzählt«, erklärte er seiner Mutter. Trotzig fügte er hinzu: »Aber ein paar Hiebe machen mir nichts aus.«

Wenig später näherten sie sich ihrem Ziel. Bereits in der Messehalle hatten sie gelernt, dass sie das Lager von nun an »Theresienstadt« zu nennen hatten.

In brütender Hitze verließen sie den Zug schließlich auf dem Bahnhof Bauschowitz. Den zwei Kilometer langen Weg nach Theresienstadt mussten sie mit ihrem Gepäck zu Fuß zurücklegen.

Eva spürte, wie ihr der Schweiß über den Rücken lief. Unter ihrem Wintermantel trug sie einen Pullover und eine Bluse mit langen Ärmeln. Es waren Sachen für den Winter, denn als sie sich ankleidete, war sie sicher gewesen, dass sie auch im Winter noch in diesem Lager sein würde. Die anderen, die aus dem Zug stiegen, waren ähnlich warm angezogen. Josef stöhnte und wischte sich Schweiß von der Stirn.

Sie folgten einem ausgetretenen Weg. Hier und da standen Kinder am Straßenrand, die sie neugierig anstarrten, bevor ihre Eltern sie in die Häuser scheuchten.

Schließlich kamen sie an einer Festungsanlage an, die ganz offenkundig aus einer früheren Zeit stammte. Der Wall hatte einmal einen gelben Verputz gehabt, der war mittlerweile verdreckt oder abgebröckelt. Man erkannte die darunterliegende rote Ziegelmauer. Das Ganze machte einen verlassenen Eindruck.

»Wo sind die vielen Menschen, die hierher deportiert wurden?«, fragte Evas Mutter leise.

Eva zuckte mit den Schultern.

Sie durchquerten eine sogenannte »Schleuse«, wo ihr Gepäck erneut von SS-Wachen durchsucht und zum Teil konfisziert wurde.

Danach gelangten sie in das Innere des Geländes, mit den Kasernen, Zellenblöcken, Werkstätten und der SS-Kommandantur.

Eva warf einen Blick auf die Fenster der Kasernen. Bei einigen waren die Scheiben zerbrochen, die Löcher mit Lumpen oder Pappe geflickt. In einer Kaserne sah man bleiche Männergestalten hinter den Fensterscheiben. Einige winkten, doch keiner kam heraus.

Hinter Eva raunte jemand: »Das scheint ein Bau zu sein, den man nicht verlassen darf.«

Wie schrecklich, an einem schönen Sommertag eingesperrt zu sein, fuhr es Eva durch den Sinn.

Vor ihnen stand eine Gruppe SS-Leute. Eine raue Stimme brüllte: »Männer nach links, Frauen und Kinder nach rechts!«

Eva hatte gehört, dass die Familien in den Konzentrationslagern getrennt wurden, jedoch gehofft, in Theresienstadt wäre es vielleicht anders. Dem war nicht so.

Sie umarmte Josef. »Auf Wiedersehen, Liebling.«

Josef drückte sie an sich und flüsterte, dass er sie liebe.

Evas Mutter klammerte sich weinend an ihren Mann, der wie versteinert wirkte. In ihren vielen Ehejahren waren

Evas Eltern nur selten getrennt gewesen, und alles, was sie durchgemacht hatten, hatten sie gemeinsam getragen. Wie sollten sie nun ohne einander auskommen?

Kapitel 19

Will war sich darüber im Klaren, dass sein Vater ihm grollte und er seiner Mutter großen Kummer bereitet hatte. Daher war es für ihn nicht einfach, in einem Brief nach Hause Worte zu finden, die so unverfänglich waren, dass sie die Situation nicht verschlimmern würden. Seufzend griff er nach seinem Stift.

RAF Greenham Common
13. Juni 1942

Liebe Mum, lieber Dad,
ich hoffe, es geht euch gut. Habt ihr in jüngster Zeit etwas von Miriam gehört? Grüßt sie von mir, wenn ihr unserem kleinen Mädchen das nächste Mal schreibt.

Und macht euch um mich keine Sorgen. Ich fühle mich hier wohl, denn für mich gibt es kaum etwas Schöneres, als zu fliegen. Es ist einfach großartig, in der Luft zu sein, unter einem nur die Wolken – ich fühle mich dort unglaublich frei und näher bei Gott als während unserer Andachten.

Die letzte Bemerkung würde seine Mutter hoffentlich trösten, dachte Will. Zudem entsprach sie der Wahrheit. Bei den Andachten, an denen er mit seinen Eltern teilgenommen hatte, in stickigen Gebetsräumen voll hustender, schniefender und mit den Füßen scharrender Menschen, hatte er sich stets gefragt, wie seine Mutter es schaffte, an diesem Ort mit Gott in Verbindung zu treten. Er selbst hatte es immer wieder versucht und nie das Gefühl gehabt, seine Gebete würden irgendwo ankommen.

Beim Fliegen war das anders. Wenn er mit der Hawker Hurricane, einem schnellen Jagdflugzeug, beim Aufsteigen die Wolkendecke durchbrach, um ihn herum nur endloses Blau und gleißende Sonne, war ihm, als spürte er eine höhere Macht, und er wurde inmitten des Kriegs von einem Gefühl des Friedens durchdrungen.

Er schrieb weiter.

Bald soll ich für einige Tage Urlaub bekommen und werde euch besuchen. Vielleicht kann ich dann auch Miriam wiedersehen, oder bleibt sie während der Sommerferien in Hinton Hall?

Nach seiner Ausbildung in Ontario war Will zusammen mit einem großen Kontingent amerikanischer Soldaten auf einem zum Kriegsschiff umgerüsteten Handelsschiff nach England transportiert worden. Jeder von ihnen hatte sich vor den Angriffen deutscher U-Boote gefürchtet, doch das Schiff hatte die Reise unbeschadet überstanden.

Nach der Ankunft in England besuchte er als Erstes seine Eltern, die ihm, noch immer unversöhnlich, einen frostigen Empfang bereiteten. Anschließend fuhr er weiter zum RAF-Militärflugplatz Greenham Common in Berkshire, um dort den zweiten Teil seiner Ausbildung zu absolvieren. Er hatte ihn gerade abgeschlossen, da wurde er schon als Jagdflieger eingesetzt.

Mittlerweile war er bereits etliche Male in Jägerverbänden als Geleitschutz für britische Bomber bis in die Nähe der deutschen Grenze geflogen, doch darüber durfte und wollte er seinen Eltern nichts schreiben. Zum einen waren derartige Informationen geheim, zum anderen würde er sie mit solchen Geschichten nur umso mehr aufregen. Lieber hielt er sich an harmlose Begebenheiten.

Seit Kurzem sind auch tschechische Piloten in meiner Staffel. Mit einem von ihnen habe ich mich angefreundet. Nach dem Einmarsch der Deutschen in die Tschechoslowakei ist er mit seiner Familie nach Polen geflohen und von dort aus nach England. Falls es euch recht ist, bringe ich ihn irgendwann einmal mit nach Hause.

Alles Liebe von
eurem Will

*

Miriam schrieb den Brief an ihre Eltern im Bett, mit dem Kopfkissen im Rücken und einer festen Unterlage auf den angezogenen Knien. Mit dem Füllfederhalter, den die Denisons ihr zu Weihnachten geschenkt hatten, konnte sie, wie sie fand, besonders schön schreiben.

Liebe Mami, lieber Papa,

es ist schon lange her, seit Mami mir geschrieben hat, dass ich vielleicht eine Zeit lang nichts von euch hören würde. Wann schreibt ihr mir denn wieder? Es macht mir Angst, wenn ich nicht weiß, wie es euch geht.

Seid ihr in das Lager gezogen, von dem Mami geschrieben hatte? Warum schickt ihr mir nicht eure neue Adresse? Ich wünschte, ich könnte zu Präsident Beneš gehen und ihn um Hilfe bitten, aber das ist leider nicht möglich.

Bitte schreibt mir. Mittlerweile kann ich fast alles auf Tschechisch lesen.

Wie gern ich euch wiedersehen würde. Ihr fehlt mir so sehr, und ich denke jeden Tag an euch.

In Hinton Hall gefällt es mir noch immer. Samstags dürfen wir nach Whitchurch gehen. Am vergangenen Samstag sind meine Freundin Olga und ich mit Fahrrädern dorthin gefahren. Wir waren im Kino und haben Dumbo, der fliegende Elefant gesehen. Der Film hat mir gut gefallen.

Danach waren wir bei Woolworth und haben uns von unserem Taschengeld etwas gekauft. Manche Kinder haben für ihre Eltern etwas gekauft. Das hätte ich auch gern getan, aber ich weiß ja nicht, wohin ich euch etwas schicken soll.

Also habe ich mir Süßigkeiten und eine kleine Blechflöte gekauft. Leider klingt sie nicht schön.

Wahrscheinlich hofft Mami immer noch, ich würde eines Tages wunderbar Klavier spielen, aber ich glaube, dass ich besser singen als Klavierspielen kann.

Im Geist sah Miriam sich wieder in ihrem Wohnzimmer in Prag am Klavier. Wie oft hatte ihre Mutter sie angehalten, gerade zu sitzen. Dabei hatten sich ihre dünnen Finger in Miriams Schultern gedrückt und sie zurückgebogen. Miriam hatte nie gern Klavier gespielt, erst recht nicht, wenn von draußen der Lärm spielender Kinder in ihre Wohnung drang. Aber schon als kleines Kind hatte sie gern gesungen.

Mittlerweile gibt unsere Lehrerin, Frau Černý, mir Gesangsunterricht. Im Schulchor hat sie »Česká Píseň« von Smetana mit uns einstudiert. Es klingt sehr schön, aber wenn ich es singe, muss ich immer an Prag denken und kriege Heimweh. Ich wünschte, ihr könntet uns hören. Manchmal stelle ich mir sogar vor, ihr wärt im Publikum und würdet bei unseren Lehrern und den anderen Schülern sitzen. Mami würde mit gespitzten Ohren zuhören und mir hinterher sagen, was ich besser machen könnte. So war es auch bei unseren Klavierstunden.

Aber ich habe viel von Dir gelernt, liebe Mami. Allein euch allen zuliebe werde ich immer mein Bestes geben.

Bitte, bitte schreibt mir bald.

Ich küsse und drücke euch alle – auch Großpapa und Großmama.
In Liebe
Eure Miriam

*

Hampstead
22. Juni 1942

Lieber Will,
danke für Deinen Brief und dafür, dass Du die Zeit gefunden hast, uns trotz Deines aufreibenden Lebens zu schreiben. Bei der Lektüre Deiner Briefe denke ich oft an Churchills Rede, die ich im Radio gehört habe, als die Deutschen ihren Krieg gegen die Sowjetunion begonnen haben. Er hat davon gesprochen, Hitler in der Luft zu bekämpfen, bis wir mit Gottes Hilfe die Erde von seinem Schatten und die Völker von seinem Joch befreit haben. Und nun gehören Du und Deine Kameraden zu denen, die genau das tun und für die Freiheit kämpfen.

Du weißt, wie sehr Dein Vater und ich anfangs gegen Deine aktive Teilnahme an diesem Krieg waren. Wir sind es noch immer. Doch ich muss zugeben, dass sich in meine Ablehnung und meine Angst um Dich ein Gefühl des Stolzes mischt – ebenso wie die Freude darüber, dass Du bei Deinen Flügen Gottes Nähe spürst. Pass gut auf Dich auf, mein Junge.

Ebenso freut es mich, dass Du unter Deinen Kameraden Freunde findest. Natürlich kannst Du Deinen tschechischen Freund bei einem nächsten Besuch mitbringen. Er wird uns willkommen sein.

Von uns gibt es nicht viel Neues zu berichten. Dein Vater tut sich mit Churchill nach wie vor schwer, bewundert jedoch seine Entschlossenheit im Kampf gegen Deutschland. Ich bin der Meinung, dass wir zurzeit mit ihm den richtigen Mann an der Spitze haben.

Kitty geht es gut. Sie hilft mir mittlerweile auch, indem sie sich um Lebensmittel anstellt. Seit Neuestem sind Käse und Eier rationiert. Wir machen unsere Omelettes nun aus Eipulver.

Ich hoffe, die RAF gibt Dir genug zu essen. Wenn nicht, schreib es mir, dann schicke ich Dir das, was ihr »Fresspaket« nennt.

Das Haus der Familie Collins unten an der Straße wurde zerbombt. Sicher erinnerst Du Dich noch an sie? Sie haben eine Tochter in Deinem Alter. Glücklicherweise waren sie während des Angriffs nicht zu Hause. Danach hatten wir sie für einige Tage bei uns einquartiert, so lange, bis sie eine neue Unterkunft gefunden hatten. Außerdem haben wir in der Nachbarschaft Kleidung, Möbel und Haushaltsgeräte für sie gesammelt. Ich bete, dass uns so ein Schicksal erspart bleibt.

Deinen Vater sehe ich nur noch kurz am Morgen und spätabends. Die restliche Zeit verbringt er im Foreign Office. Wenn er am Sonntag einmal Zeit hat, mit zur An-

dacht zu kommen, schläft er bis kurz vorher und legt sich auch danach sofort wieder hin.

Da es in den Geschäften kaum noch Kinderkleidung gibt, stricke ich für Miriam Pullover und nähe ihr Kleider und Röcke. Es ist unglaublich, wie schnell das Mädchen wächst. Auch Dir werde ich einen Pullover stricken.

Die Töchter der Pallisers sind übrigens im militärischen Ersatzdienst WAAF. Was der Junge macht, kann ich Dir nicht sagen.

Von Miriam weiß ich, dass sie seit Langem nichts mehr von ihren Eltern gehört hat. Ich befürchte, dass die Nazis die Eltern deportiert haben. Ich bin froh, dass Miriam wenigstens uns hat.

Nun muss ich aufhören. Kitty will mit mir zusammen eine Pastete machen – die, die ich allein fabriziere, scheinen nie was zu werden.

Bleib gesund, mein Junge, und lass bald wieder von Dir hören.

In Liebe

Mum

Kapitel 20

Noch immer hatte Miriam nichts von ihren Eltern gehört, und ihre Sorge wuchs. Wenn sie morgens, auf dem Weg zum Frühstücksraum, die Treppe hinunterlief, warf sie als Erstes einen Blick auf den Tisch in der Eingangshalle, auf dem die Tagespost abgelegt wurde, und jedes Mal wünschte sie sich sehnlichst, dort einen Brief mit der peniblen Handschrift ihres Vaters zu entdecken – oder die verschnörkelten Buchstaben, die ihre Mutter schrieb. Doch jedes Mal wurde sie enttäuscht. An der Post oder den Deutschen konnte es nicht liegen, andere Schüler bekamen durchaus Briefe aus der besetzten Tschechoslowakei. Aber die Briefstapel wurden jeden Tag kleiner, und die Kinder, die Post erhielten, wurden von den Lehrern gebeten, ihre Freude aus Rücksicht auf die, die seit Langem vergeblich auf ein Lebenszeichen ihrer Familie warteten, zu verbergen.

Wenn Miriam dann mit leeren Händen zum Frühstückraum trottete, hatte sich ihr Magen verkrampft und ihr war, als könne sie nicht mehr richtig atmen.

Als sie an diesem Morgen wieder keinen Brief vorfand, drohte ihre Furcht überhandzunehmen. Sie schaute auf die große Standuhr im Flur. Kurz vor sieben. Sie hatte noch eine halbe Stunde Zeit, bevor das klebrige, geschmacklose Porridge und das weiche Brot ausgeteilt wurden. Sie schlüpfte durch die Eingangstür hinaus ins Freie.

Draußen atmete sie tief durch und richtete ihren Blick auf den blassblauen Morgenhimmel sowie den hellen Klecks Sonne, der im Osten durch die Bäume schimmerte. Der Druck auf ihrer Brust ließ nach.

Sie folgte dem Pfad durch die Wiesen. Dabei stellte sie sich vor, sie wäre wieder zu Hause, hätte mit ihrer Mutter einen Ausflug in die ländliche Umgebung Prags gemacht. Ihre Mutter hätte ihre Hand gefasst und würde ihr mit großer Begeisterung erzählen, welche Klavierstücke sie schon als Kind hatte spielen können. Sie sänge Lieder und würde Miriam auffordern, mit einzustimmen.

Aus den Wiesen stieg eine Lerche auf und stieß trillernde Laute aus. Miriam beschattete die Augen mit der Hand und sah dem Vogel nach, bis er sich in den dunstigen Höhen verlor. Sie erinnerte sich an das Stück »The Lark Ascending«, von Vaughan Williams, das ihre Mutter auf dem Klavier gespielt hatte, und versuchte die Triller zu imitieren.

Als sie den kleinen See erreichte, blieb sie stehen. Eine leichte Brise kräuselte das Wasser. Im Geist hörte sie die Stimme ihres Vaters: »Schwimmen ist gefährlich. Das Wasser ist voller Keime und Bakterien, die dich krank machen können. Außerdem kann man sich auch an warmen Tagen beim Schwimmen erkälten.«

Mr. Čapek, ihr Sportlehrer, hatte ihnen das Schwimmen beigebracht, aber es war ihnen verboten, ohne Aufsicht zu schwimmen. Miriam blickte sich rasch um. Es war niemand da.

Schnell zog sie sich aus und watete in den See, der noch ziemlich kalt war. Auf ihren Armen bildete sich Gänsehaut, doch dann überwand sie sich, warf sich ins Wasser und zerteilte es mit schnellen Stößen.

Die Gedanken, die sie bedrückt hatten, verflogen. Sie spürte nur noch das frische Nass auf der Haut, sah, wie die Sonne auf dem See glitzerte, und fing an, langsam und genüsslich zu schwimmen.

In Gedanken sah sie einen Briefumschlag auf dem Flurtisch liegen, und war plötzlich voller Hoffnung, dass sie bei ihrer Rückkehr eine Nachricht ihrer Eltern vorfinden würde. Sie schwamm zurück.

Am Ufer kleidete sie sich eilig an, lief zurück und lockerte ihr Haar mit den Fingern, damit es schneller trocknete.

Als sie in den Frühstücksraum trat, war kaum noch ein Platz frei. Ihre Freundin Olga winkte ihr, sie solle sich zu ihr setzen, und deutete auf die Schale Porridge, die sie für Miriam bereitgestellt hatte.

Mit hängenden Schultern ließ Miriam sich bei ihr nieder. Auf dem Tisch in der Eingangshalle hatte immer noch kein Brief für sie gelegen.

*

Wie Eva festgestellt hatte, gab es für sie nur einen Weg, ihr Leben in Theresienstadt zu ertragen – indem sie sich wann immer möglich in sich zurückzog und in Gedanken eine andere Welt betrat. Wie früher, als sie noch Klavierschülerin war, malte sie sich dann aus, sie wäre eine ganze Note oder eine Doppelganze, blendete ihre Umgebung aus und ließ um sich herum Stille entstehen.

Oder sie erinnerte sich an ihr Kinderzimmer, wo sie gelesen und geträumt hatte. Wie oft hatte sie sich nach einem unschönen Schultag dorthin geflüchtet. Auch dieses Gefühl der Geborgenheit versuchte sie so oft wie möglich herbeizurufen. Wenn es ihr gelang, konnte sie das Elend in der Hamburger Kaserne vergessen – die Gerüche nach Urin, Schweiß, fauligen Essensresten und verdreckten Matratzen, die Ratten, die herumhuschten, die juckenden Flohstiche auf der Haut.

Schon nach dem Überfall auf dem Alten Jüdischen Friedhof hatte Eva gelernt, wie man etwas Belastendes verdrängte und für sich die Worte des Propheten Jesaja übernommen: »Darum hab ich mein Angesicht hart gemacht wie einen Kieselstein; denn ich weiß, dass ich nicht beschämt werde.«

Doch den schweren, keuchenden Atem ihrer Mutter konnte Eva nun nicht ausblenden. Sie drehte sich zu ihr um und legte eine Hand auf ihre Stirn. Sie war schweißfeucht. Noch schlief ihre Mutter, doch sie lagen alle so dicht gedrängt, dass Eva die fiebrige Hitze der Kranken spürte.

Am Morgen würde sie zum Ältestenrat gehen, beschloss sie, und darum bitten, dass jemand mit medizinischen Kenntnissen nach ihrer Mutter sah.

Sie rückte sich zurecht, suchte nach innerer Ruhe und fand sie nicht.

Als die Aufseherin sie am Morgen weckte, schaffte Eva es nicht, ihre Mutter wach zu bekommen. Allerdings hatte sie im Schlaf wieder dünnflüssigen Stuhl ausgeschieden. Mit einem alten Putzlappen versuchte Eva die beschmutzten Stellen zu reinigen. Die Kleidung ihrer Mutter würde sie in die Wäscherei schmuggeln. Offiziell durften sie ihre Sachen nur alle drei Wochen waschen.

Eva nahm ihre Kleider von den Nägeln, die als Garderobenhaken in die Wand geschlagen waren, zog sich an und lief in den Waschraum, um sich frisch zu machen.

Anschließend verzichtete sie auf das karge Frühstück, um mit dem Ältestenrat zu sprechen. Danach musste sie sich zur Arbeit melden.

Auf dem Weg über den Marktplatz glaubte sie in einem der Gemüsegärten jemanden zu sehen, den sie vor langer Zeit in Prag gekannt hatte – einen Mann, dessen Haar mittlerweile schütter geworden war. Er erinnerte sie an Gabriel Schmidt, einen der Klavierlehrer, die am Prager Konservatorium unterrichtet hatten. Hätte sie mehr Zeit gehabt, wäre sie zu ihm gelaufen, um zu festzustellen, ob er es wirklich war.

Sie betrat die Magdeburger Kaserne, wo der Ältestenrat seine Büros hatte.

Aaron Rathstein, einer der Ältesten, saß an seinem Schreibtisch, vor ihm ein Stapel Namenslisten. Etliche Namen waren durchgestrichen.

Eva erklärte, sie brauche einen Arzt oder ein Medikament. Ihre Mutter sei krank, habe Fieber und sei am Morgen nicht einmal wach geworden.

»Noch eine Kranke.« Rathstein setzte seine Brille ab und rieb seine Lider. »Einer nach dem anderen wird krank, und ich habe keine Ahnung, was ich dagegen unternehmen soll. Wissen Sie, wie viele hier allein gestern gestorben sind?«

Eva schüttelte den Kopf.

»Über hundert. Und jeden Tag werden es mehr. Wenn man mich fragt, haben die Leute Typhus.« Rathstein zog seine Schreibtischschublade auf und nahm ein Tablettenröhrchen heraus. »Aspirin.« Er schüttelte zwei Tabletten in Evas Hand. »Etwas anderes habe ich nicht. Sehen Sie zu, dass Ihre Mutter sie mit sauberem Wasser einnimmt.«

»Danke.« Eva steckte die Tabletten ein und verabschiedete sich.

Sie hastete zur Wäscherei, wo sie seit ihrer Ankunft arbeitete. Die Wäscherei lag außerhalb der Lagermauern in einem Gebäude der alten Mühle an der Egerbrücke, und eigentlich war die Begleitung einer Lagerwache dorthin vorgeschrieben, doch an diesem Morgen reichte es aus, dass Eva ihren Passierschein vorzeigte.

Bevor sie krank wurde, hatte ihre Mutter in der Schneiderei gearbeitet und war mit ihren Aufgaben zufrieden gewesen.

Das konnte Eva von ihrer Arbeit in der Wäscherei nicht behaupten.

Schon an der Tür schlug ihr der Lärm der großen Waschmaschinen und Mangeln entgegen, ebenso der Geruch verschmutzter Kleidung und billigen Waschmittels. Zudem war die Luft so feucht und warm, dass ihr umgehend der Schweiß ausbrach.

Sie griff nach einem schmutzigen Wäschebündel und begann die einzelnen Teile nach Material zu sortieren. Die Kochwäsche warf sie zum Einweichen in die großen Holzbottiche.

Elsa, eine Frau, mit der Eva häufig zusammenarbeitete, hockte sich zu ihr. Ihre dunklen Locken klebten verschwitzt an ihrer Stirn. »Hast du schon gehört?«, murmelte sie.

»Was?«, fragte Eva.

Elsa blickte sich verstohlen um. Als sie sicher war, dass keine der Aufseherinnen zu ihnen schaute, sagte sie: »Es werden weitere Transporte erwartet.«

»Das glaube ich nicht«, antwortete Eva. »Wo sollen die Leute denn noch untergebracht werden?«

Elsa zog die Brauen hoch. »Hast du nicht mitgekriegt, wie viele von hier verschwinden? In meinem Schlafsaal mussten heute Morgen schon wieder ein paar Frauen packen.«

Eva wischte sich Schweiß von der Stirn. »Was heißt das, sie ›verschwinden‹?«

»Sie kommen in andere Lager, weiter im Osten. Dort sollen Arbeitslager sein.«

»*Arbeitslager*?« Um ein Haar hätte Eva gelacht. »Und wie nennen sie dann das hier?«

Elsa zuckte mit den Schultern und kehrte zu ihrem Arbeitsplatz zurück.

Den ganzen Morgen ließ Eva sich Elsas Worte durch den Kopf gehen. Über die Lager im Osten hatte es Gerüchte gegeben. Es hieß, dass sie weitaus schlimmer als Theresienstadt seien. Was, wenn Theresienstadt nur eine Zwischenstation wäre und sie und ihre Familie ebenfalls nach Osten transportiert würden? In ihrem gegenwärtigen Zustand würde ihre Mutter keine weitere Bahnreise überstehen.

Auch in der Mittagspause verzichtete Eva auf ihr Essen und nutzte die Zeit, um nach ihrer Mutter zu sehen und ihr die Tabletten zu geben. Auf dem Weg füllte sie ihren Trinkbecher im Waschraum mit Wasser.

Ihre Mutter hatte noch immer Fieber und ihre Haut schien sich gelblich verfärbt zu haben, doch sie war wenigstens wach. »Ich habe solche Kopfschmerzen«, flüsterte sie.

Eva hielt den Kopf ihrer Mutter, während diese versuchte, die Tabletten mit Wasser zu schlucken. Immer wieder würgte sie die Tabletten hervor. Eva musste den

Becher noch einmal füllen, bis ihre Mutter es schließlich schaffte, das Aspirin zu schlucken, und entkräftet zurücksank.

Eva holte Papier und Stift aus ihrer Reisetasche und schrieb Josef, ihre Mutter sei sehr krank und ob auch er von den Transporten nach Osten gehört habe. Anschließend faltete sie das Stück Papier zu einem winzigen Viereck zusammen.

Auf dem Rückweg in die Wäscherei steckte sie die klein zusammengefaltete Nachricht einem Insassen zu, der aus der Männerkaserne schmutzige Wäsche brachte, und bat ihn, es Josef Kalischer zu geben. Der Mann nickte und verbarg Evas Kassiber in seinem Schuh.

Am nächsten Tag schmuggelte derselbe Mann Eva Josefs Antwort zu. *Habe mit deinem Vater gesprochen. Wir fürchten, dass Deine Mutter Typhus hat. Sprich mit den Ältesten, sag ihnen, dass sie in Quarantäne muss. Die SS-Leute werden es erlauben, sie haben Angst, sich anzustecken.*

Eva fragte sich, wie ihr Vater die Nachricht, dass seine geliebte Frau krank geworden war, verkraftet hatte.

Statt an den Ältestenrat, entschied Eva, sich gleich an die Lagerkommandantur der SS zu wenden. Zwar war es Juden verboten, die SS-Leute anzusprechen, doch sie sagte sich, mehr als davonjagen konnte man sie nicht.

Sie lief an dem kleinen Park vorüber, wo bereits das erste bunte Herbstlaub auf den Wegen lag. Kurz vor der Schleuse hielt sie inne und beschloss, die SS-Männer anzusprechen, die das Gepäck der Angekommenen nach Wertsachen durchsuchten.

Zwei SS-Männer waren dort bei der Arbeit, warfen Uhren, Bücher und Schmuck achtlos auf einen Haufen.

Einer von ihnen hatte weißblondes Haar, und Eva dachte, ihr Herz bliebe stehen. Sie hörte seine Stimme, als er sich mit dem anderen unterhielt. Sie war noch immer ein wenig hoch. Dann stellte sie sich sein Lachen vor – schrill und hysterisch.

Eva befahl sich, ruhig zu stehen und nicht zu zittern, doch ihr Herz schlug wie wild.

»Entschuldigung«, sagte sie auf Deutsch.

Die beiden Männer wandten sich um.

War es Evas Einbildung oder flackerte in Ottos Augen so etwas wie Wiedererkennen auf? War an ihr noch etwas von der sechzehnjährigen Eva vorhanden? Ihre Haarfarbe war die gleiche wie damals, dank der Lebensmittelknappheit der vergangenen Jahre war sie auch wieder schlank wie ein junges Mädchen, doch davon abgesehen war sie mittlerweile deutlich gealtert.

Falls sie in Otto eine Erinnerung wachgerufen hatte, dann nur für einen Moment. Sein Blick wurde wieder kalt und abweisend.

»Was willst du?«

»Meine Mutter ist krank. Ich glaube, sie hat Typhus. Sie muss in Quarantäne.«

»Herrgott nochmal«, entgegnete Otto angewidert.

»Schaff sie ins Spital.« Hastig füllte er ein Formular aus und hielt es Eva hin. »Das ist die Genehmigung. Zeig sie dort vor.«

Eva griff nach dem Formular und flüchtete, bevor ihre Beine nachgeben konnten.

Kapitel 21

Beim ersten Tageslicht ging es los – der Himmel zinngrau, die herbstliche Luft empfindlich kalt. Auf dem Weg zur Hurricane konnte Will seinen Atem sehen.

Im Lauf setzte er seine Lederhaube auf. Die Bodenmannschaft hatte das Jagdflugzeug schon betankt und munitioniert.

Will kletterte ins Cockpit. Er startete das Flugzeug, kontrollierte die Steuerelemente, alles war in Ordnung. Dann lenkte er die Hurricane über die Startbahn, gab Schub und hob ab.

Tomáš war vor ihm gestartet und zog seine Maschine steil in die Höhe. Will setzte seine Sauerstoffmaske auf und folgte ihm.

Ohne Zwischenfall überquerten sie den Ärmelkanal.

Als sie die Küste Nordfrankreichs erreichten, hörte Will seinen Freund über Funk rufen: »Banditen – zehn Uhr, hoch. Großes Bomber- und Jägerkontingent.«

Mist, dachte Will, noch weiter nach oben steigen und angreifen war für die Hurricane schwierig. Vorsichtig zog er sie ein Stück höher.

Dann erkannte er die ersten schwarzen Umrisse über

sich, schwere Bomber vom Typ Heinkel He 111 auf dem Weg nach England. Sie hinterließen silbrige Spuren, die sich wie Schlangen ringelten.

Und schon entdeckte er zu seiner Rechten die nächsten. Er ließ sich zurückfallen, näherte sich ihnen von hinten. Dann stellte er seinen Waffenknopf auf »Feuern«, flog dichter an sie heran, doch die Sicht war noch zu schlecht, um zu schießen.

Die Bomber wurden von Jägerverbänden begleitet, Messerschmidts Me 119. Zu viele, um dagegen anzukommen.

Verdammt, schoss es Will durch den Kopf, *das war's dann wohl*. Wo Tomáš war, konnte er nicht sagen.

Schon griffen die Deutschen an. Der MG-Schütze einer Heinkel feuerte über den Rumpf nach hinten, Will sah die Leuchtspurmunition.

Er versuchte auszuweichen, spürte die Explosion, etwas traf sein Bein. Heiße Luft strömte ins Cockpit, wahrscheinlich hatte es den Motor erwischt. Die Hurricane geriet ins Trudeln.

Will rammte seinen Fuß ins Seitenruder. *Endstation*. Sein Flugzeug reagierte nicht mehr. Er versuchte es erneut. Nichts. Die Maschine verlor an Höhe – fing an zu brennen.

Er musste raus.

Will warf die Glashaube des Flugzeugs ab, löste seinen Gurt und den Schlauch seiner Sauerstoffmaske – stieß sich mit den Füßen von seinem Sitz ab. Über ihm schwang der Himmel hin und her.

Er sprang, zog die Reißleine. Der Fallschirm öffnete sich. *Wenigstens das.* Es gab einen Ruck und Will begann zu schweben.

Die Hurricane stürzte in die Tiefe und ging in Flammen auf.

Nach einer Weile ließ der Lärm der Heinkels und Messerschmidts nach.

Wenig später, kurz bevor Will im besetzten Frankreich landete, war nur noch das Rauschen des Windes zu hören.

*

Pamela begutachtete ihr Haar. Die letzte Dauerwelle lag schon eine Weile zurück. Sie fuhr mit den Fingern hindurch, versuchte, ihrer Frisur mehr Fülle zu geben. Es half nur wenig. Sie zog die Schublade ihres Frisiertisches auf und wühlte den rosa Lippenstift hervor, der Hugh gefiel. Wenn sie sich gleich wieder um Lebensmittel anstellte, wollte sie wenigstens einigermaßen manierlich aussehen. In einem Zeitschriftenartikel hatte sie gelesen, selbst im Krieg dürfe eine Frau sich nicht gehen lassen, auch wenn Pamela sich sinnvollere Beiträge vorstellen konnte, als sich zu schminken.

Sie beugte sich zum Spiegel vor, um den Lippenstift aufzutragen. Durch das Fenster, das zur Straße hinausging, nahm sie einen jungen Mann in blauer Uniform wahr. Gleich darauf hörte sie, wie das Tor zu ihrem Vorgarten geöffnet wurde und der Mann über den Kiesweg kam.

Ein Telegrafenbote.

Mit rasendem Herzschlag stürzte sie die Treppe hinunter, riss die Haustür auf und sah den betretenen Blick des Boten. Wortlos nahm sie ihm den Umschlag mit dem Telegramm ab, schloss die Tür und ließ sich auf die unterste Treppenstufe sinken.

Eine Zeit lang hielt sie den Umschlag einfach in der Hand, wusste nicht, ob sie ihn öffnen oder auf Hugh warten sollte. Sie dachte an ein anderes Telegramm vor vielen Jahren, das in ihrem Elternhaus auf dem Kaminsims gestanden und bereits Leid ausgelöst hatte, bevor ihr Vater nach Hause kam und die Nachricht las.

Nein, sie konnte nicht auf Hugh warten, eine solch quälende Ungewissheit hielt sie nicht aus.

Sie öffnete den Umschlag und zog das Telegramm heraus.

Wir bedauern, Ihnen mitteilen zu müssen, dass Ihr Sohn, William Denison, seit dem 3. Juli d. J. als vermisst gilt. Ein Schreiben mit weiteren Einzelheiten folgt.

Immer wieder las sie die Zeilen, versuchte zu erfassen, was sie bedeuteten, und begann am ganzen Leib zu zittern.

»Vermisst« konnte alles Mögliche heißen, sagte sie sich schließlich. Unter »vermisst«, verstand man doch, dass es noch Hoffnung gab. Will könnte einen Absturz überlebt haben und irgendwo in einem Lazarett liegen. Könnte in

Kriegsgefangenschaft sein. »Vermisst« war etwas anderes als »tot«.

Schwerfällig stand Pamela auf, nahm den Hörer des Flurtelefons ab und wählte Hughs Nummer.

Als er spätabends nach Hause kam, sagte Hugh mit rauer Stimme: »Wir hätten niemals zulassen dürfen, dass er in die Royal Air Force eintritt.«

»Wie hätten wir das denn verhindern sollen, nachdem er sich freiwillig gemeldet hatte?«

»Ich hätte jemanden in den oberen Rängen der Air Force kontaktieren und ihn bitten müssen, Will abzulehnen.«

»Deine Beziehungen spielen lassen? Das hätte Will dir nie verziehen. Sogar Churchill hat den Neffen seiner Frau nicht an der Teilnahme am Krieg hindern können, so gern er das auch getan hätte, wie es immer heißt.«

»Giles Romilly ist ein Reporter, der zur falschen Zeit am falschen Ort war. Er hätte nicht in Kriegsgefangenschaft geraten müssen.«

»Will wird auch zum falschen Zeitpunkt am falschen Ort gewesen sein.«

Hugh runzelte die Stirn. »Hast du plötzlich deine Meinung geändert? Ich hatte immer den Eindruck, dass du Will den Eintritt in die Air Force übel nimmst.«

»Das habe ich auch getan. Tue ich noch. Aber ich bin auch seine Mutter. Oxford hat Will nicht interessiert, und die Aufnahmeprüfung hätte er niemals bestanden. Lieber hat er an seinen Modellflugzeugen gebastelt. Wäre er nicht in die Air Force eingetreten, hätte er sich wahrscheinlich als Sanitäter gemeldet und auf die Weise sein Leben riskiert.«

»Ich wollte dir keine Vorwürfe machen.« Hugh griff nach Pamelas Hand. »Wir stehen beide unter Schock. Morgen früh werde ich Erkundigungen einziehen. Vielleicht finde ich dabei mehr heraus.«

»Wir bekommen ja noch einen Brief mit den Einzelheiten«, sagte Pamela niedergeschlagen.

Hugh zog sie hoch. »Komm, lass uns wenigstens versuchen zu schlafen.«

Mit schwerem Schritt folgte Pamela ihm die Treppe hinauf.

Als sie am Morgen allein am Frühstückstisch saß, vor ihr eine kalt gewordene Tasse Tee, läutete es an der Eingangstür.

Pamela sprang auf, drückte eine Hand auf ihr Herz, das zu zerspringen drohte, und lief hinaus in den Flur.

Kitty hatte die Tür bereits geöffnet.

Auf der Schwelle stand ein junger Mann in RAF-Uniform. Eine Sekunde lang dachte Pamela, es wäre Will, und fast hätte sie vor Freude aufgeschrien, dann erkannte sie, dass der Mann kleiner als Will war, auch zierlicher gebaut.

Er nahm seine Uniformmütze ab, trat in den Flur und lächelte unsicher. »Ich bin ein Freund Ihres Sohnes. Tomáš Belinski ist mein Name.« Zögernd streckte er die Hand aus. »Ich bin so schnell gekommen, wie ich konnte.«

Statt die Hand zu nehmen, umarmte Pamela ihn. »Will

hat uns von Ihnen geschrieben.« Einen Moment lang hielt sie sich an Wills Freund fest. Dann winkte sie ihn ins Wohnzimmer und bat Kitty, ihnen Tee und gebutterte Toastscheiben zu bringen.

Tomáš ließ sich auf einem Sessel nieder, Pamela auf dem Sofa gegenüber. Sie wollte die üblichen Höflichkeitsfloskeln von sich geben und stellte fest, dass ihr dazu die Kraft fehlte. Es gab nur eines, das sie interessierte, und das war Wills Schicksal.

Tomáš schien das zu verstehen, auch er hielt sich nicht mit Platitüden auf. »Ich habe gesehen, wie Will nach dem Angriff der Deutschen aus der Hurricane ausgestiegen ist.«

Pamela schnürte sich die Brust zusammen, und sie brachte keinen Ton hervor.

»Die Hurricane ist explodiert.«

Pamela schlug sich die Hände vor den Mund und schluckte den Schrei hinunter, der aus ihrer Kehle wollte.

»Aber Will ist vorher mit dem Fallschirm runtergegangen.« Tomáš beugte sich zu Pamela vor und sah sie eindringlich an. »Das bedeutet, dass er eine gute Überlebenschance hat.«

Pamela spürte, wie ihr Tränen in die Augen schossen. »Danke, Tomáš.«

*

Der Brief von Wills Kommandant traf an einem der darauffolgenden Tage ein. Er lobte Wills Tapferkeit, seinen aufrechten Charakter, sein verbindliches Benehmen und seine Festigkeit im Glauben. Ebenso wie Tomáš vertrat er die Auffassung, dass Will sich nach dem Angriff mit dem Fallschirm gerettet hatte, und sah keinen Anlass, das Schlimmste zu befürchten. Sollte Will bei der Landung in Frankreich von deutschen Soldaten aufgegriffen worden und nun Kriegsgefangener sein, werde man innerhalb eines Monats vom Roten Kreuz benachrichtigt. Falls es ihm jedoch gelungen sei, den Deutschen zu entkommen, werde man von ihm hören, sobald er es zurück nach Großbritannien geschafft habe. Das eine wie das andere gebe Grund zur Hoffnung.

Doch das Warten auf eine Nachricht machte Pamela fast wahnsinnig. Die Familie Collins, die ausgebombt worden war und eine Notunterkunft gefunden hatte, war es vermutlich schon leid, dass Pamela ständig bei ihnen erschien und helfen wollte, doch sie musste etwas tun und beneidete Hugh um seinen Dienst im Foreign Office.

Schließlich erklärte sie Hugh, dass sie Miriam in Hinton Hall besuchen wolle. »Sie hängt an Will und sollte wissen, dass er als vermisst gilt.«

Hugh wirkte wenig begeistert, versprach jedoch, ihr einen Wagen und Fahrer zu besorgen, auch wenn er seine Position nur ungern für Privatfahrten ausnutze.

Pamela ging nicht darauf ein. Sie sehnte sich nach Miriam, wollte sie an sich drücken und den warmen Körper eines Kindes spüren. Es würde ihr guttun, selbst wenn es ihre Sorge um Will nicht lindern würde.

Zwei Tage später wurde sie an ihrem Haus abgeholt. Zu

Pamelas Erstaunen wurde der Wagen von einem Mitglied der WAAF gefahren. Es war eine hübsche junge Frau namens Kate, und Pamela dachte, dass sie Will gefallen würde. Sie fragte, ob Kate schon einmal einem Jagdflieger mit Namen William Denison begegnet sei. Kate lachte und erklärte, in der Air Force gebe es jede Menge Jagdflieger, doch sie kenne leider nur die wenigsten.

Pamela schwieg und überlegte, ob Will jemals eine feste Freundin gehabt haben könnte, von der er ihr nichts erzählt hatte. Ihr war nur bekannt, dass seine Freunde vom Marlborough College Schwestern gehabt hatten, mit denen Will Tennis gespielt und zum Tanzen gegangen war. Aber er hatte ihr und Hugh nie ein Mädchen vorgestellt. Vielleicht war er für eine ernsthafte Liebesbeziehung noch zu jung gewesen.

Pamela richtete ihren Blick auf die vorbeifliegende Herbstlandschaft, die braunen Felder, das bunte Laub der Bäume, die Seen, die hier und da aufblitzten, und fragte sich, ob sie sich ohne Will jemals wieder an der Natur erfreuen würde.

Schließlich fuhren sie die Einfahrt zur Hinton Hall hinauf. Vor der Eingangstreppe des großen Backsteingebäudes hielt Kate an und sagte, hier werde sie auf Pamela warten.

»Kommen Sie lieber mit, es könnte eine Weile dauern«, antwortete Pamela. »Ich bin sicher, man wird Ihnen eine Tasse Tee und etwas zu essen anbieten.«

Kate lehnte dankend ab. Sie habe sich etwas zu essen und trinken mitgebracht und sei das Warten gewöhnt.

Pamela suchte Mr Čapek, den Schuldirektor, in seinem Büro auf und trug ihm den Grund für ihren Besuch vor. Eigentlich hatte sie Miriam bei einem Spaziergang von Wills Schicksal unterrichten wollen, doch Mr Čapek bestand darauf, ihr dazu sein Büro zur Verfügung zu stellen. Bevor er Miriam rufen ließ, erzählte er, dass das Mädchen seit Langem nichts mehr von seinen Eltern gehört habe und verständlicherweise beunruhigt sei.

Die überschwängliche Freude, mit der Miriam sich in Pamelas Arme stürzte, erlosch, als Pamela ihr erklärte, sie müsse ihr etwas sagen. Als sie die schlechte Nachricht vernommen hatte, sackten Miriams Schultern hinab, und ihre Augen füllten sich mit Tränen.

Und Pamela wurde voller Schuldgefühle bewusst, dass sie selbstsüchtig gehandelt hatte. Wie hatte sie diesem Mädchen eine weitere Last aufbürden können, nur weil sie sich nach dem Kind gesehnt hatte und sich etwas Gutes hatte tun wollen?

»Du musst keine Angst haben«, sagte sie so ruhig und besänftigend wie möglich. »Hugh und ich sind sicher, dass Will bald wieder bei uns ist. Vielleicht lassen auch die Luftangriffe der Deutschen in absehbarer Zeit nach, und du kannst zu uns zurückkehren. Dann wären wir wieder vereint.«

Miriam sah sie verzweifelt an. »Und was ist mit meinen Eltern? Sie haben mir seit so langer Zeit nicht mehr geschrieben.«

Pamela streichelte Miriams Wange. »Vielleicht kommt die Post aus Prag jetzt nicht mehr zu uns durch.« Sie zog

Miriam an sich. »Wir müssen alle tapfer sein, Miriam, und keiner von uns darf die Hoffnung verlieren.«

Miriam seufzte und löste sich von ihr.

»Komm, lass uns einen Spaziergang machen«, schlug Pamela vor.

Draußen im warmen Herbstsonnenschein folgten sie dem Weg zum Garten. In den Beeten waren schon seit einer Weile keine Blumen mehr gepflanzt worden. Ein Mann war dabei, Wurzelgemüse zu ernten.

Pamela wandte sich Miriam zu. »Wie kommst du mit deinem Gesangsunterricht voran?«

Das Gesicht des Mädchens leuchtete auf. »Gut.«

»Magst du mir etwas vorsingen?«

Miriam lächelte verlegen. »Ich weiß nicht.«

»Bitte.«

»Also gut.« Miriam summte eine Melodie.

»Sing mir richtig etwas vor. Ein Lied. Mit Text.«

Miriam blieb stehen. Dann holte sie tief Luft und trug Pamela die Ballade »Greensleeves« vor, so wunderschön und innig, dass Pamela einen Kloß in den Hals bekam.

*

Auf der Rückfahrt fühlte Pamela sich trotz allem etwas besser. Zwar würde das Gefühl nicht lange halten, doch für den Moment war es genug.

Sie sagte sich, dass Miriam bei Mr Čapek in guten Händen war. Auch Miriams Freundinnen hatte sie kennengelernt und zu ihrer Freude festgestellt, dass sie einen netten Eindruck machten und Miriam ganz offenkundig ins Herz geschlossen hatten. Wäre es anders gewesen, hätte sie Miriam womöglich mit nach London genommen, was falsch gewesen wäre, denn in Shropshire war sie sicherer. Aber was für einen Seelenkummer das Kind erleiden musste, wenn es seit Ewigkeiten nichts mehr von seinen Eltern gehört hatte …

Sie blickte aus dem Fenster. Draußen erstreckten sich endlose Felder, lagen so friedlich im Abendrot, als gäbe es weder Krieg noch Elend auf der Welt.

Schließlich wandte sie sich ihrer Fahrerin zu und fragte mehr aus Höflichkeit denn echtem Interesse, wie sie zur WAAF gekommen sei.

Kate zuckte die Achseln. »Meine drei Brüder sind in der Air Force. Sollte ich zu Hause handarbeiten und ihnen den ganzen Spaß lassen?«

»Spaß?« Pamela zog die Brauen hoch.

Kate errötete. »Entschuldigung, das Wort war unbedacht. Ich weiß, dass Sie sich um Ihren Sohn sorgen.«

Pamela seufzte tief. »Wahrscheinlich hatte Will in der Air Force tatsächlich Spaß. Er wirkte fröhlich, wenn er uns besucht hat.«

»Das verstehe ich«, antwortete Kate. »Ich war bei der Radarüberwachung, habe Bordwaffen getestet, sogar Sperrballons gesteuert. Zwar kämpfen wir nicht an der Front, aber unser Beitrag zählt auch.« Sie fuhr langsamer, um einen Radfahrer zu überholen. »Abends bin ich oft todmüde, aber mein Leben war noch nie so aufregend wie jetzt.«

Will hatte ebenso empfunden, dachte Pamela. Sie holte eine Tüte Pfefferminzbonbons aus ihrer Handtasche und hielt sie Kate hin. »Bedienen Sie sich.«

»Haben Sie Angst, dass ich sonst am Steuer einschlafe?«

»Nein. Das Mädchen, das ich in Hinton Hall besucht habe, liebt diese Bonbons, aber ich habe vergessen, sie ihr zu geben.«

Kate nahm sich einen Bonbon. »Sind Sie auch in einem der Kriegsdienste tätig?«

Pamela erzählte ihr von den eingestellten Kindertransporten und den Schwierigkeiten der Flüchtlingshilfe, angesichts der von den Nazis geschlossenen Grenzen noch viel erreichen zu können.

»Das Rote Kreuz sucht Freiwillige. Vielleicht möchten Sie dort mithelfen.«

»Vielleicht.« Pamela griff nach einem weiteren Pfefferminzbonbon. Sie sollte sich tatsächlich wieder irgendwo engagieren, obwohl Hugh es lieber sah, wenn sie zu Hause blieb. Doch ohne Miriam und die Arbeit im Hilfswerk der Quäker waren ihre Tage schon seit einer Weile nicht mehr ausgefüllt. Vielleicht würde eine neue Arbeit beim Roten Kreuz sie von der ständigen Angst um ihren Sohn ablenken. Wahrscheinlich hing die Kraftlosigkeit, die sie häufig verspürte, mit dieser Angst zusammen, denn körperlich wurde sie nicht in Anspruch genommen. Aber wenn sie für das Rote Kreuz tätig würde, wäre es beinahe, als würde sie auch etwas für Will tun. »Das ist eigentlich eine sehr gute Idee«, sagte sie, lehnte sich zurück und schaute hinaus in den Abend.

Kapitel 22

Eva, ihr Vater und Josef standen an dem Grab, das auf dem Friedhof im Bauschowitzer Kessel eilig ausgehoben worden war. Starr vor Trauer verfolgte Eva, wie der Leichnam ihrer Mutter in die Erde gelassen wurde. Ihr Begräbnis gehörte zu den letzten auf diesem Friedhof, bald würde das Krematorium von Theresienstadt fertig sein, eine weitere Beleidigung für die jüdischen Insassen, deren Glaube Feuerbestattungen verbot.

Eva lehnte ihren Kopf an Josefs Schulter und weinte um ihre Mutter, die der Typhus viel zu früh dahingerafft hatte. Der kalte Wind zupfte an ihrem Kopftuch und fuhr über ihre tränennassen Wangen. Sie griff nach der Hand ihres Vaters.

Er hielt den Blick starr auf das Grab gerichtet. »Nun musst du nicht mehr leiden, Liebling«, murmelte er. »Ich bete, dass wir uns in der kommenden Welt wiedersehen.« Sein Blick wanderte zu den beiden Weißlingen, die im blassen Sonnenlicht in perfekter Symmetrie miteinander tanzten. Eva drückte die Hand ihres Vaters.

Sie dachte an die Fürsorglichkeit ihrer Mutter, damals als Eva auf dem Alten Jüdischen Friedhof angegriffen worden war. Und wie sie vor Miriams Englandreise zahllose Stunden damit zugebracht hatte, dem Kind hübsche Kleider zu nähen, sie zu besticken und Pullover zu stricken. Wie oft hatte ihre Mutter vorgegeben, nicht hungrig zu sein, nur damit Miriam mehr zu essen hatte … Wie sie Eva unterstützt hatte, als es darum ging, Miriam nach England zu schicken. Wie sie, sogar noch als sie an Typhus erkrankt war, bescheiden geblieben war und kaum etwas verlangt hatte. Mit Sicherheit würde sie in der kommenden Welt einen Platz unter den Gerechten finden.

Auf dem Rückweg ins Lager kamen sie an der Kleinen Festung vorüber. Eva war einmal dorthin geschickt worden, um die Wäsche der Aufseher abzuholen. Sie hatte sich Zeit gelassen, froh, für eine Weile ungestört an der frischen Luft sein zu können. Gemächlich hatte sie die Brücke überquert, die über die Eger führte. Am Ufer des Flusses hatte sie inmitten des Unkrauts Vergissmeinnicht entdeckt und gedacht, dass sie die in einer anderen Zeit gepflückt hätte.

Sie überlegte, ob sie es riskieren sollte, Miriam einen Brief zu schreiben, obwohl das unter Strafe verboten war. Nur Postkarten waren erlaubt. Vor einigen Monaten hatten Gefangene sich über das Verbot hinweggesetzt. Sie waren erwischt und gehängt worden. Aber selbst wenn es ihr gelänge, einen Brief nach draußen zu schmuggeln, wüsste sie noch lange nicht, ob er nach England durchkäme. Und was sollte sie Miriam überhaupt schreiben? Dass sie mit anderen zusammengepfercht in einem Gefangenenlager lebte? Dass ihre geliebte Großmutter gestorben war? Sie würde das Kind nur unglücklich machen.

An der Wäscherei verabschiedete sie sich von ihrem Vater und Josef.

Josef legte einen Arm um Evas Vater und führte ihn zur Unterkunft der Männer. Eva kehrte zu ihrer Arbeit zurück.

*

Pamela legte eine Dose Milchreis und eine Büchse geräucherten Hering in den Karton. Dann kamen die Packungen mit Teebeuteln, Keksen, die Schokolade und die beiden Päckchen Zigaretten. Sie schloss den Karton, klebte die Adresse darauf, befestigte ihn mit Bindfaden.

Es tat ihr gut, im Roten Kreuz Pakete für Kriegsgefangene zu packen. Bei jedem stellte sie sich vor, Will wäre der Empfänger, und in Gedanken sah sie, wie er den Karton öffnete. Da er nicht rauchte, würde er mit den Zigaretten handeln. Aber als Erstes würde er sich über die Schokolade hermachen, und während sie ihm auf der Zunge zerging, würde er vielleicht für einen Moment vergessen können, wo er war. Womöglich würde er an seine Kindheit denken. Wie oft hatte sie ihm früher, wenn er nach den Ferien ins Internat zurückkehrte, heimlich eine Süßigkeit in den Koffer gesteckt.

Higgins, der Bote des Depots, kam mit seinem Karren. »Ist das alles, Mrs D.?«

Pamela sah ihn verlegen an. Hatte sie tatsächlich nur einen Karton gepackt? »Ja, leider. Wenn Sie das nächste Mal vorbeikommen, habe ich mehr.«

Higgins tippte an seine Kappe und schob seinen Karren weiter.

Higgins war ein netter Junge, dachte Pamela, ungefähr in Wills Alter. Hätte Will sich nicht Hals über Kopf der RAF angeschlossen, könnte er nun auch in einem Depot des Roten Kreuzes arbeiten, statt in deutscher Gefangenschaft zu leiden. Mit einem Seufzer nahm sie sich den nächsten Karton vor.

*

Eva und Elsa waren auf dem Weg, frische Wäsche bei der Kommandantur abzuliefern. Dazu benutzten sie einen der Karren, mit denen in Theresienstadt alles – auch die Toten – transportiert wurde. Sie kamen an einer Gruppe Männer vorbei, die mit Hacken und Rechen im Garten arbeiteten. Einer war Gabriel Schmidt, der ehemalige Klavierlehrer des Prager Konservatoriums, jetzt war Eva sich sicher.

Er blickte auf, erkannte Eva und rief sie bei ihrem Mädchennamen. Sie trat zu ihm. »Vor ein paar Wochen dachte ich schon, ich hätte Sie hier gesehen, aber ich war mir nicht sicher.«

Schmidt war ein ausgezeichneter Komponist und Pianist, am Konservatorium hatte er nur unterrichtet, um sein Einkommen aufzubessern. Eva erinnerte sich, dass sie mit ihm bisweilen vierhändig gespielt hatte, und sie wusste noch, wie aufmerksam Professor Nowotny ihnen zugehört hatte. Nicht mehr mit Schmidt spielen zu können, hatte zu den zahlreichen Kümmernissen ihres Lebens gehört.

»Eva, wir müssen weiter«, rief Elsa und ruckelte an dem Griff des Karrens.

»Können wir uns heute Abend um sechs Uhr auf dem Marktplatz treffen?«, fragte Schmidt. »Ich möchte Ihnen etwas zeigen.«

Eva nickte und eilte Elsa hinterher.

Als Eva abends am Marktplatz ankam, war es bereits dunkel. Im Sommer hatten Männer und Jungen dort abends Fußball gespielt, nun knirschte unter ihren Füßen trockenes Laub.

Schmidt war bereits da und umarmte sie kurz.

Eva sah sich unruhig um, ob einer der SS-Männer die Umarmung mitbekommen hatte, doch niemand kam, um sie anzuschreien oder ihr Vorhaltungen zu machen.

»Wo haben Sie all die Jahre gesteckt?«, fragte Schmidt. »Sie haben zu den aufgehenden Sternen des Konservatoriums gehört. Und dann waren Sie mit einem Mal weg.«

»Ich hatte mich entschlossen, meine Karriere nicht weiterzuverfolgen.« Eva kratzte einen der zahlreichen Flohstiche auf ihrem Arm. »Ich habe geheiratet – und ein Kind bekommen.«

»Ein Verlust für die Musik.« Schmidt seufzte.

Eva zuckte mit den Schultern. »Und Sie? Haben Sie weiter komponiert?«

»Hin und wieder. Sogar hier tue ich es noch.«

Aus den Unterkünften drangen Stimmen, und in der Ferne brüllte jemand einen Befehl. Schmidt drehte den Kopf in die Richtung und wartete einen Moment, dann sprach er weiter. »Ich habe ein neues Projekt. Wenn Sie mitkommen, erkläre ich es Ihnen.«

Er führte Eva über die Hauptstraße in die Sudetenkaserne und dort hinunter in die Turnhalle im Keller. Sie war so heruntergekommen wie alle Räume des Lagers, mit abblätternder Wandfarbe und ausgetretenem Fußboden. In der Luft hing Schweißgeruch.

Evas Herz zuckte ängstlich. Seit sie unter den SS-Leuten Otto entdeckt hatte, war sie in steter Alarmbereitschaft. Im Geist sah sie ihn fortwährend in einer Ecke oder irgendwo im Dunkeln auf sie lauern. Nun stellte sie sich vor, er käme mit anderen SS-Männern hereingestürzt, um sie zu packen und abzuführen.

Schmidt winkte Eva weiter und zog eine kleine Taschenlampe hervor. »Wir machen lieber kein Licht.« Er knipste die Taschenlampe an und richtete den Schein auf eine Wand. Dort stand ein verstaubtes, halb demoliertes und fußloses Klavier.

Trotz ihrer Angst trat Eva neugierig näher. »Wie ist das denn hierhergekommen?«

Schmidt lächelte. »Aus dem Vereinshaus der Tschechischen Turnerschaft hier in der Stadt. Vor einigen Tagen haben wir es nachts heimlich hierhergeschafft.« Er reichte Eva die Taschenlampe, wischte über die vergilbten Tasten und hockte sich an das Klavier. Er spielte die A-Dur-Tonleiter.

Der Klang war nicht schlecht, dachte Eva, das Klavier musste lediglich gestimmt werden. Sie kniete sich neben Schmidt und spielte die ersten Töne der Villanelle. Warum es ausgerechnet dieses Stück sein musste, hätte sie nicht zu sagen vermocht. Vor ihrem inneren Auge tauchte Professor Nowotny auf, mit kritischem Blick und einem kaum merklichen Lächeln auf den Lippen. Mit diesem Gesichtsausdruck hatte er ihr immer zugehört. Einen Moment lang war sie wieder im Konservatorium und bereitete sich auf einen Auftritt im Rudolfinum vor. Was für ein unschuldiges Kind sie damals gewesen war, ohne auch nur im Entferntesten zu ahnen, dass sie einmal an einem Ort wie diesem landen und vor bloßen Schatten zurückschrecken würde.

»Was für eine schöne Melodie«, sagte Schmidt.

»Es ist die Villanelle von Berlioz.« Eva löste ihre Finger von den Tasten. »Es ist lange her, dass ich sie gespielt habe.«

Sie dachte an den Tag, als sie ihr Klavier verkauft hatte, um Miriams Reise nach England zu finanzieren. Kurz darauf wurde es Juden verboten, Musikinstrumente zu besitzen, und sie war froh gewesen, dass sie ihres für Miriam geopfert hatte.

Sie stand auf, so schnell, dass ihr kurz schwindlig wurde. »Dürfen wir das Klavier überhaupt haben?« Sie sah sich um, wollte noch einmal sichergehen, dass außer ihnen niemand in der Nähe war.

Schmidt erhob sich langsamer. »In puncto Musik ist die SS erstaunlich nachsichtig. Wir haben sogar einen Chor.«

»Und das wissen die SS-Leute?«

»Ja.« Schmidt zuckte die Achseln. »Sie betrachten Musik als harmlos und lassen uns gewähren.« Sein Blick wurde so lebhaft, wie Eva es selten bei einem Lagerinsassen gesehen hatte.

Sie wunderte sich, dass sie von diesem Chor nie etwas gehört hatte. Vielleicht lag es daran, dass sie sich um ihre kranke Mutter gekümmert hatte, sich um ihren Vater und Josef sorgte und von morgens bis abends in der Wäscherei schuftete. Für alles andere hatte ihr die Zeit gefehlt.

»Ich habe noch größere Pläne.« Schmidt strich über das Klavier. »Würden Sie für uns spielen, wenn ich jemanden finde, der das Klavier säubert, repariert und stimmt?«

Eva wurde verlegen. »Ich bin ziemlich aus der Übung.« Seit zwölf Jahren hatte sie nicht mehr auf Konzertniveau gespielt. Ihre Hände waren von ihrer Arbeit rot und geschwollen, ihr Rücken schmerzte so sehr, dass sie kaum sitzen konnte, und sie trauerte um ihre Mutter. Klavier zu spielen war etwas aus einer anderen Zeit, einem anderen Leben. Und doch kribbelte es in ihren Fingern, und sie spielte einen Akkord.

»Das sind viele von uns, aber alles, was Sie einmal konnten, wird zu Ihnen zurückkommen. Wir beginnen mit einfachen Stücken.«

»Warum wollen Sie das tun? Damit wir uns von dem Grauen hier ablenken?«

Schmidt lächelte. »Das auch. Vor allem aber soll es unserem Dasein wieder einen Sinn verleihen.«

»Wird man uns denn überhaupt Zeit zum Üben zugestehen?«

Schmidts Lächeln erlosch, in seinen Augen loderte Zorn auf. »Diese verdammten Nazis glauben, Sie könnten uns brechen. Sie demütigen uns, lassen uns bis zum Umfallen arbeiten, rauben uns unsere Privatsphäre und den letzten Rest Menschenwürde. Aber unsere Kreativität können sie uns nicht nehmen. An unsere Seele kommen sie nicht heran.«

»Glauben Sie, dass Musik uns Hoffnung geben kann?«

»Hoffnung und Identität. Sie ist unser Widerstand – und unser Vermächtnis.«

Schmidts Gesicht war blass, die Wangen eingefallen. Unter seinen Augen waren dicke Tränensäcke, doch sein Blick verriet große innere Stärke.

»Sie ahnen nicht, wie viele hochkarätige Musiker wir haben. Gideon Klein ist hier, auch Pavel Haas und die Sängerin Ada Hecht. Ich bin sicher, dass wir gemeinsam etwas Großes schaffen können.«

Eva war beeindruckt.

»Und jetzt haben wir auch Sie. Kommen Sie, wir müssen gehen.« Schmidt griff nach der Taschenlampe und deutete mit dem Lichtkegel auf die Tür. »Unsere Aufführungen werden fabelhaft sein.«

Eva warf einen letzten Blick auf das Klavier. Vor Jahren hatte sie aufgehört zu spielen, hatte geheiratet und Miriam bekommen. Doch nun war ihre Tochter in England, und sie wusste nicht einmal, wie ihr Leben weitergehen würde. Seit einer Weile hieß es, dass sie alle von hier nach Osten transportiert würden, in Konzentrationslager, die weitaus schlimmer als Theresienstadt waren. Die den Tod bedeuten konnten. Sollte sie das Leben, das ihr blieb, in seiner ganzen Qual und Monotonie einfach weiter hinnehmen? Oder aber mit anderen Künstlern musizieren und für Menschen spielen, denen man alles Schöne geraubt hatte? Plötzlich war ihr, als glühten Funken in der Asche, zu der ihr Klavierspiel geworden war. Sie wandte sich zu Schmidt um. »Also gut, ich bin dabei.«

Am nächsten Abend, nach der dünnen Rote-Bete-Suppe und den harten Brotkanten, die es zum Essen gegeben hatte, lief Eva zur Sudetenkaserne, um auf dem Klavier zu üben. Das war etwas anderes als abends mit den anderen Frauen in ihrer Unterkunft über ihr Leben zu klagen oder Josef belanglose Briefe zu schreiben, immer in der Hoffnung, irgendwann auf jemanden aus der Hannover-Kaserne zu treffen, der ihm einen Brief zustecken würde. Längere Begegnungen mit ihrem Mann waren für Eva kaum möglich, schließlich arbeitete sie den ganzen Tag in der Wäscherei.

Außer ihr war niemand in dem Saal. Das Licht wagte sie nicht einzuschalten, lieber zog sie ihre Taschenlampe hervor und legte sie eingeschaltet oben auf das Klavier. Im ersten Moment hatte sie Angst zu spielen, doch dann erinnerte sie sich daran, dass die SS-Wachen laut Gabriel Schmidt nichts gegen musizierende Lagerinsassen hatten.

Sie kniete sich vor das Klavier, lockerte ihre steifen Finger und spielte Dur-Tonleitern, Moll-Tonleitern, die chromatische Tonleiter, Arpeggien und Akkorde. Sie war so vertieft in ihre Übungen, dass sie kaum merkte, wie die Zeit verging. Manchmal hatte sie sogar das Gefühl, als würde sie gleich die Stimme ihrer Mutter hören, die sie wie früher ermahnte, nun endlich aufzuhören. Einmal hielt sie tatsächlich inne und lauschte, doch außer den umherhuschenden Ratten war nichts zu vernehmen.

Zuletzt spielte sie die Villanelle.

Alles, was sie einmal gekonnt hatte, kehrte zurück, genau wie Schmidt es vorhergesagt hatte. Vielleicht konnte sie sogar den Chor hin und wieder begleiten.

Als sie aufstand, spürte sie zum ersten Mal seit langer Zeit wieder so etwas wie ein Glücksgefühl. Während ihres Spiels hatte sie weder an die überfüllten Unterkünfte gedacht, noch an das karge Essen, an Otto oder ihre Furcht vor dem Transport nach Osten.

*

Pamela wischte über die beschlagene Scheibe des kleinen Flurfensters und spähte nach draußen. Seit Wochen waren die Wintertage trüb und kalt, doch nun stand eine weißliche Sonne am Himmel, auf dem Bürgersteig glänzten vereiste Stellen, auf dem Dach des Nachbarhauses glitzerte Schnee.

Sie beschloss, einen Spaziergang durch die frische Luft zu machen, streifte ihren Wintermantel über und wickelte sich einen von Hughs dicken Schals um den Hals. Als Kopfbedeckung wählte sie den Glockenhut, der ihre Ohren bedeckte.

Draußen atmete sie tief durch, froh, noch einmal aus dem stillen Haus herauszukommen. Sie schlug den Weg zum Park Hampstead Heath ein. Schon nach wenigen Schritten begannen ihre Augen in der Kälte zu tränen, doch die frische Luft wirkte belebend. Sie lief an Schuttbergen und Häusern mit Bombenschäden vorüber. An einigen war die Fassade weggerissen, andere waren glimpflicher davongekommen, hatten nur geborstene Fensterscheiben durch Pappe ersetzen müssen. Sie selbst hatten Glück gehabt, ihrem Haus war nichts geschehen. Trotzdem weigerten sich ihre Eltern weiterhin, ihr Zuhause im East End zu verlassen und zu ihnen zu ziehen.

Von Will hatte sie noch immer nichts gehört, und Miriam wusste nach wie vor nicht, warum sie von ihren Eltern keine Briefe mehr erhielt.

Sie lief weiter.

Wenig später erkannte sie bereits die Spaliere im Park. Im Sommer waren sie für Stangenbohnen errichtet worden, nun wanden sich dürre Ranken um das hölzerne Gestänge.

Im Näherkommen nahm sie neu angelegte Beete wahr,

in denen Kohlköpfe wuchsen, alle voller Raureif. Seit Kriegsbeginn hatten die Leute hier Gemüse gezogen, und Pamela schämte sich, weil sie selbst nicht mehr als zwei Blumenkästen mit Küchenkräutern geschafft hatte.

Ein älterer Mann mit einer Spitzhacke war dabei, ein weiteres Stück Erde freizulegen. Bei ihm war ein kleines Mädchen – vielleicht seine Enkelin –, das sich mit Brotkrümeln auf der ausgestreckten Hand vorsichtig einem Rotkehlchen näherte.

Der Mann wischte sich mit einem Taschentuch Schweiß aus der Stirn. »Schöner Tag heute, oder?«

Pamela blieb stehen. »Aber ein bisschen kalt – es sei denn, man arbeitet sich warm.«

»Bin froh, dass ich zu unserer Versorgung beitragen kann.«

»Wir können es brauchen.« Pamela blickte über die zerstörten Straßen von Hampstead. Vor einigen Tagen war in der Nähe eine Hochzeitsgesellschaft bei einem Bombenangriff umgekommen, nur der Vater des Bräutigams hatte überlebt. Sie deutete auf das Mädchen. »Ist das Ihre Enkelin?«

Der Mann nickte und betrachtete die Kleine bekümmert. »Joan hat ihre Mutter während des Blitzkriegs verloren. Ihr Vater kämpft in Afrika unter Montgomery. Wir haben es nicht über uns gebracht, das Kind aufs Land zu schicken, wir wollen die Kleine bei uns haben.«

Pamela seufzte. »Mein Sohn ist bei der Air Force. Er wird vermisst.«

Der Mann sah sie mitfühlend an. »So hat jeder von uns sein Kreuz zu tragen.«

Mit einer weiten Armbewegung umfasste Pamela die Beete ringsum. »Ist es schwierig, an so ein Beet zu gelangen?«

Der Mann stützte sich auf die Hacke. »Normalerweise schon. Allerdings wird mir die Arbeit manchmal zu viel. Ich könnte Ihnen einen Teil von meinem abtreten.«

Pamela erinnerte sich, wie sie früher mit ihrem Vater in ihrem Garten Möhren gesät hatte. Fast spürte sie wieder die Erde in ihrer Hand. Jeden Tag war sie zu dem Beet gelaufen, um nachzuschauen, ob man die Spitze eines Pflänzchens sah, bis das erste fedrige Grün die Erde durchbrochen hatte. Sie wusste noch, dass sie die Möhren viel zu früh aus der Erde gezupft hatte, nicht mehr als dünne gelbe Wurzeln waren es gewesen. Ihr Vater hatte gelacht.

»Ich nehme Ihnen gern ein Stück ab.«

Der Mann warf einen Blick auf das Mädchen, das sich auf eine Holzkiste gesetzt hatte und müde wirkte. »Wir gehen gleich nach Hause. Aber wenn Sie morgen um die gleiche Zeit kommen, machen wir die Sache fest. Earnie Smith ist mein Name.« Er schüttelte Pamelas Hand.

Pamela bedankte sich und nannte ihren Namen. »Bis morgen dann.«

Er tippte an seinen Hut und machte sich wieder an die Arbeit.

Pamela lief weiter. Irgendwann hörten die Beete auf, und es gab nur noch hügelige Wiesen mit struppigem Gras, durchsetzt von Baumgruppen und buckligen Pfaden.

Außer ihr war niemand unterwegs, nur ein Mal sah sie weit entfernt einen Jungen über eine Wiese laufen.

Sie erinnerte sich an einen Tag vor vielen Jahren, als sie mit Will und Hugh hier gewesen war. Es war an Wills zehntem Geburtstag gewesen. Sie hatten ihm einen roten Papierdrachen geschenkt, den sie oben auf dem Hügel fliegen lassen wollten. Sie dachte daran, wie ungeduldig Will beim Aufstieg an Hughs Hand gezogen hatte, wie stark der Wind geweht hatte.

Oben angekommen hatte Hugh Will den flatternden Drachen überreicht und ihm aufgetragen, ihn unter gar keinen Umständen loszulassen. Dann entrollte er die Schnur, und Will konzentrierte sich mit zusammengepressten Lippen, um den Drachen festzuhalten.

»Und jetzt lass ihn fliegen!«, rief Hugh, der den Griff am anderen Ende der Schnur in der Hand hatte.

Will gab den Drachen frei, der sich wild hin und her tanzend in die Lüfte schwang.

Hugh lenkte den Drachen, doch Pamela hatte nur Augen für Will, der den Kopf in den Nacken gelegt hatte und vor Begeisterung jauchzte, auf dem Gesicht ein Ausdruck reiner Freude.

Pamela wusste noch, dass sie gewünscht hatte, sie hätte ihren Fotoapparat dabei. Aber die Bilder jenes Tages hatten sich ihrem Gedächtnis eingebrannt.

Sie stellte ihren Mantelkragen auf, stemmte sich in den Wind und stapfte den Hang hinunter, in ihren Ohren das glückliche Lachen ihres Sohnes.

Kapitel 23

In den Wintermonaten war Eva für die Arbeit in der Wäscherei dankbar. Im Lager hingen Eiszapfen an den Dächern der Gebäude, durch die Gassen fuhr ein scharfer Wind, doch in der Wäscherei stieg warmer Dampf aus den Kesseln. Sie musste nur darauf achten, draußen und in ihrer eiskalten Unterkunft Handschuhe zu tragen, Frostbeulen an den Händen konnte sie sich bei ihrer Arbeit nicht leisten. Sogar beim Schlafen behielt sie die Handschuhe an.

Eines Nachmittags besuchte Gabriel Schmidt sie in der Wäscherei. Er erzählte, dass er vorhabe, *Die verkaufte Braut* aufzuführen, und wollte wissen, ob Eva die Oper auf dem Klavier begleiten könne, mehr an Orchester gebe es im Moment leider nicht.

Eva runzelte die Stirn. »Ich dachte, Smetana darf nicht mehr gespielt werden.«

Schmidt lächelte. »Ebenso wenig wie Mendelssohn-Bartholdy, Mahler, Schönberg, Offenbach und viele andere.«

»Und trotzdem wollen Sie hier diese Oper aufführen?«

»Der SS ist das einerlei. Die Oper läuft unter Freizeitgestaltung, und die wird von ihnen befürwortet.«

»Verrückt.« Eva schüttelte den Kopf. »Ehepaare dürfen nicht zusammenwohnen, wir bekommen nicht genug zu essen und schuften uns halb zu Tode, doch das Musizieren ist uns erlaubt.«

»So sieht's aus. Kommen Sie heute Abend um acht wieder in die Turnhalle der Sudetenkaserne. Wir dürfen sogar nach der Ausgangssperre mit den Proben beginnen.«

Am Abend traf Eva kurz nach acht Uhr in der Turnhalle ein. Die anderen Mitwirkenden waren bereits da, abgearbeitete Menschen mit müden Gesichtern. Eva kannte einige aus ihrer Unterkunft, aus der Wäscherei und der Kantine.

Schmidt hieß Eva willkommen und stellte ihr die Solisten vor. Truda Borger würde die Marie singen, Franta Weissenstein den Hans, Bedřich Borges den Kezal und Jakob Goldring den Wenzel. Schmidt würde dirigieren und Eva am Klavier das Orchester ersetzen.

Stolz deutete Schmidt auf das reparierte Instrument. Sogar ein Klavierschemel war nun vorhanden. Er reichte Eva die Noten.

Eva sah ihn erstaunt an. »Wussten Sie, als Sie Prag verlassen haben, schon, dass Sie die Noten für *Die verkaufte Braut* brauchen werden?«

»Ich habe noch mehr Notenhefte mitgebracht. Sie waren mir wichtiger als Bücher und Kleidung. Wir haben einen Cellisten im Lager, der sein Cello vor dem Aufbruch auseinandergenommen und die Einzelteile in seinen Koffer gepackt hat. Seine Hoffnung war, dass die Nazis es so nicht finden. Hier hat er es wieder zusammengesetzt.«

Eva ließ sich am Klavier nieder und stellte die Noten auf. »Sie wissen, dass ich die Oper noch nie begleitet habe, oder?«

Schmidt lachte. »Und die Solisten und der Chor haben noch nie gesungen. Deshalb proben wir ja.«

Er bat den Chor, sich aufzustellen, und klopfte mit einem einfachen Stock, der ihm als Taktstock diente, auf den Tisch, der sein Pult war.

»Ich danke euch für euer Kommen«, sagte er. »Natürlich sind wir alle erschöpft, doch ich bin sicher, der Smetana bringt uns in Schwung. Wir beginnen mit dem Chor ›Warum sollten wir nicht froh sein‹ aus der ersten Szene des ersten Akts.« Er nickte Eva zu.

Sie atmete tief durch und begann mit dem Auftakt zur ersten Szene. Es war eine mitreißende Musik, voller Lebenskraft und Freude, die es beinah unmöglich machte, sich ihrer Wirkung zu entziehen.

Als Eva geendet hatte, blickte sie zu dem Chor hinüber. Die Gesichter der Sänger waren im Lager frühzeitig gealtert, die Körper abgemagert, die Kleidung war abgetragen und geflickt, doch beim Singen hatten sie entschlossen ihre Schultern gestrafft, ihre bleichen Wangen einen rosigen Schimmer bekommen. Sie hatten alles verloren, man hatte sie erniedrigt, in ein verdrecktes Lager gesperrt, und sie fürchteten sich vor der SS, doch all das war für den Moment vergessen.

*

Pamela ließ sich im Wohnzimmer nieder und schaute hinaus auf die Straße. Der Nieselregen hing wie ein Schleier über dem Licht der Straßenlaternen, die Hecke vor dem Haus gegenüber verschwamm. Nicht mehr lange und sie würde die Verdunklungsvorhänge schließen, sich wieder im eigenen Haus gefangen fühlen.

Am Morgen war sie noch einmal auf Hampstead Heath gewesen. Earnie Smith hatte ihr neun Quadratmeter seines Beets abgetreten.

Pamela hatte sich bedankt und eine Handvoll der sandigen Erde aufgerafft. Sie würde Dünger brauchen. Möhren würden in dieser Erde gedeihen, Pastinaken und Kartoffeln. Sie stellte sich vor, Will und Miriam wären wieder bei ihr. Wie sie staunen würden, wenn Pamela ihnen eine Suppe mit Gemüse aus eigenem Anbau kredenzen könnte.

»Wie viel schulde ich Ihnen?«, hatte sie Smith gefragt.

»Nichts«, hatte er geantwortet. »Höchstens später etwas von der Ernte, falls Sie nicht wissen, wohin damit.«

Nun warf sie einen Blick auf die Uhr. Kurz vor sechs. Sie hatte es schon lange aufgegeben, mit dem Essen auf Hugh zu warten, ging in die Küche, holte den Eintopf, den Kitty zubereitet hatte, aus dem Ofen und füllte einen Teller, den sie mit ins Esszimmer nahm.

Sie war nicht hungrig – seit Kriegsbeginn war sie das kaum noch –, doch sie wusste, dass sie etwas zu sich nehmen musste. Lustlos rührte sie in dem weich gekochten Gemüse und nahm einen Löffel voll, in dem sogar ein

Schnipsel Fleisch schwamm. Sie stand auf, um ein Stück Brot zu holen.

Auf dem Weg über den Flur hörte sie, dass jemand einen Schlüssel in das Schloss der Haustür steckte, und verharrte.

Es war Hugh, der ausnahmsweise früher nach Hause gekommen war.

»Diese verdammten Deutschen«, sagte er. »Sie sind verpflichtet, die Listen ihrer Kriegsgefangenen rauszurücken, und tun es nicht.« Er drückte Pamela einen Kuss auf die Wange. »Selbst wir im Foreign Office erfahren nichts. Alle Kriegsgefangenen erhalten Gefangenenkarten, die sie ausfüllen müssen. Die Informationen sollen dann listenweise zusammengefasst und ans Rote Kreuz weitergeleitet werden. Aber was nützt uns diese Regel, wenn die Nazis die Namen nicht erfassen oder auf den Listen sitzen bleiben?«

Pamela seufzte. »Dann werden wir uns wohl weiter in Geduld üben müssen.« Sie nahm Hugh den Mantel ab und hängte ihn an die Garderobe. »Lass uns zu Abend essen.«

Während des Essens unterhielten sie sich über Belanglosigkeiten, taten, als wäre alles in Ordnung. Keiner sprach von der Angst um Will, die sie fortwährend begleitete und mit jedem Tag wuchs.

*

In Evas Unterkunft hatten die Frauen saubere Kleider angezogen und sich um den Chanukkaleuchter versammelt. Die erste Kerze wurde entzündet, und die Flamme warf einen zuckenden Schatten in den Raum. Die Hausälteste stimmte *Maos Zur* – Fels meiner Rettung – an, das Lied, das zum Lichterfest gehörte.

Für Eva war es ungewohnt, dass eine Frau das Lied vortrug. Früher hatte Josef es gesungen, zuvor ihr Vater.

Zur Feier des Lichterfests hatten sie ein weißes Laken als Tischtuch aus der Wäscherei geschmuggelt. Ein Mann, der Tischler gewesen war, hatte den Leuchter aus Holz gefertigt. Die Frauen, die in der Küche arbeiteten, hatten heimlich einen einfachen Rührkuchen gebacken. Zudem hatten sie alle aus Fundstücken kleine Geschenke füreinander gebastelt.

Eva hatte ein Lied komponiert, die Noten für jede auf Zettel gemalt. Zwar konnten nur wenige Frauen Noten lesen, doch die Geste wussten alle zu schätzen. Eva war glücklich, dass es ihr seit langer Zeit noch einmal gelungen war, etwas zu komponieren.

Plötzlich stürzte die Frau, die Wache gehalten hatte, herein und zischte, ein SS-Mann sei im Anmarsch.

Im Nu waren die Kerzen gelöscht.

»Verzieht euch in eure Betten«, flüsterte die Hausälteste. »Leise!«

Eva griff nach dem Leuchter, huschte damit zu ihrer Bettstelle, verbarg ihn darunter auf dem Boden und kroch in ihr Bett.

Von draußen hörte man schwere Stiefelschritte. Evas Magen schnürte sich zusammen.

Die Tür flog auf, das Licht ging an.

Bei dem SS-Mann handelte es sich um Otto.

Evas Herz fing an zu rasen.

Er trat an den Tisch, winkte die Hausälteste zu sich und wollte wissen, woher die Tischdecke und der Kuchen kämen?

Sie antwortete stotternd, man habe die Rationen für den Kuchen zusammengespart.

Eva drehte sich mit dem Gesicht zur Wand und stellte sich schlafend. Sie hörte Otto durch den Raum laufen. Dann war er an ihrem Bett. Sie spürte seinen Blick, hörte seinen Atem, glaubte sogar, ihn zu riechen. Und schon war sie in Gedanken wieder auf dem Alten Jüdischen Friedhof und sah den Jungen vor sich, der ihr Gewalt antat.

Otto griff in ihr Haar und riss ihren Kopf herum. »Wach auf, Dornröschen.«

Ihre Blicke trafen sich. Abermals glaubte Eva in seinen Augen Wiedererkennen zu lesen. Am liebsten wäre sie davongerannt – weg von diesem Mann, hinaus aus der Kaserne und dem Lager, weg von dem Grauen. Sie zwang sich, Otto anzusehen.

Er wandte den Blick als Erster ab und ließ sie los. Und dann war er fort.

Wie erstarrt lauschte Eva dem Geräusch seiner verklingenden Stiefelschritte.

Nach einer Weile zündeten sie die Kerzen wieder an, setzten sich an den Tisch und verteilten die restlichen Geschenke. Eva versuchte, ein Stückchen von dem Kuchen zu essen, brachte jedoch keinen Bissen hinunter.

Wenige Tage später schlüpfte Josef eines Morgens in die Wäscherei. Irgendwie hatte er es wohl geschafft, an einen Passierschein zu gelangen. Eva war dabei, SS-Uniformen für die Büglerei zusammenzufalten.

»Wie geht es dir, Liebling?«, fragte er.

Hastig drückte Eva ihm einen Kuss auf die Wange.

Sie hatte den Eindruck, dass er wieder abgenommen hatte. Seine Jacke sah aus, als wäre sie ihm mehrere Nummern zu groß, seine Wangen waren hohl. Der Anblick tat Eva in der Seele weh.

»Mir geht es einigermaßen«, antwortete sie. »Ich bin nur müde.«

»Du solltest nicht mehr mit Schmidt proben. Nach einem Tag in der Wäscherei ist das zu viel.«

»Die Musikproben sind das, was mich am Leben hält. Alles andere ist Mühsal und Qual.«

»Zählst du mich dazu?«

Eva seufzte. »Natürlich nicht. Aber wir sehen uns doch kaum.«

Josef lachte unfroh. »Mir kommt es auch vor, als wäre ich mit deinem Vater verheiratet statt mit dir.«

Eva drückte seine Hand. »Ich weiß, dass du dich um ihn kümmerst, und dafür bin ich dir dankbar. Aber wir suchen doch alle nach einem Weg, uns das Leben hier erträglicher zu machen.«

»Und das gelingt dir mithilfe der Musik?«

Im Geist hörte Eva, wie die Stimmen des Chors anschwollen. »Ja. Ich hätte nicht gedacht, dass sie mir noch einmal so große Freude bereiten könnte, doch wir haben Glück. Hier sind fantastische Musiker zusammengekommen.«

»Das nennst du Glück?«, fragte Josef bitter.

»Das ist vielleicht das falsche Wort, aber wenn ich den Chor begleite, fühle ich mich zum ersten Mal seit langer Zeit wieder lebendig.«

Josef zog die Brauen zusammen. »Hast du dich bei mir nicht so gefühlt?«

»Doch.« Eva legte eine Hand auf seinen Arm. »Es war … ist schön, deine Frau zu sein. Und Miriams Mutter. Aber nun führen wir ein anderes Leben.«

»Und schuld daran bin ich.«

Eva begann die nächste Uniform zu falten. »Darüber haben wir nun oft genug gesprochen, Josef. Wir haben Entscheidungen getroffen, die wir für das Beste hielten. Ich habe Miriam fortgegeben und muss damit leben. Und du hast geglaubt, wir wären dank deiner Forschungsarbeit in Sicherheit.«

Für einen Moment schloss Josef die Augen. »Du hast das Richtige getan, ich nicht.«

Schweigend fuhr Eva mit ihrer Arbeit fort. Schmidt hatte davon gesprochen, nach der *Verkauften Braut* eine Kinderoper aufzuführen. Sie stellte sich vor, all das wäre außerhalb des Lagers geschehen, irgendwo, wo sie alle in Sicherheit gewesen wären, wo es weder Krieg noch Nazis gegeben hätte. Wie glücklich es sie gemacht hätte, Miriam in einer Oper singen zu hören und die Schönheit der Musik mit ihr zu teilen. Gott sei Dank konnte Miriam nun wenigstens in England singen. Und bald würde sie neun Jahre alt sein. Eva blinzelte ihre Tränen fort.

»Ich mache mir Sorgen um dich«, sagte Josef. »Ich möchte nicht, dass du unter der Arbeit in der Wäscherei und den Musikproben zusammenbrichst.«

Eva schüttelte den Kopf. »Wenn ich ins Bett gehe, habe ich Musik im Kopf, und wenn ich am Morgen wach werde, freue ich mich auf die nächste Probe.«

»Dass du mir nur nicht krank wirst.«

Eva hörte auf zu arbeiten und wandte sich Josef zu. »Du könntest abends Vorträge halten. Rathstein sucht dringend Leute, die besondere Kenntnisse haben. Und die Lagerbewohner sind dankbar, wenn die Wissenschaftler unter uns ihnen etwas aus ihrem Fachgebiet vermitteln.«

Josef schnaubte spöttisch. »Und was soll ich den Leuten erzählen? Wie man Blausäure herstellt?«

»Natürlich nicht. Aber warum sprichst du nicht über die Entwicklung des Antiserums und darüber, wie es eingesetzt wird? Das wird die Leute interessieren.«

Josef legte die Stirn in Falten. »Ja, vielleicht. Ich könnte es zumindest versuchen.« Und schon verabschiedete er sich von Eva und verschwand.

Er hatte ihr noch nicht einmal einen Abschiedskuss gegeben, dachte Eva. Josef war mit den Gedanken wahrscheinlich schon bei seinem Vortrag. Sie hatten eben beide ihre Leidenschaften, sie die Musik, er seine Forschung.

*

Da sie an diesem Tag erst später für das Rote Kreuz arbeiten würde, war Pamela am Morgen losgezogen, um die Erde ihres neu erworbenen Beets umzugraben.

Auf dem Hampstead Heath hatte sie festgestellt, dass der Boden zu fest gefroren war. Selbst wenn sie ihre Forke in die Erde stieß und mit ihrem ganzen Gewicht auf die Querstange trat, drang sie nicht in den Boden ein. Frustriert blickte sie sich um, doch außer ihr war an diesem Morgen niemand auf dem Heath erschienen. Nur die kahlen Bäume zeichneten sich dunkel im Nebel ab.

Pamela warf die Forke zur Seite und bückte sich, um mit der Hand nach weniger harten Stellen zu tasten. Sie fand nur ein paar lose Steine.

Schließlich sah sie ein, dass es zu kalt war, um zu gärtnern. Fast hatte sie es sich schon beim Aufstehen gedacht, als sie den eisigen Wind gespürt hatte, der durch die undichten Fenster drang, doch sie hatte aus dem Haus gemusst, sonst wäre ihr die Decke auf den Kopf gefallen. Hugh war den ganzen Tag nicht da, und Kitty schien eigene Sorgen zu haben und versah ihre Arbeit schweigend.

Pamela richtete sich auf. Selbst der beißende Wind war ihr lieber, als ziellos durch ihr Haus zu laufen, immer in der Hoffnung, etwas über das Schicksal ihres Sohnes zu erfahren.

Ihr Bruder war im Winter umgekommen, erinnerte sie sich. Man hatte ihn am Rand eines französischen Schlachtfelds begraben, nicht weit von dem Ort entfernt, wo ihn die tödliche Kugel getroffen hatte. Pamela stellte sich seine

Kameraden vor, die in der hart gefrorenen Erde ein flaches Grab aushoben, Tommys Leiche hineinlegten und sie mit Erde bedeckten, immer lauernd, ob sich von irgendwoher Feinde näherten.

Nach dem Krieg hatten sie die Nachricht erhalten, Tommy sei umgebettet worden und ruhe nun auf einem Soldatenfriedhof im Norden Frankreichs. Pamelas Eltern hatten das Grab nie besucht. »Tommy ist in unseren Herzen«, hatte Pamelas Mutter gesagt. »Und in unserer Erinnerung.«

Den Gedanken, Will könnte ebenfalls ein französisches Grab gefunden haben, vermochte Pamela nicht zu ertragen.

Nach weiteren vergeblichen Versuchen, die Erde ihres Beets zu lockern, gab sie ihr Vorhaben auf und sagte sich, dass ihr wenigstens warm geworden war. Dann schulterte sie ihre Forke und kehrte zu ihrem Haus zurück.

Unter der Post, die durch den Briefkastenschlitz der Haustür gesteckt worden war, entdeckte sie eine angeschmutzte Postkarte und spürte, wie ihr Herzschlag kurz aussetzte.

Sie bückte sich, hob die Karte mit bebender Hand auf, erkannte Wills Krakelschrift. Die Karte war in Deutschland aufgegeben worden, in einem Ort namens Sagan. Pamela schossen Tränen in die Augen. Sie drehte die Karte um. Mit Schreibmaschine war darauf geschrieben: »Ich bin Kriegsgefangener in Deutschland.« Darunter standen in Wills Schrift sein Name, sein militärischer Rang und die Bezeichnung seiner Staffel. Als Zustand hatte er oder ein anderer »gesund« angekreuzt und »verwundet« durchgestrichen. Die letzte Zeile war erneut in Schreibmaschinenschrift. »Schreiben Sie nicht an diese Lageradresse. Warten Sie auf weitere Informationen.« Das Lager trug den Namen »Stalag Luft III«.

Pamela lehnte sich gegen die Wand und zwang sich, die Karte ruhig zu halten. Will lebte, das war das Einzige, was zählte. Und er war nicht verwundet. Sie würde warten, bis sich ihr Herzschlag wieder beruhigte, und dann Hugh anrufen.

*

Die verkaufte Braut wurde ein riesengroßer Erfolg. Zum einen lag es an dem hohen Niveau der Solisten, zum anderen spürten die Gefangenen wieder so etwas wie Stolz auf die Kultur ihres Landes, der die Nazis nichts als Verachtung geschenkt hatten – und sie waren dankbar, durch die Musik von ihrem Elend abgelenkt zu werden.

Am ersten Abend waren Josef und Evas Vater im Publikum. Nach der Aufführung umarmten sie Eva. »Du warst wundervoll«, sagte Josef.

»Du hast so schön gespielt wie früher als Mädchen«, meinte Evas Vater gerührt.

»Ihr übertreibt«, sagte Eva, doch das Lob tat ihr gut. Josef streichelte ihre Wange. »Nun weiß ich, was du immer vermisst hast.«

Eva schaute zu Boden, dachte daran, wie oft sie in ihrer Ehe gereizt auf ihn reagiert hatte. Weder er noch sie hatte sich jemals vorgemacht, sie hätten einander aus Liebe geheiratet, doch sie hatte sich um ihn gekümmert, sogar versucht, ihn glücklich zu machen, stets in dem Bewusstsein, dass sie nie an seine erste Frau heranreichen würde, die viel zu früh gestorben war. Aber seine Tochter hatte Josef alles bedeutet, für sie hatte er Marionetten angefertigt und Miriam mit ihren Possen und selbst ausgedachten Theaterstücken in Entzücken versetzt. Wenn Eva ihn mit Miriam zusammen sah, fühlte sie sich ihm nah. Doch dann hatte sie Miriam nach England geschickt, und sie und Josef hatten monatelang kaum ein Wort miteinander gewechselt. Es schien nur noch wenig zu geben, das sie verband.

Auch in Theresienstadt litt sie nur hin und wieder unter der Trennung von ihrem Mann.

Josef hatte ihren Vorschlag aufgegriffen und hielt nun mitunter Vorträge über sein Fachgebiet. Seine Zuhörer setzten sich überwiegend aus anderen Wissenschaftlern zusammen, von denen es in Theresienstadt viele gab. Auch Eva hatte ihm zugehört und voller Freude miterlebt, wie ihr Mann bei den Diskussionen aufblühte.

Kapitel 24

Eines Abends hielt Schmidt Eva nach der Aufführung der *Verkauften Braut* zurück und sagte, er wolle sie mit jemandem bekannt machen. Er winkte ein junges Mädchen aus dem Chor herbei und stellte sie als Hana vor, eine seiner früheren Klavierschülerinnen aus Prag.

Bei ihrem Anblick spürte Eva ein unerklärliches, schmerzhaftes Ziehen in der Brust. Obwohl Hana hellblond war, nicht dunkelhaarig wie Miriam, auch älter – zwölf oder dreizehn – war in ihrem Gesicht etwas, das Eva an ihre Tochter erinnerte.

Mit scheuem Lächeln sagte Hana: »Es ist so schön, wenn Sie Klavier spielen. Wie ein wunderbarer Traum, den man immer wieder träumen möchte.«

Eva bedankte sich, war aber noch immer mit Hanas Aussehen beschäftigt.

»Ich glaube, das ›Lied der Landleute‹ werde ich bald im Schlaf singen können«, fuhr Hana fort.

»Gefällt es dir nicht?«, fragte Eva und dachte, die Ähnlichkeit mit Miriam könnte am Schnitt der Augen liegen.

»Doch, aber ich spiele lieber Klavier.«

»Das verstehe ich. Stundenlang konnte ich früher spielen, ohne es leid zu werden.«

Hana sah sie bewundernd an. »Ich habe gehört, dass Sie eine der vielversprechendsten Schülerinnen des Prager Konservatoriums waren.«

»Hast du auch dort Klavierspielen gelernt?« Eva überlegte, ob sie Hana in Prag einmal gesehen haben könnte und sie ihr deshalb bekannt vorkam.

Hana schüttelte den Kopf. »Ich hatte bei Gabriel Schmidt Privatunterricht. Bis die Deutschen es uns verboten haben.«

»Und hier erlauben sie es uns wieder. Verrückt, oder?« Eva stand auf und bat Hana, auf dem Klavierschemel Platz zu nehmen. »Magst du mir etwas vorspielen?«

Einen Moment lang schien Hana zu zögern, doch dann ließ sie sich auf dem Schemel nieder. Nach kurzer Überlegung legte sie die Finger auf die Tasten und begann. Anfangs spielte sie noch verhalten, dann jedoch ging sie körperlich mit, bis es aussah, als wolle sie mit den Tönen verschmelzen.

Eva stand wie versteinert. Das, was Hana spielte, war das Wiegenlied, das sie, Eva, vor vielen Jahren im Sanatorium komponiert hatte. Einen Moment lang glaubte sie, ohnmächtig zu werden, spürte, wie Schmidt eine Hand auf ihren Rücken legte. »Geht es Ihnen nicht gut?«, fragte er. »Wann haben Sie zum letzten Mal etwas gegessen?«

Hana brach ab.

»Es liegt nicht am Hunger.« Vor Eva drehte sich der Raum, ihr wurde übel. Schmidt brachte ihr einen Stuhl und drückte sie darauf nieder.

Eva versuchte sich zu sammeln und sah Hana an. »Woher kennst du dieses Lied?«

Hana schluckte nervös. »Das habe ich irgendwo gefunden.«

»Wo?«, fragte Eva scharf.

»Eva«, sagte Schmidt leise. »Sie machen dem Mädchen Angst.«

Eva ignorierte ihn und hielt ihren Blick auf Hana gerichtet. »Ich muss wissen, woher du dieses Lied kennst.«

Hana blickte zur Seite. »Ich habe es gefunden. Im Haus meiner Eltern. Die Noten lagen in einer Schrankschublade.«

»Du lügst«, flüsterte Eva.

»Nein.« Hanas Gesicht rötete sich, in ihre Augen traten Tränen.

Schmidt legte eine Hand auf Evas Schulter. »Sie sind übermüdet und sollten schlafen gehen.«

Schwerfällig stand Eva auf. Schmidt hatte recht. Sie musste sich hinlegen. Und dann würde sie über etwas nachdenken, das nicht wahr sein konnte.

»Es tut mir leid«, murmelte sie und verließ den Saal auf unsicheren Beinen.

In der Nacht tat sie kein Auge zu, starrte einfach in die Dunkelheit. Manchmal seufzte oder stöhnte eine der anderen Frauen, doch Eva nahm es kaum wahr. Sie spürte weder die Enge noch die Kälte oder die Bisse der Wanzen, konnte nur an Hana denken.

Am nächsten Tag ging Eva nach der Arbeit zum Musiksaal in der Dresdner Kaserne, um vor der Aufführung am Abend allein Klavier zu spielen. Seit einer Weile gab es dort eine ganze Reihe Instrumente, auch das Klavier aus der Sudetenkaserne war hierhergebracht worden. Warum die SS, die den Lagerbewohnern das Leben auf jede erdenkliche Weise zur Qual machte, das Musizieren erlaubte, war Eva nach wie vor ein Rätsel.

Bereits im Flur vor dem Musiksaal hörte sie, dass jemand auf dem Klavier das spritzige Lied des Chors spielte, das zu Beginn der Smetana-Oper gesungen wurde. Eva nahm an, dass es Schmidt war, der Vortrag war fehlerlos. Leise öffnete sie die Tür. Es war Hana.

Eva lehnte sich an den Türpfosten, beobachtete das Mädchen und lauschte. Hanas hellblondes Haar schimmerte im Licht der Deckenlampe, auf ihrer Stirn hatte sich eine kleine Konzentrationsfalte gebildet, auf ihren Lippen lag ein Lächeln.

Eva trat zu ihr.

Hana hörte auf zu spielen und warf Eva einen ängstlichen Blick zu.

»Du spielst wundervoll«, sagte Eva.

Hana schaute zu Boden. »Danke.«

»Das Lied ist nicht einfach, und du hast nicht einmal die Noten.«

»Herr Schmidt hat es mit mir einstudiert.«

»Für jemanden in deinem Alter ist es trotzdem eine Leistung.«

Hana hob den Kopf. »Ich bin zwölf und spiele seit acht Jahren Klavier.«

Eva lächelte. »Und wie mir scheint, hast du dich nie vor dem Üben gedrückt.«

»Im Gegenteil. Meine Mutter sagt immer, ich soll nicht so viel ... Ich meine, das hat sie immer gesagt.«

»Wo ist sie jetzt?«, fragte Eva sanft.

»Sie wurde vor einem Monat nach Osten abtransportiert. Zusammen mit meinem Vater.«

Eva wollte Hana tröstend über das Haar streichen, sagte sich jedoch, dass es Hana nur umso mehr verwirren würde. »Und du durftest hierbleiben?«

»Ich stand auf der Liste, nicht mein Vater.« Hanas Stimme war kaum zu vernehmen. »Er hat der SS angeboten, an meiner Stelle zu gehen.«

»Er muss dich sehr lieben.«

Hana nickte.

»Hast du seitdem von deinen Eltern gehört?« Noch immer wusste Eva nicht recht, was es mit den Transporten nach Osten auf sich hatte, sie kannte nur die Gerüchte.

»Meine Mutter hat es geschafft, mir eine Nachricht zukommen zu lassen. Eine Postkarte. Wenn es ihr gut geht, so hatten wir abgemacht, würde sie die Zeilen von unten nach oben laufen lassen. Und von oben nach unten, wenn es ihr schlecht geht.« Hana zog eine abgegriffene Postkarte aus ihrer Jackentasche und reichte sie Eva. *Uns geht es gut*, stand darauf. *Im neuen Lager ist es schön*. Die Zeilen liefen von oben nach unten.

Als Eva vor der Aufführung an ihrem Klavier Platz nahm, kam Schmidt zu ihr und wollte wissen, wie sie sich fühlte.

»Ich hatte gestern Abend einen kleinen Schock«, antwortete Eva. »Weiter nichts.«

»Warum, was ist passiert?«

Wie sollte Eva diese Frage wahrheitsgemäß beantworten, ohne Schmidt etwas anzuvertrauen, das außer ihr kaum jemand wusste? Es war ihr unmöglich. Zudem musste sie so kurz vor der Aufführung ruhig bleiben und sich auf die Musik konzentrieren. »Das Wiegenlied, das Hana gespielt hat, habe ich vor vielen Jahren selbst komponiert. Und dann sind mir die Noten abhandengekommen. Ich verstehe noch immer nicht, wie sie ihren Weg zu Hanas Eltern und dann zu Hana gefunden haben.«

»Vielleicht haben Sie die Noten im Konservatorium liegen lassen und jemand hat sie mitgenommen.«

»Und wie sind sie dann bei Hanas Eltern gelandet?« Eva begann ihre Noten zu ordnen.

»Wahrscheinlich hat der Zufall eine Rolle gespielt.«

Am nächsten Tag bat Schmidt Eva, die Klavierpartitur der *Verkauften Braut* mit Hana einzustudieren. Hana sollte

Evas Zweitbesetzung werden, nur für den Fall, dass Eva krank oder »umgesiedelt« wurde, wie Schmidt es nannte.

Eva erklärte sich dazu bereit, was blieb ihr auch anderes übrig.

In den darauffolgenden Tagen probte Eva jeden Nachmittag mit dem Mädchen. Dabei behandelte sie Hana mit der gleichen Strenge, die sie von jeher bei sich selbst angewandt hatte. Hana beklagte sich weder noch erklärte sie jemals, sie sei müde.

Einmal, an einem späten Nachmittag, saßen sie anschließend noch für einen Moment zusammen und spürten wieder die Kälte des Kellerraums, die sie beim Üben vergessen hatten.

Hana zog die Ärmel ihres Pullovers über ihre Hände und schlang die Arme um sich.

»Ich möchte noch einmal auf das Wiegenlied zurückkommen, das du gespielt hast, als wir uns kennengelernt haben«, sagte Eva.

Hanas Miene wurde wachsam. »Was ist damit?«

»Erzähl mir noch mal genau, wo du die Noten gefunden hast.«

»Das habe ich Ihnen doch gesagt. Ich habe zu Hause nach etwas gesucht und bin in einer Schrankschublade darauf gestoßen.«

»Und wonach hast du gesucht?«

Hana errötete. »Nach meiner Geburtsurkunde.« Sie senkte den Blick. »Meine Eltern waren schon ziemlich alt, als ich geboren wurde, und ich sah keinem der beiden ähnlich. Deshalb habe ich mich manchmal gewundert, ob sie mich vielleicht adoptiert hatten. Doch das mochte ich sie nicht fragen.«

»Hast du die Geburtsurkunde gefunden?«, fragte Eva und hielt den Atem an.

Hana schüttelte den Kopf. »Nur die Noten des Wiegenlieds. Ich habe es heimlich geübt, bis ich es auswendig spielen konnte. Meine Eltern haben nie erfahren, dass ich in ihren Unterlagen geschnüffelt hatte. Und ich habe nie herausgefunden, warum sie die Noten aufgehoben haben, obwohl sie beide so unmusikalisch sind.«

»Ich muss dir etwas sagen.« Eva nahm Hanas Hand. »Ich habe dieses Wiegenlied einmal vor vielen Jahren komponiert. Deshalb habe ich neulich so heftig reagiert. Ich hatte die Noten einem Ehepaar überlassen und konnte mir nicht erklären, wie du darangekommen bist.«

Hana befreite ihre Hand. »Das kann ich auch nicht.«

»Ich habe das Wiegenlied für ein Baby geschrieben. Für das Kind, das ich heimlich zur Welt gebracht hatte und zur Adoption freigeben musste.« Für einen Moment hingen ihre Worte im Raum, dann sprach Eva weiter. »Das Lied war das Einzige, was ich meinem Kind mitgeben konnte. Es sollte meiner Tochter von meiner Liebe erzählen, wenn ich nicht mehr bei ihr war.«

Hana regte sich nicht, und Eva spürte das aufgeregte Pochen ihres eigenen Herzes.

Schließlich sah Hana Eva an und begann zu weinen. »Immer wenn ich traurig war, hat das Lied mich getröstet«, flüsterte sie.

In der Nacht träumte Eva wieder von dem Überfall. Sie spürte, wie sie bespuckt wurde, wich vor den Händen zurück, die nach ihr griffen und sie zu Boden stießen, hörte die höhnischen Stimmen. Wie konnte etwas so Schreckliches etwas so Schönes wie Hana hervorgebracht haben?

Sie wurde wach, versuchte den Traum abzuschütteln, doch dann wurden die Erinnerungen übermächtig. Weinend war sie an jenem Abend nach Hause gelaufen, außer sich vor Entsetzen. Es hatte eine Weile gedauert, bis sie dem Drängen ihrer Eltern nachgab und ihnen berichtete, was vorgefallen war. Ihre Mutter ließ ihr ein Bad ein, wusch sanft mit einem Schwamm das Blut von ihrem Körper, hüllte sie in ein großes Badetuch. Danach tupfte sie Heilsalbe auf Evas Wunden. Eva ließ alles mit sich geschehen, doch im Bett rollte sie sich wie ein kleines Kind zusammen.

Anfangs registrierte sie nicht einmal, dass ihre Periode ausblieb, dazu fühlte sie sich zu elend. Erst nach drei Monaten begriff sie, dass ihre fortwährende Übelkeit nicht die Folge ihrer schrecklichen Erinnerungen war. Ihre Mutter ging mit ihr zu einem Arzt, der Eva untersuchte und bestätigte, dass sie schwanger war.

Abends im Bett hörte Eva, wie ihre Eltern sich im Nebenzimmer unterhielten. Der Gedanke an das künftige

Gerede in der Josefstadt setzte ihnen zu. Zudem fragten sie sich, was aus Evas musikalischer Zukunft und ihren Auftritten im Rudolfinum werden solle. Und wie eine Sechzehnjährige ein Kind großziehen könne.

Am nächsten Morgen sagte ihre Mutter: »In den Karpaten gibt es ein Sanatorium für Lungenkranke, das außerdem eine Abteilung für ledige Mütter hat. Während der ganzen Schwangerschaft werden sie dort betreut. Bis nach der Geburt des Kindes.«

Eva nickte nur. Zwei Wochen später fuhr sie mit dem Zug dorthin.

Nur wenige Minuten lang durfte sie ihr Baby in den Armen halten, ihm zärtlich über den weißblonden Haarflaum streichen und mit tränenverschleiertem Blick zusehen, wie seine blauen Augen nach einem Fokus suchten – spüren, wie sehr sie dieses Kind liebte.

Und nun hatten sie wieder zusammengefunden – Eva merkte, wie alles in ihr zu ihrem Kind strebte. Emotional war Hana an die Menschen gebunden, die ihre Eltern waren, das war ihr bewusst. Aber was empfand sie nun, da sie erfahren hatte, wer ihre leibliche Mutter war? Dass Hana das Ergebnis einer Vergewaltigung war, hatte Eva nicht gewagt zu sagen. Hana war erst zwölf Jahre alt und hatte seit ihrer Ankunft in Theresienstadt bereits genug ertragen. Ebenso hatte Eva für sich behalten, dass der Mann, der Hana gezeugt hatte, ebenfalls in Theresienstadt war.

In der darauffolgenden Zeit sagte Eva sich immer wieder, dass sie von Hana keine Liebe erwarten durfte, und doch kam das Mädchen ihr während ihres gemeinsamen Klavierspiels auf seine schüchterne und vorsichtige Art näher.

In einer Nacht, als Eva wieder einmal nicht schlafen konnte, weil ihr zu viel durch den Kopf ging, beschloss sie, Otto aufzusuchen und mit ihm über Hana zu sprechen.

*

Immer mehr Menschen wurden nach Theresienstadt gebracht, jede Kaserne, jedes Haus, jeder Raum waren nun hoffnungslos überfüllt. Auch das Ungeziefer vermehrte sich – Flöhe, Läuse, Wanzen – und jedermann kratzte sich blutig.

Eines Morgens kamen Mitglieder der Lagerwache in die Hamburger Kaserne und verkündeten, die Räume würden ausgeräuchert. Alle Frauen mussten vorübergehend in eine andere Kaserne ziehen.

Eva packte ihre wenigen Besitztümer in ihre Reisetasche – Kleidung, Essensgeschirr, Taschenlampe, Fotos von Miriam. »Vielleicht bedeutet eine andere Kaserne, dass wir in einer Fünf-Sterne-Unterkunft landen«, witzelte sie.

Niemand lachte.

Im Handumdrehen hatten alle ihre Habseligkeiten gepackt und wurden in die Magdeburger Kaserne geführt, eine der größten.

Auf dem Weg kamen sie an Männern vorbei, die Overalls und Gasmasken trugen. Sie schleppten schwere Kanister und Schläuche.

Den Frauen wurde ein Schlafsaal zugewiesen, der ebenso eng und verdreckt wie der alte war, mit dreistöckigen Bettstellen, schmuddeligen Matratzen und einem einzigen Waschbecken für alle.

Später am Tag traf Eva in der Kantine auf Josef und erzählte ihm von der Säuberungsaktion.

»Dabei benutzen die Nazis Zyklon B«, erklärte er. »Das ist das Gas aus Blausäure, das wir im Institut herstellen sollten.« Er zuckte mit den Schultern. »Dann wollten sie es wohl tatsächlich zur Schädlingsbekämpfung einsetzen.«

Eva betrachtete ihren Mann, dem es offenbar nicht gut ging. Seine Augen lagen tief in den Höhlen und waren umschattet, sein Teint war fahl. Trotzdem hatte er seit ihrer Ankunft im Lager nicht ein einziges Mal über irgendeine Krankheit geklagt. Offenbar hatte er erkannt, dass seine Hypochondrie hier fehl am Platz war.

»Die Menge, die sie gewünscht haben, war trotzdem sonderbar«, fügte er hinzu.

»Der Himmel mag wissen, was die Deutschen damit vorhaben«, sagte Eva.

Josef zuckte mit den Schultern.

Evas Gedanken wanderten zu der Postkarte, die Hana von ihrer Adoptivmutter erhalten hatte. Auch wenn niemand genau wusste, was sie im Osten erwartete, war doch jedem klar, dass es dort um ein Vielfaches schlimmer als in Theresienstadt sein würde. Und deshalb war es nun an ihr, Hanas Leben zu schützen, so wie sie es vor Jahren bei Miriam getan hatte.

Einige Wochen später entdeckte Eva bei der Aufführung der *Verkauften Braut* Otto im Publikum. Zusammen mit anderen SS-Leuten lehnte er hinter der letzten Stuhlreihe an der Wand.

Nach der Aufführung blieb er noch und unterhielt sich mit seinen Kameraden.

Eva fasste sich ein Herz und ging zu ihm, die Beine so zittrig, dass sie kaum wusste, wie sie es zu ihm schaffte. Sie schluckte krampfhaft, bevor sie leise fragte, ob sie ihn einen Moment sprechen könne.

Die anderen SS-Männer lachten und machten anzügliche Bemerkungen. Otto errötete.

Eva dachte, wenn er noch errötet, kann er nicht ganz und gar abgestumpft und herzlos sein.

Mit einer Kopfbewegung bedeutete er ihr, ihm nach draußen zu folgen.

In den Gassen hörte sie Opernbesucher, die sich auf dem Weg zu ihren Unterkünften über die Aufführung unterhielten. Einer lobte Evas Klavierspiel.

»Können wir irgendwohin gehen, wo wir ungestört sind?«, fragte Eva und wünschte sogleich, sie könnte ihre Worte zurücknehmen. Wahrscheinlich würde er nun annehmen, sie böte sich ihm an.

Otto zuckte mit den Schultern und steuerte die Magdeburger Kaserne an. Dort öffnete er eine Seitentür und knipste einen Lichtschalter an.

Sie betraten einen modrig riechenden Lagerraum, vollgestellt mit Gerümpel.

»Was gibt's?«, fragte Otto.

»Erkennen Sie mich nicht?«

Otto taxierte sie mit halb zusammengekniffenen Lidern. Dann schüttelte er den Kopf. »Nein.«

In seinen Augen war noch etwas von dem unbeholfenen Jungen zu erkennen, ebenso die Aggressivität, die ihn damals angetrieben und nun zu einem SS-Mann gemacht hatte.

Ihre Beine wollten ihr noch immer nicht richtig gehorchen, Eva musste sich gegen die Wand lehnen. »Erinnern Sie sich an einen Abend auf dem Alten Jüdischen Friedhof in Prag? Es war im Jahr neunzehnhundertdreißig.«

Otto furchte die Stirn. Dann wandte den Blick ab. »Warum, was war da?«

»Dort waren Sie mit Ihren Freunden aus der Hitlerjugend. Ich war auf dem Weg nach Hause, hatte die Abkürzung über den Friedhof genommen. Sie und die anderen haben mich angegriffen, und dann haben Sie mich vergewaltigt. Neun Monate später habe ich ein Kind zur Welt gebracht – ein Mädchen, das von einem älteren Ehepaar adoptiert wurde. Es heißt Hana Rubenstein, ist nun zwölf Jahre alt und auch hier in Theresienstadt.«

Eva beobachtete, wie sich auf Ottos Gesicht die unterschiedlichsten Emotionen abzeichneten – Schuld, Scham, Zweifel, Abwehr. Zum Schluss wurde daraus Trotz. Mit finsterem Blick sagte er: »Du hast nicht den kleinsten Beweis. Ebenso gut kannst du dir alles ausgedacht haben.«

»Natürlich kann ich es nicht beweisen, aber ich schwöre bei meinem Leben, dass Hana Ihr Kind ist.«

Draußen rief jemand Ottos Namen. Er wandte sich zum Gehen.

Eva fasste seinen Arm. »Bitte glauben Sie mir. Hana ist Ihre Tochter. Kommen Sie in die Dresdner Kaserne. Dort übt sie nachmittags Klavier, und abends singt sie bei den Aufführungen im Chor. Sie werden sehen, dass sie Ihnen ähnelt. Außerdem ist sie eine wundervolle Pianistin.«

Für einen Moment spielte ein Lächeln um Ottos Lippen, dann wurde seine Miene wieder hart. »Du redest dummes Zeug.« Er öffnete die Tür. »Sieh zu, dass du in deine Unterkunft kommst.«

Eva hastete hinaus.

»Und kein Wort darüber zu irgendjemandem«, rief er ihr nach.«

Auch in dieser Nacht fand Eva keinen Schlaf. Ein ums andere Mal fragte sie sich, ob es klug gewesen war, Otto anzusprechen. Sie hatte ihn bitten wollen, Hana zu schützen, doch nun fürchtete sie, das Gegenteil könnte geschehen und er würde sowohl Hana als auch sie umgehend nach Osten schicken. Dann erinnerte sie sich an sein Lächeln, als sie Hanas Klavierspiel gelobt hatte, und wertete es als Hoffnungszeichen.

Sie wünschte, sie könnte sich Josef anvertrauen, doch ihm war nur bekannt, dass sie als Sechzehnjährige vergewaltigt worden war, weitere Einzelheiten hatte sie ihm nicht verraten, und er nicht nach ihnen gefragt. Er wusste nicht, dass sie ein Kind bekommen und weggegeben hatte. Insbesondere ihre Eltern hatten gewünscht, Eva möge darüber schweigen. Ihre Furcht war, Josef werde Eva nicht heiraten, falls er die ganze Wahrheit erfuhr. Die Vergewaltigung hatte seine Zuneigung zu Eva nicht beeinträchtigt, doch mehr wollten Evas Eltern ihm nicht zumuten.

Dann war Eva mit Miriam schwanger geworden, hatte das Kind zur Welt gebracht und war ganz in ihr Mutterrolle aufgegangen.

*

Da *Die verkaufte Braut* ein so großer Erfolg gewesen war, fragte Schmidt nach der letzten Aufführung, ob Eva Lust habe, auch die Kinderoper *Brundibár* auf dem Klavier zu begleiten.

Eva hatte von der Oper gehört. Auch war ihr bekannt, dass der Komponist Hans Krása ebenfalls in Theresienstadt inhaftiert war. »Ist es nicht gefährlich, hier eine Oper aufzuführen, in der der Bösewicht einen Schnurrbart wie Hitler trägt?«

Schmidt lachte. »Die SS findet das offenbar nicht. Krása durfte hier sogar die Partitur neu schreiben. Gerade lassen wir die Aufrufe, sich für eine Rolle zu bewerben, anschlagen. Am Donnerstagnachmittag treffen wir uns in der Dresdner Kaserne und fangen mit der Besetzung an.«

Es fanden sich an diesem Tag dort etwa fünfzig Kinder ein, die mehr über die Oper erfahren und vorsingen wollten.

»*Brundibár* handelt von zwei Geschwistern mit Namen Aninka und Pepíček«, begann Schmidt. »Für diese beiden Rollen brauche ich ein Mädchen und einen Jungen, die schauspielern und singen können. Die Geschwister haben eine kranke Mutter, die Milch trinken muss, um wieder gesund zu werden. Doch die Familie ist zu arm, um sich Milch leisten zu können. Dann sehen die Kinder, dass Brundibár, der Leierkastenmann, mit seiner Musik und seinem Gesang auf dem Marktplatz Geld verdient, und sie beschließen, es ihm nachzutun und mit ihrem Lieblingslied aufzutreten. Doch ihre Stimmen sind so schwach, dass sie gegen die Musik des Leierkastens nicht ankommen und ihnen niemand zuhört. Trotzdem will Brundibár sie vertreiben. Zum Glück kommen ihnen eine Katze, ein Hund und ein Spatz zu Hilfe. Die Tiere trommeln die Kinder der ganzen Nachbarschaft zusammen, um Brundibár zu verjagen. Dann singen sie alle gemeinsam das Lieblingslied der Geschwister und können von den Zuhörern genügend Geld für Milch einsammeln.«

Die Kinder lauschten Schmidt wie gebannt, und als er geendet hatte, klatschten sie Beifall.

Schmidt trat zu Eva. »Könnten Sie jetzt das Siegeslied spielen? Wir lassen die Kinder in Fünfergruppen singen und bitten die, die vielversprechend klingen, zu bleiben.«

»Und was ist mit denen, die uns nicht zusagen? Sie werden todunglücklich sein.«

Schmidt furchte die Stirn. »Es gibt nicht viele Rollen für Solisten, und die anderen müssen wenigstens im Chor singen können.« Er zuckte die Achseln. »Meinetwegen sollen die, die nicht singen können, das Bühnenbild malen.«

Er teilte die Gruppen ein und kam mit der ersten zu Eva, die sich ans Klavier gesetzt hatte. Sie sang das Siegeslied, spielte es noch einmal vor und bat die Kinder, beim nächsten Mal mitzusingen.

Ein Junge sang das Lied nahezu fehlerlos. Schmidt trug ihn für die Rolle des Brundibár ein. Die anderen vier wurden für den Chor vorgemerkt.

Auch den Pepíček fanden sie rasch. Es war ein zierlicher Junge, der beim Singen bereits ein wenig geschauspielert hatte. Nur für die Besetzung der Aninka fiel ihnen die Wahl schwer.

Als Eva die letzte Gruppe als Kulissenmaler bestimmt hatte, blieben zwei Kandidatinnen übrig. Eine hatte eine schöne Stimme und ein gutes Rhythmusgefühl. »Ich glaube, wir haben unsere Aninka«, sagte Eva zu Schmidt, doch bei sich dachte sie, wie viel besser Miriam gesungen hätte oder auch Hana, selbst wenn diese lieber Klavier spielte als zu singen.

*

Wieder waren neue Transporte eingetroffen, noch mehr Frauen wurden in Evas Schlafsaal untergebracht. In manchen Nächten hatte sie das Gefühl, in der stickigen Luft nicht mehr atmen zu können. Das Ungeziefer war wieder so zahlreich wie vor der Ausräucherung.

Zudem war es noch kälter geworden, selbst die Körperwärme der Frauen, mit denen Eva sich ihre Schlafstätte teilte, nützte nicht viel.

Nun lag sie wach – kratzte sich und fragte sich, ob Otto sie von sich aus noch einmal auf Hana ansprechen würde. Ihr Gespräch lag Wochen zurück, seitdem hatte sie ihn nicht mehr gesehen.

Ihre Gedanken wanderten zu den Proben von *Brundibár*. Auch dabei war Hana ihre Zweitbesetzung. Sie trafen sich täglich, um den Klavierpart einzustudieren. Dann und wann blieben sie danach einfach zusammensitzen und unterhielten sich. Anfangs hatte Hana sich immer wieder nach ihrem Vater erkundigt, doch als sie gemerkt hatte, dass Eva nicht darauf einging, hatte sie aufgehört zu fragen. Nun wollte sie meistens erfahren, wie Evas Kindheit und Jugend gewesen waren, und ihre Zeit im Konservatorium. Davon berichtete Eva gerne.

Hana wiederum erzählte von ihren Adoptiveltern, wie liebevoll sie gewesen waren. Falls sie es ihnen übel nahm, ihr die Wahrheit über ihre Herkunft vorenthalten zu haben, erwähnte sie es nicht.

Hin und wieder spielten sie ein Stück vierhändig. In solchen Momenten war Eva glücklich, es war, als würden sie sich dabei erzählen, wie sehr sie einander ins Herz geschlossen hatten.

Nur Josef beklagte sich mitunter, dass Eva nun noch

weniger Zeit habe, sich mit ihm zu treffen. Allerdings hatte er verstanden, dass sie Kraft aus der Musik schöpfte, und bat sie nicht mehr, mit dem Klavierspielen aufzuhören.

Tatsächlich konnte Eva mittlerweile kaum noch nachvollziehen, warum sie das Klavier so lange vernachlässigt hatte. Dann sagte sie sich, dass ihre Ehe sie beansprucht hatte, und Miriam, um die sie sich hatte kümmern müssen. Die Zeit, stundenlang zu spielen, hatte sie nicht mehr gehabt. Zudem war ihr das Bedürfnis, sich in Klängen auszudrücken, verloren gegangen.

Sie überlegte, was ihr die Musik nun bedeutete. Sie spielte nicht, um bewundert zu werden. Vielmehr half die Musik ihr und ihren Zuhörern, wenigstens für eine Weile an einem Ort zu sein, wo Schönheit und Frieden regierten. Die Deutschen quälten und demütigten sie, doch wenn sie die Musik Smetanas oder Krásas hörten und sahen, wie großartig die jüdischen Sänger und Musiker waren, wie einfallsreich sie aus Wenigem viel machten, empfanden sie vielleicht wieder Stolz auf ihre Kultur und das Land, in dem sie zu Hause gewesen waren.

Plötzlich wurden draußen Schritte laut, die Tür flog auf, Licht wurde angeknipst. Eva richtete sich auf und erkannte eine der Aufseherinnen. Diese Frauen mit ihren grauen Uniformen waren in der Regel ebenso brutal und herrisch wie die SS-Männer.

Sofort waren alle wach und blickten die Aufseherin mit schreckgeweiteten Augen an. Evas Magen verkrampfte sich ängstlich.

»Alle Frauen, deren Transportnummern mit einer drei beginnen, packen ihre Sachen.« Die Aufseherin lief von einer Bettstelle zu anderen und verteilte Transportzettel. Einige Frauen wimmerten vor Entsetzen.

Eva legte sich zurück. Ihre Transportnummer begann mit einer sieben, ebenso die ihres Mannes und ihres Vaters. Sie waren in Sicherheit, die Frage war nur, für wie lange.

Sie hörte die verzweifelten Stimmen der Frauen, die zu packen begannen. Am Morgen würde man mit ihnen zum Bahnhof Bauschowitz marschieren, dort würden sie einen Zug nach Osten besteigen.

Eva beschloss, noch einmal mit Otto zu sprechen. Er musste für Hanas Sicherheit sorgen.

Auch mit Hana würde sie reden, ihr so schonend wie möglich beibringen, wer ihr Vater war. Im Moment nahm Hana vermutlich nur an, Eva hätte sie als uneheliches Kind weggegeben. Doch Hana war reif für ihr Alter, wahrscheinlich konnte man ihr die Wahrheit sagen.

Eva versuchte, sich die Worte zurechtzulegen. Sie durfte keine Fehler machen, weder bei Otto noch bei Hana.

*

Als Hugh an diesem Abend nach Hause kam, wirkte er aufgewühlt.

»Was hast du?«, fragte Pamela und hielt ihm ihre Wange zum Begrüßungskuss hin.

Als Antwort zog er eine Zeitschrift aus der Innenseite seines Jacketts. Es war *The New Republic.*

»Das ist ein amerikanisches Politikmagazin«, erklärte er. »Jemand namens Varian Fry hat darin einen Artikel über das Schicksal der Juden geschrieben. Fry ist der Mann, den die Amerikaner nach Marseille geschickt haben, um den von den Nazis Verfolgten bei der Flucht zu helfen.« Er blätterte zu einer Seite vor und reichte Pamela die aufgeschlagene Zeitschrift.

Pamela setzte ihre Brille auf und las.

Es gibt Dinge, die so entsetzlich sind, dass anständige Menschen sie nicht fassen können, so monströs, dass die zivilisierte Welt ungläubig vor ihnen zurückschreckt. Die jüngsten Berichte über die systematische Vernichtung der Juden in dem von den Nazis besetzten Europa zählen dazu.

Pamela fuhr mit der Hand an ihre Kehle, die Buchstaben verschwammen vor ihren Augen. »Was für eine systematische Vernichtung?«

»Lies weiter«, sagte Hugh gepresst.

Es gibt Vernichtungszentren, wo die Juden mit Gas oder Strom umgebracht werden. Es gibt speziell eingerichtete Lastwagen, in den die Juden mit Kohlenmonoxid aus dem Auspuff erstickt werden, bevor sie in einem Massengrab enden. Es gibt Bergwerke, in denen sie sich zu Tode arbeiten oder an dem Metallrauch zugrunde gehen. Sie werden bei lebendigem Leib in Krematorien verbrannt oder in Gebäuden, die absichtlich in Brand gesetzt werden.

»Nein«, flüsterte Pamela. »Etwas so … so Unmenschliches kann nicht sein.« Sie sah Hugh entsetzt an. »Und wenn doch? Wenn das tatsächlich wahr ist, dann könnte das doch auch Miriams Eltern betreffen.«

Hugh nahm ihr die Zeitschrift ab. »Es ist schwierig, an zuverlässige Informationen zu gelangen. In den letzten Wochen haben wir nur inoffizielle Berichte erhalten. Dies ist das erste Mal, dass sich jemand explizit und öffentlich über das Schicksal der Juden in Europa äußert.«

»Aber ist es wirklich wahr?«

»Fry müsste wahnsinnig sein, wenn er sich so etwas ausdächte.« Hugh tippte auf den Artikel. »Alles, was darin steht, hatten wir schon befürchtet.«

»Wer hat dir die Zeitschrift gegeben?«

»Der amerikanische Botschafter. In der englischen Presse steht noch nichts.«

»Dann hat Miriam es wenigstens noch nicht erfahren.«

»Nein. Wir haben eine Nachrichtensperre verhängt, die erst aufgehoben wird, wenn wir absolut sicher sind.« Hugh ließ sich nieder. »Wahrscheinlich wird das Rote Kreuz sich nun die Lager ansehen, in denen die Deutschen die Juden untergebracht haben und noch unterbringen. Die Nazis werden es nicht wagen, ihnen den Zutritt zu verweigern.«

Pamela richtete sich auf. »Dann könnte ich mich dieser Besichtigungsgruppe doch anschließen.«

»Vergiss es.« Hugh betrachtete sie kopfschüttelnd. »Es wird eine Delegation des Internationalen Roten Kreuzes sein, zu dem du nicht gehörst. Es ist nicht einmal klar, ob Engländer darunter sein werden.«

Pamela sank in sich zusammen. »Aber die Delegierten werden das, was sie sehen, veröffentlichen, oder?«

Hugh nickte.

»Und was machen wir mit Miriam?«

»Nichts. Wir sprechen mit ihr, wenn wir mehr erfahren haben. Lass sie ihre Kindheit so lang wie möglich genießen.«

Pamela dachte an ihren letzten Besuch in Hinton Hall. Die Nachricht, Will werde vermisst, hatte das Mädchen sehr unglücklich gemacht, hinzu kam ihre Sorge um ihre Eltern. Doch davon abgesehen hatte sie gesund ausgesehen, war von der Sommersonne gebräunt gewesen. Das Leben dort schien ihr zu bekommen. »Du hast recht. Miriam hat genug mitgemacht.«

Hugh legte die Zeitschrift fort.

Pamela sah, wie unstet seine Hände waren. Der Artikel musste ihn ebenso verstört haben wie sie.

Den Gedanken, dass die Deutschen ihre Kriegsgefangenen mit der gleichen Grausamkeit behandeln könnten, behielt sie für sich.

Kapitel 25

Als das Frühjahr 1943 begann und die Tage allmählich länger und wärmer wurden, waren Eva, ihr Vater, Josef und Hana noch in Theresienstadt.

Eva gab Hana weiterhin Klavierunterricht und freute sich über die Fortschritte des Mädchens. Noch glücklicher machte es sie, das Kind, das man ihr genommen hatte, nun wiedergefunden zu haben, auch wenn es den Schmerz, von Miriam getrennt zu sein, nicht linderte. Manchmal, wenn Hana über etwas lachte, erinnerte sie Eva so stark an Miriam, dass sie mit den Tränen kämpfen musste.

Eines Tages erzählte sie Hana, dass sie eine Halbschwester mit Namen Miriam habe. Danach, wenn sie nach Beendigung der Klavierstunden noch zusammensaßen, schilderte sie Hana, wie und wo Miriam war. Hana lauschte ihr fasziniert, konnte gar nicht genug über diese Halbschwester erfahren.

Als *Brundibár* zum ersten Mal aufgeführt wurde, saß Otto zusammen mit anderen SS-Männern im Publikum. Eva sah, wie er lachte, als *Brundibár* die Kinder verjagte, und wie er zum Schluss Beifall klatschte. Sie fragte sich, ob er die Ironie der Geschichte nicht erfasst hatte.

Das nächste Projekt, das Schmidt vorschwebte, war noch um ein Vielfaches anspruchsvoller, denn dabei ging es um die Aufführung von Verdis *Messa da Requiem*. Wieder sollte Eva die Klavierbegleitung übernehmen.

»Warum ausgerechnet dieses schwierige Musikstück?«, fragte sie ihn.

Schmidt schwieg, sein Blick wanderte in die Ferne. »Weil es eine Totenmesse ist.«

Eva sah ihn verwundert an. »Eine Totenmesse für uns? Ist unsere Umgebung nicht schon Grauen genug? Und warum dann etwas, das an einen katholischen Totengottesdienst erinnert?«

Schmidt zuckte die Achseln. »Es ist eine wunderbare Musik.«

»Ist das der einzige Grund?«

»Nein. Ich habe die Messe gewählt, weil sie auch von Gerechtigkeit und Vergeltung handelt. Denken Sie an das ›Dies irae‹ – da geht es um den Tag des Zorns, den Tag, an dem die Welt zu Asche wird. Vielleicht singen wir das *Requiem* für uns, doch noch weitaus mehr ist es für mich ein Akt des Widerstands. Eigentlich betrachte ich es als die Totenmesse für das Dritte Reich. *Judex ergo cum sedebit, Quidquid latet adparebit, Nil inultum remanebit.*«

»Und was bedeutet das?«

»›Sitzt der Richter dann, wird sich das Verborgene zeigen und nichts wird ungestraft bleiben.‹« In Schmidts Augen trat ein rebellisches Funkeln. »Wir singen das, was wir den Nazis nicht sagen können.«

*

An diesem Abend hatten sich Miriam und einige der anderen Mädchen im Schlafsaal um Olgas kleines Radio versammelt. Eigentlich war der Besitz eines Radios verboten, doch Olga hatte das ihre bisher vor den Lehrern von Hinton Hall verbergen können.

Sie steckten die Köpfe zusammen, um durch das statische Rauschen die Nachrichten der BBC zu hören. Nach den Kriegsreportagen folgte ein Bericht über die Lage der Juden in Deutschland und den von den Deutschen besetzten Gebieten.

»Überall in Europa erhalten die verbliebenen Juden höchstens ein Viertel der ohnehin kargen Lebensmittelrationen, die sonst üblich sind. Hunger und Tod sind die Folgen. Viel schlimmer ist jedoch, dass ein Großteil von ihnen in Züge verladen und zu Sonderlagern im Osten Europas transportiert wurden, eine Reise, die für viele von ihnen den Tod bedeutet …«

Vor Miriam begann es sich zu drehen.

Ein Mädchen brach in Tränen aus.

»Ich habe es geahnt«, flüsterte Miriam und ließ sich auf ihr Bett sinken. Auch ihre Familie war in ein Lager gebracht worden, und seitdem hatte sie nichts mehr von ihnen gehört.

»Glaubst du, unsere Eltern leben noch?«, fragte ein Mädchen namens Frida leise.

Miriam schlang die Arme um sich und nickte. »Ich würde es spüren, wenn meine Eltern tot wären, du nicht?« Sie wollte weinen und konnte es nicht, es war, als wäre ihr ganzer Körper taub geworden. »Vielleicht sind sie bei den Transporten entkommen und halten sich irgendwo verborgen. Dann können sie uns natürlich nicht schreiben.«

»Und was machen wir jetzt?«

Miriam schaute zu den Fenstern, vor denen die Vorhänge zugezogen waren. Die Felder und Wälder draußen würden im Dunkeln liegen, der Märzwind die Oberfläche des kleinen Sees kräuseln und auf den Wiesen die Gräser biegen, alles wäre wie an anderen Abenden auch.

Sie überlegte, ob sie Präsident Beneš schreiben und ihn um Hilfe bitten sollte. Aber was konnte jemand ausrichten, der vor den Nazis ins Exil geflüchtet war? Mit Sicherheit vermochte er niemanden aus einem ihrer Lager herauszuholen.

Frida fing an zu weinen. Miriam legte einen Arm um sie. Als sie spürte, wie der Körper ihrer Freundin von Schluchzern geschüttelt wurde, brach auch Miriam in Tränen aus.

*

Als sie sich zur ersten Probe versammelten, trat Schmidt vor und sagte: »Wir werden das *Requiem* aufführen, um Verdi für seine großartige Musik zu danken, und zum Gedenken an geliebte Menschen, die wir verloren haben.«

Eva dachte an ihre Mutter, sah sie in der Zeit vor sich, als sie selbst noch ein Kind gewesen war, und später, als sie bei ihnen in Prag gewohnt, mit Miriam gespielt und gesungen hatte. Dann schüttelte sie die Erinnerungen ab. Sie musste sich auf das *Requiem* konzentrieren.

»Wo sind die Noten?«, fragte jemand aus dem Chor.

Schmidt seufzte. »Ich habe nur einen Satz. Wir werden sehr oft und intensiv proben müssen.«

Eva betrachtete die Chormitglieder. Ebenso wie alle anderen Lagerinsassen waren sie bleich, die Wangen eingefallen, die Augen tief in den Höhlen. Jeder hatte Hunger, litt an den menschenunwürdigen Zuständen seiner Umgebung, doch niemand beklagte sich. Sie nahm an, dass es ihnen ebenso wie ihr erging und sie hofften, dass die Musik ihnen zumindest für eine kurze Zeit Vergessen schenken würde.

Schmidt wandte sich zu Eva um. »Wir beginnen mit dem ›Dies irae‹.« Er sang die ersten Zeilen vor. Dann gab er dem Chor das Zeichen, ihm nachzusingen. Alle hatten Schwierigkeiten, sich den lateinischen Text zu merken und ohne Noten zu singen.

Auch als die erste Probe beendet war, konnte man noch nicht von einem tauglichen Ergebnis sprechen, doch der

Eifer und die Hingabe eines jeden Einzelnen machten das wett.

*

Will beugte sich über seinen Blechnapf, nahm einen Löffel und versuchte, die warme Suppe so lange wie möglich im Mund zu behalten. Er rührte die Suppe um, hielt nach kleinen Stückchen Kartoffel oder Rübe Ausschau. Hätte er etwas gefunden, hätte er es mit dem Löffel herausgeschöpft. Wenn er etwas Festeres als Suppe im Mund hatte, konnte er seinem Magen suggerieren, es gäbe richtiges Essen. Es war jedes Mal ein kurzes Vergnügen.

An diesem Tag schwammen nur Fettaugen auf der Suppe, das einzig Feste war ein dünner Streifen Zwiebel. Auch den behielt Will einen Moment lang im Mund, bevor er ihn hinunterschluckte. Als Erinnerungsbilder angeschwebt kamen, auf denen Kittys Apfel-Crumble und die Lord Woolton Pie seiner Mutter zu sehen waren, verscheuchte er sie. Er wollte nicht überlegen, wann er diese beiden Gerichte wieder genießen würde – ob überhaupt jemals.

Er blickte zur Tür, durch die neu angekommene Kriegsgefangene traten. Will beobachtete, wie sie sich an der Essensausgabe anstellten und dann auf die dünne Suppe stierten. Er ging die Gesichter durch, auf der Suche nach jemandem, den er aus der RAF kannte. Nur Tomáš sollte nicht unter ihnen sein, sondern seinen Kampf mit den Deutschen fortsetzen. Seit ihrer gemeinsamen Zeit in der

RAF war er für Will wie ein Bruder geworden, und er klammerte sich an den Gedanken, dass Tomáš unversehrt geblieben war.

Einer der Neuankömmlinge ließ sich neben Will nieder, stieß ihn aus Versehen an und entschuldigte sich.

»Macht nichts«, sagte Will und drehte sich zu seinem Nachbarn um. »William Denison ist mein Name. Willkommen im Stalag Luft III.«

Der Neue – mager, blass und kahl geschoren – nickte ihm zu. »Ernest Harper. Beim Aufklärungsflug abgeschossen worden.«

Will stellte sich darauf ein, die nächste Geschichte einer Gefangennahme zu hören. Er kannte bereits so viele, dass sie alle ineinander übergingen.

*

An diesem Frühlingsmorgen schien die Sonne so kräftig, dass Pamela auf dem Weg zum Hampstead Heath ins Schwitzen geriet. Müde war sie auch. In der vergangenen Nacht war erneut Bombenalarm gewesen, und sie hatte kaum geschlafen. Stundenlang hatten sie und Hugh im Keller gesessen, die Einschläge und Explosionen gehört, den Lärm einstürzender Häuser.

Gegen Morgen war Entwarnung gegeben worden. Sie hatte ihre Eltern angerufen, um sich zu vergewissern, dass sie unversehrt geblieben waren, dann war sie in ihr Bett gekrochen.

Seit dem Aufwachen hatte sie dröhnende Kopfschmerzen und hoffte, dass sie sich an der frischen Luft legten.

Auf dem Heath entdeckte sie unter den Elstern und Schwalben einen Goldfink, dessen Anblick ihr Herz höherschlagen ließ.

Dann hatte sie die Beete erreicht, ein riesengroßes Mosaik aus braunen und grünen Rechtecken. Einige Frühaufsteher waren bereits bei der Arbeit, gruben und hackten, andere unterhielten sich über Beete hinweg. Jemand lachte. Warum auch nicht, schließlich hatten sie alle den nächtlichen Bombenangriff überlebt.

Earnie Smith war ebenfalls da und hob grüßend die Hand. »Haben Sie neue Nachrichten von Ihrem Jungen?«, fragte er.

Pamela schüttelte den Kopf. »Nach der Karte aus dem Kriegsgefangenenlager ist nichts mehr gekommen.«

»Kein Grund, die Hoffnung fahren zu lassen.«

Pamela schenkte ihm ein dankbares Lächeln. Sie wusste nie, was sie antworten sollte, wenn sie nach Will gefragt wurde. Die Leute meinten es gut, wenn sie sich nach ihm erkundigten, und Pamela setzte jedes Mal eine tapfere Miene auf, doch stets musste sie sich zurückhalten, um nicht in Tränen auszubrechen.

Sie kniete sich auf die warme Erde ihres Beets, stach den Löwenzahn aus, der überall hervorgekommen war, und warf die Pflanzen auf einen Haufen, um ihn mit nach Hause zu nehmen. Kitty würde daraus Löwenzahnsalat machen.

Sie zwang sich, nicht an Will zu denken, sich nicht zu fragen, wann der lange Krieg endlich zu Ende sein würde. Sie wollte sich nur auf die warme Sonne konzentrieren, auf die sprießenden Pflanzen und das vielstimmige Gezwitscher der Vögel.

Auf dem Rückweg kam sie an einem Zeitungskiosk vorbei. Die Schlagzeile »Alliierte setzen Bombardierung deutscher Städte fort«, sprang ihr ins Auge, und sie dachte, vielleicht ist es wirklich bald zu Ende.

Kapitel 26

Eva und Hana hatten sich im Musiksaal eingefunden, um das »Lux aeterna«, einen der schwierigsten Teile des *Requiems*, zu üben. Die Wechsel der Tonarten machten Hana zu schaffen.

Sie hatten die Kellerfenster geöffnet, um die Frühlingsluft einzulassen, doch immer wieder hörten sie draußen den Totenkarren über die kopfsteingepflasterten Wege rattern.

Eva bat Hana, noch einmal zu beginnen. »Wenn wir mit den anderen proben, musst du auch daran denken, die Solisten mitzunehmen. Sonst wird es nichts.«

Hana setzte erneut an.

Eva betrachtete sie von der Seite, sah, wie konzentriert Hana spielte. Doch sie war so blass, dass die Sommersprossen auf ihrer Nase überdeutlich zu sehen waren. Auf ihrer Oberlippe hatte sie ein kleines Muttermal und am Haaransatz eine kleine Narbe. Womöglich hatte sie einmal, ebenso wie Miriam, Windpocken gehabt.

Die Frage, die Eva sich immer wieder stellte, war, ob Hana auch etwas von Otto hatte. Äußerlich war die Ähnlichkeit vorhanden, das Mädchen zählte zu den wenigen hellblonden Kindern in Theresienstadt, doch von Ottos Wesen war bisher nichts zu erkennen.

Wenn sie das *Requiem* abends mit Schmidt, dem Chor und den Gesangssolisten probten, kam Otto nun des Öfteren in den Musiksaal. Mitunter erschien er auch, wenn Hana allein spielte. Dann setzte er sich in die letzte Stuhlreihe und hörte ihr zu. Wenn Eva hinzukam, ignorierte er sie. Doch sie beobachtete ihn hin und wieder und fand, er wirkte nachdenklich, fast so, als überlegte er, ob Hana nicht doch seine Tochter sein könnte.

Hana wohnte im Mädchenheim des Lagers. Die Ältesten sorgten dafür, dass die Kinder und Jugendlichen in den Heimen hin und wieder Schulunterricht erhielten. Doch Eva wusste, dass für Hana nur ihre Klavierstunden zählten.

Als Hana das »Lux aeterna« beendet hatte, sah sie Eva erwartungsvoll an.

»Noch einmal«, sagte Eva. Irgendetwas gegen Ende des Vortrags war falsch gewesen, ohne dass sie es richtig hätte benennen können.

Hana begann zu weinen.

»Was hast du?« Erschrocken nahm Eva Hanas Hand.

Hana atmete zittrig ein und aus. »Ich kann es nicht, es ist einfach zu kompliziert.«

»So etwas habe ich von dir ja noch nie gehört!« Eva streichelte die Hand ihrer Tochter. »Du übst so fleißig, greifst jeden Verbesserungsvorschlag auf, beginnst immer wieder von vorn, ohne den Mut zu verlieren. Was ist denn plötzlich anders?«

Hana befreite ihre Hand und wischte über ihre Augen. »Ich weiß es nicht.«

»Sollen wir eine Pause machen?«

Hana nickte.

Eine Zeit lang saßen sie still nebeneinander.

Dann sagte Hana: »Warum will Schmidt das *Requiem* aufführen? Es ist so furchtbar traurig.«

»Für ihn ist es der Ausdruck unseres Widerstands. Denk an die Zeilen des ›Dies irae‹, in denen es heißt ›Und ein Buch wird aufgeschlagen, treu darin ist eingetragen jede Schuld aus Erdentagen. Sitzt der Richter dann zu richten, wird sich das Verborg'ne lichten, nichts kann vor der Strafe flüchten‹.«

Hana lehnte sich an Eva. »Ist es nicht gefährlich, wenn wir das singen?«

Eva legte einen Arm um sie. »Hier ist alles gefährlich. Jeden Tag können die Leute hier zu einem Transport nach Osten abkommandiert werden. Ich auch.«

Hana schaute zu Boden. »Und ich.«

Eva drückte Hana an sich. »Ich werde alles tun, damit das nicht geschieht.«

»Wie denn?«

Eva dachte daran, wie oft sie Hanas Fragen nach ihrem Vater ausgewichen war, zuletzt jedoch beschlossen hatte, ihr irgendwann die Wahrheit zu sagen. Dennoch zögerte sie einen Moment, bevor sie antwortete. »Unter den SS-Männern ist einer, der dich hoffentlich beschützen wird.«

Hana blickte Eva an. »Warum sollte er das tun?«

Eva seufzte schwer. »Weil er dein Vater ist.«

Hana erstarrte. »Was?«

Leise und stockend erzählte Eva ihr von dem Abend auf dem Alten Jüdischen Friedhof.

Hana löste sich von ihr. »Mein Vater ist also ein Vergewaltiger und Mitglied der SS.«

»Und deine Mutter ist eine Jüdin aus Prag, die dich innig liebt.«

Etwas wie Misstrauen stahl sich in Hanas Blick, ein Ausdruck, der Eva an Otto erinnerte. »Und woher willst du wissen, dass er mein Vater ist?«

»Ich habe ihn wiedererkannt.« Eva strich Hana über den Kopf. »Ich werde alles tun, damit du nicht nach Osten geschickt wirst, sondern in Theresienstadt bleiben kannst, bis der Krieg zu Ende ist. Falls die jüngsten Gerüchte zutreffen, sind die Deutschen dabei, den Krieg zu verlieren. Dann wirst du nach Kriegsende frei sein und kannst dir ein Leben als Pianistin aufbauen.«

Hana schüttelte den Kopf.

Eva deutete auf das Klavier. »Wenn ich vor der Aufführung des *Requiems* fortmuss, möchte ich, dass du die Klavierbegleitung übernimmst. Aber dazu müssen wir noch ein wenig üben.«

»Meinst du wirklich, dass ich das kann?«, fragte Hana.

Eva lächelte. Schon war Hanas Ehrgeiz wieder aufgeblitzt. Der würde ihren Überlebenswillen stärken, ihr helfen, sich ein Leben nach Theresienstadt auszumalen, eine Zukunft, in der sie Pianistin war.

»Ja, das meine ich. Für eine Zwölfjährige ist dein Klavierspiel brillant. Du bist besser, als ich es in deinem Alter war.«

Ein kleines Lächeln huschte um Hanas Lippen. »Dann werde ich mir noch mehr Mühe geben.« Sie sah Eva an. »Ich möchte, dass du stolz auf mich bist.«

»Ich bin jetzt schon stolz auf dich.« Eva spielte das Wiegenlied, das sie vor langer Zeit komponiert hatte, und legte ihre ganze Liebe für Hana hinein.

*

Der Frühling und der Sommer vergingen, ohne dass Eva einen der gefürchteten Züge nach Osten besteigen musste.

Im Herbst wurde ihr Vater krank. Im November schien er vor Evas Augen dahinzusiechen. Schließlich wurde er in einen Schlafsaal unter dem Dach der Hannoverkaserne verlegt, dort, wo die Alten und Kranken untergebracht waren. Es war ein riesengroßer Raum, in dem der Wind durch die Dachsparren pfiff. Da die Essensrationen der Alten im Lager reduziert worden waren, wurde auch Evas Vater zunehmend schwächer.

An einem grauen Tag Anfang Winter kam Josef in die Wäscherei und wirkte bedrückt. Er zog Eva in eine Ecke.

»Es geht um meinen Vater, nicht?«

Josef nickte. »Heute früh wurde er ins Spital gebracht, und vorhin hat sein Herz aufgegeben.« Er nahm Eva in die Arme.

Vor Evas innerem Auge tauchten Bilder auf. Ihr Vater, der das Sabbatgebet sprach, der seiner Frau die Challa reichte und sie liebevoll anlächelte. Der ihr immer zur Seite gestanden und Miriam vergöttert hatte. Dann sah sie ihn in Theresienstadt, hilflos, resigniert, und nach dem Tod ihrer Mutter zunehmend verwirrt.

Nun waren ihre Eltern beide tot, und für einen Moment fühlte Eva sich alleingelassen. Sie sagte sich, dass sie ihren Frieden gefunden hatten, doch es war ein schwacher Trost.

Sie wischte ihre Tränen ab. »Wenigstens muss er nicht mehr leiden.« So schrecklich es war, dass das Leben ihrer Eltern an einem Ort wie Theresienstadt hatte enden müssen, so war ihnen zumindest der Transport nach Osten erspart geblieben.

»Ich werde beten, dass deine Eltern ihren Platz unter den Gerechten finden«, sagte Josef.

Ihr Vater würde nicht einmal bestattet werden, wie es sich nach jüdischem Glauben gehörte, dachte Eva. Stattdessen würde er im Krematorium des Lagers eingeäschert werden. Sie versuchte, sich an ihre Eltern zu erinnern, als sie noch jung gewesen waren, gelacht hatten. Es gelang ihr nicht.

Dann dachte sie, wie unglücklich Miriam sein würde, wenn sie eines Tages vom Tod ihrer Großeltern hörte.

*

Seit August hatte Josef an dem Bahnteilstück arbeiten müssen, das den Bahnhof Bauschowitz mit Theresienstadt verbinden sollte. Im Juni 1943 wurde die Bahnlinie in Betrieb genommen, doch auch danach mussten die Gleise immer wieder ausgebessert werden.

»Ich bin Wissenschaftler, kein Gleisarbeiter«, murrte er, wenn er mit Eva über die Schwere der Arbeit sprach.

Sie ging nie darauf ein. Was zählte es noch, welches Leben einer von ihnen vor Theresienstadt geführt hatte?

An diesem Frühlingsmorgen mussten wieder neue Nägel in die Bahnschwellen geschlagen werden. Nach den schweren Regenfällen der vergangenen Tage war die Erde unter den Schwellen aufgeweicht und abgesackt.

Hier und da waren bereits die ersten Unkrautsprösslinge zu erkennen. Für einen Moment ließ Josef den Hammer sinken und lauschte dem Gezwitscher der Vögel.

An seiner Seite arbeitete ein junger Mann namens Ivor – ein Dichter, der im selben Schlafsaal wie Josef untergebracht war. »Deine Frau ist eine großartige Pianistin«, sagte er zwischen zwei Hammerschlägen.

Josef sah sich rasch nach den Wachen um, dann legte er seinen Hammer ab und wandte sich Ivor zu.

»Du hast Recht, das ist sie. Sie wurde als Mädchen zur Konzertpianistin ausgebildet. Ich bin froh, dass sie hier wieder Gelegenheit zum Spielen hat. Die Musik hat ihr gefehlt.«

Ivor richtete sich auf und rieb seinen Rücken.

»Sie unterrichtet ein junges Mädchen, das ebenfalls ganz wunderbar spielt«, fuhr er fort. »Ich habe gehört, wie deine Frau mit ihr die Begleitung zu Verdis *Requiem* geprobt hat.«

Er wischte sich den Schweiß aus der Stirn. »Die Kleine hat Talent und sieht deiner Frau sogar ein wenig ähnlich.«

Josef lachte. »Das wohl kaum. Eva ist dunkelhaarig und Hana hellblond.«

»Es ist subtiler.« Ivor zuckte die Achseln. »Wahrscheinlich liegt es an ihrem Gesichtsausdruck, wenn sie spielen. Da ist die gleiche tiefe Versunkenheit. Und ein Ausdruck von Nähe.«

Eine der Wachen kam mit wutverzerrter Miene auf sie zu, schlug zuerst Josef dann Ivor mit der Faust auf den Hinterkopf. »Hier wird nicht geplaudert, sondern gearbeitet.«

Die beiden griffen nach ihren Hämmern.

Josef ließ sich Ivors Worte durch den Kopf gehen. War zwischen Eva und Hana tatsächlich eine besondere Nähe entstanden? War Eva dabei, Miriam in ihrem Herzen zu ersetzen? Dann dachte er daran, dass Miriam, anders als Hana, in Sicherheit und jede Form von Eifersucht fehl am Platz war.

*

Inzwischen fanden die Proben zu Verdis *Requiem* jeden Abend statt. Hana sang nun nicht mehr im Chor, sondern saß an Evas Seite und beobachtete ihr Spiel.

Wenn die Stimmen des Chors aufbrandeten und Eva daran dachte, dass die Mitglieder den ganzen Tag irgendwo Knochenarbeit geleistet und dennoch die Kraft fanden, mit solcher Inbrunst zu singen, wurde sie von einer so tiefen Rührung übermannt, dass ihre Augen feucht wurden. Der menschliche Geist war offenbar widerstandsfähiger, als sie gedacht hatte. Ihm war es zu verdanken, dass es Menschen inmitten eines hoffnungslosen Lebens gelang, etwas Einzigartiges zu erschaffen.

Wie Schmidt gesagt hatte, war das *Requiem* zum Ausdruck ihres Widerstands gegen die Nationalsozialisten geworden, die die Juden als minderwertige Rasse bezeichnet hatten, sie aussonderten und erniedrigten. Nun sangen sie von der Schuld ihrer Verfolger, die weder vergessen noch ungestraft bliebe.

Nichts kann vor der Strafe flüchten. Wenn Eva diese Passage spielte und den Chor dazu hörte, sah sie Otto vor sich.

Und noch immer kamen neue Transporte an. Andere Züge verließen Theresienstadt und fuhren nach Osten. In ihnen waren die Menschen magerer, bleicher und verzweifelter als diejenigen, die neu ankamen.

»Es ist nur noch eine Frage der Zeit, bis wir nach Osten geschickt werden«, sagte Josef. »Theresienstadt ist zur Durchgangsstation geworden.«

Er hatte recht, dachte Eva. Sie waren bereits bei den Registrationsnummern angelangt, die mit einer sechs begannen. Es würde nicht mehr lange dauern, und die ersten der Siebener-Reihe würden aufgerufen werden. Doch das Schlimmste für sie war, dass Hanas Registrationsnummer mit einer sechs anfing.

*

Es war Schmidts Ehrgeiz, das *Requiem* zu einem einzigartigen Musikereignis zu machen. Diejenigen, die für das Bühnenbild zuständig waren, hatten es irgendwie geschafft, Farben in das Lager zu schmuggeln, um die Holzbretter, die sie aufgetrieben hatten, zu bemalen. Das Ergebnis war fantastisch – ein grauer Hintergrund mit großen schwarzen Schatten und schweren, tief hängenden Wolken, in einer Ecke eine gleißende Sonne, deren Strahlen das Dunkel durchdrangen.

Mittlerweile beherrschte auch Hana die Musik des *Requiems*, einschließlich des komplizierten »Lux aeterna«. So oft wie möglich ließ Eva sie lange Passagen spielen, sprach ihr Mut zu, gab ihr Ratschläge. Sie sah, wie Hana aufblühte und ein Können entwickelte, für das sie an einem Konservatorium unvergleichlich viel länger gebraucht hätte. Sie war sicher, sollte Hana das Lager überleben, würde aus ihr eine großartige Pianistin werden.

Über Otto hatten sie nach dem ersten Mal nicht mehr gesprochen. Eva nahm an, dass Hana ihr Bestes tat, um den Gedanken, dass er ihr Vater war, zu verdrängen.

Dann kam der Tag, als Eva gegen Mittag Schmidt begegnete und erschrak, als sie seine schmerzerfüllte Miene sah. Sie fragte, ob etwas vorgefallen sei.

»In der Nacht wurde ein riesengroßer Transport nach Osten zusammengestellt«, antwortete er. »Viele, deren Nummer mit einer sechs beginnt, sind bereits fort. Die Hälfte unseres Chors hat zu ihnen gehört.«

Eva schluckte krampfhaft. »War Hana auch dabei?«

Schmidt schüttelte den Kopf. »Noch nicht. Aber die Kinder aus *Brundibár* wurden abtransportiert.«

Vor Evas innerem Auge tauchten Kindergesichter auf, Jungen und Mädchen, die voller Begeisterung gespielt und gesungen hatten.

»Dann müssen wir neue Sänger finden. Wir haben zu viel investiert, um aufzugeben.«

Schmidt warf die Hände hoch. »Und wie soll das gehen? Wir haben Wochen gebraucht, um unseren Chor bis zu dem Punkt zu bringen, an dem er jetzt ist.«

»Wenn wir aufgeben, werden die Deutschen über uns lachen. Allein zu Ehren derer, die nach Osten geschickt wurden, müssen wir weitermachen.«

Schmidt seufzte tief. »Also gut, Sie haben recht. Wir suchen uns neue Leute und fangen noch mal von vorn an.«

Als Eva am nächsten Morgen an der Lagerkommandantur vorbeikam, stand Otto draußen und rauchte. Wie immer beschlich sie bei seinem Anblick ein Gefühl, in dem sich Furcht und Abscheu mischten. Sie versuchte, eine neutrale Miene aufzusetzen, und trat zu ihm.

»Sie haben Hana spielen gehört«, sagte sie so fest wie möglich. »Ihre Tochter ist eine wunderbare Pianistin, finden Sie nicht?«

Otto blies Rauch in ihr Gesicht. »Ich habe dir schon mal gesagt, dass du nichts beweisen kannst. Sie könnte jedermanns Tochter sein.«

»Hana ist ebenso hellblond wie Sie.«

Otto lachte. »Dann hast du es eben mit einem blonden Mann getrieben.«

»Oder ich wurde von einem blonden Mann vergewaltigt. Warum suchen Sie in Ihren Akten nicht nach Hanas Geburtsdatum und rechnen nach?«

Otto zuckte mit den Schultern. »Es steht dein Wort gegen meines. Was glaubst du, welches mehr gilt?«

»Sie wissen, dass Hana Ihre Tochter ist, ich habe gesehen, wie intensiv Sie das Mädchen beobachten. Das Einzige, worum ich Sie bitte, ist, dass Sie Hana beschützen. Meine Tage sind gezählt. Ich werde demnächst nach Osten geschickt, und von dort ist noch keiner zurückgekommen.«

Otto sah zur Seite. »Dabei geht es um die Reinheit des Dritten Reichs.«

Sein Blick fiel auf eine Gruppe Männer, die mit Gartengeräten unterwegs waren. »Ihr da!«, schrie er. »Marschiert gefälligst, wie es sich gehört.« Hastig bildeten die Männer eine ordentliche Reihe.

Fröstelnd zog Eva ihre Strickjacke enger um sich. »Hana ist Ihre Tochter, vergessen Sie es nicht.«

»Halt endlich den Mund und verschwinde«, fuhr Otto sie an.

Er wirkt beunruhigt, dachte Eva im Weggehen. Vielleicht möchte er Hana wirklich retten und weiß nicht, wie er es anstellen soll.

*

Im Traum war Eva wieder auf dem Alten Jüdischen Friedhof. Die Hitlerjungen umringten sie und schwenkten johlend Zettel. Auf jedem stand Evas Registrationsnummer.

Sie schrak aus dem Schlaf auf, spürte das Hämmern ihres Herzens. Jemand richtete den Schein einer Taschenlampe auf sie. Es war eine Aufseherin. »Du bist an der Reihe«, sagte sie und drückte Eva den Zettel mit ihrer Transportnummer in die Hand. »Um fünf Uhr am Marktplatz. Beeil dich.« Sie wandte sich ab.

Eva hörte ihre Schritte verklingen. Sie stieg von der Bettstelle herunter, raffte das Wenige, was sie besaß, zusammen, und kleidete sich an.

Als sie auf dem Marktplatz ankam, entdeckte sie Josef. Er stand gebeugt und wirkte so ungläubig, als könnte er nicht fassen, dass das, was ihm widerfuhr, Wirklichkeit war.

Als er Eva sah, öffnete er die Arme.

Eva lehnte sich an ihn.

»Wenigstens bleiben wir zusammen«, murmelte er.

Eva küsste seine Wange.

Dann erkannte sie Hana in einer Gruppe Mädchen, die vor Angst wie gelähmt schienen.

Eva befreite sich aus Josefs Armen, bahnte sich einen Weg zu Hana. »Du auch?«

Hana nickte. Ihr Gesicht war kreideweiß. »Gabriel Schmidt wird jemand Neuen am Klavier brauchen.«

Eva schüttelte den Kopf. »Das lasse ich nicht zu.« Sie sah sich nach Otto um.

Er stand nicht weit entfernt und hatte mit anderen SS-Männern begonnen, die Menschen vom Marktplatz zur Bahnstation zu treiben.

Eva lief zu ihm. »Bitte«, sagte sie. »Hana darf den Zug nicht besteigen.«

Seine Kinnpartie versteifte sich.

»Ich flehe Sie an«, flüsterte Eva. »Auch wenn Sie Ihre Tochter nicht anerkennen wollen, bitte schützen Sie ihr Leben. Sorgen Sie dafür, dass sie weiter Klavier spielen kann.«

Otto betrachtete sie kalt, bevor er zu einem der anderen SS-Wachen trat, etwas sagte, das Eva nicht hören konnte, und mit einer Kopfgeste auf Hana deutete.

Als Eva nach Josef in einen der Güterwaggons kletterte – und hinter ihr immer mehr Menschen in den Waggon gestoßen wurden, wusste sie noch immer nicht, ob Otto seine Tochter vor der Reise nach Osten bewahren würde. Sie drängte sich an den anderen vorbei zu einer Lücke in der Waggonwand und spähte hinaus.

Der Zug setzte sich in Bewegung, die Bahnstation Theresienstadt zog langsam vorbei. Eva drehte ihren Kopf und blickte zurück.

Auf dem Abfahrtsgleis standen nur noch ein Mann und ein Mädchen. Otto und Hana.

Eva ließ sich zu Boden sinken und schlug die Hände vors Gesicht. *Hana ist in Sicherheit*, das sagte sie sich ein ums andere Mal, bis sie sich schließlich zu Josef zurückkämpfte und ihren Kopf an seiner Brust barg.

Und während sie dem Lager im Osten entgegenfuhr, dachte sie immer wieder daran, dass Hana gerettet und Miriam in England sicher aufgehoben war.

Manchmal schloss sie die Augen und stellte sich vor, wie die eine eines Tages als Pianistin auftrat und die andere zu einer wunderbaren Sängerin heranreifte.

Teil III

1944–1950

Kapitel 27

Nach dem kargen Frühstück kehrte Hana in ihre Unterkunft zurück, schob die modrig riechenden Kleider zurück, die an ihrer Bettstelle hingen, und kroch auf die dünne Matratze. Mittlerweile wog sie so wenig, dass die Matratze unter ihrem Gewicht kaum noch nachgab.

Sie starrte an die verdreckte Decke. Das Lager quoll vor Menschen über, doch sie kannte nur noch wenige.

Von Eva hatte sie nichts mehr gehört und von ihren Adoptiveltern nur vor langer Zeit jene Postkarte erhalten. Sie wusste nicht einmal, ob einer von ihnen noch lebte.

Ihr stiegen Tränen auf. Sie zwinkerte sie fort. Mit einem Mal sah sie Evas Gesicht vor sich. Wie oft hatte sie neben ihr gesessen und konzentriert Hanas Klavierspiel verfolgt – und sie hatte alles aus sich herausgeholt und stets auf den Moment gewartet, wenn Eva nickte und sich auf ihren Lippen ein zufriedenes Lächeln andeutete.

Dann tauchte ihre Adoptivmutter vor ihrem inneren Auge auf, sie sah ihre zärtlichen Gesten, das liebevolle Lächeln, wenn Hanas Vater am Sabbat den Segen für die

Töchter sprach. Die Sehnsucht nach ihnen allen wurde so übermächtig, dass sie sich auf den Bauch drehte und ihr Gesicht in den Armen barg.

Sie erinnerte sich an den Besuch des Internationalen Roten Kreuzes im Juni. Sie hatten das *Requiem* aufgeführt, und Hana hatte sich vorgestellt, Eva säße am Klavier und würde mit ihrer unglaublichen Virtuosität spielen.

Bevor die Delegation des Roten Kreuzes ankam, war Theresienstadt verschönert und Tausende Gefangene nach Osten abtransportiert worden, damit das Lager nicht überfüllt wirkte. Es hatte funktioniert, die Abgesandten des Roten Kreuzes hatten sich täuschen lassen.

Tatsächlich war der Besuch für die Nazis ein solcher Erfolg gewesen, dass an diesem Tag ein Propagandafilm gedreht werden würde. Der Titel lautete »Der Führer schenkt den Juden eine Stadt«.

»Hana!«, ertönte die harte Stimme einer Aufseherin. »Zieh dich gefälligst um. In zehn Minuten wird gefilmt.«

Hana stand auf, streifte das graue Kleid ab, das sie seit zwei Jahren trug und das ihr längst zu klein geworden war. Sie zog die weiße Bluse an, die sie an diesem Tag zu tragen hatte, konnte sich kaum noch daran erinnern, wann sie zuletzt ein neues Kleidungsstück besessen hatte. Zu der Bluse musste sie einen blauen Dirndlrock anziehen, dessen Saum bestickt war. Er war zu lang, sie schlug den Bund um.

Inga, ein jüdisches Mädchen, mit dem Hana sich angefreundet hatte, trat zu ihr und begutachtete sie. »Sieht hübsch aus.«

»Danke, dein Kleid steht dir auch gut.« Inga hatte zur Feier des Tages ein schönes, dunkelrotes Kleid erhalten.

Inga nickte in Richtung Ausgang. »Komm, lass uns diese Scharade hinter uns bringen.«

*

Für die Filmaufnahmen waren die Wiesen gemäht worden, in den Beeten blühten Blumen. Auf dem Marktplatz hatten sich die Statisten versammelt, Männer und Frauen in Vorkriegskleidung, die jedem von ihnen zu weit war; Kinder und Jugendliche, die ebenso wie Hana und Inga herausgeputzt worden waren.

Die Regie führte ein Mann namens Gerron aus Berlin, der früher Regisseur und Schauspieler gewesen war. Er winkte Hana und Inga zu dem »Café«, einem Gebäude, das frisch getüncht worden war, und bat sie, an dem kleinen Tisch draußen Platz zu nehmen. Jemand kam und stellte zwei Tassen »Kaffee« auf den Tisch.

»Benehmt euch ganz natürlich«, sagte Gerron. »Unterhaltet euch. Lacht.« Wie zur Entschuldigung zuckte er mit den Schultern. Ebenso wie jeder andere im Lager wusste er, der Film war der blanke Hohn.

Hana verzog ihren Mund zu etwas, das ein breites Lächeln sein sollte. Inga fing an zu kichern.

Gerron trat zurück, studierte sie mit schief gelegtem Kopf. Dann legte er Hanas Arme auf den Tisch, drehte Ingas Gesicht weiter zu Hana herum, und gab dem Kameramann ein Zeichen.

»Jetzt redet endlich«, sagte Gerron. »Egal über was. Es wird später nicht zu hören sein. Denkt euch etwas Lustiges aus. Es muss aussehen, als würdet ihr euch prächtig amüsieren.«

Hana sah Inga mit hochgezogenen Brauen an. Inga zuckte die Achseln.

Hana versuchte, an etwas Lustiges zu denken, doch ihr fiel nichts ein. Ihre Gedanken wanderten zu *Brundibár*, der Kinderoper, die sie an diesem Abend für den Film aufführen würden. Sie würde Klavier spielen. Im Geist hörte sie die schwungvollen Melodien, sah das Mädchen und den Jungen, die Aninka und Pepíček mit Feuereifer spielten, und spürte, wie sich ein Lächeln in ihr Gesicht malte.

»Und Schnitt!«, rief Gerron. »Sehr schön, meine Damen. Hana, dein lächelndes Gesicht haben wir als Großaufnahme im Kasten.«

Jemand kam und räumte die Kaffeetassen fort. Inga und Hana standen auf. Bis zu dem Fußballspiel, das ebenfalls an diesem Tag gefilmt wurde und bei dem sie zu den Zuschauern gehören würden, hatten sie frei.

Für die nächste Szene mussten sich Insassen an der sogenannten »Bank« des Lagers anstellen.

Ebenso wie andere »Geschäfte« war die Bank eine Täuschung, die die Nazis sich für den Besuch des Roten Kreuzes ausgedacht hatten. Das ausgegebene Lagergeld war wertlos, die Sachen, die man mit ihm angeblich in den Geschäften kaufen konnte, waren die Besitztümer, die man den Gefangenen bei ihrer Ankunft abgenommen hatte. Auch die Bank befand sich am Marktplatz, und die Statisten wurden erneut gebeten, sich zu unterhalten und einen fröhlichen Eindruck zu machen.

Eine Weile sahen Hana und Inga zu, wie die Leute mit ihrem verkrampften Lächeln und den bemühten Unterhaltungen gefilmt wurden.

»Es ist wenigstens eine Abwechslung«, meinte Inga, als sie und Hana zu ihrer Unterkunft zurückkehrten.

»Mehr aber auch nicht«, entgegnete Hana. Hinter den Kulissen war alles beim Alten geblieben. Die Unterkünfte waren verdreckt, die Essenrationen wurden immer kleiner, außer Brot, Kartoffeln und dünner Suppe wurde ihnen kaum noch etwas vorgesetzt. Die Flöhe und Wanzen in ihren Schlafsälen ernährten sich besser als die Lagerinsassen. Und immerzu fuhren vollbesetzte Züge Richtung Osten ab, kamen ebenso volle Züge aus dem »Reich« an.

Auf dem Flur begegneten sie einem SS-Mann, der aus ihrem Schlafsaal gekommen war. Es war Otto. So nannte Hana ihn in Gedanken, so hatte Eva ihn genannt. Seinen Nachnamen hatte sie bisher nicht erfahren.

Inga drückte sich an die Wand und schaute zu Boden. Wie alle anderen Lagerinsassen auch wusste sie, dass man die SS besser nicht auf sich aufmerksam machte und Blickkontakt vermeiden musste.

Hana tat es ihr nach, doch als Otto mit ihr auf einer Höhe war, sah sie ihn kurz von der Seite an. Er nickte ihr zu und ging weiter.

Auf ihrem Bett fand sie die Noten eines Musikstücks und ein Brötchen. Gierig griff sie nach dem Brötchen. Es roch ganz frisch, musste gerade erst aus der Bäckerei gekommen sein.

»Erhältst du wieder einen Gunstbeweis?«, fragte Inga spitz.

Seit Evas Abtransport hatte Hana des Öfteren auf ihrem Bett kleine Geschenke vorgefunden, nun wurde ihr klar, dass Otto jedes Mal der Geber gewesen war.

»Es ist nicht das, was du denkst.« Sie reichte Inga eine Hälfte des Brötchens.

»Was soll das heißen? Dass er dafür keine Gegenleistung verlangt?«

Hana errötete. »Er verlangt nicht das Geringste.« Sie raffte die Notenblätter auf. Es war Chopins Etüde op. 10, Nr. 2. Sie überflog die Seiten, konnte es kaum erwarten, sich an dem Stück zu versuchen.

Inga biss in ihre Brötchenhälfte, kaute und schluckte den Bissen hinunter. »Und das soll ich dir glauben? Ein SS-Mann, der dir einfach so etwas schenkt?«

Hana zuckte mit den Schultern. »Er ist Musikliebhaber. Manchmal, wenn ich Klavier spiele, kommt er und hört mir zu.«

»Sind das Privatkonzerte?«

»Nein.« Hana seufzte unwillig und fuhr sich mit ihrem Kamm durchs Haar. »Wir müssen wieder los. Das Fußballspiel beginnt gleich.«

Inga musterte sie argwöhnisch, sagte aber nichts mehr.

Eine Woche später waren die Filmaufnahmen beendet. Danach wurden Gerron, das künstlerische Personal und ein Großteil der Statisten nach Osten deportiert.

Die Verschönerungen im Lager verfielen, die fröhlichen Menschen des Films – falls sie überhaupt noch im Lager waren – wurden erneut zu bleichen, niedergedrückten Gestalten.

Auch Schmidt und die meisten anderen Musiker wurden in einen der Züge nach Osten verfrachtet.

Im Winter 1944 verbreitete sich im Lager das Gerücht der bevorstehenden militärischen Niederlage der Deutschen. Es hieß, die Rote Armee sei bereits auf dem Weg nach Prag, und die Deutschen würden überall die Flucht in Richtung Westen ergreifen.

Im Lager sah man SS-Leute, die mit Gepäck ihre Unterkünfte und die Lagerkommandantur verließen, in Militärfahrzeuge stiegen und davonfuhren. Andere verbrannten Dokumente. Die Zahl der Aufseher und Aufseherinnen verringerte sich täglich.

An einem Nachmittag war Hana allein im Musiksaal der Dresdner Kaserne und übte die Etüde Nr. 2 von Chopin.

Plötzlich war Otto da. »Ich werde bald fortgehen«, sagte er und betrachtete Hana mit der Mischung aus Verwunderung, Misstrauen und Zuneigung, die sich bei ihrem Anblick stets auf seinem Gesicht abzeichnete. »Wir haben den Krieg verloren, die Rote Armee rückt jeden Tag näher. Die Russen werden euch befreien. Kehr nach Prag zurück, dort werde ich dich nach Kriegsende suchen.«

Hana wusste nicht, was sie sagen sollte. Ihre Adoptiveltern waren verschwunden, und sie wusste nicht, ob sie einfach in das Haus zurückkehren konnte, in dem sie gewohnt hatten. Und wovon sollte sie leben? Sie war vierzehn Jahre alt und hatte nichts gelernt, außer Klavier zu spielen.

Sie warf Otto einen unsicheren Blick zu. Er hatte Eva vergewaltigt, und als sie nach Osten geschickt wurde, hatte er es nicht verhindert. Weder das eine noch das andere würde sie ihm jemals verzeihen.

Aber er war ihr Vater, hatte hier seine schützende Hand über sie gehalten.

»Danke für Ihre Hilfe«, sagte sie leise.

Otto lächelte knapp, dann war er fort.

Wenig später kamen die ersten sogenannten »Evakuierungstransporte« in Theresienstadt an. Bei ihnen handelte es sich nicht mehr um Juden aus Deutschland und den besetzten Gebieten, die einigermaßen gesund, wenn auch verängstigt, gewesen waren, sondern um Häftlinge aus den Konzentrationslagern im Osten, die die Deutschen vor dem Eintreffen der Roten Armee aufgelöst hatten. Sie waren in einem erbarmungswürdigen Zustand, kahl geschoren, bis auf das Skelett abgemagert, krank. Ihre Kleidung bestand aus Lumpen. Auch Kinder waren unter ihnen, in ihrem Blick das Grauen, das sie erlebt hatten.

Eines der evakuierten Mädchen wurde Hanas Schlafsaal zugewiesen. In der Nacht kroch es zu Hana und suchte die Wärme ihres Körpers. »Durst«, flüsterte es.

Hana nahm ihren Blechbecher, füllte ihn im Waschraum und brachte ihn dem Mädchen. Als es trank, musste Hana den Becher halten.

»Woher kommst du?«, fragte sie.

»Aus Auschwitz.«

»Und wo liegt das?«

Das Mädchen war zurückgesunken. »In Polen.«

Hanas Herz fing schmerzhaft an zu schlagen. »Hast du dort ein Ehepaar namens Rubenstein getroffen? Oder Eva und Josef Kolischer?«

Das Mädchen deutete ein Kopfschütteln an. »Wir waren Tausende.«

Hana nahm seine Hand. »Was hat man euch angetan?«

»Uns hungern lassen … uns gequält und gefoltert … und sterben lassen. Die meisten wurden schon bei ihrer Ankunft vergast.«

»*Vergast*?«

»In Kammern, die wie Duschräume aussahen. So viele Tote.« Das Mädchen schloss die Augen.

Hanas Herz verkrampfte sich. Vor ihrem inneren Auge tauchten Eva und ihre Adoptiveltern auf – abgemagert, kahl geschoren und dem Tod nahe.

Sie versuchte, die Bilder zu verjagen, und strich dem Mädchen über die knochige Hand. Es war eingeschlafen.

Hana lag wach an seiner Seite und bemühte sich, die Bilder abzuwehren, auf denen die Menschen, die sie liebte, in Gaskammern getrieben wurden und dort auf grauenhafte Weise umkamen.

Als das erste Tageslicht hereinsickerte, drehte sie sich nach dem Mädchen um. Es lag auf dem Rücken, über sein Gesicht krabbelten Läuse. Irgendwann in der Nacht war es gestorben.

Dann kam der Morgen, an dem Hana sich beim Aufwachen über die Stille wunderte.

Sie setzte sich auf und blickte sich um. Andere Mädchen im Schlafsaal taten das Gleiche.

»Was ist passiert?«, fragte Hana.

Die Stubenälteste kleidete sich an und trat hinaus auf den Flur. »Niemand da«, sagte sie.

Hana hörte sie über den Flur laufen. Dann kehrte sie zurück. »Sieht aus, als wäre von den Deutschen keiner mehr da.«

Nun kleideten sich alle an, und dann wusste niemand, was sie tun sollten.

Hana und Inga tauschten einen Blick, zuckten mit den Schultern und liefen nach draußen.

Vor der Tür stießen sie auf Gefangene, die ebenso verdutzt waren wie sie. Weit und breit war kein SS-Mann zu sehen.

Hana und Inga liefen über die Hauptstraße, schauten sich auf dem Marktplatz um. Überall das gleiche Bild. Schließlich trieb der Hunger sie in die Kantine. In der Küche standen Gefangene und bedienten sich an dem, was noch da war. Hana und Inga ergatterten jede ein Stück Brot und einen Apfel.

Inga war skeptisch. »Was meinst du, ob das Ganze eine Falle ist? Stecken die Deutschen irgendwo und beobachten uns? Und wer etwas stiehlt wird erschossen?«

Hana schüttelte den Kopf. »Ich glaube, sie haben den Krieg verloren und sind vor der anrückenden Roten Armee geflohen.«

Am nächsten Morgen wurden sie von Schüssen geweckt und wussten nicht, ob sie von den abziehenden Deutschen oder vorrückenden Russen kamen.

»Bleibt liegen«, sagte die Stubenälteste. »Verbergt euch unter den Decken.«

Hana zog ihre modrig riechende Decke über sich.

Nach einer Weile wurde ihr darunter zu warm, doch da draußen noch immer geschossen wurde, blieb sie reglos liegen. Erst als ihr Hunger überhandnahm, nagte sie ganz leise an ihrem Apfel.

Die Schüsse hörten auf.

Schließlich sagte die Stubenälteste: »Ich glaube, wir können uns anziehen und rauswagen. Seid aber vorsichtig.«

Wenig später standen sie vor dem Mädchenheim, spürten die warme Sonne, rochen den Duft der Frühlingsblumen.

Und zum ersten Mal seit langer Zeit verspürte Hana so etwas wie Hoffnung.

Dann setzte wieder Gewehrfeuer ein. Hastig zogen sie sich in das Mädchenheim zurück und spähten aus den Fenstern nach draußen.

Zu ihrem Erstaunen sahen sie Soldaten der Wehrmacht. Einer lief über die Hauptstraße und warf eine Granate in ein Gebäude. Auf die Explosion folgten Schreie.

Schließlich kehrten die Mädchen in ihren Schlafsaal zurück, setzten sich auf ihre Betten und lauschten den Schüssen. Irgendwann war das Rattern eines Panzers zu vernehmen.

»Die Rote Armee ist schon in Prag«, sagte ein Mädchen. »Vielleicht sind russische Soldaten ins Lager eingedrungen, und die Wehrmachtsoldaten kämpfen mit ihnen.«

»Ich gehe nicht mehr raus«, erklärte Inga. »Nach allem, was wir hinter uns haben, möchte ich nicht jetzt noch erschossen werden.«

Hana verkroch sich wieder unter ihrer Decke und begann in Gedanken Verdis *Requiem* durchzugehen, in der Hoffnung, dass die Kämpfe nach den letzten Klängen beendet wären.

Sie war noch beim Introitus, als Inga an ihrer Schulter rüttelte. »Komm mit, das musst du sehen.«

Sie blickten aus dem Fenster.

Über die Hauptstraße des Lagers fuhr ein Panzer, an dessen Geschützturm eine rote Fahne mit Hammer und Sichel hing. Ihm folgten Soldaten, auf den Mützen ein roter Stern.

Scheu und zögernd kamen die Lagerinsassen aus ihren Unterkünften und starrten die Russen an. Einer breitete die Arme aus und rief: »Wir sind gerettet.«

Hana lief mit anderen Mädchen nach unten. Viele der Lagerbewohner lagen sich weinend in den Armen, einige versuchten, mit dünnen Stimmen ein Loblied zu singen.

Hana fragte sich, was nun aus ihr werden sollte.

Kapitel 28

Pamela war seit Langem nicht mehr im Versammlungshaus der Freunde gewesen, doch als sie eines Morgens daran vorüberkam, öffnete sie die Eingangstür und betrat den Gebetsraum.

Es saßen nur zwei Personen in dem Stuhlkreis, eine alte Frau, tief in ihr Gebet versunken, und eine jüngere mit geschlossenen Augen und schmerzerfülltem Gesicht.

Pamela ließ sich nieder, schloss die Augen und sammelte sich. Sie versuchte, das Ticken der Wanduhr auszublenden und die innere Ruhe zu finden, um ihre Gedanken auf Gott zu lenken.

Eine Zeit lang verharrte sie in der Stille. Dann tauchte Will vor ihrem inneren Auge auf. Bleich und abgemagert war er, doch sein Blick war klar und zuversichtlich. »Bald komme ich nach Hause«, sagte er. »Alles wird gut.«

Pamela spürte die aufsteigenden Tränen und die Hoffnung, die heiß in ihr aufstieg. Als die Tränen überquollen, wischte sie sie nicht ab.

Bei ihrer Rückkehr fand sie Hugh im Wohnzimmer in seinem Sessel vor, in der Hand ein Glas Whiskey.

Pamela betrachtete ihn erschrocken. »Was tust du hier zur Mittagszeit? Und warum trinkst du?«

Hugh stellte sein Glas auf den Beistelltisch und streckte die Arme aus.

Pamela trat zu ihm, er zog sie auf seinen Schoß. »Endlich ist dieser verdammte Krieg zu Ende. Churchill wird es gleich im Radio verkünden.«

»Gott sei Dank!« Pamela schmiegte sich an ihn und spürte, wie sein Herz im Takt mit ihrem schlug.

Wenig später lauschten sie Churchill im Radio, der erklärte, dass die deutsche Wehrmacht bedingungslos kapituliert hatte und der Krieg in Europa beendet war. Mit Blick auf den fortdauernden Krieg im Pazifik fügte er hinzu: »Für kurze Zeit dürfen wir jubeln. Aber lassen Sie uns nicht vergessen, welche Kraftanstrengung noch vor uns liegt.«

Pamela sah die Erschöpfung und gleichzeitig die Erleichterung in Hughs Augen und strich ihm über das Haar. Die Vision, die sie im Gebetsraum gehabt hatte, behielt sie für sich, sie wollte Hugh keine Hoffnungen machen, von denen sie nicht wusste, ob sie sich erfüllen würden.

*

Auch in Hinton Hall kursierte im Frühjahr 1945 das Gerücht, der Krieg sei bald vorbei.

Am 8. Mai, die Luft draußen war vom frischen, süßen Duft der Frühlingsblumen getränkt, rief Mr Čapek alle

Schüler und Schülerinnen in der Eingangshalle zusammen, ließ das Radio an einer langen Schnur zu ihnen tragen und schaltete es ein.

Dann ertönte die Stimme des englischen Premierministers, der das Ende des Kriegs verkündete. »Die Übeltäter haben sich vor uns niedergeworfen«, sagte er.

Miriam dachte an ihre erste Begegnung mit den deutschen Kriegsfeinden. Das war, als auf dem Markt in Prag das Flugzeug über sie hinweggeflogen war und Flugblätter abgeworfen hatte. Sie erinnerte sich an ihre Angst. Und dann waren die Deutschen in Prag einmarschiert. Sie war noch ein kleines Mädchen gewesen, und doch hatte sie gespürt, wie sehr sich die Erwachsenen gefürchtet hatten.

»Für kurze Zeit dürfen wir jubeln«, hörte sie Churchill sagen. Sie dachte, vielleicht gab es Engländer, die jubelten, aber ihnen in Hinton Hall würde das schwerfallen. Kaum jemand wusste, was aus seinen Eltern geworden war, ob sie tot waren oder lebten.

Sie tauschte einen Blick mit Olga, deren Miene die gleiche Mischung aus Furcht und Hoffnung zeigte, die Miriam empfand. Der Krieg war zwar zu Ende, und die Deutschen konnten ihnen nichts mehr anhaben – aber was war, wenn sie das Schlimmste bereits getan hatten?

Nach der Radioübertragung erklärte Mr Čapek, am Abend würden sie die Niederlage der Deutschen mit Kuchen und Limonade feiern. Weder das eine noch das andere würde helfen, um Miriam über die Sorge um ihre Eltern hinwegzutrösten.

»Was machst du jetzt?«, fragte Olga auf dem Weg zur Französischstunde.

Miriam zuckte die Achseln. »Ich warte, bis ich etwas von meinen Eltern höre.«

»Und wenn du nichts hörst?«

Miriams Brust verkrampfte sich. »Ich denke, dann werden die Denisons mich behalten. Aber eigentlich möchte ich zurück nach Prag. Ich kann mir nicht vorstellen, dass dort niemand mehr aus meiner Familie ist.«

»Ich möchte auch wieder nach Prag«, sagte Olga. »Wenn wir keine Familie mehr haben, können wir dort vielleicht irgendwo zusammenwohnen. Uns Arbeit suchen.«

Miriam sah ihre Freundin verwundert an. »Wie soll das denn gehen? Wir sind doch erst elf Jahre alt.«

»Dann müssen wir eben in Hinton Hall bleiben und warten, bis wir alt genug sind.«

Sie betraten ihr Klassenzimmer.

»Und was ist, wenn Hinton Hall geschlossen wird?«

»Dann weiß ich es auch nicht.«

Sie ließen sich auf ihren Plätzen nieder.

Madame Lebrun kam herein. An der Tafel griff sie nach einem Stück Kreide. »Auch wenn der Krieg nun vorbei ist, gibt es noch immer zahllose französische Vokabeln, die gelernt werden wollen.«

*

Pamela zog ihren Hut tiefer und schlang die Arme um sich. Trotz des Sommerabends pfiff über den Flugplatz ein scharfer Wind. Auch hatte vor einer Weile Regen eingesetzt, er trommelte auf das Dach des Hangars.

Hugh legte einen Arm um sie. »Jetzt dauert es nicht mehr lang.«

Pamela schluckte nervös und versuchte vergebens, sich einfach nur zu freuen. Einerseits konnte sie es kaum erwarten, ihren Sohn nach drei endlos langen Jahren wiederzusehen, denn sie sehnte sich danach, ihn in die Arme zu schließen und an sich zu drücken. Andererseits wusste sie nicht, ob Will noch derselbe wie vor dem Krieg war. Womöglich hatte ihn das, was er in der Kriegsgefangenschaft mitgemacht hatte, verändert, und er würde ihr wie ein Fremder gegenüberstehen.

Inzwischen wusste sie, dass die Gefangenschaft in Deutschland nicht das Schlimmste gewesen war, was ihm hätte zustoßen können. Über den Krieg im Pazifik hieß es, dass die Japaner mit ihren Gefangenen noch weitaus grausamer als die Deutschen verfuhren. Dennoch würde die Gefangenschaft bei Will Spuren hinterlassen haben.

Als sie das Brummen eines Flugzeugs hörte, verließen sie den Hangar. Auf dem Flugfeld war die Beleuchtung eingeschaltet worden. Pamela spähte in den diesigen Himmel. »Siehst du was?«, fragte sie Hugh.

Hugh deutete nach Westen. »Ich glaube, das ist die Dakota, mit der er kommt.«

Pamela blickte dorthin und erkannte in dem verhangenen Himmel den dunklen Umriss eines Flugzeugs. Sie dachte daran, dass Will darinsaß und ihr nun bereits ganz nahe war, und plötzlich schlug ihr das Herz bis zum Hals.

Seltsamerweise tauchte vor ihrem geistigen Auge ein Bild von früher auf. Es zeigte Will während ihrer Skiferien im Riesengebirge, mit strahlendem, von der Kälte gerötetem Gesicht. Würde von diesem Will etwas geblieben sein? Oder würde er den zurückgekehrten Kriegsgefangenen gleichen, die sie in einem Film des Roten Kreuzes gesehen hatte – abgezehrte Gestalten, mit verhärmten Gesichtern und stumpfem Blick, die gebückt ihres Wegs gingen?

Sie tastete nach Hughs Hand. Er drückte die ihre beschwichtigend.

Aus dem Brummen am Himmel würde ein Dröhnen. Dann sank das Flugzeug, steuerte den Flugplatz an, ging tiefer und tiefer, bis die Räder den Boden berührten, ein Stück weit rollten und stehen blieben.

Wenig später wurde die Tür geöffnet. Pamela presste eine Hand auf ihr heftig schlagendes Herz.

Ein magerer junger Mann tauchte im Türrahmen auf, dann ein zweiter, ein dritter …

»Da ist Will«, sagte Pamela und wischte die Tränen fort, die ihr in die Augen geschossen waren.

»Bist du sicher?«

»Natürlich bin ich sicher.« Es kostete Pamela Kraft, nicht loszurennen, die Arme auszubreiten und Wills Namen zu rufen. Erst als er zu ihnen schaute, trat sie vor und winkte.

Dann war er bei ihnen, lächelte jedoch nicht. Seine Umarmung war die eines geschwächten Manns. Er legte seine Stirn auf Pamelas Schulter und blieb einen Moment so stehen.

Pamela strich ihm über das Haar.

Schließlich hob Will den Kopf, löste sich von Pamela und umarmte Hugh.

Ein zweiter junger Mann stand hinter ihm, hielt sich jedoch zurück, um das Wiedersehen nicht zu stören.

Will ließ seinen Vater los und deutete auf seinen Begleiter. »Das ist mein Freund Tomáš. Mum kennt ihn schon. Er war ebenfalls in deutscher Kriegsgefangenschaft, aber in einem anderen Lager als ich. Wir sind uns auf dem Flug hierher wiederbegegnet.«

Tomáš reichte Pamela die Hand. »Wie schön, Sie wiederzusehen, Mrs Denison.«

Pamela umarmte auch ihn. Sie erinnerte sich voll Dankbarkeit an Tomáš. Wäre er damals nicht zu ihr gekommen, um ihr zu berichten, dass Will sich aus seinem Flugzeug hatte retten können, hätte sie bis zu dem Tag, als Wills Postkarte aus dem Lager eingetroffen war, Höllenqualen ausgestanden.

»Kann Tomáš ein paar Tage bei uns bleiben?«, fragte Will. »Er will zurück zu seiner Familie, muss aber auf einen Flug in die Tschechoslowakei warten.«

Pamela wandte sich Tomáš zu. »Sie können so lange bei uns bleiben, wie Sie möchten.«

Auf dem Weg zu Hughs Wagen spürte Pamela, wie in ihr eine Woge der Dankbarkeit aufstieg. Ihr Sohn hatte

Krieg und Gefangenschaft überlebt, das war das Einzige, was zählte.

In ihrem Haus erklärte Tomáš, er sei müde und wolle sich am liebsten hinlegen. Und nein, hungrig sei er nicht. Pamela war sicher, dass er es nur aus Taktgefühl sagte, weil er sie und Hugh mit Will allein lassen wollte, doch als sie ihn bat, zu bleiben, schüttelte er den Kopf.

Sie führte ihn ins Gästezimmer, zeigte ihm das anschließende Bad, legte frische Handtücher bereit.

In der Küche wärmte sie die Hühnerbrühe auf, die Kitty gekocht hatte. Den gefüllten Teller trug sie auf einem Tablett ins Wohnzimmer, wo Will und Hugh saßen.

»Ich habe nur Hühnerbrühe und ein paar Brotscheiben für dich«, entschuldigte Pamela sich bei ihrem Sohn. »Eine Mahlzeit für einen Helden ist das wohl nicht.«

»Ich bin kein Held.« Mit dünnen, blassen Fingern griff Will nach dem Löffel. Es sah aus, als wäre er zu schwer für ihn. »Ich bin ein Überlebender.«

»Für mich bist du ein Held.« Pamela ließ sich ihm gegenüber nieder. »Iss die Suppe, du musst wieder zu Kräften kommen.«

Will nahm einen Löffel voll. Das Schlucken schien ihm Mühe zu bereiten. »In den letzten Tagen, nach der Befreiung, hat man uns zu viel zu essen vorgesetzt. Diejenigen, die alles in sich geschlungen haben, haben fürchterliche Koliken bekommen.«

»Lass dir Zeit«, sagte Hugh. »Dein Magen muss sich erst wieder an normale Portionen gewöhnen.«

Will hatte kaum die Hälfte der Suppe gegessen, als er den Löffel ablegte. »Mehr schaffe ich nicht.«

In London gab es noch immer sehr wenige Lebensmittel, doch Pamela wäre bereit gewesen, stundenlang in Warteschlangen zu stehen, um ihren Sohn aufpäppeln zu können. Am liebsten hätte sie ihm den Karamellpudding gekocht, den er früher so gern gegessen hatte. Aber wahrscheinlich sollte sie zunächst einmal dafür sorgen, dass ihr bleicher, kraftloser Junge wieder Lebensmut schöpfte.

Sie und Hugh hatten sich vorgenommen, Will nicht mit Fragen zu bestürmen, weder über das, was er hinter sich hatte, noch über seine Zukunftspläne.

Eine Weile saßen sie schweigend zusammen.

Als Pamela die Stille nicht mehr ertrug, sagte sie: »Ich freue mich, dass du Tomáš mitgebracht hast.«

Will nickte. »Er ist ein guter Freund. Ich bin froh, dass wir im selben Flugzeug waren.« Er lehnte seinen Kopf zurück und schloss die Augen.

»Ich werde mich um euch kümmern«, sagte Pamela. »Wenn Tomáš zu seiner Familie zurückkehrt, wird er wieder ganz der Alte sein.«

Um Wills Mund deutete sich ein Lächeln an.

Pamela betrachtete ihn sorgenvoll.

Sie würde Miriam noch bis zum Beginn der Sommerferien in Hinton Hall lassen, entschied sie. Im Sommer würde Will sich hoffentlich wieder erholt haben und Miriam würde sich bei seinem Anblick nicht mehr erschrecken.

Will öffnete die Augen. »Ich muss ins Bett.«

Pamela hatte seine Bettwäsche mit einem Lavendelsäckchen parfümiert, ihm einen neuen Schlafanzug bereitgelegt, der ihm viel zu weit sein würde. Doch die Hauptsache war, dass Will sich geborgen fühlte und die Erinnerungen an das, was er erlebt hatte, langsam verblassten.

Sie gab Will einen Gutenachtkuss. Hugh klopfte ihm unbeholfen auf den Rücken.

Dann sahen sie ihrem Sohn nach, wie er sich aus dem Wohnzimmer hinaus auf den Flur schleppte, hörten, wie langsam er die Treppe hinaufstieg.

*

Auch nach Wochen war Tomáš noch bei ihnen. Pamela und Hugh war das recht.

Tomáš und Will unternahmen Spaziergänge, die täglich länger wurden, und Pamela vermutete, dass sie dabei über ihre Kriegserlebnisse sprachen und sie auf die Weise versuchten zu bewältigen. Nach einer Weile aßen sie auch wieder mehr, wurden kräftiger und verloren ihre Blässe.

»Kommt ihr allein zurecht?«, fragte Pamela die beiden an dem Tag, als sie und Hugh nach Hinton Hall fahren wollten, um Miriam abzuholen.

Will verdrehte die Augen.

»Wenn ihr etwas braucht, wendet ihr euch an Kitty.«

»Ja, wissen wir doch«, sagte Will und seufzte.

»Wir sind bald wieder da«, verabschiedete sich Pamela.

Auf dem Weg aus dem Haus glaubte sie hinter sich leises Gelächter zu hören.

Am Nachmittag, auf dem Rückweg nach London, verkündete Miriam, dass sie nicht länger in Hinton Hall bleiben wolle.

»Ich möchte nach Hause. In die Tschechoslowakei.«

Pamela, die mit Miriam auf dem Rücksitz saß, wandte sich ihr zu. »Aber bei wem willst du denn dort wohnen?« Bisher hatten sie weder von Miriams Eltern noch Großeltern gehört. Pamela nahm an, dass Miriams Familie umgekommen war. Aber vielleicht hatte Miriam noch Hoffnung, sie hätten überlebt.

Miriam schaute aus dem Seitenfenster. Draußen glänzten Getreidefelder in der Sonne. »Das weiß ich nicht. Aber irgendeiner muss doch noch da sein.«

»Hast du nicht gesagt, deine Mutter war ein Einzelkind?«

Miriam nickte.

»Hat sie vielleicht Cousins oder Cousinen gehabt?«

Miriam schüttelte den Kopf, den Blick weiterhin nach draußen gerichtet.

»Und wie sieht es bei deinem Vater aus?«

Miriam zuckte mit den Schultern. »Er war viel älter als meine Mutter. Einem Verwandten von ihm bin ich nie begegnet. Ich weiß nur, dass der Bruder, den er hatte, im Großen Krieg gefallen ist.«

Pamela traf auf Hughs Blick im Rückspiegel. Dann legte sie einen Arm um Miriam. »Warum bleibst du nicht noch eine Weile bei uns? Oder zumindest so lange, bis wir mehr über deine Eltern und Großeltern erfahren haben. Du kannst in London zur Schule gehen, und wir würden uns freuen, dich bei uns zu haben. Das weißt du, nicht wahr?«

»Danke.« Miriam lehnte sich an sie. »Darf ich noch ein bisschen darüber nachdenken?«

»Natürlich darfst du das.«

*

Im Juli fand Tomáš eine Möglichkeit, zurück in die Tschechoslowakei zu fliegen.

Miriam blieb bei den Denisons und besuchte nach den Sommerferien in Hampstead eine Highschool.

Im September wurde es spürbar kühler, der Herbst brach in diesem Jahr frühzeitig an.

Miriam zog morgens die neuen, warmen Kleidungsstücke an, die Mrs Denison ihr gekauft hatte. Langsam füllten sich die Geschäfte in London wieder, auch wenn es noch keine richtig schönen Anziehsachen gab.

Als sie an diesem Morgen in die Küche kam, saß nur Will beim Frühstück. Er deutete auf einen Stapel Toastscheiben. »Bedien dich. Tee ist auch da.«

Miriam ließ sich nieder, bestrich eine Toastscheibe mit dem Himbeergelee, das Kitty eingekocht hatte, und schenkte sich einen Becher Tee ein.

Will vertiefte sich in die Tageszeitung.

Miriam ließ ihn in Ruhe lesen. Seit einigen Wochen schien es ihm besser zu gehen. Als sie ihn nach der Rückkehr aus Hinton Hall gesehen hatte, hatte sie ihn kaum wiedererkannt. Nun war er fast wieder der Alte.

Schließlich ließ er die Zeitung sinken. »Hast du Lust auf einen Spaziergang auf dem Heath?«

Miriam nickte kauend.

»Ich habe auch was Schönes für dich.« Will verließ die Küche.

Er kehrte mit einem roten Papierdrachen zurück. »Weißt du, was das ist?«

Miriam lachte. »Natürlich weiß ich das. Mein Vater hat mit mir auf dem Petřín in Prag Drachen steigen lassen. Allerdings war ich da noch ein kleines Kind.«

»Ach, und jetzt bist du zu alt dafür?«

»Ein bisschen.« Miriam zuckte die Achseln. »Aber ich komme mit.«

Wenig später stapften sie auf dem Heath einen Hang hinauf. Oben angekommen, ließ Will den Drachen fliegen.

Seine rote, leuchtende Farbe vor dem blauen Himmel sah unglaublich schön aus. Doch das Beste für Miriam war Will, der mit gerötetem Gesicht und glänzenden Augen hin und her rannte und dem Drachen Befehle zurief, als wäre dieser ein Mensch.

Zuletzt schwebte der Drachen als kleines rotes Viereck am Himmel und wirkte so großartig, dass Miriam überlegte, ob Will sich so fühlte, wenn er flog.

Er reichte ihr die Schnur und erklärte ihr, was sie zu tun hatte, um den Drachen ruhig zu halten.

Irgendwann verkündete er, er habe Hunger und zu Hause warte das Mittagessen auf sie. Vorsichtig holte Miriam den Drachen ein.

Will nahm ihn ihr ab, und sie schlugen den Rückweg ein.

»Das hat Spaß gemacht«, sagte Miriam.

»Also warst du doch nicht zu alt dazu.«

Miriam zog eine Braue hoch, eine Geste, die sie sich in Hinton Hall bei jemandem abgeschaut hatte und auf die sie stolz war. »Du anscheinend auch nicht.«

»Ich auf gar keinen Fall.« Will seufzte. »Wie einfach das Leben für mich als kleiner Junge war.«

Miriam dachte, dass ihr Leben aufgehört hatte, einfach zu sein, als ihre Mutter sie in den Zug nach England gesetzt hatte.

»Leider kann man die Uhr nicht zurückdrehen«, sprach Will weiter. »Wahrscheinlich müssen wir nach dem Krieg alle wieder lernen, das Leben zu genießen.«

Miriam wusste nicht, ob es ihr gelingen würde.

Will legte eine Hand auf ihre Schulter. »Bleib bei uns, Miriam. Du bist für mich wie eine kleine Schwester. Und seit Tomáš fort ist, bist du die Einzige, die mich nicht wie ein rohes Ei behandelt.«

Miriam lächelte. »Wie könnte ich meinem großen Bruder einen Wunsch abschlagen?«

Eines Abends saßen Pamela, Hugh und Will noch spät im Wohnzimmer zusammen. Miriam war bereits zu Bett gegangen.

Hugh deutete auf sein Glas Whiskey. »Möchtest du auch einen Schlummertrunk?«, fragte er seinen Sohn.

»Nein, danke«, sagte Will.

Pamela lächelte zufrieden. Sie wusste nicht, ob Will vor seiner Kriegsgefangenschaft mit seinen Kameraden getrunken hatte, und wenn, würde sie es ihm vielleicht nicht einmal verübeln, doch bei ihnen zu Hause akzeptierte sie immer noch höchstens widerwillig, dass Hugh jeden Abend vor dem Schlafengehen ein Glas zu sich nahm.

»Weißt du eigentlich schon, was du als Nächstes tun möchtest?«, fragte Hugh.

Pamela warf ihm einen tadelnden Blick zu. Hatten sie nicht ausgemacht, zu warten, bis Will von sich aus über seine Zukunftspläne sprach?

Will nahm ein Kissen vom Sofa und begann es zu kneten. »Ich denke schon.«

»Und wie sehen deine Pläne aus?«

»Ich kehre in die RAF zurück.«

»Wie bitte?« Hugh starrte ihn entgeistert an, dann leerte er sein Glas in einem Zug.

»Das verstehe ich nicht«, sagte Pamela. »Der Krieg ist doch zu Ende. Und du bist aus dem Kriegsdienst entlassen worden.«

»Trotzdem existiert die RAF weiter.«

»Willst du etwa wieder kämpfen?«

Will legte das Kissen zur Seite. »Nein, ich möchte dafür sorgen, dass der Frieden erhalten bleibt.«

»Trotzdem könntest du bei Kampfhandlungen eingesetzt werden«, sagte Hugh. »In neuen Kriegen, an denen die RAF irgendwo auf der Welt teilnimmt.«

»Ich bin noch immer Quäker«, sagte Will und klang genervt, als hätte er den Satz bereits hundert Mal von sich gegeben. »Ich wünsche allen auf der Welt ein friedliches Miteinander, seit dem Krieg noch mehr als zuvor. Doch der reine Pazifismus hilft uns nicht weiter. Diktatoren wie Hitler legen ihn als Schwäche aus, als Freifahrtschein, der es ihnen erlaubt, noch brutaler und menschenverachtender vorzugehen.«

»Sogar während des Kriegs haben die Deutschen uns gestattet, in ihrem Land Hilfe zu leisten«, sagte Pamela. »Ich hatte nicht den Eindruck, dass sie unsere Arbeit als ein Zeichen der Schwäche betrachtet haben.« Oder hatten sie es doch getan? Sie dachte an die Reise einer Quäkergruppe nach Bergen-Belsen, nachdem britische Truppen die Gefangenen dieses Konzentrationslagers befreit hatten. Die Überlebenden, die meisten von ihnen dem Tod nahe, waren in Wehrmachtskasernen gebracht worden, wo man Notlazarette eingerichtet hatte, und die Quäker hatten zu ihrer Versorgung beigetragen. Aber sie waren viel zu spät gekommen.

»Ich sage ja auch nichts gegen die Arbeit der Quäker«, entgegnete Will. »Mein Beitrag zum Frieden sieht lediglich anders aus als der ihre.«

Hugh schien etwas einwenden zu wollen, doch dann überlegte er es sich offenbar anders und schwieg.

»Wir brauchen unser Militär zur Abschreckung«, schloss Will.

»Hauptsache, es gibt nicht wieder Krieg«, sagte Pamela.

»Das halte ich für unwahrscheinlich«, entgegnete Will. »Abgesehen davon möchte ich nicht, dass du dir um mich Sorgen machst. Ich bin ein guter Pilot, und für mich gibt es nichts Schöneres, als zu fliegen. Ich liebe das Freiheitsgefühl über den Wolken, ebenso die Verantwortung, die man als RAF-Pilot trägt.«

Pamela schüttelte den Kopf. »Ich verstehe dich nicht.«

»Das ist mir bewusst. Ich verlange auch nicht mehr, als dass du meine Entscheidung respektierst.«

Hugh seufzte. Dann stand er auf, nahm die Flasche Whiskey von der Anrichte und schenkte sich nach.

Kapitel 29

Eine Frau mittleren Alters öffnete die Tür von Hanas Elternhaus und musterte Hana unfreundlich. Die Tür hatte noch dieselbe kirschrote Farbe, mit der Hanas Vater sie gestrichen hatte, sie war nur ein wenig verblasst.

»Kennen wir uns?«, fragte die Frau.

»Mein Name ist Hana Rubenstein. Vor dem Krieg habe ich mit meinen Eltern in diesem Haus gewohnt.«

»Und weiter?«

Hana befahl sich, ruhig zu bleiben. »Wie kommt es, dass Sie nun hier wohnen?«

»Ihr wart doch Juden.«

Hana nickte.

»Die meisten Juden brauchen kein Haus mehr. Oder leben deine Eltern noch?«

»Nein, sie sind in Auschwitz umgekommen. Aber ich lebe noch und würde gern wieder hier wohnen.«

Hana blickte an der Frau vorbei in den Flur und entdeckte die Kommode ihrer Eltern. Sie fragte sich, ob auch ihr Klavier noch im Wohnzimmer stand. Saß diese Frau abends allein oder mit ihrer Familie am Esstisch ihrer Eltern, benutzte ihr schönes Porzellan mit dem handgemalten Pfauenmuster, trank sie aus ihren Kristallgläsern?

»Tut mir leid«, sagte die Frau kalt. »Nun sind wir hier. Du wirst dir eine andere Bleibe suchen müssen.«

»Aber es ist unser Haus«, sagte Hana verstört. »Ich bin hier aufgewachsen. Ich weiß, wie lange meine Eltern für dieses Haus gespart hatten, mit wie viel Liebe meine Mutter es eingerichtet hatte.« Sie sah ihre Mutter vor sich, wie sie mit feiner Gobelinstickerei Kissenbezüge anfertigte.

Die Frau zuckte die Schultern und schlug die Tür zu.

Hana betätigte die Klingel, hämmerte mit der Faust an die Tür, doch es half nichts.

Schließlich wandte sie sich ab.

Bis zum Abend lief sie durch die Straßen, ohne zu wissen, wohin sie gehen sollte.

Die Geschäfte schlossen, an den Ladentüren wurden die Rollgitter heruntergelassen.

Hana geriet in eine Seitengasse, bog ziellos in die nächste ein und trottete weiter – bis Klaviermusik an ihr Ohr drang. Sie blieb stehen. Es war die Etüde Nr. 2 von Chopin, dieselbe, zu der Otto ihr in Theresienstadt die Noten geschenkt hatte.

Sie war am Konservatorium angelangt. Überwältigt betrachtete sie das Gebäude, in dem Eva Klavierunterricht gehabt hatte, konnte kaum glauben, dass es noch immer existierte, als wäre die Zeit stehen geblieben. Sie überlegte, ob es auch im Krieg geöffnet gewesen war. Hatten hier

Klavierlehrer unterrichtet, Schüler geübt und vorgetragen, als wäre das Leben ganz normal weitergegangen?

Sie lauschte der Etüde, die wunderbar gespielt wurde, und dachte an Otto, der sie in Prag hatte suchen wollen. Die Frage war nur, ob sie von ihm gefunden werden wollte.

Ihre Gedanken wanderten zu Miriam, ihrer Halbschwester, von der Eva ihr so viel erzählt hatte. Sie würde Miriam gern kennenlernen, Eva hatte ihr sogar ihre Adresse in England gegeben, aber wie sollte sie dorthin kommen?

Wie von allein stieß sie die Eingangstür des Konservatoriums auf und trat ein.

In der Empfangshalle saß eine ältere Frau an einem Schreibtisch und tippte auf einer Schreibmaschine. Sie sah Hana verwundert an. »Hast du jetzt noch Unterricht?«

Hana schüttelte den Kopf und überlegte, wie sie ihr Erscheinen erklären sollte.

»Vor Jahren hatte ich einmal privaten Klavierunterricht«, antwortete sie schließlich.

»Und wer war dein Lehrer?«

»Gabriel Schmidt.«

Die Frau lächelte. »Dann musst du sehr gut gewesen sein. Er war der Beste und hat auch nur die Besten unterrichtet.«

»In Theresienstadt bin ich ihm wiederbegegnet«, fuhr Hana leise fort. »Er hat mit uns musiziert.«

Der Blick der Frau wurde mitfühlend. »Wir haben von seinem Schicksal erfahren. So vielen unserer Musiker ist es wie ihm ergangen. Den Verlust werden wir noch lange spüren.«

Hana erzählte ihr von den Aufführungen, an denen sie teilgenommen hatte, von *Die verkaufte Braut*, *Brundibár* und dem *Requiem*.

Die Augen der Frau füllten sich mit Tränen. »Wie typisch für Schmidt, dass er die Musik benutzt hat, um Widerstand zu leisten.«

Hana fragte, ob sie zufällig eine Klavierschülerin namens Eva Nowak kennengelernt habe. Sie sei ebenfalls in Theresienstadt gewesen.

»Natürlich erinnere ich mich an Eva. Sie war eine unserer vielversprechendsten jungen Pianistinnen.«

»Ich habe viel von ihr gelernt. Bis auch sie in den Zug nach Auschwitz steigen musste.«

Die Frau seufzte schwer und fragte Hana, wo sie in Prag wohne.

Hana erzählte ihr, dass nun andere Menschen ihr Elternhaus in Besitz genommen hatten, und sie keine neue Unterkunft gefunden habe.

Die Frau schüttelte den Kopf. »Unglaublich. Aber solche Geschichten hört man jetzt überall. Die Juden, die überlebt haben, mussten das Schlimmste, das man sich denken kann, erleiden, und nun stiehlt man ihnen auch noch ihr Eigentum.« Sie stand auf. »Mein Name ist übrigens Irena. Wenn du möchtest, kannst du bei mir wohnen.«

*

Es dauerte lange, bis Prag sich wiederbelebte und die Menschen – Juden wie Nichtjuden –, die vor den Deutschen geflohen waren oder die Konzentrationslager überlebt hatten, in die Stadt zurückkehrten.

Etliche der Geflohenen hatten in Wäldern gehaust oder sich in einem Keller oder Speicher vor den Nazis verborgen. Die meisten von ihnen waren krank und halb verhungert wiedergekommen, und die Angst, die sie ausgestanden hatten, hatte sich in ihre Gesichtszüge geschrieben.

Nun mussten viele von ihnen erleben, dass die Wohnungen, Häuser, Wertsachen, die sie Freunden zu treuen Händen überlassen hatten, von den Freunden nicht zurückgegeben wurden, dass diese vielmehr leugneten, jemals etwas erhalten zu haben.

Langsam wurde auch bekannt, was sich in den Konzentrations- und Vernichtungslagern der Deutschen abgespielt hatte. Dennoch gab es Tschechen und Slowaken, die behaupteten, das, was sie unter den Deutschen erlitten hatten – die schlechte Versorgung, die Übergriffe der Sicherheitspolizei, die Bedrohung durch die Wehrmacht –, sei ebenso schrecklich gewesen.

Die Namenslisten derer, die wegen »Verbrechen gegen das Reich« verfolgt worden waren und Anspruch auf Wiedergutmachung hatten, verschwanden aus den Amtsstuben.

Hana flüchtete sich in die Musik, sie wurde zu ihrem Schutzwall. Von dem, was in Prag vor sich ging, versuchte sie, so wenig wie möglich mitzubekommen.

Sie wohnte bei Irena und ging ins Konservatorium, zu mehr fehlte ihr die Energie.

Ein Trost war, dass sie den Klavierunterricht, den sie erhielt, nicht bezahlen musste. Der Leiter des Konservatoriums hatte erklärt, schließlich sei sie die Tochter von Eva Nowak, die einst zu den besten Schülerinnen des Konservatoriums gezählt hatte.

*

Pamela war auf dem Weg zur tschechischen Dependance des Roten Kreuzes, um mehr über das Schicksal von Miriams Eltern zu erfahren. Weder Miriam noch Hugh wussten von ihrem Vorhaben, doch Pamela hatte irgendwo gehört, dass an diesem Tag die Namen der tschechoslowakischen Juden verlesen werden sollten, die in den Konzentrationslagern der Deutschen umgekommen waren.

Sollte sich herausstellen, dass Miriams Familie tot war, wollte Pamela sorgfältig überlegen, wie sie es Miriam sagen würde.

Das Mädchen sprach nur selten über seine Familie, und wenn, dann in der Vergangenheitsform, doch auch wenn ihr früheres Leben nun lange zurücklag und sie noch ein Kind gewesen war, als sie Prag verlassen hatte, war Pamela fest davon überzeugt, dass Miriam weiterhin hoffte, ihre Familie habe wie durch ein Wunder überlebt.

Der Warteraum war voller Menschen, die bleich und gebückt auf einfachen Holzstühlen saßen.

Pamela ahnte, was sie empfanden, sie wusste, wie sie sich gefühlt hatte, als Will als vermisst galt.

Sie ließ sich nieder. Kaum jemand sagte etwas, die Stille wurde nur vom gelegentlichen Rattern eines Fernschreibers unterbrochen.

Nach einer Weile erschien eine Angestellte, erklärte, um was es ging, und begann Namen von einer Liste abzulesen. Dann und wann brach bei der Nennung eines Namens jemand in Tränen aus.

»Eva und Josef Kolischer.«

Pamela fuhr zusammen. Das waren die Namen von Miriams Eltern. Sie wartete, ob auch die Namen von Miriams Großeltern kommen würden. Wenig später hörte sie: »Esther und Samuel Nowak« und stand schweren Herzens auf.

Anschließend fuhr sie zum Büro des britischen Roten Kreuzes, um festzustellen, ob sie dort weitere Einzelheiten erfahren konnte. Doch auch dort wusste man nur, dass Miriams Eltern und Großeltern tot waren, wann und in welchem Lager sie umgekommen waren, war nicht bekannt.

Am Nachmittag setzte Pamela sich ans Fenster, schaute auf die Straße und wartete darauf, dass Miriam aus der Schule kam.

Als das Mädchen die Schultasche abgestellt und den Schulblazer an der Garderobe aufgehängt hatte, bat Pamela sie ins Wohnzimmer und sagte: »Setz dich, Miriam.«

Miriam wich die Farbe aus dem Gesicht. Sie wusste, was Pamela sagen würde.

Kapitel 30

Miriam steckte eine Brosche ans Revers ihres Kostüms. Es war das einzige Schmuckstück, das sie besaß, ein Geschenk von Pamela zu Miriams fünfzehntem Geburtstag – eine kleine vergoldete Brosche mit grünen Glassteinen, die dem schlichten braunen Kostüm Pfiff verlieh.

Richtig hübsche Kleidungsstücke gab es noch immer nicht, auch wenn der Krieg seit vier Jahren beendet war. Aber selbst wenn es sie gäbe, hätte Miriam kein Geld, um sich welche zu kaufen. Und die Denisons wollte sie nicht um neue Kleidung bitten, sie waren ihr gegenüber ohnehin schon mehr als großzügig gewesen.

Miriam erinnerte sich, dass sie ebenso wie viele andere geglaubt hatte, der Krieg werde nicht lange dauern. Wie oft hatte sie sich ausgemalt, wie sie zurück nach Prag führe und auf dem Wilson-Bahnhof ankäme. Ihre Eltern und Großeltern wären da, um sie in Empfang zu nehmen. Einer nach dem anderen hätte sie umarmt, geküsst und fest an sich gedrückt. Sie hätten vor Wiedersehensfreude geweint.

Doch der Krieg hatte sechs Jahre gedauert. Im Mai 1945 war Prag von der Roten Armee befreit worden. Seit 1948 hatte die Kommunistische Partei der Tschechoslowakei die

Macht im Land übernommen. Welchen Grund sollte Miriam nun noch haben, nach Prag zurückzukehren und dort zu leben?

Also blieb sie in England. Auch die Denisons hatten es sich so gewünscht. »Du bist für uns wie eine Tochter«, hatte Pamela gesagt.

Allerdings hatte Miriam darauf bestanden, die Schule nach der Mittleren Reife zu beenden. Sie wollte arbeiten und finanziell unabhängig werden.

Sie hatte Glück gehabt, im Foreign Office wurden Nachwuchssekretärinnen gesucht. An diesem Morgen würde sie dort anfangen.

Sie hörte, wie Hugh von unten rief, sie solle sich beeilen.

Unten im Flur wartete auch Pamela, die Miriam begutachtete, ihre Brosche zurechtrückte, ihr erklärte, wie hübsch sie aussah.

Wenig später bestieg Miriam mit Hugh die U-Bahn nach Westminster. Benzin war nach wie vor so knapp, dass er seit Langem nicht mehr mit dem Wagen zur Arbeit fuhr.

Jahrelang hatte Miriam von einer Karriere als Sängerin geträumt, doch für den Moment würde sie sich notgedrungen mit einer Büroarbeit begnügen.

In der Bahn schlug Hugh die *Times* auf. Auch andere Fahrgäste – alle von ihnen männlich und in Nadelstreifen – lasen diese Zeitung. Miriam betrachtete sie und dachte, sie könnten beinah Klone sein. Frauen auf dem Weg zur Arbeit sah man seit Kriegsende nicht mehr. Nur zwei Schulmädchen waren in ihrem Waggon – und eine

Frau, die so teuer und vornehm gekleidet war, dass sie kaum zur Arbeit fahren dürfte.

Miriam richtete ihren Blick auf die Plakate an den Wänden, wo Dinge angepriesen wurden, die sie entweder nicht wollte oder sich nicht leisten konnte – Coca-Cola, Lucky Strike, Radiogeräte.

Das Foreign Office lag nur wenige Gehminuten von der Station Westminster entfernt. Hugh legte die Fußstrecke im Eiltempo und schweigend zurück. Miriam nahm an, dass er in Gedanken schon in seinem Büro war.

Sie hatte Schwierigkeiten, mit seinem forschen Schritt mitzuhalten, die Schuhe, die Pamela ihr vermacht hatte, waren ihr zu groß. Bei jedem Schritt rutschte sie vor und zurück.

Am Foreign Office – einem imposanten, cremefarbenen Gebäude mit riesengroßen Fenstern und Statuen auf den Simsen – öffnete ein livrierter Portier ihnen die Tür.

Hugh grüßte ihn mit einem knappen Winken der zusammengerollten *Times* und nickte der Empfangsdame zu. Miriam versuchte sich an einem Lächeln.

Sie überquerten einen hohen, überdachten Innenhof mit einem eleganten Marmorfußboden. Ehrfürchtig schaute Miriam sich um. Die Fenster zum Hof wurden von Säulen gerahmt, an einer Seite war hoch oben ein Säulengang zu sehen, die Decke war aus Glas.

Sie folgte Hugh zu einer Treppe mit rotem Teppichbelag, nahm Wandgemälde und eine reich verzierte Kassettendecke wahr. Sie stiegen die Treppe hinauf, erreichten einen Aufzug.

»Du brauchst keine Angst zu haben«, sagte Hugh im Aufzug. »Die Leute werden alle sehr nett zu dir sein.«

Miriam wollte tapfer lächeln, doch vor Nervosität war ihr Mund so trocken, dass sie nicht mehr als ein Nicken zuwege brachte.

Sie verließen den Aufzug, liefen über einen langen Flur. Hugh öffnete eine Tür mit der Aufschrift »Sekretariatsdienst«.

Eine Frau im strengen grauen Kostüm stand von ihrem Schreibtisch auf und begrüßte Hugh. Dann lächelte sie Miriam an und sagte: »Ich bin Mrs Ainsley, und du bist sicherlich Miriam.«

»Ja«, sagte Miriam scheu.

Hugh klopfte ihr noch einmal auf die Schultern und verschwand.

Mrs Aisnley zeigte Miriam, wo sie ihren Mantel aufhängen konnte, und führte sie zu einem freien Schreibtisch. Anschließend erklärte sie Miriam, was sie als Erstes tun sollte.

Miriam konnte weder Schreibmaschine schreiben noch stenografieren, demnach blieben für sie nur die Ablage, das Sortieren der Eingangspost und Botendienste.

Bereits gegen Mittag langweilte sie sich halb zu Tode. Mrs Ainsley versprach, ihr am Nachmittag zu zeigen, wie man die Telefonanlage bediente. Es fiel Miriam schwer, Begeisterung zu heucheln.

Um ein Uhr durfte sie eine Stunde Mittagspause machen. Wie befreit stürzte sie aus dem Gebäude. Da Hugh in seinem Club zu Mittag aß, hatte Kitty für Miriam ein Lunchpaket zurechtgemacht.

Sie lief in Richtung Westminster Bridge, fand unter den Bänken am Themseufer noch eine freie Bank und ließ sich nieder. Dann holte sie ihr Lunchpaket aus der Handtasche, ein Sandwich mit Corned Beef und Gürkchen sowie einen Apfel. An das weiße Brot hatte sie sich inzwischen gewöhnt, auch wenn sie mitunter noch sehnsüchtig an das herzhafte Schwarzbrot dachte, das sie als Kind in Prag gegessen hatte.

Sie blickte auf den Fluss, der in der Frühlingssonne glitzerte. Schiffe zogen an ihr vorüber. An den Ahornbäumen, die am Ufer standen, erkannte man bereits die ersten grünen Spitzen. Sie schaute zu den anderen Bänken hinüber. Überall saßen Büroangestellte, aßen, lasen oder unterhielten sich. Miriam nahm sich vor, am nächsten Tag ebenfalls ein Buch einzustecken.

Sie faltete das Butterbrotpapier ordentlich zusammen, verstaute es wieder in ihrer Handtasche, aß den Apfel.

Sie ließ den Morgen Revue passieren. Er war langweilig gewesen, aber nicht schlimm. Mrs Ainsley war nett und gab sich Mühe, wenn sie etwas erklärte. Dann und wann kam jemand ins Büro, erbat Unterlagen, verschwand wieder. Um halb elf war eine Frau mit einem Teewagen erschienen, hatte Miriam einen Becher dünnen Tee und einen Keks gereicht. Hugh hatte angerufen und Mrs Ainsley gebeten, ihm einen Flug nach München zu buchen. Ansonsten war nicht viel geschehen.

Schließlich stand sie auf, warf die Apfelbutze in einen Abfalleimer und schaute auf ihre Uhr. Sie hatte noch eine halbe Stunde, bevor sie zurückmusste.

Sie schlug den Weg zur St. Margaret's Church ein. Die Pforte der Kirche war weit geöffnet, ein Plakat am Eingang kündigte eine Reihe Mittagskonzerte an. An diesem Tag wurden die *Vier Jahreszeiten* von Vivaldi aufgeführt.

Miriam betrat die Kirche und nahm auf einer unbequemen Holzbank Platz.

Das Orchester setzte sich aus Geigen, Bratschen, Cello, Kontrabass und Cembalo zusammen und hatte bereits begonnen. Doch es war noch beim ersten Satz, dem Frühling.

Miriam schloss die Augen und ließ sich von der Musik davontragen. Es dauerte nicht lang, bis ihr leichter ums Herz wurde. Sie dachte an ihre Mutter, stellte sich vor, wie schön sie die Idee eines Mittagskonzerts gefunden hätte. Dann malte sie sich aus, ihre Mutter wäre in London, würde selbst bei einem der Konzerte Klavier spielen – einen Walzer von Chopin, ein Klavierstück von Debussy.

Als es Zeit wurde, wieder zur Arbeit zu gehen, stand sie widerstrebend auf. Vor dem Plakat, das die Konzerte ankündigte, blieb sie stehen. Auch die Telefonnummern des Kirchenchors und der Musikensembles standen darauf. Miriam notierte sich die Rufnummer des Chors, der offenbar abwechselnd tags und abends probte. Vielleicht würde sie beim Singen einen Ausgleich zur Büroarbeit finden.

Beschwingt und den Kopf voller Vivaldi kehrte sie ins Foreign Office zurück.

*

Wenige Monate später zählte Miriam zu den Gesangssolisten, die mit dem Kirchenchor Beethovens *Missa Solemnis* aufführten. Sie war der Sopran. Etliche der Proben hatten während des Tags stattgefunden, doch Mrs Ainsley war stets bereit gewesen, Miriam freizugeben, wahrscheinlich hatte Hugh dafür gesorgt.

Rein und kraftvoll erhob sich Miriams Stimme vor dem Hintergrund der prunkvollen, majestätischen Musik. Mr Fellowes, der Dirigent, lächelte ihr zu.

»Von Herzen möge es wieder zu Herzen gehen«, hatte Beethoven den Noten vorangestellt. Miriam setzte alles daran, um diesem Wunsch gerecht zu werden.

»Ich habe nachgedacht«, sagte Fellowes nach der Aufführung zu ihr. »Sie sind eine so talentierte und vielversprechende Sängerin, dass ich Sie gern mit Shirley Mountford zusammenbringen möchte. Sie bildet hin und wieder Sängerinnen des Royal Opera House weiter aus. Vielleicht ist sie bereit, auch mit Ihnen zu arbeiten.«

»Ist sie sehr teuer?«, fragte Miriam besorgt. Sie verdiente nicht viel und hatte darauf bestanden, einen Teil ihres Gehalts den Denisons zu geben.

»Bei Ausnahmetalenten ist sie manchmal zu Gratisunterricht bereit. Möchten Sie, dass ich mit ihr spreche?«

»Ja, bitte. Es wäre mir eine Ehre.«

»Das sollte es auch sein«, sagte Fellowes.

*

Im Büro wurde immer wieder von den Nürnberger Prozessen gesprochen, sowohl von denen gegen die Hauptkriegsverbrecher der NS-Zeit als auch den größeren und kleineren Nachfolgeprozessen.

Hugh, der mehrere Male als Beobachter der britischen Delegation bei den Prozessen gewesen war, fragte Miriam, ob sie ihn bei seiner nächsten Reise dorthin begleiten wolle. Unter anderem würde Will als Zeuge über seine Zeit im Kriegsgefangenenlager Stalag Luft III vernommen werden. Da sie inzwischen stenografieren könne, wäre es gut, wenn sie Mitschriften anfertigte.

»Du musst aber nicht mitkommen«, betonte Hugh. »Nicht, wenn du glaubst, dass es zu belastend werden könnte.«

Miriam wusste nicht, was sie empfinden würde, wenn sie die Angeklagten sähe, Menschen, deren Plan es gewesen war, die Juden Europas zu vernichten. Menschen, die für den Tod ihrer Familie verantwortlich waren. Würde sie bei ihrem Anblick zusammenbrechen? Dann dachte sie an ihre Eltern und Großeltern, die keine andere Wahl gehabt hatten, als sich dem Terror der Nazis zu beugen, und kam zu dem Schluss, dass sie es ihnen schuldete, an den Verhandlungen über die Verbrechen ihrer Peiniger und Mörder teilzunehmen.

»Ich möchte mitkommen.«

»Sehr gut«, sagte Hugh.

Nach dem Abendessen kam er noch einmal auf das Thema zurück. »Bei den nächsten Verhandlungen wird es um eher unbekannte Kriegsverbrecher gehen, kleine Rädchen im Getriebe der Nazis. Doch die Morde und das Grauen in den Konzentrationslagern haben sie mit verantwortet. Darüber hinaus werden wir Will zur Seite stehen, den die Verhöre seelisch angreifen werden. All seine Erinnerungen werden wieder hochkommen.«

Miriam erinnerte sich daran, wie Will aus dem Krieg zurückgekehrt war, mager und deprimiert. Mittlerweile gehörte er zu den Fluglehrern des RAF-Stützpunkts Brize Norton, war wieder kerngesund und machte einen zufriedenen Eindruck.

Manchmal fragte Miriam sich, ob Will eine Freundin hatte. Soweit sie wusste, hatte er noch nie eine junge Frau mit nach Hause gebracht. Als Kind hatte sie sich immer vorgestellt, ihn eines Tages zu heiraten, doch nun waren ihre Gefühle für ihn eher wie die für einen Bruder.

Am nächsten Tag gab Mrs Ainsley ihr eine Liste mit SS-Angehörigen und trug ihr auf, die Namen der Konzentrationslager, in denen diese Männer und Frauen gearbeitet hatten, einzutragen. Sie deutete auf eine zweite, umfangreichere Liste. »Hier sind alle Lager in Europa verzeichnet, ebenso wie die Namen der jeweiligen Lager-SS. Da müssten diese Leute zu finden sein.«

Miriam machte sich ans Werk. Sie konnte nicht fassen, wie viele Konzentrationslager es in Europa gegeben hatte, auch im sogenannten Protektorat Böhmen und Mähren der Deutschen – allerdings waren dort keine Vernichtungslager gewesen. Sechs Millionen Juden waren in den Lagern umgekommen, außerdem Sinti und Roma, Homosexuelle, Kommunisten, Sozialisten, Angehörige des Widerstands oder wer sich sonst in den Augen der Nazis unbeliebt gemacht hatte. Wahrscheinlich war nicht nur sie als Einzige einer Familie zurückgeblieben.

Sie machte sich an die Arbeit, verband die Namen der Lager mit denen der dazugehörigen SS-Leute.

*

Ms Mountford stellte sich als vollbusige, ansonsten jedoch gertenschlanke Frau heraus.

Sie setzte sich an ihr Klavier. »Zum Aufwärmen fangen wir mit einfachen Tonleitern an. Ich spiele sie vor, du singst sie nach.« Sie begann mit der C-Dur-Tonleiter.

Bereits nach den ersten Tönen korrigierte sie Miriams Haltung. »Schultern straffen!« Sie führte es vor. »Und jetzt noch mal.«

Miriam straffte die Schultern und setzte erneut an.

»Legato, Miriam!«

Miriam ließ die Töne ineinander übergehen.

»Sing nicht aus dem Kehlkopf. Dein Atem und dein Gesang müssen aus der Brust kommen. Noch mal.«

Miriam tat wie geheißen.

»Schau nicht so verkrampft.« Ms Mountford zeigte Miriam ein Gesicht mit entspannter Muskulatur.

Miriam versuchte, es ihr nachzutun.

»Und wiege dich beim Singen nicht, wir singen keine Schlager. Steh einfach still.«

Als die Stunde beendet war, stellte Miriam fest, dass Ms Mountford sie kein einziges Mal gelobt hatte. Vielleicht war sie nicht gut genug, machte zu viele Fehler, und als Nächstes würde Ms Mountford sagen, sie bräuchte nicht wiederzukommen.

»Dann bis zum nächsten Mal«, sagte sie stattdessen.

»Danke«, antwortete Miriam erleichtert.

»Du hast eine schöne Stimme. Wenn du hart an dir arbeitest, könnte sie eines Tages großartig werden.«

Auf dem Weg nach Hause ging Miriam wie auf Wolken.

Kapitel 31

Die britische Armee hatte Hugh einen Wagen mit Fahrer zur Verfügung gestellt, um sie vom Flughafen München nach Nürnberg zu transportieren.

Die Verhandlungen der Hauptkriegsverbrechen waren inzwischen abgeschlossen. Frank, Frick, Kaltenbrunner, Keitel, von Ribbentrop, Rosenberg, Seyß-Inquart und Streicher waren zum Tode verurteilt und die Urteile im Oktober 1946 vollstreckt worden. Göring hatte sich vor seiner Hinrichtung das Leben genommen.

Während der Fahrt sah Miriam die Ruinen der Häuser, die während der alliierten Bombenangriffe zerstört worden waren, an anderen Orten wurden neu gebaut. Sie stellte sich die Straßen vor, wie sie während der NS-Zeit gewesen waren, voller Hakenkreuzfahnen. Als Hitler an die Macht kam, war sie noch nicht geboren worden, nun war er tot, hatte sich im Führungsbunker in Berlin erschossen. Andere aus seinem engsten Führungskreis hatten Gift genommen.

Sie dachte an das Grauen und den Terror, die von den Nazis ausgegangen waren, die zahllosen Menschen, die in die Konzentrationslager und die Gaskammern getrieben worden waren, darunter ihre Familie.

Als hätte er ihre Gedanken gelesen, griff Hugh nach ihrer Hand. »Danke, dass du mich begleitest. Ich weiß, wie schwierig diese Reise für dich ist.«

In Nürnberg saßen sie im Gericht, als Will seine Aussage machte. Er berichtete von Hinrichtungen, Einzelhaft, Zwangsarbeit, Überarbeitung, brutalen Bestrafungen und Hunger, und doch wurde Miriam beim Stenografieren klar, dass die Deutschen ihre Kriegsgefangenen zwar schlecht, aber dennoch um ein Vielfaches besser als die Gefangenen in den Konzentrationslagern behandelt hatten. Wieder tauchten vor ihrem inneren Auge Bilder auf, die ihre Eltern und Großeltern zeigten. Sie wusste nicht, wie und wo sie umgekommen waren, doch sie war sicher, dass sie gelitten hatten, vielleicht sogar unter Qualen gestorben waren. Sie schüttelte die Vorstellung ab und versuchte, sich auf ihre Mitschrift zu konzentrieren.

*

Hana hatte sich in ihr Zimmer zurückgezogen. Noch immer war es das Gästezimmer in Irenas Wohnung, ein neues Zuhause hatte sie nicht gefunden – seit zehn Jahren hatte sie keines mehr gehabt.

Sie legte sich auf ihr Bett, starrte an die Decke. Die Menschen, die sie geliebt hatte – ihre Eltern und Eva –, waren tot. Nur der Mann, der sie gezeugt hatte, lebte noch.

Sie setzte sich auf, zog einen Brief aus ihrer Handtasche und strich ihn glatt. Den Inhalt kannte sie mittlerweile auswendig. Sie sollte in Nürnberg als Zeugin gegen Otto Feldmann, SS-Hauptsturmführer und Angehöriger der Lagerkommandantur Theresienstadt, aussagen.

Sie legte den Brief auf den Nachttisch. Normalerweise hätte sie es abgelehnt, all das, was sie zu vergessen suchte, wiederaufleben zu lassen. Doch dem Brief hing eine Liste der internationalen Prozessbeobachter an, und zu ihnen gehörte ein gewisser Hugh Denison.

Sie wusste, wer er war, Eva hatte den Namen in Theresienstadt mehrfach erwähnt, als sie ihr von der Familie erzählte, die Miriam aufgenommen hatte. Vielleicht hatte Hanas Halbschwester den Krieg in England überlebt.

Zu guter Letzt entschied Hana, dass sie der Aufforderung nachkommen und nach Deutschland reisen würde, obwohl es ihr vor diesem Land graute. Aber auch in Prag fühlte sie sich nicht mehr wohl, die engen Gassen mit den schief stehenden Häusern lösten in ihr Anfälle von Platzangst aus.

Doch vor allem trieb sie der Wunsch an, mit Hugh Denison zu sprechen, herauszufinden, ob Miriam noch lebte. Wenn ja, würde er sie vielleicht einladen, sie in England zu besuchen. Sie würde Miriam kennenlernen, feststellen, ob die Liebe zu Eva eine Verbindung zwischen ihnen schaffen konnte. Das Problem war nur, dass Miriam nichts von Hanas Existenz wusste, nicht unter welchen Umständen sie gezeugt und dass sie nach ihrer Geburt zur Adoption freigegeben worden war.

Eine Woche später stieg sie in einen Zug nach Nürnberg.

Die Dörfer bis zur deutschen Grenze waren im Krieg unversehrt geblieben, doch die Armut der Menschen war überall ersichtlich. Diejenigen, die Hana vom Zugfenster aus sah, waren mager, ihre Kleidung wirkte zerlumpt. Doch sie hatten wenigstens überlebt.

Dennoch war es eine Wohltat, als der Zug die Dörfer hinter sich ließ, in die wilde Natur des Böhmerwalds eintauchte und nach den Grenzkontrollen den Oberpfälzer Wald durchquerte. Bevor die ersten deutschen Städtchen erschienen, schlief Hana ein.

In Nürnberg checkte sie in das kleine Hotel ein, wo man ihr ein Zimmer reserviert hatte. Dort angekommen, wusste sie jedoch nicht, was sie tun sollte. Durch die Stadt zu laufen, wagte sie nicht, dazu war ihre Angst vor den Deutschen zu groß. Stattdessen ging sie früh zu Bett.

Am Morgen, nach einer Nacht, in der Hana sich unruhig hin und her gewälzt und so gut wie nicht geschlafen hatte, setzte sie sich in den Frühstücksraum, doch außer einer Tasse Kaffee brachte sie nichts hinunter.

Da der Prozess gegen die Angehörigen der Kommandantur von Theresienstadt erst am nächsten Tag stattfinden würde, überwand sie sich nach dem Frühstück und verließ das Hotel mit einer Wegbeschreibung zum Britischen Konsulat.

Dort erfuhr sie, dass Mr Denison sich an diesem Tag

beim Internationalen Militärgerichtshof im Justizpalast aufhielt.

Mit einer zweiten Wegbeschreibung machte Hana sich auf den Weg dorthin, spürte jeden kleinen Stein durch die abgelaufenen Sohlen ihrer Schuhe.

Beim Justizpalast handelte es sich um einen riesengroßen grauen Kasten mit einer erstaunlichen Vielzahl von Fenstern. Sie musste dem Wachmann am Eingang ihren Pass und ihre Vorladung als Zeugin zeigen, bevor er sie einließ. Am Empfang musste sie die Dokumente noch einmal vorweisen, bevor ein zweiter Wachmann sie zu dem Büro begleitete, das man den offiziellen Prozessbeobachtern zur Verfügung gestellt hatte.

Sie klopfte an, hörte ein »Herein«.

Hana trat ein. Es war ein großer Büroraum mit mehreren Schreibtischen. An einem saß ein distinguiert aussehender, schwergewichtiger Mann.

Hana nahm ihren ganzen Mut zusammen und fragte: »Sind Sie Mr Hugh Denison?«

Der Mann betrachtete sie einen Moment, bevor er freundlich nickte und auf den Besucherstuhl deutete. Dann fragte er etwas auf Englisch.

Hana setzte sich, zuckte verlegen mit den Schultern und erklärte, sie könne kein Englisch. Daraufhin wollte er auf Deutsch wissen, was er für sie tun könne.

»Mein Name ist Hana Rubenstein«, begann sie. »Während des Kriegs war ich eine der Gefangenen im Konzentrationslager Theresienstadt. Ich soll morgen gegen Otto

Feldmann aussagen. Er gehörte zur SS-Kommandantur von Theresienstadt.«

Erst in diesem Augenblick nahm sie die zweite Person im Raum wahr, eine junge Frau, die still in einer Ecke an einem kleinen Schreibtisch saß, vor sich einen Stapel Papier.

Denison sah sie abwartend an. »Und weiter?«

»Ich weiß noch nicht, ob ich gegen ihn aussagen werde. Feldmann hat mich vor dem Transport nach Auschwitz bewahrt. Ihm verdanke ich mein Leben.«

Hana warf einen Blick zu der jungen Frau hinüber, die sie interessiert beobachtete.

»Sie mag er gerettet haben«, sagte Denison, »aber erinnern Sie sich, wie viele er in den Tod geschickt hat.«

Hana schaute zu Boden, versuchte sich zu sammeln. Eigentlich hatte sie Denison nur nach Miriam fragen wollen, doch nun wusste sie nicht, wie sie auf ihre Halbschwester zu sprechen kommen sollte.

Sie hob den Kopf. »Es ist nicht so einfach. Feldmann ist mein Vater.«

Denison lehnte sich zurück. »Das ist ... Das macht es in der Tat zu einem Sonderfall.«

»Ich wollte ihn hassen«, sprach Hana weiter. »Für das, was er meiner Mutter angetan hat. Auch anderen Menschen im KZ. Doch ich muss immer daran denken, dass er mir das Leben gerettet hat.« Sie sah die Bilder jenes Tages wieder vor sich, Eva, die mit ihrem Mann in den Zug getrieben wurde, und Otto, der dem Zug gemeinsam mit ihr nachsah.

»Darf ich fragen, wie er Ihr Vater sein kann, oder ist das zu privat?«, fragte Denison.

Nach kurzem Zögern antwortete Hana: »Er war als Hitlerjunge in Prag. Er und ein paar andere Jungen haben meine Mutter überfallen. Feldmann war derjenige, der sie vergewaltigt hat. Dann ...« Sie verstummte. Es war Evas Geschichte. Durfte sie diese Geschichte Menschen erzählen, denen sie gerade erst begegnet war? Sie schaute zu Boden und fühlte sich elend.

Denison drehte sich zu der jungen Frau um und sagte etwas auf Englisch. Die junge Frau stand auf und trat zu Hana.

»Mein Name ist Miriam«, sagte sie auf Tschechisch. »Wenn du dich nicht gut fühlst, begleite ich dich zur Damentoilette.«

Hana starrte Miriam an.

»Komm, wir gehen«, sagte Miriam.

Hana vermochte sich nicht zu regen. Diese junge Frau mit Namen Miriam, die fehlerfrei Tschechisch sprach und mit Mr Denison zusammen war, konnte nur ihre Halbschwester sein.

Sie registrierte Miriams verwunderten Blick. Zitternd stand sie auf und folgte ihr.

Auf der Toilette wurde Hana schwindlig. Sie benetzte ihr Gesicht mit Wasser, spülte ihren Mund aus und wartete, bis sich der Schwindel legte. Dann kehrte sie zu Miriam zurück, die vor der Tür gewartet hatte.

Miriam führte Hana zu einer Bank, die in einer Nische des langen Flurs stand, und setzte sich mit ihr.

Hana betrachtete Miriam. Erkannte sie Eva in ihren Gesichtszügen wieder oder bildete sie sich das nur ein? »Wo hast du Tschechisch gelernt?«

»Ich wurde in Prag geboren. Meine Eltern und ich haben in der Josefstadt gewohnt. Dann sind die Deutschen einmarschiert, und meine Mutter hat mich mit einem der Kindertransporte nach England geschickt. Sie muss geahnt haben, dass die Nazis auch die tschechischen Juden verfolgen würden.«

»Und dann hat die Familie Denison dich aufgenommen.«

»Ja.« Miriam runzelte die Stirn. »Woher weißt du das?«

Hana zuckte mit den Schultern. »Es war nur eine Vermutung. Wahrscheinlich weil du bei Mister Denison warst.« Doch dann entschied sie, mit dem Versteckspiel aufzuhören. »Nein, ich weiß es von deiner Mutter. Ich habe sie in Theresienstadt kennengelernt, und sie hat es mir erzählt.«

Miriam fasste Hanas Arm und flüsterte: »Du hast meine Mutter gekannt?«

»Ja. Eva Kolischer.«

Miriams Augen füllten sich mit Tränen. Sie ließ Hana los.

»Sie war eine wundervolle Pianistin«, fuhr Hana fort. Dann hielt sie inne. Sie musste sich beruhigen, bevor sie schließlich weitersprach. »In Theresienstadt durften wir Musikinstrumente spielen. Deine Mutter hat mir Klavierunterricht gegeben. Wir durften sogar Aufführungen geben. Eva sollte Verdis *Requiem* begleiten, doch …« Hana schluckte krampfhaft. »Dazu ist es nicht mehr gekommen.«

»Weil sie nach Auschwitz gebracht wurde«, sagte Miriam tonlos.

Hana nickte. »Sie war eine großartige Pianistin. Und ein wunderbarer Mensch.«

»Ich weiß.«

Hana nahm Miriams Hand. »Die Frau, von der ich Mr Denison erzählt habe – meine Mutter, die in Prag von einem Hitlerjungen vergewaltigt wurde, das war Eva. Deine Mutter ... ist unsere Mutter.« Sie wagte es nicht, Miriam ins Gesicht zu sehen, stattdessen richtete sie ihren Blick auf Miriams Rock.

Miriam schwieg. Dann entzog sie Hana ihre Hand und fragte mit rauer Stimme: »Wie kannst du so etwas behaupten? Wie kommst du darauf, dass ich dir glaube?«

»Weil es die Wahrheit ist«, antwortete Hana. »In Theresienstadt hat Eva einen der SS-Männer als ihren Vergewaltiger wiedererkannt: Otto Feldmann. Dass ich ihre Tochter bin, hat sie herausgefunden, als ich das Wiegenlied auf dem Klavier gespielt habe, das sie vor vielen Jahren für mich komponiert hatte – in den Karpaten, wo sie mich in einem Sanatorium zur Welt gebracht hat. Dann wurde ich adoptiert. Es war deine – unsere Mutter, die dafür gesorgt hat, dass Feldmann mich vor dem Tod bewahrt.«

Miriam sprang auf. »Ich will nichts mehr hören. Du lügst.« Sie lief über den Flur davon.

Hana fiel in sich zusammen. Sie hatte alles falsch gemacht. Warum hatte sie Miriam mit der Geschichte überfallen? Mit Sicherheit würde sie nun nichts mehr mit ihr zu tun haben wollen. Eine Zeit lang starrte sie unglücklich vor sich hin. Vielleicht hätte sie gar nicht nach Nürnberg kommen, sondern sich in Prag darauf konzentrieren sollen, sich ihr neues Leben weiter aufzubauen.

Dann dachte sie, dass Eva es vielleicht gewollt hätte, dass ihre Töchter sich kennenlernen. Als Nächstes stellte sie fest, dass ein kleiner Teil in ihr froh war, dass Miriam die Wahrheit erfahren hatte. Fünf Jahre lang hatte ihre Halbschwester ihre Mutter für sich gehabt, war von ihr umarmt, geküsst und zu Bett gebracht worden. War von ihr geliebt worden. Sie dagegen hatte nur eine kurze Zeit mit Eva verbracht und die verlorenen Jahre nicht aufholen können.

Hana atmete tief durch und befahl sich, nicht eifersüchtig zu sein. Eva lebte nicht mehr, und auch Miriam konnte die verlorenen Jahre mit ihrer Mutter nicht aufholen. Sie und Miriam konnten nur noch Erinnerungen tauschen. Falls Miriam bereit war, Hana wiederzusehen.

Als sie Schritte hörte, blickte sie auf. Denison war auf dem Weg zu ihr.

Er setzte sich zu ihr. »Miriam ist sehr verstört. Ich habe sie zurück ins Hotel geschickt. Dort wird mein Sohn sich um sie kümmern.«

Hana überlegte, ob seine Worte vorwurfsvoll gemeint waren – oder sogar abweisend. Ihr war, als gäbe es nun eine Front, die aus Denison, seinem Sohn und Miriam bestand. Sie stellte sich vor, sie hätte einen Bruder, der sich um sie kümmern würde, eine Familie, die während des Krieges für ihr Wohlergehen gesorgt hätte. Doch sie hatte nur Otto Feldmann, einen SS-Mann und Vergewaltiger.

»Sie haben Schreckliches erlebt«, fuhr Denison fort und sah Hana mitfühlend an. »Doch das gilt auch für Miriam.« Er seufzte tief. »Natürlich lässt sich Leid niemals vergleichen und schon gar nicht gegeneinander aufwiegen.«

»Es tut mir leid, dass ich Miriam von ihrer Mutter erzählt habe«, sagte Hana mit gesenktem Kopf.

Denison ließ ihr einen Moment Zeit, bevor er sie bat, ihm die Geschichte noch einmal zu erzählen.

Mit leiser Stimme begann sie mit ihrer Kindheit in Prag, der Liebe ihrer Eltern, die ihr jedoch nicht gesagt hatten, dass sie adoptiert worden war. Sie berichtete von ihrer Leidenschaft für die Musik, ihrem Klavierunterricht. Und wie sie und ihre Eltern nach Theresienstadt deportiert worden waren. Wo sie Eva – ihrer Mutter – begegnet war, die auch Miriams Mutter war. Dass ihre Eltern ebenso wie Miriams Eltern in Auschwitz umgekommen waren, wohingegen sie dank Evas Einsatz von Otto Feldmann gerettet worden war.

Als sie geendet hatte, drückte Denison kurz ihre Hand. »Danke, dass Sie mir das erzählt haben. Ich verstehe Ihr Dilemma in Bezug auf Feldmann.«

Hana erinnerte sich an die Klaviernoten, die Otto ihr hatte zukommen lassen, manchmal auch etwas zu essen. Einmal hatte er ihr in einer Serviette drei Pellkartoffeln gebracht. Sie waren noch viel zu warm gewesen, trotzdem hatte sie sie hinuntergeschlungen.

»Vergessen Sie aber nicht, dass er Ihre Mutter nicht gerettet hat. Von den vielen anderen Gefangenen gar nicht erst zu reden.«

Hana blickte Denison an. »Es waren Befehle. Denen konnte er sich nicht widersetzen.«

»In Ihrem Fall konnte er es. Warum nicht im Fall Ihrer Mutter?«

Ja, dachte Hana, warum hatte er Eva nicht gerettet?

»Er hat Verbrechen begangen«, sprach Denison weiter. »Ich bin der Auffassung, dass er dafür bestraft werden sollte.«

Hana seufzte. »Ich möchte trotzdem nicht gegen ihn aussagen. Falls er zum Tod verurteilt wird, wäre es für mich, als hätte ich dazu beigetragen.«

»Das wird nicht geschehen«, entgegnete Denison. »Er wird eine Gefängnisstrafe bekommen. Die Todesstrafe gilt für die Hauptkriegsverbrecher. Auf dieser Liste steht Feldmann nicht.«

Hana schüttelte den Kopf. »Ich möchte es trotzdem nicht tun.«

Denison seufzte wieder. »Also gut, ich werde Sie nicht bedrängen.« Er stand auf. »Ich bin sicher, dass Miriam irgendwann wieder mit Ihnen sprechen möchte. Lassen Sie ihr noch ein wenig Zeit.«

Hana schrieb ihm den Namen ihres Hotels sowie ihre Prager Adresse in das Notizbuch, das er ihr reichte.

Als Denison verschwunden war, machte Hana sich auf den Rückweg zu ihrem Hotel. Sie war erschöpft und ging wieder früh zu Bett. Während sie auf den Schlaf wartete, sagte sie sich ein ums andere Mal, dass ihre Entscheidung richtig war – sie würde nicht gegen Otto aussagen.

Doch in der Nacht träumte sie von Verdis *Requiem*. Sie sah die Gefangenen proben, sah Schmidt dirigieren und Eva am Klavier. Dann hörte sie, wie Eva die Zeilen aus dem »Dies irae« sagte: »›Und ein Buch wird aufgeschlagen, treu darin ist eingetragen jede Schuld aus Erdentagen. Sitzt der Richter dann zu richten, wird sich das Verborg'ne lichten, nichts kann vor der Strafe flüchten‹.« Gleich darauf verwandelte Eva sich in ein junges Mädchen, das auf dem Weg nach Hause überfallen und vergewaltigt wurde – dann in die Frau, die in den Zug nach Auschwitz gestiegen war, und schließlich sah Hana, wie sie in eine Gaskammer getrieben wurde.

Nichts kann vor der Strafe flüchten.

*

Am nächsten Tag war der Gerichtssaal wieder bis auf den letzten Platz besetzt – Journalisten, Prozessbeobachter, Angehörige der Gefangenen, die in den Konzentrationslagern umgekommen waren. Einige hatten Kopfhörer auf, um sich die Verhandlung dolmetschen zu lassen.

Als der Fall Otto Feldmann aufgerufen wurde, begann Miriams Herz zu rasen. Mit ineinandergekrallten Händen beobachtete sie den hellblonden, hochgewachsenen Mann, der ihre Mutter vergewaltigt hatte. Hanas Vater. Damals war ihre Mutter sechzehn Jahre alt gewesen, so alt wie Miriam bald sein würde.

Noch am Vortag hatte Denison ihr erklärt, dass Hana nicht aussagen werde. Er hatte es bedauert. Ein Teil der Zeugen war in den vergangenen Monaten gestorben, andere hatten sich geweigert, der Vorladung zu folgen, und ihre Aussage nur schriftlich gemacht. Sie wollten ihren Peinigern nicht mehr ins Gesicht sehen müssen.

»Es ist meine Schuld«, sagte Miriam. »Wäre ich nicht weggerannt, hätte Hana ausgesagt. Schließlich ist sie deswegen nach Nürnberg gekommen.«

Denison zuckte die Achseln. »Oder sie ist deinetwegen gekommen.«

Miriam richtete ihren Blick wieder auf Feldmann und wünschte, sie wäre am Vortag bei Hana sitzen geblieben. Seitdem hatte sie ohnehin an nichts anderes mehr denken können als an das, was Hana ihr erzählt hatte. Immer wieder waren vor ihrem inneren Auge Bilder erschienen, auf denen diese fremde junge Frau, die behauptete, ihre Halbschwester zu sein, zusammen mit ihrer Mutter am Klavier saß. Sie hoffte, es hatte ihrer Mutter Freude bereitet, mit jemandem musizieren, jemanden unterrichten zu können. Dann wieder machte es ihr zu schaffen, dass Hana in einer Zeit bei ihrer Mutter gewesen war, in der Miriam sich so schmerzlich nach ihr gesehnt hatte.

Sie konzentrierte sich wieder auf Feldmann. Er hatte

Hanas Leben gerettet. Und doch hatte er zur SS gehört, war einer der Männer, die zahllose unschuldige Menschen in den Tod geschickt hatten.

Mit bleichem Gesicht lauschte Feldmann den schriftlichen Aussagen gegen ihn. Die Journalisten machten sich Notizen, Miriam fühlte sich außerstande, zu stenografieren. Schließlich hörte sie, wie Geoffrey Lawrence, einer der Vorsitzenden Richter, Benjamin Ferencz, den Chefankläger der Prozesse, fragte, ob es weitere Zeugen gebe.

Ferencz schüttelte den Kopf. Doch dann blickte er auf den Zettel, den ihm ein Gerichtsdiener überbracht hatte, und hob noch einmal die Hand. »Verzeihung, Herr Vorsitzender, es hat sich noch eine Zeugin gemeldet.«

Miriam hörte, wie sich die Tür hinten im Saal öffnete. Gleich darauf wurde eine zarte junge Frau mit hellblondem Haar in den Zeugenstand geführt.

Hana.

Kapitel 32

In der Zeit nach ihrer Begegnung mit Miriam und ihrer Aussage vor dem Internationalen Militärgerichtshof kreisten Hanas Gedanken unentwegt um diese beiden Ereignisse.

So auch an diesem kalten Wintertag, als sie wieder einmal in einer langen Schlange um Brot anstehen musste. Sie hatte gehofft, Denison oder Miriam würde sie nach England einladen, ihr vorschlagen, dort zu bleiben. Doch das war nicht geschehen. Dann wieder fragte sie sich, was für ein Leben sie in England hätte führen können. War sie wirklich bereit, Prag zu verlassen, wollte sie den Klavierunterricht im Konservatorium aufgeben, die Klavierschüler, die sie gewonnen hatte und die ihr ein kleines Einkommen bescherten?

Einmal – vor Nürnberg – hatte sie geglaubt, Otto in Prag auf der Straße zu entdecken, hatte rasch weggeschaut und einen anderen Weg eingeschlagen. Nun würde sie ihn wohl nie mehr wiedersehen, er war zu einem mehrjährigen Gefängnisaufenthalt verurteilt worden.

Sie zog den Mantel enger um sich und steckte die Hände in die Taschen. Die Frau vor ihr stampfte mit den Füßen, um sie zu wärmen, das kleine Kind an ihrer Seite weinte vor Kälte.

Das Land, in dem sie zu Hause war, hieß nun wieder Tschechoslowakei – oder vielmehr Tschechoslowakische Sozialistische Republik beziehungsweise nur ČSSR. Die deutschstämmige Bevölkerung war geflohen oder vertrieben worden. Das Land wurde von der kommunistischen Partei regiert, die Wirtschaft war verstaatlicht worden.

Hana ballte und streckte ihre Hände, um sie warmzuhalten. Die Kälte war Gift für ihre Finger. An manchen Tagen dauerte es lange, bis sie sich im Konservatorium am Klavier eingespielt hatte, wenn sie von draußen kam, und ihre steifen Finger wieder geschmeidig wurden.

Inzwischen hatte sie einen wunderbaren Klavierlehrer mit Namen Václav Husa. Zurzeit studierten sie Chopins Harfenetüde ein. Hana sollte sie vielleicht bei dem nächsten Konzertabend im Rudolfinum spielen, es würde ihr erster Auftritt vor Publikum sein. In Gedanken würde sie den Vortrag Eva widmen, das wusste sie bereits.

Satzfetzen eines Gesprächs, das hinter ihr stattfand, drangen an ihr Ohr. Es waren zwei Männer, die sich über die Lebensmittelknappheit und das ewige Anstehen beklagten.

»Wahrscheinlich sind es wieder die Juden, die unsere Wirtschaft im Griff haben«, sagte einer. »Ich kann nicht fassen, wie viele von ihnen zurückgekommen sind.«

»Ich hätte den verdammten Nazis auch mehr zugetraut«, antwortete der andere.

Beide lachten.

Hana spürte, wie sie vor Zorn errötete.

Sie wandte sich um. Es waren alte Männer, die faltigen Gesichter hatten sich beim Lachen verzerrt. So viele Juden waren umgebracht worden oder hatten unaussprechliches Leid ertragen müssen, dachte sie, darunter Menschen, die sie geliebt hatte, und doch schienen es für diese beiden Männer noch immer nicht genug gewesen zu sein.

»Was haben Sie gesagt?«, fragte sie mit erstickter Stimme.

Die Männer starrten sie an. »Was denn?«, fragte der eine. »Bist du etwa Jüdin?«

»Ja«, sagte Hana und hörte, dass ihre Stimme bebte.

Er spuckte vor ihr aus.

»Hau gefälligst ab«, sagte der andere.

Einen Moment lang malte Hana sich aus, die beiden zu verprügeln, ihnen wehzutun, bis sie um Gnade winselten. Dann atmete sie tief durch und sagte: »Sie sind zwei widerliche Drecksäcke. Wer möchte schon in Ihrer Nähe sein?«

Sie ging davon, froh, dass die beiden die Wuttränen in ihren Augen nicht sahen. Doch dann musste sie in eine Seitengasse einbiegen, sich gegen eine Mauer lehnen und warten, bis ihr Herz wieder normal schlug.

Sie erinnerte sich an das »Dies irae«, sagte sich, *nichts kann vor der Strafe flüchten,* und hielt sich daran fest.

Kapitel 33

Schon als sie das Konservatorium betrat, merkte Hana, dass irgendetwas vorgefallen war. Wahrscheinlich lag es an der Stille des Hauses, wo sonst eine Vielfalt an Instrumenten zu hören war.

Sie trat an den Empfangstisch und fragte Irena nach dem Grund für die Stille.

Irenas Augen wurden feucht. »Die Geheimpolizei hat Václav Husa abgeholt. Wahrscheinlich wird er vor Gericht gestellt.«

»O Gott«, flüsterte Hana und blickte sich furchtsam um. Husa war ein großartiger Pianist und ein sehr guter Lehrer. Allerdings hatte er nie einen Hehl aus seiner Verachtung für die kommunistische Partei gemacht, weder im Konservatorium noch in den Cafés, in denen er sich mit anderen Musikern traf. Mit Sicherheit saßen dort auch Spitzel der Regierung. Darüber hinaus besagte ein Gerücht, dass die Probenräume des Konservatoriums verwanzt worden waren, von Denunziationen war ebenfalls die Rede.

»Wir sind alle geschockt«, sagte Irena. »Wenn du möchtest, kannst du allein üben.«

Auf dem Weg zu ihrem Probenraum dachte Hana, dass es nun wieder so weit war, dass Menschen, die nichts getan hatten, außer ihre Meinung zu äußern, festgenommen wurden.

Husa wurde zu sechs Monaten Gefängnis verurteilt. Hana bekam eine neue Klavierlehrerin, Milada Dědečková. Sie war eine strenge Frau, die viel verlangte und selten lobte. Hana nahm es hin, sie war dankbar für die Fortschritte, die sie bei ihr machte. Unter ihrer Anleitung perfektionierte sie Chopins Etüde op. 10, Nr. 2, deren Noten Otto ihr einmal geschenkt hatte.

Anfangs war ihr dabei das schnelle Fingerspiel der rechten Hand nicht richtig gelungen. Als sie unter dem kritischen Auge von Dědečková mit drittem, viertem und fünftem Finger chromatische Tonleitern spielen wollte, und mit den beiden ersten Fingern beider Hände kurze Akkorde, schaffte sie es nicht. Wütend schlug sie einen krachenden Akkord. »Ich kann es nicht.«

Mit einem Seufzer griff Milada Dědečková nach Hanas Unterarmen und schüttelte ihre Handgelenke. »Entspann dich.«

Hana ließ Handgelenke und Hände schlaff werden.

»So, und nun legst du die Finger locker auf die Tasten und spielst die Stelle noch mal. Mit weichen Handgelenken.«

Hana tat wie geheißen und lachte vor Freude, als ihr die Kombination glückte.

Auch als sie die Etüde Wochen später als Solistin im Rudolfinum spielte, war ihr Vortrag ein Erfolg.

Danach fragte Dědečková, ob sie Lust habe zu verreisen.

Hana sah sie verwirrt an. »Wohin denn?« Die einzigen Reisen, die sie in ihrem Leben unternommen hatte, waren die nach Theresienstadt und Nürnberg gewesen.

»Nach London. Zu einem Konzert, das im April stattfindet. Ich werde dort auftreten und würde dich gern als Nachwuchstalent vorstellen. Du könntest die Etüde Nummer 2 spielen.«

»Und wie kommen wir nach London?«

Dědečková lachte. »Wir fliegen natürlich. Und wir übernachten in einem Hotel. Die Veranstalter übernehmen meine Kosten.«

»Ich habe kein Geld«, sagte Hana bedrückt. »Ich könnte weder einen Flug noch ein Hotel bezahlen.«

»Wir finden schon eine Lösung«, antwortete Dědečková. »Entweder mit dem, was die Veranstalter mir bezahlen, oder wir beantragen etwas aus dem Reisefonds des Konservatoriums.«

Als sie nach der Stunde in Irenas Wohnung zurückkehrte, verspürte Hana erstmals seit langer Zeit wieder so etwas wie Hoffnung. Sie würde nach London fliegen! Vielleicht könnte sie dort Miriam wiedersehen, sie besser kennenlernen. Seit ihrer Begegnung in Nürnberg hatten sie einander Briefe geschrieben. Zu Anfang hatte jede steif geklungen, doch nach und nach waren sie offener geworden, manchmal hatte man sogar eine erste Zuneigung für die andere gespürt.

*

An den Sonntagen, an denen Will zu Besuch kam, gab es jedes Mal Hähnchen mit Bratkartoffeln – Wills Lieblingsgericht.

Wie an jedem Sonntag sprach Hugh das Tischgebet. Und wie immer dankte Pamela dem Herrn anschließend dafür, Wills Leben während der Kriegsjahre geschützt zu haben.

Seitdem er wieder bei der RAF war, wirkte Will zufrieden und war auch wieder so kräftig wie vor dem Krieg. Miriam blühte auf, wenn er bei ihnen war. Auch Hugh und Pamela hatten ihren Frieden mit Wills Beruf geschlossen.

Während des Essens sprachen sie über die englische Nachkriegspolitik, über Attlee, den Hugh schätzte, über neue Militärbündnisse der Westmächte und den Kalten Krieg, den sie gegen die Ostblockstaaten führten.

Um das Thema zu wechseln, deutete Pamela auf den Brief, den Miriam neben ihren Teller gelegt hatte. »Ist das ein Brief von Hana?«

Miriam nickte. »Sie kommt zu einem Konzert nach London.«

Pamela war diejenige gewesen, die nach Miriams Rückkehr aus Nürnberg behutsam dafür gesorgt hatte, dass Miriam sich mit ihrer Halbschwester in Verbindung setzte. Bereits mehrmals hatte sie angeregt, Hana einzuladen, sie sogar dauerhaft bei sich aufzunehmen, falls Hana und Miriam das wünschten.

»Es heißt, dass die ČSSR die Grenzübergänge im Westen schließen wird«, sagte Hugh. »Wenn Hana hierherkommen will, muss sie sich beeilen.«

»Wieder eine neue Schikane«, sagte Pamela. »Kannst du nichts für Hana tun?«

Hugh gab noch einen Löffel Soße über sein Essen. »Nicht, wenn die Grenzen dicht sind. Niemand auf unserer Seite will noch mehr Ärger mit den Russen.« Er sah Miriam bekümmert an. »April könnte bereits zu spät für Hana sein.«

Will legte eine Hand auf Miriams Arm. »Allein deiner Mutter zuliebe werden wir einen Weg finden. Vielleicht kann Tomáš uns helfen.«

Bereits eine Woche später erfuhren sie, dass die ČSSR ihre Westgrenze geschlossen hatte.

Will schrieb seinem Freund Tomáš einen Brief, so unverfänglich, dass kein Zensor hätte stutzig werden können.

Kurz darauf schrieb Tomáš zurück, eine harmlos klingende Nachricht, die nur ein Pilot der RAF richtig auszulegen verstand.

Kapitel 34

Auf dem Weg nach Hause fiel Hana das laute Gezwitscher der Vögel auf, und sie spürte, dass nach dem langen kalten Winter endlich der Frühling begann.

Wenig später betrat sie Irenas Wohnung, die sie an diesem Abend für sich haben würde. Irena war zum Essen eingeladen worden. Zwar beschwerte Irena sich nie, wenn Hana im Radio ein Konzert hörte, dennoch hatte Hana stets das Gefühl, ihre Freundin zu stören.

Sie schenkte sich ein Glas Wasser ein, setzte sich ans Radio und stellte Radio Moskau an.

Tschaikowskys Klavierkonzert Nr. 2 wurde bereits angekündigt, mit der Solistin Tatjana Petrowna Nikolajewa, die vor Kurzem den 1. Leipziger Bachwettbewerb gewonnen hatte.

Hana lauschte dem Auftakt des Orchesters, dann der Wiederholung des Themas durch das einsetzende Klavier. Sie spielte die Noten auf dem Tisch nach. Tatjana Nikolajewa war fantastisch, spielte so souverän, dass Hana sich unwillkürlich fragte, ob sie es jemals schaffen würde, auch so sicher und großartig zu klingen.

Das Klopfen gegen Ende des ersten Satzes hielt sie zunächst für Paukenklänge. Dann erkannte sie, dass jemand an der Wohnungstür war.

Hastig stellte sie das Radio leise und lief mit ängstlich pochendem Herzen zur Tür, wagte es kaum, die Tür zu öffnen. So viele Menschen waren in den Abend- oder Nachtstunden von der Geheimpolizei abgeholt worden.

Schließlich überwand sie sich.

Vor der Tür stand ein junger Mann im Anzug, der seinen Hut abnahm und fragte: »Sind Sie Hana Rubenstein?«

Hana nickte.

»Mein Name ist Tomáš Belinski.« Er sah Hana ernst an. »Sie brauchen keine Angst zu haben.«

Hana betrachtete ihn misstrauisch. Woher sollte sie wissen, dass er nicht zur Geheimpolizei gehörte?

Er trat einen Schritt vor. Hana wich zurück.

»Bitte lassen Sie mich eintreten«, bat er leise. »Sie können mir vertrauen. William Denison hat mich geschickt.« Er lächelte einnehmend.

Hana gehorchte zögernd, blieb mit ihrem Besucher jedoch im Flur stehen.

»Sagt Ihnen der Name William Denison etwas?«, fragte Belinski noch immer leise sprechend.

»Vielleicht.« Es könnte eine Falle sein, dachte Hana. Womöglich war dieser Belinski irgendwie an den Namen des Mannes geraten, den Miriam als ihren Bruder bezeichnete. Dass er lächelte, besagte nicht viel.

»Im Krieg war ich Pilot der Royal Air Force. Dort habe ich Will kennengelernt.«

Hana schwieg.

»Haben Sie einen Pass?«

Hana nickte. Seit ihrer Reise nach Nürnberg besaß sie einen.

»Will – und Miriam – haben mich gebeten, Ihnen beim Verlassen der Tschechoslowakei behilflich zu sein. Falls Sie das möchten.«

Hanas Gedanken begannen zu rasen. Warum sollte Miriam das getan haben? Davon war bisher nie die Rede gewesen.

»Es ist keine ganz einfache Aktion«, fuhr Belinski fort. »Sie gehört zu einem größeren Plan, regimekritische Piloten und ihre Familien außer Landes zu schaffen. Leider haben wir nicht viel Zeit. Sie müssten alles Nötige zusammenpacken und schon morgen einen Zug nach Brno nehmen. Dort kaufen Sie ein Flugticket nach Prag. Abflug ist am Freitagmorgen um sechs Uhr fünfunddreißig.«

Hana sah ihn verständnislos an. »Warum soll ich nach Brno fahren und dann zurück nach Prag fliegen? Außerdem habe ich kein Geld, weder für die Zugfahrkarte noch für das Flugticket.«

Belinski zog einen Umschlag aus der Innentasche seines Jacketts und reichte ihn Hana. »Der Betrag dürfte genügen.«

Hana schaute in den Umschlag. Er war voller Scheine. Noch immer wusste sie nicht, wie sie sich verhalten sollte. Wenn sie das Geld annahm, hätte sie sich bereits verdächtig gemacht.

Belinski sah sie eindringlich an. »Bitte vertrauen Sie mir. Ich biete Ihnen die Möglichkeit, die ČSSR zu verlassen und Miriam wiederzusehen. Eine zweite wird sich so bald nicht mehr ergeben.«

Hana schaute zur Seite. »Woher soll ich wissen, ob ich Ihnen vertrauen kann?«

»Das können Sie nicht wissen. Sie müssen es einfach riskieren. Falls Sie an mir zweifeln, soll ich den Namen Ihrer Mutter nennen, hat Miriam gesagt. Den Namen Eva.«

Hana schluckte krampfhaft. Dann hob sie den Kopf. »Also gut.«

»Der Flug wird umgeleitet werden. Von Brno aus geht es nach München, dort werden Sie abgeholt.« Belinski nickte ihr noch einmal zu, dann öffnete er die Tür und war fort.

Als Irena nachts zurückkehrte, war Hana noch auf.

»Hana!«, sagte Irena verwundert. »Warum sitzt du im dunklen Wohnzimmer?« Sie stellte das Radio aus, in dem nichts mehr gesendet wurde, und machte Licht. »Wie war die Nikolajewa?«

»Gut. Aber ich habe nur den ersten Satz gehört.«

Irena runzelte die Stirn. »Was ist mit dir? Warum bist du so blass?«

Hana erzählte ihr von ihrem Besucher, zeigte ihr den Briefumschlag voller Kronen.

»Grundgüter Himmel.«

»Ich weiß nicht, was ich machen soll.«

»Warte.« Irena lief in die Küche. Hana hörte sie mit Geschirr klappern. Kurz darauf kehrte sie mit zwei Bechern heißer Milch zurück. »Möchtest du dazu einen Schluck Wodka?«

Hana schüttelte den Kopf und nahm ihren Becher entgegen.

Irena gab einen Schuss in ihre eigene Milch und ließ sich Hana gegenüber nieder. »Ich an deiner Stelle würde das Angebot annehmen.«

»Wirklich?«

Irena nickte. »Dieser Belinski klingt für mich vertrauenswürdig. Woher hätte er sonst die Namen Eva, Miriam und William Denison kennen sollen?«

Hana zuckte mit den Schultern. »Was weiß ich, wie die Geheimpolizei an ihre Informationen gelangt!«

»Warum sollte die einen solchen Aufwand betreiben? Bei Husas Festnahme wurde nicht erst eine lange Geschichte erzählt. Er wurde einfach gepackt und in einen Wagen gestoßen.«

»Vielleicht verfahren sie bei Frauen anders.«

Irena lachte. »Das glaubst du doch selbst nicht. Und was sollte man dir überhaupt vorwerfen? Seit du wieder in Prag bist, hast du nichts anderes getan als Klavierstunden zu nehmen und zu geben. Oder hast du in der Öffentlichkeit jemals etwas Schlechtes über die Partei gesagt?«

»Nein. Aber ich wollte mit Mileda zu einem Konzert nach London fliegen. Vielleicht war das schon falsch.«

Irena schüttelte den Kopf. »Das kann ich mir nicht vorstellen. Nutz die Gelegenheit, die sich dir bietet, bei uns wird es in nächster Zeit nicht besser werden.«

Hanas Gedankenwirrwarr begann sich aufzulösen. Irena hatte recht. Wäre Tomáš Belinski ein Geheimpolizist gewesen, hätte er vielleicht die Namen von Miriam und William gekannt. Aber wie hätte er von ihrer Verbindung zu Eva wissen können? »Ich mache es«, sagte sie. »Aber du darfst mich nicht verraten.«

Irena zog die Brauen hoch. »Traust du mir jetzt auch nicht mehr?«

»Doch, natürlich. Und ich werde dir immer dankbar sein. Du hast mir ein Dach über dem Kopf angeboten, als ich nicht wusste, wohin mit mir.«

»Das hätte ich schon deiner Mutter zuliebe getan«, entgegnete Irena. »Ich hatte Eva sehr gern.« Sie lächelte traurig. »Und nun wirst du mir fehlen.«

*

An diesem Tag verbrachte Miriam die Mittagszeit ausnahmsweise einmal im Büro. Als das Telefon klingelte, war Will am anderen Ende. Er wollte wissen, ob sie allein sei.

»Ja, warum fragst du?« Miriam begann, Strichmännchen auf ihren Stenoblock zu malen.

»Tomáš hat sich gemeldet. Er war bei Hana. Sie ist mit unserem Plan einverstanden.«

Will hatte Miriam erklärt, dass eine Reihe der früheren tschechoslowakischen RAF-Piloten unter dem kommunistischen Regime in der ČSSR Schwierigkeiten bekommen hatte. Es hieß, dass sie unerlaubte Westkontakte besäßen. Nun standen sie unter Beobachtung, und ihre Pässe waren eingezogen worden. Bis zu ihrer Festnahme war es vermutlich nur eine Frage der Zeit. »Hana landet Freitagmorgen in München. Ich habe die Erlaubnis der RAF bekommen, sie dort mit einem Flugzeug abzuholen.«

Miriams Herz machte einen Satz. »Dann kannst du sie ja am Freitag schon nach Hampstead bringen!«

»Wir werden das tun, nicht ich. Ich möchte, dass du mich begleitest.«

Miriam setzte einem Strichmännchen ein lachendes Gesicht auf. »Danke, Will. Du bist der Größte!«

Am Donnerstagmorgen erklärte sie Hugh, sie habe Kopfschmerzen und könne nicht zur Arbeit gehen. Sie bat ihn, sie bei Mrs Ainsley zu entschuldigen.

Hugh musterte sie besorgt. »Du bist sehr blass. Am besten, du legst dich noch mal hin.«

Er küsste seine Frau und verabschiedete sich.

Miriam wartete, bis die Haustür ins Schloss gefallen war, und horchte in Richtung Küche. Nach dem Lärm zu urteilen, war Kitty mit dem Abwasch zugange.

Dann drehte sie sich zu Pamela. »Ich muss für zwei Tage fort.«

Pamela sah sie verdutzt an. »Ich dachte, du hast Kopfschmerzen?«

Miriam schüttelte den Kopf. »Will und ich haben etwas vor.«

Pamela legte ihren Toast ab. »Was?«

»Er hat sich mit Tomáš Belinski in Verbindung gesetzt. Es geht um die Lage in der Tschechoslowakei, die sich mit jedem Tag verschlechtert.«

»Der arme Tomáš!«

»Und die arme Hana.«

»Richtig. Ich nehme an, sie wird nun nicht mehr zu diesem Konzert nach London kommen können.«

Miriam nahm einen Schluck Tee. »Tomáš und Will haben einen Plan geschmiedet, um Hana aus der Tschechoslowakei herauszuholen. Will und ich fliegen nach München.«

»Was sagst du da?« Pamela starrte sie an. »Weiß Hugh davon?«

»Nein. Und er darf es auch nicht erfahren. Er wäre sonst gezwungen, den Plan im Foreign Office zu melden. Und das dürfen wir nicht riskieren. Es könnte Wills Zukunft gefährden.«

Pamela seufzte. Dann schüttelte sie den Kopf. »Ich verstehe es nicht. Warum muss Will sich schon wieder auf etwas Gefährliches einlassen? Das tut er doch, oder?«

»Eigentlich nicht. Hana und Tomáš sind diejenigen, die alles aufs Spiel setzen.« Miriam sah Pamela eindringlich an. »Wirst du uns helfen?«

Pamela lachte auf. »Ich? Wie denn?«

»Könntest du Hugh sagen, dass ich mich entschlossen habe, eine Freundin aus Hinton Hall für zwei Tage zu besuchen?«

»Dir ist doch bekannt, dass Quäker nicht lügen dürfen! Ich kann ihm höchstens sagen, dass ich nicht weiß, wo du bist. Denn ... das stimmt streng genommen auch.«

Miriam strich ihre Serviette glatt. »Ist es in Ordnung, wenn ich mit Hana anschließend hierherkomme?«

*

In den frühen Morgenstunden wurde Hana wach und richtete sich auf. Die Holzbank, auf der sie geschlafen hatte, war alles andere als bequem gewesen, doch seit Terezín konnte sie überall schlafen. Zwar hätte sie sich von dem Geld, das Tomáš ihr gegeben hatte, ein Hotelzimmer leisten können, doch da sie nicht wusste, wie lange es reichen musste, hatte sie lieber im Flughafen übernachtet.

Auch die Strecke vom Bahnhof Brno hinaus zum Flughafen hatte sie zu Fuß zurückgelegt, sich an kleine Straßen gehalten, immer voller Furcht, auf einen Polizisten zu stoßen, der wissen wollte, wohin sie unterwegs sei. Doch sie war nur einer Handvoll Einheimischer begegnet, die sie kaum eines Blickes gewürdigt hatten.

Irena hatte das Flugticket nach Prag für sie telefonisch bestellt. Es hatte abholbereit am Schalter der Fluggesellschaft ČSA gelegen.

Nun warf sie einen Blick auf die große Flughafenuhr. Halb sechs.

Sie ging zur Damentoilette, wusch sich dort das Gesicht und trank einen Schluck Wasser.

Anschließend stellte sie sich an der Schlange ihres Flugs nach Prag an, beobachtete ängstlich die Menschen, die mit ihr warteten.

Die Frau vor ihr hatte zwei riesengroße Koffer dabei. Wusste sie, dass der Flug umgeleitet werden würde? Aber hätte sie es dann riskiert, mit so viel Gepäck auf sich aufmerksam zu machen? Hana hatte nur eine kleine Tasche gepackt. Sie hatte gelernt, mit wenig auszukommen.

Langsam setzte sich die Schlange in Bewegung.

Am Schalter stand ein uniformierter Polizist an der Seite der Bodenstewardess, der jeden Passagier argwöhnisch begutachtete, sich hin und wieder ein Ticket zeigen ließ. Ein anderer kontrollierte stichprobenartig das Gepäck der Reisenden.

Mit trockenem Mund hielt Hana ihren Blicken stand. Dann hatte sie es an ihnen vorbeigeschafft und folgte anderen Fluggästen durch einen schmalen Gang hinaus aufs Rollfeld.

Auf dem Weg zu dem wartenden Flugzeug schaute sie zu dem dunkelgrauen Himmel hinauf, durch den sich die ersten hellen Adern zogen.

Beim Betreten des Flugzeugs erkannte sie Tomáš Belinski. Er stand im Türrahmen des Cockpits, begrüßte die

Reisenden als ihr Flugkapitän und verriet nicht mit der kleinsten Regung, dass er Hana kannte.

Also war es keine Falle, dachte Hana auf dem Weg zu ihrem Sitzplatz. Den Fensterplatz hatte ein Mann eingenommen, der Hanas Gruß nicht erwiderte. Auf der anderen Seite zum Gang ließ sich eine übergewichtige Frau nieder.

Die Kabine füllte sich. Dann wurde die Tür geschlossen.

Wenig später setzte die Maschine sich in Bewegung. Hana atmete auf. Das Flugzeug wurde schneller, und dann hob es ab.

Die Frau an ihrer Seite bot Hana einen Bonbon an. Hana lehnte dankend ab.

»Nehmen Sie eins«, sagte die Frau. »Wenn Sie schlucken, löst sich der Druck auf Ihren Ohren.«

Hana nahm einen Bonbon, lehnte sich zurück und befahl sich, ganz ruhig zu sein. Doch ihre Nervosität war so groß, dass ihr übel wurde und sie zur Vorsicht nach der Papiertüte in der Sitztasche vor ihr griff. Sie atmete tief ein und aus und konzentrierte sich auf die Flugbegleiterin, die durch den Mittelgang lief und dann im Cockpit verschwand.

Die Frau an Hanas Seite schlief ein. Wenig später schnarchte sie, und der Mann am Fenster stieß einen lauten Seufzer aus.

Während Hana noch überlegte, wie viele Fluggäste wohl ebenso wie sie geplant hatten, sich aus der Tschechoslowakei abzusetzen, kehrte die Flugbegleiterin zurück. Ihre Miene war gleichbleibend freundlich.

*

Miriam und Will hatten das kleine, zweimotorige Flugzeug, mit dem sie aus England gekommen waren, verlassen und warteten nun am Rand des alliierten Militärflugplatzes in Erding auf das Flugzeug aus Brno.

Miriam hatte sich warm angezogen, mit Hose und Pullover, trotzdem überliefen sie vor Aufregung immer wieder Fröstelschauer. Sie schaute zu dem verhangenen Himmel hinauf. In einer Wolkenlücke war noch ganz blass eine dünne Mondsichel zu erkennen. Will hatte erklärt, die Wetterlage sei ideal, bei der dichten Wolkendecke würde es den Sowjetrussen, die die Lufthoheit über der Tschechoslowakei hatten, nicht gleich auffallen, wenn ein Flugzeug die vorgeschriebene Route verließ und in Richtung Deutschland flog. Von ihm wusste Miriam auch, dass die amerikanische Aufsicht des Militärflughafens über die irreguläre Ankunft der Maschine aus Brno informiert und damit einverstanden sei.

»Wie sieht Hana eigentlich aus?«, fragte Will, nachdem sie beide eine Weile geschwiegen hatten, jeder in seine Gedanken versunken.

»Sie ist hübsch. Hat hellblondes Haar. Sehr zierlich.«

Will zog seine Pfeife hervor und zündete sie an. Vielleicht war auch er nervös, überlegte Miriam. Sie musterte ihn von der Seite, doch nach außen hin war ihm nichts anzumerken.

Bist du in Will verliebt?, hatte Hana sie in einem ihrer Briefe gefragt.

Natürlich nicht, hatte Miriam geantwortet. *Er ist für mich wie ein Bruder*. Doch sie gestand sich ein, dass es für sie schwer werden würde, jemals einen Mann zu finden, der es mit Will aufnehmen konnte.

»Sobald Tomáš gelandet ist, hältst du nach Hana Ausschau«, sagte er. »Wenn du sie siehst, läufst du zu ihr und kehrst mit ihr im Eiltempo zurück. Ich starte in der Zeit unser Flugzeug und dann geht's auch schon zurück.«

Miriam deutete zum Himmel hinauf. »Sind sie das? Ich meine, ich hätte ein Brummen gehört.«

Will folgte ihrem Fingerzeig mit den Augen und lauschte. »Du hast recht.«

Sie starrten in den Himmel, entdeckten weit entfernt einen dunklen, näher kommenden Fleck. Das Brummen wurde lauter.

Das Flugzeug war im Anflug, durchbrach die Wolkendecke, das Fahrwerk wurde heruntergelassen. Und dann landete die Maschine, holperte noch ein Stück über die Landebahn und hielt an.

Miriam beobachtete, wie die Gangway an das Flugzeug herangeschoben wurde und amerikanische Militärpolizisten die Stufen hinaufrannten. Die Tür öffnete sich.

Die ersten Passagiere erschienen, stiegen die Stufen hinunter. Einige sahen sich um und machten einen verwirrten Eindruck. Ihnen musste klar sein, dass sie nicht auf dem Flughafen Praha-Ruzyně gelandet waren. Andere eilten in Richtung der Gebäude der U. S. Air Force.

Miriam schluckte nervös. Sie wusste, wie gefährlich der Flug gewesen war. An Bord hätten Geheimpolizisten gewesen sein können, die Tomáš zur Umkehr gezwungen hätten. Oder Passagiere, die angesichts der geänderten Route in Panik ausgebrochen wären. Doch wie es aussah, war alles gut gegangen.

Auch Will wirkte plötzlich unruhig. »Ein Viertel der Fluggäste sind Flüchtlinge. Mit den anderen müssen die Amerikaner fertig werden.« Er wischte über seine Stirn. »Aber der Coup scheint gelungen. Bis gleich.« Er machte kehrt, um zu seinem Flugzeug zu laufen.

»Warte.« Miriam hielt ihn fest. »Es sieht aus, als hätten alle Passagiere das Flugzeug verlassen. Aber Hana war nicht unter ihnen.«

*

Wieder begutachtete Pamela das Gästezimmer, das sie für Hana hergerichtet hatte. In diesem Zimmer hatte Tomáš geschlafen, als er bei ihnen gewohnt hatte. Zuvor war es eine Rumpelkammer gewesen.

Noch einmal zog sie die Tagesdecke auf dem Bett glatt. Dann rückte sie die Bürste und den Kamm zurecht, die sie für Hana erstanden hatte, legte die Lavendelseife ordentlich hin. In die Kommode hatte sie Lavendelsäckchen gelegt. Ihr Wunsch war, Hana, die so viel

Schreckliches hinter sich hatte, jede erdenkliche Freude zu machen.

Miriam hatte einige ihrer Kleidungsstücke für Hana in den Schrank gehängt und Pamela gesagt, sie solle zunächst noch nichts Neues kaufen. »Wir kennen weder ihre Größe noch wissen wir, was für einen Geschmack Hana hat. Bestimmt ist es für sie schöner, wenn sie sich selbst etwas aussuchen darf.«

Für sich beschloss Pamela, Hana wenigstens mit Leckereien zu verwöhnen. Überhaupt gefiel ihr der Gedanke, das Haus voller junger Leute zu haben. Auch Will würde das zusagen, er war ja bereits glücklich gewesen, als Miriam damals zu ihnen kam.

Sogar Hugh, der kein weiteres Kind gewollt hatte, zu Anfang nicht einmal Miriam, war zu einem hingebungsvollen Ersatzvater geworden. Vielleicht würde er auch Hana ins Herz schließen.

*

Als sie sich dem Militärflughafen Erding näherten, spähte Hana an ihrem Nebenmann vorbei aus dem Fenster. Außer einer Reihe grauer Militärflugzeuge, jedes mit aufgemaltem Sternenbanner, und mehreren flachen Gebäuden war nichts zu erkennen.

Die Frau an ihrer Seite wachte auf und wollte wissen, ob sie schon in Prag seien.

Hana zuckte mit den Schultern.

Die Frau beugte sich über sie, blickte aus dem Fenster und sagte: »Wie Praha-Ruzyně sieht das hier aber nicht aus.«

»Ich weiß nicht«, entgegnete Hana ausweichend. »Ich bin noch nie nach Prag geflogen.«

Ein Passagier sprang auf, blickte sich wild um und rief: »Hier stimmt doch was nicht.« Die Flugbegleiterin bat ihn, bis zum Stillstand der Maschine sitzen zu bleiben.

Das Flugzeug traf auf der Landebahn auf und rollte aus.

Die Tür wurde geöffnet. Von draußen kamen vier Uniformierte herein, riefen »U.S. Military Police!« und verteilten sich auf dem Gang.

»Wir sind in Deutschland gelandet, auf dem alliierten Militärflughafen Erding«, hörte man Tomáš' Stimme aus dem Cockpit. »Bitte bleiben Sie ruhig und verlassen Sie das Flugzeug mit Ihrem Handgepäck. Niemandem wird etwas geschehen.«

Wieder sprang der Mann auf und rief: »Bleibt alle sitzen! Solange wir im Flugzeug sind, befinden wir uns auf dem Hoheitsgebiet der ČSSR.«

Die Passagiere vor Hana sahen sich verblüfft an. Die ersten standen langsam auf, griffen nach ihrem Gepäck.

Hana erhob sich ebenfalls, doch dann wurde ihr vor Aufregung und Erleichterung so schwindlig, dass sie sich wieder setzen musste.

Sie verließ das Flugzeug als Letzte, so wacklig auf den Beinen, dass sie glaubte, jeden Moment umzusinken.

Dann stand sie auf dem Rollfeld.

»Hana«, sagte jemand, nahm ihr die Reisetasche ab und legte einen Arm um sie. »Ich bin's, Miriam. Nicht weinen. Jetzt ist doch alles gut.«

Hana versuchte zu lächeln und wollte etwas antworten, doch ihr Herz war so voll, dass sie kein Wort über die Lippen brachte.

Miriam nahm ihre Hand. »Komm, wir fliegen nach Hause.«

Epilog
1968

»Bist du so weit?«, flüsterte Miriam.

Hana nickte.

Das Konzert war ausverkauft, der Saal bis auf den letzten Platz gefüllt. Man hörte das vielstimmige Gemurmel, das Klappern der Sitze.

Hana liebte diesen Augenblick, wenn sie die Ungeduld und Erwartung des Publikums beinah körperlich spürte.

Sie drückte Miriams Hand. »Für unsere Mutter.«

Gemeinsam betraten sie die Bühne. Begeisterter Applaus schlug ihnen entgegen.

Hana ließ sich am Flügel nieder, Miriam nahm ihren Platz daneben ein. Sie nickte Hana zu.

Hana begann mit der Villanelle. Miriam sah sie an und lächelte. Dann kam ihr Einsatz.

Ihre Mutter hatte keine Möglichkeit mehr gehabt, die Villanelle im Prager Rudolfinum zu spielen, ihre Töchter taten es nun für sie.

Immer wieder trafen sich ihre Blicke und sprachen von ihrer Liebe zu der Mutter, der sie ihr Überleben verdankten.

Anmerkung der Autorin

Es heißt, das wahre Leben könne mitunter erstaunlicher sein als ein Roman. Das dachte auch ich, als ich bei meiner Recherche zu *Das Kind von Gleis 1* auf Geschehnisse stieß, die ich nicht für möglich gehalten hätte. Zu ihnen gehörte, dass ein Londoner Börsenmakler einst Hunderte jüdische Kinder vor den Augen der Nazis aus der Tschechoslowakei gerettet hat. Dass ein Konzentrationslager existierte, wo die jüdischen Gefangenen musizieren und Konzerte geben durften. Dass es ehemaligen tschechoslowakischen Piloten der RAF nach dem Krieg gelang, mit drei Flugzeugen aus der ČSSR zu flüchten. Doch all das ist geschehen. Und ich nahm mir vor, einen Roman zu schreiben und Charaktere zu erschaffen, die diese Begebenheiten miteinander verknüpfen.

Mein Interesse an Nicholas Winton begann, als ich das YouTube-Video von Esther Rantzen sah, die einem bescheidenen Helden fünfzig Jahre nach dem letzten Kindertransport mit einer Feier dankte. Es war als Überraschung gedacht, Winton wusste nicht, dass es sich bei den Menschen ringsum um ehemalige Flüchtlinge handelte, die er gerettet hatte. Es ist ein bewegendes Video, das sich immer noch auf YouTube finden lässt.

Danach beschäftigte ich mich mit Prag unter deutscher Besatzung und las über das ungewöhnliche Konzentrationslager Terezín – die Deutschen nannten es »Theresienstadt« –, wo es Juden gestattet war, zu malen, zu singen, Instrumente zu spielen, Bühnenstücke aufzuführen und Vorträge zu halten. Am eindrücklichsten war für mich die Aufführung von Verdis *Messa da Requiem*, die den Deutschen den Zorn Gottes prophezeite.

Aus Vera Gissings Autobiografie *Pearls of Childhood* weiß ich, dass die Kinder in Hinton Hall im März 1943 im Radio vom Schicksal der europäischen Juden erfuhren. Leider ist es mir nicht gelungen, an eine Aufzeichnung dieser Sendung zu kommen. Deshalb habe ich mir erlaubt, stattdessen Varians Frys Worte aus seinem Artikel »Massaker an Europas Juden« aus *The New Republic* vom 22. Dezember 1942 zu übernehmen. Die Lektüre dieses Artikels ist schockierend. Noch schockierender ist, dass die Alliierten danach über die Vernichtungslager im Bild waren und doch nichts dagegen unternommen haben.

Vera Gissings Autobiografie habe ich viele Informationen über das Leben der geretteten Kinder in England zu verdanken. Wer erfahren möchte, wie das Leben eines jungen Mädchens in Theresienstadt und Auschwitz war, dem empfehle ich *Und doch ein ganzes Leben* von Helga Weiss.

Wer mehr über Nicholas Winton erfahren möchte, dem empfehle ich die DVD *Nicky's Family*.

Über Menschen zu schreiben, die unter den schlimmsten

Bedingungen unvorstellbar kreativ wurden, stimmt einen demütig. Eine Begabung – sei es in Musik, Schauspiel, Kunst oder Design – ist etwas Wunderbares. Trotz des bevorstehenden Todes auch andere daran teilhaben zu lassen, zeugt von wahrer Größe.

Dank

Ich stehe in der Schuld so vieler Menschen, die mir beim Schreiben dieses Romans geholfen haben: Cheerleader*innen, Kritiker*innen und Redakteur*innen, andere, die mich ermutigt haben, Expert*innen, deren Wissen ich gnadenlos angezapft habe, um dann so zu tun, als würde ich mich in den Naturwissenschaften, der Musik und der Medizin auskennen. Sollten mir Fehler unterlaufen sein, gehen sie einzig und allein auf mein Konto.

Ein großes Dankeschön geht vor allem an die folgenden Personen:

Meine wunderbare Agentin Anne Williams.

Die großartige Sherise Hobbs und das fabelhafte Redaktionsteam bei Headline.

Stephanie Norgate und Jane Rusbridge, die beide unglaublich klug und großzügig sind.

Meinen Mann Paul (der mich bei Verstand gehalten hat).

Laura und Richard, die ihre Mutter unterstützt haben.

Kate Lee und Jacqui Pack für ihre Loyalität und ihren Enthusiasmus.

Helen und Dominic Bevan, Nick Smith, Jenny Alexander und Ceilidh Botfield für ihre Musikkenntnisse, insbesondere Dominic, der mich durch den Gesang von Verdis *Requiem* geführt hat.

Die Defiant Requiem Foundation, die mir freundlicherweise ihre DVD geschickt hat.

Carolyn MacDonell, die mir die Erinnerungen ihrer Mutter hat zukommen lassen, die 1937 als Elfjährige von Deutschland nach England geflüchtet ist.

Eva Kůželová für ihre Kenntnis der tschechischen Geschichte und ihre Geduld angesichts meiner endlosen Fragen.

Terry, der ausgezeichneten und informativen Fremdenführerin in Terezín.

Dr. Dana Thompson, die mich so freundlich mit medizinischen Informationen versorgt hat.

Sue Greenhalgh, Libby Morgan, Dave und Judy Thompson, Tessa und Drew Forsyth, Alex Burn, Anne Hudson, Julia Arthurs und den Mitarbeiter*innen des Godalming College, insbesondere der Abteilung Anglistik, für ihre vielseitige Unterstützung und Ermutigung.

Imogen Kealey
Die Spionin
Roman
Aus dem Englischen von Gabriele Weber-Jarić
457 Seiten. Klappenbroschur
ISBN 978-3-352-00946-4
Auch als E-Book lieferbar

Eine unbekannte Heldin

Marseille, 1940: Nancy und Henri lieben sich und genießen ihr mondänes Leben. Dann wird Frankreich von den Deutschen besetzt, und fortan riskiert Nancy ihr Leben für die Résistance. Ihre Schönheit und ihre glamouröse Erscheinung werden zur besten Tarnung der »Weißen Maus«, auf die ein Millionenkopfgeld ausgesetzt ist – denn die Nazis vermuten in ihr stets einen Mann. Schließlich wird Henri verhaftet. Nancy entkommt nach England, wo sie zur Geheimagentin ausgebildet wird. Per Fallschirm gelangt sie zurück in die Wälder der Auvergne und übernimmt das Kommando über 7.000 Partisanen. An der Seite ihrer Männer kämpft Nancy blutige Schlachten gegen die Deutschen – ihr gefangener Mann gerät indes in immer größere Gefahr.

Regelmäßige Informationen erhalten Sie über unseren Newsletter.
Jetzt anmelden unter: www.aufbau-verlag.de/newsletter

rütten & loening

Ronald H. Balson
Ada, das Mädchen aus Berlin
Roman
Aus dem Englischen von Gabriele Weber-Jarić
480 Seiten. Broschur
ISBN 978-3-7466-3627-6
Auch als E-Book lieferbar

Der Musik verdanken sie Ihre Liebe – bis sie grausam getrennt werden

Die Anwältin Catherine Lockhart und ihr Ehemann Liam Taggart sollen in der Toskana der betagten Gabriella Vincenzo helfen, die von ihrem Weingut vertrieben werden soll. Allein ein Manuskript aus den dreißiger Jahren könnte Gründe liefern, das zu verhindern. Ada, eine begnadete Geigerin, erzählt darin, wie sie als Jüdin trotz der Fürsprache des berühmten Konzertmeisters Furtwängler und ihrer Jugendliebe Kurt in immer größere Gefahr gerät und schließlich in Italien Zuflucht sucht. Doch wie hängt Adas Schicksal mit Gabriellas zusammen?

Die tragische Liebesgeschichte einer brillanten Geigerin – und ihre Auswirkungen bis in unsere Zeit.

Regelmäßige Informationen erhalten Sie über unseren Newsletter.
Jetzt anmelden unter: www.aufbau-verlag.de/newsletter

atb aufbau taschenbuch